on the
golden
lotus

秋水堂論金瓶梅

田曉菲
著
By Tian Xiaofei

秋水堂論金瓶梅

田曉菲⋯⋯⋯⋯⋯⋯⋯⋯著

By Tian Xiaofei

on the golden lotus

責任編輯　沈夢原

書籍設計　a_kun

出　　版	三聯書店（香港）有限公司
	香港北角英皇道 499 號北角工業大廈 20 樓
	Joint Publishing (H.K.) Co., Ltd.
	20/F., North Point Industrial Building,
	499 King's Road, North Point, Hong Kong
香港發行	香港聯合書刊物流有限公司
	香港新界荃灣德士古道 220-248 號 16 樓
印　　刷	美雅印刷製本有限公司
	香港九龍觀塘榮業街 6 號 4 樓 A 室
版　　次	2020 年 5 月香港第一版第一次印刷
	2023 年 4 月香港第一版第三次印刷
規　　格	16 開（170 × 240 mm）464 面
國際書號	ISBN 978–962–04–4623–8

本書中文繁體字版由田曉菲女士授權出版。

愛讀《金瓶梅》，不是因為作者給我們看到人生的黑暗——要想看人生的黑暗，生活就是了，何必讀小說呢——而是為了被包容進作者的慈悲。慈悲不是憐憫：憐憫來自優越感，慈悲是看到了書中人物的人性，由此產生的廣大的同情。

——田曉菲

圖一　潘金蓮激打孫雪娥

圖二　西門慶疏攏李桂姐

圖三　潘金蓮私僕受辱

圖四　劉理星魘勝求財

李瓶姐牆頭密約

圖五　李瓶姐牆頭密約

圖六　華子虛因氣喪身

圖七　李瓶兒迎奸赴會

圖八　西門慶擇吉佳期

應伯爵追歡喜慶

圖九　應伯爵追歡喜慶

李瓶兒許嫁蔣竹山

圖十　李瓶兒許嫁蔣竹山

圖十一　見嬌娘敬濟消魂

圖十二　筵華鬧奉趨閑幫傻

圖十三　應伯爵簪花邀酒

圖十四　敬濟元夜戲嬌姿

圖十五　李瓶兒睹物哭官哥

圖十六　李瓶兒病纏死孽

圖十七　玉簫跪受三章約

圖十八　書童私掛一颿風

守孤靈半夜口脂香

圖十九　守孤靈半夜口脂香

圖二十　黃真人發牒薦亡

繁體版自序

春光如海。新聞報導充斥著疾病與死亡的消息。人與人都保持著「社會距離」。在冠狀病毒的日子裏，為《秋水堂論金瓶梅》香港三聯書店繁體版寫序，別有一番滋味。特別是當年我用來做為評點底本的，就是香港三聯書店 1990 年出版的上下兩卷《新刻繡像批評金瓶梅》。

雲霞滿紙的《金瓶梅》，本是一部和疾病與死亡分不開的書。《金瓶梅》最早的讀者之一袁弘道，曾以枚乘〈七發〉為喻，而〈七發〉不外乎以奇麗變幻文字起太子之疾。《金瓶梅》繡像本，更是一部以無常為教義的佛教之寓言。無常乃是生命的本質，但只有在疾疫大行的時候，才成為如此躲避不開的現實。

但我對《金瓶梅》的偏愛，並不是因為它在中國傳統文學裏第一次如此豪華鋪張地描寫病與死，甚至也不是為了繡像本藝術上的精緻。

去年冬，我參加了哈佛大學為紀念已故的哈佛校友芮效衛教授出版《金瓶梅》詞話本全譯本而舉辦的討論會，十餘位與會學者發表了最新的研究成果。在為詞話本的辯護裏，我覺得最有吸引力的一種，是從後現代立場出發，把詞話中很多粗疏錯亂之處描述為無厘頭的游戲聚合，以此來對抗繡像本美學的精整和簡潔。這是對五四時代斥雅愛俗的相當聰明的變形，也是一種非常學者文人化的眼光。只是在我看來，這並不能開釋和抵銷詞話本裏的道德說教，反而使詞話本造成一種用心理學術語來說就是「情緒兩極症」的印象：一方面以嚴肅陳腐的道德勸誡來控制敘事，另一方面又在引用俗曲謠諺等細節方面一發不收，甚至顛倒錯亂，似乎是由太

多的說教和管制所引發的道學心疾。

相對於詞話本無時無刻的道德訓誡，繡像本非常地看得起它的讀者。慈悲是繡像本的靈魂。但這不是婆婆媽媽的仁愛，而是一種心明眼亮、毫不敷衍、包容而不寬恕的慈悲。換句話說，就是明瞭每一個人的弱點和罪孽，不隱藏，不找藉口，甫得其情，哀矜而無喜的大悲。張竹坡在其《讀法》裏，把小說作者比作菩薩，化身為筆下百十角色，因此才會現各色人等而曲盡其情、聲吻畢肖，才會對這些人物有完全的同情（「相同之感情」），從而充滿悲憫。這種貫穿佛教精神的小說美學，勾勒出了金瓶繡像之神。

《金瓶梅》是一部自覺的小說。而從它橫空出世，就不再只有傳、記、外史、或者演義。《三國》、《西遊》，依賴於現成的結構：或歷史，或行旅。《三國》沿著既定軌道推進；《西遊》可以隨便在哪裏插入五回十回都沒有關係，而且，主角是一隻猴子⋯⋯《水滸》則是把許多活潑潑的小像拼合在一起，細部絕妙，整體烏突，結局怎麼改，讓人很難掛懷。《金瓶梅》是孤獨的先行者，是中國真正的小說的開始。

前天，戴著口罩從剛剛開花的梨樹下走過；昨天早晨卻突然降雪了。梨花帶雪，一片皓白。我想到日本室町時代，心敬和尚的獨吟：

> 物的完全的孤獨呵 ——
> 散落的櫻花的影子。

> 古村中的
> 春天，誰來
> 賞看之？

詩的前句，讓我想起梁簡文帝蕭綱的一句詩：「落花還就影」。我常嘆其敏銳纖細的情致：從離枝到落地，短暫的片刻裏，尋找伴侶的花朵飄

向它的影子，為的不過是迴避孤獨而已，直到身影相合。

當年深夜燈下，每天一回，作此百回評點，本無刊行之意。直到今天才注意到張竹坡也曾說過：「此書卷數浩繁，偶爾批成，適有工便，隨刊呈世。」然而評點一部書，總是和作者也和其他讀者進行心靈對話的意思。千載之下，也不過是個迴避孤獨而已。

過去人寫文，末尾或有贊——此贊非頌揚之意，而是闡明之意，班固「總百氏、贊篇章」之謂。故自贊曰：

　　金瓶書影，春雪暗香，風鈴自韻，雲鳥無章。

是為序。

宇文秋水

2020.4.19

宇文所安原版序

　　在十六世紀的世界文學裏，沒有哪一部小說像《金瓶梅》。它的質量可以與塞萬提斯的《堂吉訶德》或者紫式部的《源氏物語》相比，但那些小說沒有一部像《金瓶梅》這樣具有現代意義上的人情味。在不同版本所帶來的巨大差異方面，《金瓶梅》也極為獨特：雖然繡像本和詞話本的差異在很大程度上是已經進入現代的明清中國出版市場所造成的，但這種差異對於我們思考文本本身卻產生了重大的影響。也許，我們只有在一個後現代的文化語境裏，才能充分了解這種差異。作者已經死了，我們不能夠、也沒有必要追尋「原本」。正因為這部小說如此強有力，如此令人不安，它才會被引入不同的方向。

　　我們現有的材料，不足以使我們斷定到底哪個才是「原本」：到底是詞話本，是繡像本，還是已經佚失的手抄本。學者們可以為此進行爭論，但是沒有一種論點可以說服所有的人。這種不確定性其實是可以給人帶來自由的：它使得我們可以停止追問哪一個版本才是真正的《金瓶梅》，而開始詢問到底是什麼因素形成了我們現有的兩個版本。顯而易見，這是一部令人不安的小說，它經歷了種種變化，是為了追尋一個可以包容它的真理。詞話本訴諸「共同價值」，在不斷重複的對於道德判斷的肯定裏面找到了它的真理。繡像本一方面基本上接受了一般社會道德價值判斷的框架，另一方面卻還在追求更多的東西：它的敘事結構指向一種佛教的精神，而這種佛教精神成為書中所有欲望、所有小小的勾心鬥角，以及隨之而來的所有痛苦掙扎的大背景。西方文化傳統中所常說的「七宗罪」，在

《金瓶梅》中樣樣俱全，但是歸根結底它們是可哀的罪孽，從來沒有達到絕對邪惡的輝煌高度，只不過是富有激情的，充滿癡迷的。

秋水的論《金瓶梅》，要我們讀者看到繡像本的慈悲。與其說這是一種屬道德教誨的慈悲，毋寧說這是一種屬文學的慈悲。即使是那些最墮落的角色，也被賦予了一種詩意的人情；沒有一個角色具備非人的完美，給我們提供絕對判斷的標準。我們還是會對書中的人物做出道德判斷——這部小說要求我們做出判斷——但是我們的無情判斷常常會被人性的單純閃現而軟化，這些人性閃現的瞬間迫使我們超越了判斷，走向一種處於慈悲之邊緣的同情。

關於「長篇小說」（novel）是什麼，有很多可能的答案，我不希望下面的答案排除了所有其他的詮釋。不過，我要說，在《金瓶梅》裏，我們會看到對於俄國批評家巴赫汀聲稱長篇小說乃「眾聲喧嘩」這一理論的宗教變奏（同時，《金瓶梅》的敘事也具有巴赫汀本來意義上的「眾聲喧嘩」性質）。小說內部存在著說教式的道德評判，這樣的價值觀念從來沒有被拋棄過，但是巴赫汀的「眾聲喧嘩」理論意味著不同的話語、不同的價值可以同時並存，最終也不相互調和。這部小說以太多不同的話語誘惑我們，使得我們很難只採取一種道德判斷的觀點。只有迂腐的道學先生，在讀到書中一些最精彩的性愛描寫時，才會感到純粹合乎道德的厭惡。在一個更深刻的層次，小說對人物的刻畫是如此細緻入微，使讀者往往情不自禁地產生單純的道德判斷所無法容納的同情。

秋水常常強調說，《金瓶梅》裏面的人物是「成年人」，和《紅樓夢》的世界十分不同：在紅樓世界裏，「好」的角色都還不是成人，而成年不是意味著腐敗墮落，就是意味著像元春那樣近乎非人和超人的權力。《紅樓夢》儘管有很多半好半壞、明暗相間的人物，但是它自有一個清楚的道德秩序，把毫不含糊的善良與毫不含糊的邪惡一分為二。也許因為《金瓶梅》裏沒有一個人是百分之百的善良或天真的，作者要求我們理解和欣賞一個處在某個特定時刻的人，即使在我們批評的時候，也能夠感到同情。

《金瓶梅》所給予我們的，是《紅樓夢》所拒絕給予我們的寬容人性。如果讀者偏愛《紅樓夢》，那麼也許是出於對純潔的無情的追求，而這種對純潔乾淨的欲望最終是缺乏慈悲的。服飾華美的賈寶玉儘可以披著一領大紅猩猩氈斗篷，瀟灑地告別人世間；但是我們也儘可以在一百二十回之外多想像幾回 —— 也許會有一位高僧囑咐寶玉回首往事，讓他看清楚：他的永遠和女孩子們相關的敏感對於任何度過了少年期的人都缺乏真正的同情。

把《金瓶梅》稱為一部宗教文本聽起來大概有些奇怪。不過，繡像本《金瓶梅》的確是一部具有宗教精神的著作。與《紅樓夢》無情的自信相比，《金瓶梅》永遠地誘惑著我們，卻又永遠地失敗著。我們既置身於這個世界，又感到十分疏遠，直到最後我們能夠在不贊成的同時原諒和寬容。我們可以痛快地原諒，正因為我們變成了同謀，被充滿樂趣的前景和小小的、聰明的勝利所引誘著。

我們可以把《金瓶梅》視為這樣的一部書：它是對於所有使得一個文化感到不安的因素所作的解讀。我們可以把《紅樓夢》視為這樣的一部書：它是對於《金瓶梅》的重寫，用可以被普遍接受的價值觀念，解決那些令人不安的問題。西門慶和賈寶玉，到底相距有多遠？

「不肖子」的寓言總是在這兒的：我們往往傾向於原諒一個大罪人，而不肯原諒一個小罪人。這裏有一個緣故。我們和西門慶、潘金蓮，比起和賈寶玉、林黛玉，其實離得更近 —— 如果不是在行為上，那麼就是在心理上。繡像本《金瓶梅》給我們這些有缺陷的凡夫俗子提供了深通世情的寬容。但這樣的慈悲是不夠的：它必須被那些幾乎毫無瑕疵的、只在少年時代才可信的角色所代替，於是，在《金瓶梅》之後，我們有了《紅樓夢》。

是為序。

on the
golden lotus

目錄

【原版前言】

一　源起

　　八歲那一年，我第一次讀《紅樓夢》。後來，幾乎每隔一兩年就會重讀一遍，每一遍都發現一些新的東西。十九歲那年，由於個人生活經歷與閱讀之間某種奇妙的接軌，我成為徹底的「紅迷」。在這期間，我曾經嘗試了數次，卻始終沒有耐心閱讀《金瓶梅》。對《金瓶梅》最完整的一次通讀，還是我二十三歲那年，在哈佛念書的時候，為了準備博士資格考試而勉強為之的。

　　直到五年之後，兩年之前。

　　前年夏天，十分偶然地，我開始重讀這部奇書。當讀到最後一頁、掩卷而起的時候，竟覺得《金瓶梅》實在比《紅樓夢》更好。此話出口，不知將得到多少愛紅者的白眼（無論多少，我都心甘情願地領受，因為這兩部傑作都值得）。至於這種念頭從何而起，卻恐怕不是一朝一夕便可說盡的 —— 因此，才會有現在的這本書。簡單講來，便是第一，《金瓶梅》看社會各階層的各色人等更加全面而深刻，更嚴厲，也更慈悲。《紅樓夢》對趙姨娘、賈璉、賈芹這樣的人物已經沒有什麼耐心與同情，就更無論等而下之的，比如那些常惹得寶玉恨恨的老婆子們，晴雯的嫂子，或者善姐與秋桐。《紅樓夢》所最為用心的地方，只是寶玉和他眼中的一班「頭一等」女孩兒。她們代表了作者完美主義的理想（「兼美」），也代表了理想不能實現的悲哀。

　　第二，人們都注意到《金瓶梅》十分巧妙地利用了戲劇、歌曲、小說等原始材料，但《金瓶梅》（繡像本）利用得最好的，其實還是古典詩詞。簡而言之，《金瓶梅》通過把古典詩歌的世界進行「寫實」而對之加以顛覆。我們會看到，《金瓶梅》自始至終都在把古典詩詞中因為已經寫得太濫而顯得陳腐空虛的意象，比如打鞦韆、閨房相思，填入了具體的內容，而這種具體內容以其現實性、複雜性，顛覆了古典詩歌優美而單純的境界。這其實是明清白話小說的一種典型作法。比如說馮夢龍的《蔣興哥重會珍珠衫》：興哥遠行經商，他的妻子三巧兒在一個春日登樓望夫。她臨窗遠眺的形象，豈不就是古詩詞裏描寫了千百遍的「誰家紅袖憑江樓」？豈不就是那「春日凝妝上翠樓，悔教夫婿覓封侯」的「閨中少婦」？然而古詩詞裏到此為止，從不往下發展，好像歌劇裏面的一段獨唱，只是為了抒情、為了揭示人物的內心世界。明清白話小說則負起了敘述情節、發展故事的責任。

　　在上述的例子裏，憑樓遠眺的思婦因為望錯了對象而招致了一系列的麻煩：三巧誤把別的男子看成自己的丈夫，這個男子則開始想方設法對她進行勾挑，二人最終居然變成了值得讀者憐憫的情人。這都是古詩詞限於文體和篇幅的制約所不能描寫的，然而這樣的故事卻可以和古詩詞相互參照。我們才能既在小說裏面發現抒情詩的美，也能看到與詩歌之美糾葛在一起的，那個更加複雜、更加「現實」的人生世界。

　　《紅樓夢》還是應該算一部詩意小說。這裏的「詩意」，就像「詩學」這個詞彙一樣，應該被廣義地理解。《紅樓夢》寫所謂「意淫」，也就是纖細微妙的感情糾葛：比如寶玉對平兒「盡心」，並不包含任何肉體上的要求，只是「憐香惜玉」，同情她受苦，但其實是在心理上和感情上「佔有」平兒的要求，用「意淫」描述再合適不過。寶玉去探望臨死的晴雯，一方面在這對少年男女之間我們聽到「枉擔了虛名」的表白，一方面寶玉對情欲旺盛的中年婦女比如晴雯的嫂子又怕又厭惡：晴雯的嫂子屬那個灰暗腐化的賈璉們的天地。這幕場景有很強的象徵意義：感情和肉體被一分

為二了，而且是水火不相容的。

《金瓶梅》所寫的，卻正是《紅樓夢》裏常常一帶而過的而且總是以厭惡的筆調描寫的中年男子與婦女的世界，是賈璉、賈政、晴雯嫂子、鮑二家的和趙姨娘的世界。這個「中年」，當然不是完全依照現代的標準，而是依照古時的標準：二十四五歲以上，又嫁了人的，就應該算是「中年婦人」了，無論是從年齡上還是從心態上來說。其實「中年」這個詞並不妥，因為所謂中年，不過是說「成人」而已——既是成年的人，也是成熟的人。成人要為衣食奔忙，要盤算經濟，要養家餬口，而成人的情愛總是與性愛密不可分。寶玉等等都是少男少女，生活在一個被保護的世界。寶玉當然也有性愛，但是他的性愛是朦朧的，遊戲的，襲人似乎是他唯一有肉體親近的少女（對黛玉限於聞她的香氣、對寶釵限於羨慕「雪白的膀子」），就是他的同性戀愛，也充滿了贈送汗巾子這樣「森提門答兒」（sentimental，感傷）的手勢。對大觀園裏的女孩子，更是幾乎完全不描寫她們的情欲要求（不是說她們沒有），最多不過是「每日家，情思睡昏昏」而已，不像《金瓶梅》，常常從女人的角度來寫女人的欲望。成人世界在寶玉與《紅樓夢》作者的眼中，都是可怕、可厭、可惱的，沒有什麼容忍與同情。作者寫賈璉和多姑娘做愛，用了「醜態畢露」四字，大概可以概括《紅樓夢》對於成人世界的態度了：沒有什麼層次感，只是一味的批判。

但《紅樓夢》裏「醜態畢露」的成人世界，正是《金瓶梅》作者所著力刻畫的，而且遠遠不像「醜態畢露」那麼漫畫性的簡單。

歸根結底，《紅樓夢》才是真正意義上的「通俗小說」，而《金瓶梅》才是屬文人的。早在《金瓶梅》剛剛問世的時候，寶愛與傳抄《金瓶梅》的讀者們不都是明末的著名文人嗎？袁宏道在 1596 年寫給董其昌的信裏，稱《金瓶梅》「雲霞滿紙，勝於枚生〈七發〉多矣」。無論「雲霞滿紙」四個字是何等腴麗，以鋪張揚厲、豪奢華美、愉目悅耳、終歸諷諫的漢賦，尤其枚乘極聲色之娛的〈七發〉，來比喻《金瓶梅》，實在是最恰當不過的了。到了二十世紀四十年代，作家張愛玲曾發問：「何以《紅樓夢》比較通

俗得多，只聽見有熟讀《紅樓夢》的，而不大有熟讀《金瓶梅》的？」（《論寫作》）當然我們不能排除一種可能，就是有人儘管熟讀《金瓶梅》，可是不好意思說，怕被目為荒淫鄙俗；此外，《金瓶梅》一直被目為淫書，所以印刷、發行都受到局限。但是，有一個重要的因素注定了《金瓶梅》不能成為家喻戶曉、有口皆碑的「通俗小說」：大眾讀者喜歡的，並非我們想像的那樣一定是「色情與暴力」—— 我疑心這只是知識分子的「大眾神話」而已 —— 而是小布爾喬亞式的傷感與浪漫，張愛玲所謂的「溫婉、感傷、小市民道德的愛情故事」。《紅樓夢》是賈府的肥皂劇，它既響應了一般人對富貴豪華生活的幻想，也以寶哥哥林妹妹的精神戀愛滿足了人們對羅曼斯（romance）的永恆的渴望。在我們現有的《紅樓夢》裏面，沒有任何極端的東西，甚至沒有真正的破敗。我有時簡直會懷疑，如果原作者真的完成了《紅樓夢》，為我們不加遮掩地展現賈府的灰暗與敗落，而不是像現在的續四十回那樣為現實加上一層「蘭桂齊芳」的糖衣（就連出家的寶玉也還是披著一襲豪奢的大紅猩猩氈斗篷），《紅樓夢》的讀者是否會厭惡地退縮，就像很多讀者不能忍受《金瓶梅》的後二十回那樣。

　　與就連不更世事的少男少女也能夠愛不釋手的《紅樓夢》相反，《金瓶梅》是完全意義上的「成人小說」：一個讀者必須有健壯的脾胃，健全的精神，成熟的頭腦，才能夠真正欣賞與理解《金瓶梅》，能夠直面其中因為極端寫實而格外驚心動魄的暴力 —— 無論是語言的，是身體的，還是感情的。《紅樓夢》充滿優裕的詩意，寶玉的「現實」是真正現實人生裏面人們夢想的境界：試問有幾個讀者曾經享受過寶玉的大觀園生活？《紅樓夢》摹寫的是少年的戀愛與悲歡 —— 別忘了寶玉們都只有十來歲而已；而寶玉、黛玉這對男女主角，雖有性格的缺陷與弱點，總的來說還是優美的，充滿詩情畫意的。《金瓶梅》裏面的生與旦，卻往往充滿驚心動魄的明與暗，他們需要的，不是一般讀者所習慣給予的涇渭分明的價值判斷，甚至不是同情，而是強有力的理解與慈悲。《金瓶梅》直接進入人性深不可測的部分，揭示人心的複雜而毫無傷感與濫情，雖然它描寫的物質

生活並沒有代表性，但是這部書所呈現的感情真實卻常常因為太真切與深刻，而令許多心軟的、善良的或者純一浪漫的讀者難以卒讀。

其實，眾看官儘可以不理會我聳人聽聞的廣告詞，因為《金瓶梅》和《紅樓夢》，各有各的好處。在某種意義上，這兩部奇書是相輔相成的。《紅樓夢》已經得到那麼多讚美了，所以，暫時把我們的注意力轉向一部因為坦白的性愛描寫而被指斥為淫書，導致了許多偏見與誤解的小說，也好。

二 《金瓶梅詞話》與《繡像金瓶梅》[1]

《金瓶梅》的兩大主要版本，一個被通稱為詞話本，另一個被稱為繡像本（因為有二百幅繡像插圖）或崇禎本。後者不僅是明末一位無名評論者據以評點的底本，也是清初文人張竹坡據以評點的底本。而自從張評本出現以來，繡像本一直是最為流行的《金瓶梅》版本，以至於詞話本《金瓶梅》竟至逐漸湮沒無聞了。直到 1932 年，《金瓶梅詞話》在山西發現，鄭振鐸以郭源新的筆名在 1933 年 7 月的《文學》雜誌上發表文章《談〈金瓶梅詞話〉》，從此開始了《金瓶梅》研究的一個嶄新階段。施蟄存為 1935 年印行的《金瓶梅詞話》所寫的跋，對詞話本和繡像本所作的一番比較，讚美「鄙俚」、「拖沓」的詞話本，貶低「文雅」、「簡淨」的繡像本，這一方面反映了當時人們對詞話本之重新發現感到的驚喜，另一方面也可以說代表了「五四」時期一代知識分子對於「雅與俗」、「民間文學與文人文學」的一種典型態度。

這種態度直接或間接地影響了歐美漢學界對《金瓶梅》兩個版本的評

1　本節之內闡述的觀點，已進一步拓展為一篇英文論文，題為〈金瓶梅兩個版本的初步比較研究〉（"A Preliminary Comparison of the Two Recensions of 'Jinpingmei'"），發表於《哈佛亞洲研究學刊》（*Harvard Journal of Asiatic Studies*）2002 年 12 月號（總第 62 卷第 2 期）。

價：自從哈佛大學東亞系教授韓南（Patrick Hanan）在二十世紀六十年代發表的力作〈《金瓶梅》版本考〉（"The Text of the Chin Ping Mei"）中推斷《金瓶梅》繡像本是出於商業目的而從詞話本簡化的版本以來，時至今日，很多美國學者仍然認為詞話本在藝術價值上較繡像本為優。普林斯頓大學的浦安迪教授（Andrew Plaks）曾經在其專著《明代小說四大奇書》（*The Four Masterworks of the Ming Novel*）中總結道：「研究者們幾乎無一例外地認為，無論在研究還是翻譯方面，詞話本都是最優秀的對象。在這種觀念影響下，崇禎本被當作為了商業目的而簡化的版本加以摒棄，被視為《金瓶梅》從原始形態發展到張竹坡評點本之間的某種腳注而已。」[1]

　　正在進行《金瓶梅詞話》全本重譯工作的芝加哥大學芮效衛教授（David Roy），也在譯本第一卷的前言中，對繡像本進行抨擊：「不幸的是，B 系統版本[2]是小說版本中的次品，在作者去世幾十年之後出於一個改寫者之手。他不僅完全重寫了第一回較好的一部分，來適應他自己對於小說應該如何開頭的個人見解，而且對全書所有其他的章節都作出了改變，每一頁上都有他所作的增刪。很明顯，這位改寫者不了解原作者敘事技巧中某些重要特點，特別是在引用的材料方面，因為原版中包含的許多詩詞都或是被刪去，或是換成了新的詩詞，這些新詩詞往往和上下文不甚相干。但是，原作者含蓄地使用詩歌、曲子、戲文對話以及其他類型的借用材料以構成對書中人物和情節的反諷型評論，正是這一點使得這部小說如此獨特。對於應用材料進行改動，其無可避免的結果自然是嚴重地扭曲了作者的意圖，並使得對他的作品進行闡釋變得更加困難。」[3]

　　當然也存在不同的聲音。與上述意見相反，《金瓶梅》的當代研究者之一劉輝在〈《金瓶梅》版本考〉一文中說：「（在繡像本中）濃厚的詞話

1　Andrew Plaks, *The Four Masterworks of the Ming Novel*. Ch. 2. New Jersey: Princeton University Press, 1987. p. 66.
2　按，即繡像本。
3　David Roy, trans. *The Plum in the Golden Vase*. Vol. I, "The Gathering". New Jersey: Princeton Univesity Press, 1993. 此前言的中文翻譯見樂黛雲、陳珏編選：《北美中國古典文學研究名家十年文選》，南京，江蘇人民出版社 1996 年版，第 569 — 606 頁。

說唱氣息大大的減弱了，沖淡了；無關緊要的人物也略去了；不必要的枝蔓亦砍掉了。使故事情節發展更為緊湊，行文愈加整潔，更加符合小說的美學要求。同時，對詞話本的明顯破綻作了修補，結構上也作了變動，特別是開頭部分，變詞話本依傍《水滸》而為獨立成篇。」另一位當代研究者黃霖在〈關於《金瓶梅》崇禎本的若干問題〉裏面提出：「崇禎本的改定者並非是等閒之輩，今就其修改的回目、詩詞、楔子的情況看來，當有相當高的文學修養。」並舉第四回西門慶、潘金蓮被王婆倒關在屋裏一段描寫為例，認為：「崇禎本則改變了敘述的角度 …… 使故事更加曲折生動，並大大豐富了對潘金蓮的神情心理的描繪。」[2]

兩個截然不同的意見，代表了兩種不同的審美觀點。但是，第一，它們都建立在兩種版本有先有後的基本假定上，一般認為詞話本在先、繡像本在後；而我認為，既然在這兩大版本系統中，無論詞話本還是繡像本的初刻本都已不存在了，更不用提最原始的手抄本，詞話本系統版本和繡像本系統版本以及原始手抄本之間的相互關係，似乎還不是可以截然下定論的。[3] 第二，雖然在兩大版本的差異問題上存在著一些精彩的見解，但是，無論美國、歐洲還是中國本土的《金瓶梅》研究者，往往都把主要精力集中在對作者的追尋、對寫作年代的推算以及對兩個版本孰為先後的考證方面，而極少對兩大版本做出詳細具體的文本分析、比較和評判。正如中華書局出版的《金瓶梅會評會校本》整理者秦修容在前言中所說：「人們往往把目光散落在浩繁的明代史料之中，去探幽尋秘，卻常常對《金瓶梅》

1　劉輝：〈《金瓶梅》版本考〉，徐朔方、劉輝編：《金瓶梅論集》，北京，人民文學出版社1986年版，第 237 — 238 頁。

2　黃霖：〈關於《金瓶梅》崇禎本的若干問題〉，中國金瓶梅學會編：《金瓶梅研究》第一輯，南京，江蘇古籍出版社1990年版，第 80 頁。

3　在兩大版本系統的先後以及相互關係方面，有許多問題還沒有解決，而且，在更多的證據出現之前，雖然可以多方揣測，但是無法「蓋棺定論」。許多研究者各執一端，曲為之說，但細察其論據，未免不能完全服人。此外，我對於「從俗到雅、從繁到簡」（因此一定是從詞話本到繡像本）的指導思想也有一些不同的看法，蓋人們往往傾向於認為大眾文學一定都是被文人加工和雅化，民間文學一定都是被士大夫階層拿去改造，卻忽略了文學史上許多的相反事例也。

的本身關注不夠，研究不足。」[1]

在《金瓶梅》兩大版本的閱讀過程中，我覺得我們唯一可以明確無疑做出判斷的，就是這兩個版本在其思想背景上，在其人物形象塑造上，在其敘事風格上，都具有微妙然而顯著的差別。介入紛繁的版本產生年代及其相互關係之爭不是本書的目的，我的願望是通過我們能夠確實把握的東西 —— 文本自身 —— 來分析這部中國小說史上的奇書。其實，到底兩個版本的先後次序如何並非最重要的，最重要的是這兩個版本的差異體現了一個事實，也即它們不同的寫定者具有極為不同的意識形態和美學原則，以至於我們甚至可以說我們不是有一部《金瓶梅》，而是有兩部《金瓶梅》。我認為，繡像本絕非簡單的「商業刪節本」，而是一部富有藝術自覺的、思考周密的構造物，是一部各種意義上的文人小說。

因此，貫穿本書的重大主題之一，將是我對《金瓶梅》兩大版本的文本差異所作的比較和分析。我以為，比較繡像本和詞話本，可以說它們之間最突出的差別是：詞話本偏向於儒家「文以載道」的教化思想，在這一思想框架中，《金瓶梅》的故事被當作一個典型的道德寓言，警告世人貪淫與貪財的惡果；而繡像本所強調的，則是塵世萬物之痛苦與空虛，並在這種富有佛教精神的思想背景之下，喚醒讀者對生命 —— 生與死本身的反省，從而對自己、對自己的同類，產生同情與慈悲。假如我們對比一下詞話本和繡像本開頭第一回中的卷首詩詞，已經可以清楚地看出這種傾向。詞話本的卷首詞，「單說著情色二字」如何能夠消磨英雄志氣，折損豪傑精神：

> 丈夫隻手把吳鈎，欲斬萬人頭。如何鐵石打成心性，卻為花柔！　請看項籍並劉季，一似使人愁。只因撞著虞姬、戚氏，豪傑都休。

1　秦修容整理：《金瓶梅會評會校本》，北京，中華書局 1998 年版，第 1 頁。

隨即引用劉邦、項羽故事，為英雄屈志於婦人說法。下面則進一步宣稱，無論男子婦人，倘為情色所迷，同樣會招致殺身之禍：

> 說話的，如今只愛說這情色二字，做甚？故士矜才則德薄，女衒色則情放，若乃持盈慎滿，則為端士淑女，豈有殺身之禍？今古皆然，貴賤一般。如今這一本書，乃虎中美女，後引出一個風情故事來。一個好色的婦女，因與了破落戶相通，日日追歡，朝朝迷戀，後不免屍橫刀下，命染黃泉，永不得著綺穿羅，再不能施朱傅粉。靜而思之，著甚來由！況這婦人，他死有甚事，貪他的，斷送了堂堂六尺之軀，愛他的，丟了潑天閧產業，驚了東平府，大鬧了清河縣。[1]

「虎中美女」這個狂暴嬌媚的意象，是詞話本一書的關鍵：它向讀者暗示，書中所有的情色描寫，不過是噬人之虎狼的變相而已。而上面這一段話，從男子之喪志，寫到婦人之喪身，最終又從喪身的婦人，回到斷送了性命家業的男子，已經隱括全書情節，無怪乎「欣欣子」在《金瓶梅詞話序》裏面讚美道：「無非明人倫，戒淫奔，分淑慝，化善惡，知盛衰消長之機，取報應輪迴之事，如在目前。」

繡像本第一回的卷首詩，則採錄了唐朝女詩人程長文的樂府詩〈銅雀台〉[2]。銅雀台為曹操在公元 210 年建築於鄴城，曹操臨終時，曾遺命他的姬妾住在台上，每逢初一、十五，便面向他的靈帳歌舞奏樂。這從五世紀開始，成為一個常見的題材，南朝詩人江淹、謝朓、何遜等人有同題詩作，程長文的作品便可清晰地見到江淹的影響。它描繪了一幅今昔對比的興亡盛衰圖。按照繡像本無名評點者的說法，可謂「一部炎涼景況，盡此

1　本書在論析過程中，大量引用《金瓶梅》文本原文，其文字均出於早期版本。為保持其原有風貌，引文照錄原版文字，不以現行漢語文字規範為準，特此說明。

2　按，此詩原題〈詠銅雀台〉，繼承一個從六朝開始的「詠曹操銅雀台伎」的詩歌傳統。言不僅君王已長已矣，就連哀悼他的姬妾也都煙消雲散了。《文苑英華》、郭茂倩《樂府詩集》均有收錄。第一行原作「君王去後行人絕」，此處應為繡像本作者根據小說內容改為「豪華去後」。

數語中」：

> 豪華去後行人絕，簫箏不響歌喉咽。
>
> 雄劍無威光彩沉，寶琴零落金星滅。
>
> 玉階寂寞墜秋露，月照當時歌舞處。
>
> 當時歌舞人不回，化為今日西陵灰。

這裏重要的是注意到曹操的遺命與西門慶的遺命有相似之處（希望姬妾不要分散）。但是無論這樣的臨終遺言是否得到實現，它只是一個空虛的願望而已，因為最終就連那些姬妾，也難免化為過眼雲煙。繡像本作者緊接著在下面引述「二八佳人體似酥，腰間仗劍斬愚夫」一詩以儆色，但是在綜述人生幾樣大的誘惑尤其是財與色之後，作者的筆鋒一轉，進入一個新的方向，鮮明地揭示紅塵世界的虛空本質：

> 說便如此說，這財色兩字，從來只沒有看得破的。若有那看得破的，便見得堆金積玉，是棺材內帶不去的瓦礫泥沙；貫朽粟紅，是皮囊內裝不盡的臭污糞土。高堂廣廈，玉宇瓊樓，是墳山上起不得的享堂；錦衣繡襖，狐服貂裝，是骷體上裹不了的敗絮。即如那妖姬豔女，獻媚工妍，看得破的，卻如交鋒陣上，將軍叱咤獻威風；朱唇皓齒，掩袖回眸，懂得來時，便是閻羅殿前，鬼判夜叉增惡態。羅襪一彎，金蓮三寸，是砌墳時破土的鍬鋤；枕上綢繆，被中恩愛，是五殿下油鍋中生活。只有那《金剛經》上兩句話說得好，他說道：如夢幻泡影，如電復如露。見得人生在世，一件也少不得；到了那結果時，一件也用不著。隨著你舉鼎蕩舟的神力，到頭來少不得骨軟筋麻；繇著你銅山金谷的奢華，正好時卻又要冰消雪散；假饒你閉月羞花的容貌，一到了垂眉落眼，人皆掩鼻而過之；比如你陸賈隋何的機鋒，若遇著齒冷唇寒，吾未如之何也已。到不如削去六根清淨，披上一領

袈裟，參透了空色世界，打磨穿生滅機關，直超無上乘，不落是非
窠，倒得個清閒自在，不向火坑中翻筋斗也。

　　雖然這一段話的前半，表面看來不過是「糞土富貴」的勸誡老套，但
是隨著對《金剛經》的引用，作者很快便把議論轉到人生短暫、無奈死亡
之何的萬古深悲，而作者為讀者建議的出路 —— 削去六根清淨、參透空
色世界 —— 也因為它的極端性而顯得相當驚人，因為這樣的出路，遠非
詞話本之「持盈慎滿」為可比：「持盈慎滿」是建立在社會關係之上，針
對社會中人發出的勸告，剃度修行卻已是超越了社會與社會關係的方外之
言。換句話說，如果「持盈慎滿」是鑲嵌在儒家思想框架之中的概念，那
麼「參透空色世界」則是佛教的精義；如果「持盈慎滿」的教訓只適用於
深深沉溺於這個紅塵世界的讀者，那麼，繡像本則從小說一開始，就對讀
者進行當頭棒喝，向讀者展示人生有盡，死亡無情。緊接著上面引述的那
一段話，作者感嘆道：

　　正是：
　　三寸氣在千般用，一日無常萬事休。

　　「一日無常萬事休」，這是繡像本作者最深切的隱痛。詞話本諄諄告
誡讀者如何應付生命中的「萬事」，繡像本卻意在喚醒讀者對生命本體的
自覺，給讀者看到包圍了、環繞著人生萬事的「無常」。繡像本不同的開
頭，就這樣為全書奠定了一種十分不同於詞話本的基調。在這一基調下，
《金瓶梅》中常常出現的尼僧所唸誦的經書、寶卷，以及道士做法事時宣
講的符誥，無不被賦予了多重豐富的意義：一方面，它們與尼僧貪婪荒淫
的行為構成諷刺性對比；一方面，它們襯托出書中人物的沉迷不悟、愚昧
無知；另一方面，它們也成為作者藉以點醒讀者的契機。等到我們通讀全
書，我們更會意識到：作者在此處對佛經的引用和他看似激切的意見，無

不有助於小說的敘事結構。對比繡像本的第一回和最後一回，我們會發現，第一百回中普靜和尚對冤魂的超度以及西門慶遺腹子孝哥的出家，不僅早已在第一回中「伏脈」，體現出結構上首尾照應的對稱和諧之美，而且在小說的主題思想上成為一個嚴肅的、精心安排的結局。普靜和尚「幻度」孝哥，不僅僅化他出家而已，而且竟至「化陣清風不見了」，這樣的收場，實在達到了空而又空的極致。於是，《金瓶梅》貫穿全書的豪華鬧熱，「人生在世一件也少不得」的衣食住行，被放在一個首尾皆「空」（「一件也用不著」）的框架之中，彷彿現代的京劇舞台上，在空白背景的映襯下，演出的一幕色彩濃豔華麗的人生悲劇。就這樣，小說開始處作者重筆點出的「空色世界」，在小說的結構中得到了最好的體現。換句話說，繡像本《金瓶梅》的敘事結構本身，就是它的主題思想的完美實現。

兩大版本在題旨命意方面的差別，當然不僅僅表現於第一回的不同和首尾結構之相異。從小的方面來說，詞話本與繡像本的卷首詩詞也體現出了這種思想傾向的區別。簡而言之，詞話本的卷首詩詞往往是直白的勸誡警世之言，繡像本的卷首詩詞則往往從曲處落筆，或者對本回內容的某一方面做出正面的評價感嘆，或者對本回內容進行反諷，因此在卷首詩詞與回目正文之間形成複雜的張力。但無論何種取向，鮮有如詞話本那樣發出「酒色多能誤國邦，由來美色喪忠良」（第四回卷首詩）這種道德說教之陳腐舊套者；而且，這樣的詩句只是陳規老套的「世俗智慧」，與故事文本並不契合，因為西門慶固非「忠良」，而西門慶與王婆聯手勾引金蓮，最終導致金蓮死於武松刀下，則「美色」實為「忠良」所喪耳。就是在故事正文中，詞話本的敘述者也往往喜歡採取「看官聽說」的插話方式，向讀者諄諄講述某段敘事之中的道德寓意，似乎唯恐讀者粗心錯過。

再從較大的方面來看，西門慶的九個酒肉朋友，在詞話本中不過只是酒肉朋友而已，但是在繡像本中，朋友更進一步，成了結義兄弟：繡像本的第一回，便正是以「西門慶熱結十弟兄」為開始的。結義兄弟之熱絡，與武大武二親兄弟之「冷遇」固然形成對照，而結義兄弟之假熱真冷卻又

直照最後一回中十兄弟之一雲理守對西門慶的背叛，以及書中另一對親兄弟（韓大、韓二——武大、武二之鏡像）之間的複雜關係。如果我們記得《金瓶梅》的誕生，乃在《三國演義》、《水滸傳》之後，我們會注意到西門慶等人的兄弟結義，實在是對《三國演義》、《水滸傳》所全力歌頌的男子之間金蘭情誼的諷刺摹擬。這種男子之間的情誼，可以稱之為「社會性的『同性戀愛』關係」，它既是一個父權社會中最重要的社會關係之一（朋友和君臣、父子、兄弟、夫妻關係一起構成了儒教之「五倫」），而當朋友演化為「兄弟」，其社會關係的層面又被這種偽家庭關係所進一步豐富和充實。因此，當一個男人被他的結義兄弟所出賣和背叛，其悲劇性和諷刺意味要遠遠大於被一個朋友所出賣和背叛。在這個意義上，繡像本《金瓶梅》開宗明義對西門慶熱結十兄弟的強調，等於是在已經建立起來的古典白話長篇小說的傳統中，對《三國演義》、《水滸傳》這種幾乎完全建立在男性之間相互關係上的歷史與英雄傳奇作出的有力反諷，也是對作為基本儒家概念的「五倫」進行的更為全面的顛覆。而在儒家思想賴以生存的幾乎所有主要社會關係——君臣、父子（如西門慶拜太師蔡京為義父、王三官又拜西門慶為義父）、兄弟、朋友、夫妻——都被一一揭破之後，這個物欲橫流的紅塵世界也就變得更加破敗和空虛了。

與充滿欺詐背叛的結義兄弟關係形成諷刺性對照的，則是潘金蓮與龐春梅主僕之間宛如姐妹一般的親密相知：這種發生於不同社會階層的人士之間的「知與報」的關係，我們可以在戰國時代業經形成的養士風俗中看到原型。與戰國時的豫讓相似，春梅也曾歷經二主：先服侍西門慶的正妻吳月娘，後服侍潘金蓮。然而「彼以眾人待我，我以眾人報之；彼以國士待我，我以國士報之」：於是豫讓之報答知伯，事其死一如事其生；而春梅之報答金蓮也如是。縱觀《金瓶梅》全書，幾乎沒有任何一對男子之間的關係，其感情強度可以與之相提並論，只有武松待武大差似之。然而一來武松於武大是親兄弟，不比春梅於金蓮毫無血緣關係；二來武松後來的報仇已經摻雜了很多個人的成分，不再是純粹的兄弟感情起作用；何況武

松棄武大唯一的遺孤於不顧，於情於理都有所未安。因此，金蓮、春梅之間的關係就顯得更加特殊。這種關係雖然在兩大版本中都得到同等的表現，但是，正因為繡像本把朋友寫成結義兄弟，一再調侃、諷刺這些義結金蘭的弟兄對彼此的虛偽冷酷，則女人之間無論是爭風吃醋、相互陷害，還是對彼此表現出來的同情與體諒（金蓮與春梅、瓶兒與西門大姐、金蓮與玉樓、小玉與春梅），也就或者正面烘托，或者反面映襯，從而更加強有力地成為書中男性世界的反照。

在人物刻畫方面，繡像本的風格也十分一貫，較詞話本更為含蓄和複雜。潘金蓮的形象塑造即是一例。因為書中自有詳寫，這裏就不贅述了。又如第九十四回中，做了守備夫人的春梅，在軟屏後面看到周守備拷打她的舊情人、西門慶原來的女婿陳敬濟，本待要假稱姑表姐弟和陳敬濟相認，忽然沉吟想了一想，吩咐權把陳敬濟放走，以後慢慢再叫他相見不遲。詞話本行文至此，隨即向讀者解釋春梅的動機：西門慶的第四個妾孫雪娥流落在周府中做廚娘，倘若收留了陳敬濟，雪娥勢必把他們的真實關係道破，傳入周守備耳中。所以只有想法子先攆走孫雪娥，才能把陳敬濟招進守備府。在繡像本裏，這段心事直到第九十七回，春梅與敬濟終於會面時，才由春梅自己親口向敬濟道出。敘述者不費一字一句向讀者解釋，而讀者自然明白了春梅的用心。這樣的地方，雖然只是細節，卻很有代表性，使我們更加清楚地看到詞話本喜歡解釋與說教的特點。

但是也確實有很多華美的物質細節為詞話本所有而繡像本所無。此外，書中凡有唱曲之處，詞話本多存唱詞，而繡像本僅僅點出曲牌和歌詞的第一句而已。這自然是對明末說唱文學極感興趣的學者最覺得不滿的地方，而且，很多《金瓶梅》的研究者都覺得這是繡像本寫作者不了解這些詞曲在小說敘事中的作用，純粹為了節省篇幅而妄加刪削的表現。我則以為，我們應該想到，雖然對於現代的讀者和研究者來說，書中保留全部曲詞固然至關重要，但是，對明末的讀者來說，這些曲子都是當時廣為流傳的「通俗歌曲」，一個浸潤於其中的讀者只消看到曲牌和第一句曲詞，就

完全可能提頭知尾，那麼，如果把全部曲詞都存錄下來，倒未免有蛇足之嫌了。而繡像本之不錄曲詞，從另一方面說，也和它一貫省淨含蓄的風格相一致。

　　談到繡像本的省淨，我們當然可以懷疑書商為了減低出版費用而刪削簡省，但問題是在看到《金瓶梅》一書的暢銷程度之後，擴充增改現有的書稿，稱之為真正原本在市場上發行，同樣是書商有效的牟利手段。就連詞話本錯雜不工的回目對仗，我們都可以爭辯乃出自書商或書商僱傭的「陋儒」之手。提出這一點來，不是因為我定然相信這種假設，而是希望藉此提醒讀者，在版本的先後問題上有很多可能性。也許，《金瓶梅》的作者和寫作年代將是一個永遠無解的懸案，但在我看來，這絲毫不影響我們欣賞這部奇書本身。從具體的文本比較中，我們可以清楚地看到繡像本和詞話本的差異。研究這些差異到底意味著什麼，我以為是一件更加有意義，也因為建立在踏實的基礎上而更加可能產生實際效果的工作。如果這本書能夠在這方面做出拋磚引玉的工作，就是我最高興的。

　　最後還要提到的一點，也是十分重要的一點，是我們應該從《金瓶梅》兩個版本的讀者接受方面，看出我們對一部文學作品的觀點、評判，總是於不知不覺間受到本時代之意識形態大方向的制約；唯有意識到這一制約，才不至於完全被其轄制。譬如說詞話本的發現，恰逢「五四」時代，人們揚俗抑雅，揚平民而抑貴族，並認為一切之文學，無不源自民間，於是施蟄存氏才會作出這樣的論斷：「舊本未嘗不好，只是與《詞話》一比，便覺得處處都是粗枝大葉⋯⋯鄙俚之處，改得文雅，拖杳之處，改得簡淨，反而把好處改掉了也。」文雅、簡淨本是讚語，這裏被用作貶語；鄙俚、拖杳，本是貶語，這裏被用作讚語。前面已經談到這是典型的「五四」論調，但問題在於，正是這樣的觀點，即民間文學是萬物之源，才會導致寫過一部《中國俗文學史》的鄭振鐸氏在其評論《金瓶梅詞

1　施蟄存：〈金瓶梅詞話跋〉，朱一玄編：《金瓶梅資料彙編》，天津，南開大學出版社1985 年版，第 173 頁。

話》的開山之作中認為文雅之繡像本出於鄙俚之詞話本。此語一出，遂成
定論，竟至半個多世紀以來，海內外之研究者均無異言。但假如我們設想
張竹坡或其他清朝文人看到詞話本，他們是否反而會認為鄙俚拖沓之詞話
本是文雅簡淨之原本的大眾化和庸俗化？既然 1634 年（崇禎七年）已經
出現了《金瓶梅》改編而成的戲劇（事見明末文人張岱《陶庵夢憶》卷四
《不繫園》條記載），那麼在詞話本、繡像本之刊刻年代尚未分明，其原
刻本渺不可見的情況下，我們又從何可以斷定那時沒有由《金瓶梅》改編
的說唱文學 —— 一部《金瓶梅詞話》？在這裏，我不是說張竹坡一定就
會那麼想，也不是說張竹坡如果那麼想，他的觀點就一定正確，我只是想
指出，我們的很多觀點與結論都受制於我們時代的主導意識形態，而某一
時代的主導意識形態，到了另一時代未必就行得通。我們只有心裏存了這
個念頭，才不至完全受制於我們自己的時代局限性。

三　底本、體例、插圖及其他

　　本書所用小說底本有三：一、北京大學出版社根據北大圖書館藏本於
1988 年影印的《新刻繡像批評金瓶梅》，有無名評論者的批點，東吳弄珠
客序（此序無日期）。二、文學古籍刊行社 1988 年重新影印的《金瓶梅
詞話》，即 1932 年在山西發現者，當時曾以古佚小說刊行會名義影印，
1957 年由文學古籍刊行社重印，有欣欣子序、廿公跋、東吳弄珠客序
（落款時標有字樣「萬曆丁巳」也即 1617 年）。三、張竹坡評點本，題為
《皋鶴堂批評第一奇書金瓶梅》，卷首有署名「謝頤」的序（1695 年）。
　　本書採取的三部現代版本分別是：一、1990 年由齊煙、（王）汝梅校
點，香港三聯書店、山東齊魯書社聯合出版的《新刻繡像批評金瓶梅》會
校本。這個本子校點精細，並附校記，沒有刪節，對於繡像本《金瓶梅》

的研究十分重要。二、1986 年由戴鴻森校，香港三聯書店出版的《新校點本金瓶梅詞話》。三、1998 年由秦修容整理，北京中華書局出版的《金瓶梅會評會校本》。只可惜後兩個版本都是所謂潔本，「會評本」甚至將小說中做愛段落的繡像本評點、張竹坡評點也一併刪落，雖然可能是迫於現實的壓力，但這樣的做法未免破壞了小說的藝術完整性（那些做愛描寫是作者刻畫人物、傳達意旨的重要組成部分，不是可有可無的點綴之筆），而且對於研究者來說實在大為不便。

在提到《水滸傳》時，我參考的底本是 1954 年人民文學出版社出版的《水滸全傳》。這個本子是鄭振鐸、王利器、吳曉玲三位學者在《水滸傳》各個不同版本（如最早的武定侯殘本、1589 年天都外臣序刻本、一百二十回袁無涯刻本等）的基礎上校勘整理的，附有較為詳細精審的校勘記。

本書的形式，是依照原書回目，逐回進行評論。每回評論中首先出現的章回標題是繡像本回目，其次出現的是詞話本回目。這裏一個有趣的問題是：無論繡像本還是詞話本，其全書目錄與其正文回目往往有歧異之處。比如，繡像本第三回在目錄中作「定挨光虔婆受賄」，在正文回目中作「定挨光王婆受賄」；詞話本第十回在目錄中作「妻妾玩賞芙蓉亭」，在正文回目中作「妻妾宴賞芙蓉亭」。詞話本目錄與正文回目的差距有時相當大，比如詞話本第六十三回之「親朋祭奠開筵宴」，在正文回目中變成了「親朋宿伴玉簫記」。有時，些微的差異可以導致敘事重心的轉移。比如第七十八回，詞話本目錄作「吳月娘玩燈請藍氏」，正文回目作「請黃氏」。無論黃氏還是藍氏，都是西門慶心中的「下一個勾引目標」，區別在於藍氏接受了西門慶妻子吳月娘的邀請，而黃氏卻未赴宴。「請藍氏」固然濃墨重彩寫出西門慶初見藍氏的神魂飄蕩，「請黃氏」則突出了西門慶的失望，為即將發生的風流雲散埋下了伏筆。有時，詞話本正文回目與其目錄抵牾，卻與繡像本重合。比如，第六十一回「李瓶兒帶病宴重陽」，詞話本目錄、繡像本目錄及正文回目都相同，而詞話本正文回目卻

作「李瓶兒苦痛宴重陽」。與繡像本不同，詞話本現存版本除上述的山西本之外只有兩部，其一還是殘本，皆存於日本，不知它們的目錄和正文回目是否與山西本又有所不同。因手頭無書，無從進一步比較了。本書的回目，姑且一律遵從詞話本、繡像本的正文。

本書的插圖，除了一兩幅是《金瓶梅》繡像本的插圖之外，都選自歷代名畫，以及近、現代的照片。因我以為《金瓶梅》裏面的男男女女是存在於任何時代的，不必一定穿著明朝或者宋朝的衣服。若依照外子的意思，索性都用現代的黑白照片，但是時間與精力所限，也只能如此了，雖然這個願望，也許將來可以實現 —— 如果莎士比亞的戲劇，常常以現代裝束、現代背景、現代語言重現於世界銀幕，我們怎麼不可以有一部現代的《金瓶梅》呢？我們的生活中，原不缺少西門慶、蔡太師、應伯爵、李瓶兒、龐春梅、潘金蓮。他們鮮衣亮衫地活躍在中國的土地上，出沒於香港與紐約的豪華酒店。我曾經親眼見到過他們。

本書的寫作，初稿始於 2001 年 1 月 16 日，終於 4 月 25 日，前後共歷百日，足成百回之數；又在同年夏冬之間做了大量修改、潤色與補充。古人稱詞為詩之餘，曲為詞之餘；既然我的專業研究範疇是魏晉南北朝文學，這番對《金瓶梅》的議論，可以算是業之餘。無他，只是對這部橫空出世的奇書愛之不足，溢於言表，就像父母喜歡談論自己的孩子，熱戀中的人喜歡談論自己的愛人，如斯而已。正是：

夜寒薄醉搖柔翰，語不驚人也便休。

西門慶熱結十弟兄
武二郎冷遇親哥嫂

（景陽岡武松打虎　潘金蓮嫌夫賣風月）

一　秋天的書

　　《金瓶梅》是一部秋天的書。它起於秋天：西門慶在小說裏面說的第一句話，就是「如今是九月廿五日了」。它結束於秋天：永福寺肅殺的「金風」之中。秋天是萬物凋零的季節，死亡的陰影籠罩著整個第一回，無論熱的世界還是冷的天地。秋屬金，而第一回中的眾多伏筆就好像埋伏下的許多金戈鐵馬，過後都要一一殺將出來，不能浪費。

　　第一回中，新近死掉的有一頭猛虎，一個男子卜志道，還有一個將死未死的女人卓丟兒 —— 且不提那些「早逝」的西門慶父母西門達、夏氏，先妻陳氏，張大戶，王招宣，以及一個頗有意思的配角白玉蓮。西門慶第三個妾卓丟兒從病重到病死，從廣義上說，預兆著西門慶的女人們一個一個或死亡或分散的結局，從狹義上說，預兆著瓶兒的命運。卓丟兒與瓶兒的映襯，既是平行式的，也是對比式的：只要我們對比一下西門慶對卓氏的病是什麼反應，就可以見出後來他對瓶兒的感情有多深。在西門慶的一班朋友裏，一開場就死了的卜志道（「不知道」）則預兆著書中諸男子的

結局：一幫酒肉兄弟的死亡與分散，花子虛與西門慶的早亡（二人都是「不好得沒多日子，就這等死了」）。西門慶、應伯爵、謝希大三人對卜志道之死的反應（嘆息了兩聲之後，立刻轉移了話題，而且其死亡被夾在品評青樓雛妓李桂姐與談論結拜那天「吃酒玩耍」之間道出），一來揭示了十兄弟的「熱」實際乃是「冷」，二來也預現了花子虛、西門慶甚至武大死後的情形。張竹坡評：「既云兄弟，乃於生死時只如此，冷淡煞人。寫十兄弟身分，如此一筆，直照西門死後也。」只不過映照花子虛、西門慶之死是從正面（結拜兄弟的翻臉無情），映照武大之死是從反面（親兄弟武松的「放聲大哭」也）。

　　至於白玉蓮，這個配角有趣之處在於她和全書毫不相干：本回提到的其他那些早逝的人物至少有情節上的重要性，比如張大戶後來有侄子張二官，王招宣有遺孀林太太，寫西門慶的父母是介紹這個主角的根基來歷，寫西門慶的先妻陳氏是為了出西門大姐，更是為了帶出陳敬濟，不像我們這個玉蓮無根無葉，與本書的情節發展沒有任何關係。白玉蓮的出現，其作用完全是「文本」的，也就是說它向我們顯示的完全是文字的花巧、文字的樂趣；換句話說，如果我們以古典詩詞或者散文的思維和美學方式來想《金瓶梅》，我們就會發現，白玉蓮這個人物根本是潘金蓮的對偶。玉蓮和金蓮當初是張大戶一起買進家門的使女，兩人同房歇臥，金蓮學琵琶而玉蓮學箏，後來玉蓮死了，剩下金蓮一個。安插一個白玉蓮者，一來是平行映襯與對比，比如特別寫其「生得白淨小巧」，與膚色較黑的金蓮恰成反照；二來「白玉蓮」的名字有其寓意：蓮本是出污泥而不染的花卉，何況是玉蓮，何況是白玉蓮，她的早死使她免除了許多的玷污，隱隱寫出金蓮越陷越深、一往不返的沉淪；三來玉蓮的「白淨小巧」與以膚色白皙為特點的瓶兒遙遙呼應，玉蓮的早死籠罩了瓶兒的命運；四來玉蓮的名字兼顧玉樓（玉樓也是金蓮之外，西門慶的六個妻妾中唯一會樂器的女子），後文中，玉樓每每以金蓮的配角出場，也是中國古典文學中「對偶」之美學和哲學觀念的具體表現也。

在死亡方面，武松是以死亡施予者或曰死神使者的形象出現的：「只為要來尋他哥子，不意中打死了這個猛虎。」他坐在馬上，「身穿著一領血腥衲襖，披著一方紅錦」。這個形象蘊涵著無窮的暴力與殘忍。武松一出場，便和紅色的鮮血聯繫在一起。金蓮與西門慶二人，通過一頭死去的猛虎和他們對於武松的共同反應 ——「有千百斤氣力」—— 聯結在一起；而金蓮的結局，在這裏已經可以見出端倪了。

二　兄弟與亂倫

回目裏面以「冷熱」二字對比。冷熱即炎涼。在第一回裏，一方面是結義弟兄之熱，一方面是嫡親哥嫂之冷。當然在小說最後，我們知道「熱結」的弟兄因為西門之死而翻臉變冷，「冷遇」的哥嫂卻因死去的大郎而變得更加情熱 —— 情熱以致殺嫂的程度；但是酒肉之交的結義兄弟儘可以諷刺性地以「熱結」來描寫（這種勢利之熱，其實是熱中有冷），嫡親哥嫂卻何故以「冷遇」出之哉（尤其金蓮之對待武松，其實是冷中之熱）？我們固然可以解釋說，作者要照顧回目的對仗工整，所以「熱結」必對以「冷遇」。不過事情恐怕也沒那麼簡單。何以然？我們且看看武氏兄弟對彼此的反應，就會覺得他們的關係不像是單純的「悌」。武松本來是回家探兄長，無意間打死了老虎，無意間做了都頭，但是探兄的意思似乎也就淡了，寧肯在街上「閒行」，也不回家看哥哥，兄弟是偶然「撞見」的。那麼武大呢，每日在街上賣炊餅，明明聽說自己的兄弟打死了老虎、做了都頭，也不見去清河縣找尋兄弟。再看哥哥帶著弟弟回家，要武松搬到一起來住，完全是金蓮提出的主張。金蓮當然是有私心的，但是武大何以對這件事自始至終一言不發呢？兩口子送武松下樓，金蓮再次諄諄叮囑：「是必上心搬來家裏住。」武松回答說：「既是嫂嫂厚意，今晚有行李便取

來。」金蓮勸說武松搬來的話裏，口口聲聲還是以「俺兩口兒」、「我們」為本位，但是武松的答話卻只承認「嫂嫂厚意」而已，這樣的回答又置武大於何地哉？而「今晚」便搬來，也無乃太急乎？聽到這句回答，無怪金蓮大概也因為驚喜而忘記了保持一個冠冕堂皇的「俺兩口兒」的身份，說出一句：「奴這裏等候哩！」

對比《水滸傳》在此處的描寫，雖然只有數語不同，便越發可以見出《金瓶梅》作者曲筆深心。在《水滸傳》裏，武大初見武二，便嘮叨說有武二在時沒人敢欺負他多麼好，後來武二臨走時，武大附和著金蓮的話道：「大嫂說得是。二哥，你便搬來，也教我爭口氣。」武松道：「既是哥哥嫂嫂恁地說時，今晚有些行李，便取了來。」我們注意到：在《水滸傳》中，搬來同住的邀請來自武大、金蓮兩個人，而武松在答應的時候，認可的也是哥哥和嫂嫂兩個人，完全不像在《金瓶梅》中。武大對於武松搬來同住一直沉默不語，而他在《水滸傳》中所說的話「也教我爭口氣」在《金瓶梅》中被挪到金蓮的嘴裏：「親兄弟難比別人，與我們爭口氣，也是好處。」武大對於武松搬來同住的曖昧態度，固然是為了表現金蓮的熱情和武大的無用，另一方面也使得兩兄弟的關係微妙和複雜起來。

詞話本第一回開頭一段長長的「入話」，借用劉邦和戚夫人、項羽和虞姬，說明「當世之英雄，不免為二婦人以屈其志氣」，「妾婦之道以事其丈夫，而欲保全首領於牖下，難矣」。又道：「故士矜才則德薄，女衍色則情放。若乃持盈慎滿，則為端士淑女，豈有殺身之禍。」這段道德論述，似乎暗示了「尤物禍水」、「女色害人也自害」的陳詞。比起詞話本第一回，繡像本的第一回不僅自身結構十分嚴謹，而且在小說的總體結構上也與第一百回形成更好的照應：開始對於酒色財氣的評述，歸結到「色即是空」，所以「到不如削去六根清淨 …… 參透了空色世界，落得清閒自在，不向火坑中翻筋斗」，伏下最後孝哥的出家；西門慶在玉皇廟由吳道士主持結拜兄弟，對比第一百回中永福寺由普靜和尚解脫冤魂；玉皇廟裏面應伯爵講的關於「曾與溫元帥搔胞」，預兆了後來陳敬濟在晏公廟做

道士時成為師兄內寵的命運；應伯爵開玩笑把其他的結拜兄弟比作「吃」西門慶的老虎，也是具有預言性質的黑色幽默。不過。第一回與第一百回的真正照應，還在於對「兄弟」關係的反覆對比參照：在第一百回，西門慶十兄弟之一的雲理守背棄結拜的恩義，乘人之危，企圖非禮月娘，月娘堅執不從，映照此回潘金蓮對武松的想入非非和武松的不為所動，瓶兒對於結拜一事曖昧的「歡喜」和西門慶對結拜兄弟的妻子同樣曖昧的誇獎：「好個伶俐標致娘子兒！」

　　然而作者對於兄弟關係所下的最曖昧的一筆，在於武大一家的鏡像韓道國一家的遭遇。王六兒與小叔舊有姦情，後來不但沒有受到報應，反而得以在韓道國死後小叔配嫂，繼承了六兒的另一情夫何官人的家產，安穩度過餘生。無論繡像本評點者還是張竹坡，到此處都沉默不語，沒有對王六兒、韓二的結果發出任何評論。想來也是因為難以開口吧。按照「天網恢恢，疏而不漏」的善惡報應說，怎麼也難解釋王六兒和韓二的結局。僅僅從這一點來看，《金瓶梅》——尤其是繡像本《金瓶梅》——就不是一部簡單的因果報應小說。浦安迪也注意到六兒、韓二結局的奇特：「小說中描寫的扭曲婚姻關係之另一面，也是更加令人困惑的一面，在於韓道國、王六兒在合夥勾引西門慶、騙他的錢財時表現出來的溫暖的相互理解——這種曖昧一直持續到本書的結尾，六兒嫁給小叔，並且比西門慶生命中那些不如她這麼毫不掩飾的女人都活得更長久。」[1]在探討《金瓶梅》這一章節的結尾處，作者提出：「也許……讀者希望在玉樓還算不錯的結局當中，或者甚至像王六兒和韓二這樣表面上看去根本沒有什麼希望的角色之美滿結果當中，讀出另外一種救贖的信息。」[2]浦安迪本人並不完全認同這處解釋，但他也沒有對王六兒和韓二的結局進一步提出更多的分析。

1　Andrew Plaks, *The Four Masterworks of the Ming Novel*. Ch. 2. pp. 169-170.
2　按，這種解讀，可以在一般人們對於《紅樓夢》的世界坍塌後劉姥姥的倖存所作出的闡釋之中找到對應。但劉姥姥的倖存並不能視為王六兒之倖存的對等：劉姥姥是一個本性樸實的農家婦女，其狡猾處無不是農民式的狡猾，為人知道感恩圖報，也具有同情心；王六兒卻是一個完全不同的城市婦女，既貪財，又充滿情欲，是典型的「小市民」。

我想，他的遲疑和假設更說明六兒、韓二結局的特殊性和曖昧性。

　　兄弟的關係被夾在他們之間的女人變得極為複雜而充滿張力，但有一點我們可以看得十分清楚：那就是《金瓶梅》是一部對於「亂倫」的演義。這個「亂倫」是事實上的，更是象徵意義上的。書中實際的亂倫（雖然還不是血親之間的亂倫），有韓二和嫂嫂王六兒，敬濟和金蓮，金蓮對武松得不到滿足的情欲，一筆帶過的配角陶扒灰。但是更多的是名義上的亂倫：西門慶的表子桂姐是西門慶的妾李嬌兒的侄女，則西門慶實際是桂姐的姑夫；桂姐又認月娘為乾娘，則西門慶又成了她的乾爹；桂姐的情人王三官拜西門慶為義父，則桂姐、三官便是名分上的兄妹；西門慶娶了結拜兄弟的遺孀瓶兒。性愛之亂倫引申為名分的錯亂：西門慶與蔡太師的管家以親家相稱而無親家之實，西門慶拜蔡京為乾爹，原來無姓的小僕玳安最後改名西門安而承繼了西門慶的家業，被稱為「西門小員外」，儼然西門慶之假子，但是當初玳安又曾與西門慶分享夥計賁四的妻子。雖然繡像本《金瓶梅》以道廟開始、以佛寺結束，但是儒家「必也正名乎」的呼籲、對名實不副感到的道德焦慮，在《金瓶梅》的世界中獲得了極為切實的意義。

三　異同

　　繡像本第一回回目的對仗比起詞話本要工整很多自不待言，就第一回的內容來說，分述西門慶、吳月娘、十兄弟與武大、潘金蓮、武二的上下兩段（以看打虎英雄為轉折點）也形成了對偶句的關係。潘金蓮對於嫡親小叔武松的曖昧的殷勤，與吳月娘對於西門慶結拜兄弟的不屑一顧恰好形成了對比：「哪一個是那有良心的行貨？」月娘並以諷刺的口氣說：「結拜兄弟也好，只怕後日還是別個靠你的多哩。」月娘和金蓮這一對相反相成

的人物之間，還夾著一個未現其身、只聞其聲的瓶兒，使得第一回在本身結構上更加複雜，其中的伏筆也更加繁複：西門慶邀花子虛加入結拜，派玳安去隔壁花家說知，「你二爹若不在家，就對你二娘說罷」。「金瓶梅」者，未見花枝（金蓮、春梅），先出「花瓶」（雖然是虛寫的「花瓶」）。玳安回來稟告西門慶：果然花子虛不在，「俺對他二娘說來，二娘聽了，好不歡喜，說道：『既是你西門爹攜帶你二爹做兄弟，那有個不來的。等來家我與他說，至期以定攛掇他來，多拜上爹。』又與了小的兩件茶食來了。」瓶兒之為人，在此透露一斑。瓶兒對結拜兄弟的歡喜態度，對西門慶的「多拜上」，隱隱預示了她將來攜帶財物嫁給丈夫的結拜兄弟（她的「大伯子」）這一名義上的亂倫行為。

除了在結構安排上十分不同之外，詞話本和繡像本最突出的差異便表現在對西門慶和潘金蓮二人形象的塑造上。對西門慶的介紹，《金瓶梅》比《水滸傳》細緻不少。《水滸傳》中「從小也是一個奸詐的人」，詞話本卻作「從小也是個好浮浪子弟，使得些好拳棒，又會賭博，雙陸象棋，抹牌道字，無不通曉」。繡像本則作：「有一個風流子弟，生得狀貌魁梧，性情蕭灑……這人不甚讀書，終日閒遊浪蕩……學得些好拳棒（下同詞話本）。」《水滸傳》中稱西門慶為「破落戶財主」，詞話本同，繡像本則完全看不見「破落戶」三字，反稱西門家中「呼奴使婢，騾馬成群，雖算不得十分富貴，卻也是清河縣中一個殷實的人家」。後文又寫西門慶「生來秉性剛強，做事機深詭譎」。詞話本中，稱其「調佔良人婦女，娶到家中，稍不中意，就令媒人賣了，一個月倒在媒人家去二十餘遍」。這段幾近漫畫式的醜化描寫，繡像本全然沒有。綜觀《水滸傳》、詞話本和繡像本，我們一來看到西門慶的相貌、本事在《金瓶梅》中得到了更加具體實在的描寫，二來也看到繡像本的描寫比詞話本中那個比較常見的、比較漫畫化的浪蕩子形象更加複雜和全面。

至於金蓮，很多評論者注意到《金瓶梅》改寫了《水滸傳》中她的出身來歷。《水滸傳》寫她是大戶人家使女，「因為那個大戶要纏她，這女使

只是去告訴主人婆，意下不肯依從，那個大戶以此記恨於心，卻倒貼些房奩，不要武大一文錢，白白地嫁與他。自從武大娶得這個婦人之後，清河縣裏有幾個奸詐的浮浪子弟們，卻來他家耰惱。原來這婦人，見武大身材短矮，人物猥獕，不會風流，她倒無般不好，為頭的愛偷漢子……卻說那潘金蓮過門之後，那武大是個懦弱本分的人，被這一班人不時間在門前叫道：『好一塊羊肉，倒落在狗口裏。』因此武大在清河縣住不牢……」

這段描寫，徐朔方認為「《水滸》寫得極差，虧得在《金瓶梅》中得到補救」，因為這個拒絕屈從於大戶的貞烈姑娘形象和後文不吻合。[1]《金瓶梅》改為金蓮先被母親賣在王招宣府，十五歲時，王招宣死了，潘媽媽以三十兩銀子轉賣給六旬以上的張大戶，大戶於金蓮十八歲時收用了她，遭家主婆嫉妒，於是大戶把金蓮嫁給武大，「這武大自從娶了金蓮，大戶甚是看顧他，若武大沒本錢做炊餅，大戶私與他銀兩」。大戶仍然與金蓮私通，「武大雖一時撞見，原是他的行貨，不敢聲言」（此段繡像本與詞話本大同小異，加點字是繡像本多出來的）。這段改寫十分重要：一、大戶變得有名有姓，與後來張二官的出現遙遙呼應；二、張大戶死於「陰寒病症」，隱隱指向與金蓮的偷情，但是實在是自找的也；三、武大明知大戶與金蓮私通而不敢聲言，繡像本「原是他的行貨」六字是神來之筆，否則武大何以不敢聲言大戶，卻定要去捉西門慶、金蓮的姦乎；四、當然武大還受了許多張大戶的物質恩惠（不要房租的房子，白娶的老婆，賣炊餅的本錢），所以也是不敢聲言的原因之一。物質恩惠能夠買到妻子的身體，武大品格比《水滸傳》降低了不少，同時更加突出了和下文韓道國的對應。

關於浮浪子弟來找麻煩一節，《金瓶梅》的描寫詳細得多。先說詞話本：

婦人在家別無事幹，一日三餐吃了飯，打扮光鮮，只在門前簾

---

[1] 徐朔方：〈《金瓶梅》的成書以及對它的評價〉，徐朔方、劉輝編：《金瓶梅論集》，北京，人民文學出版社1986年版，第65頁。

兒下站著，常把眉目嘲人，雙睛傳意。左右街坊有幾個奸詐浮浪子弟，睃見了武大這個老婆，打扮油樣，沾風惹草，被這干人在街上撒謎語，往來嘲戲，唱叫：這一塊好羊肉，如何落在狗口裏！人人自知武大是個懦弱之人，卻不知他娶得這個婆娘在屋裏，風流伶俐，諸般都好，為頭的一件，好偷漢子。有詩為證：

> 金蓮容貌更堪題，笑靨春山八字眉。
>
> 若遇風流清子弟，等閒雲雨便偷期。

這婦人每日打發武大出門，只在簾子下嗑瓜子兒，一徑把那一對小金蓮故露出來，勾引得這夥人日逐在門前彈胡博詞，扠兒難，口裏油似滑言語，無般不說出來。因此武大在紫石街住不牢，又要往別處搬移，與老婆商議。婦人道：「賊混沌，不曉事的，你賃人家房住，淺房淺屋，可知有小人囉唣。不如湊幾兩銀子，看相應的典上他兩間住，卻也氣概些，免受人欺負。你是個男子漢，倒擺佈不開，常交老娘受氣。」武大道：「我那裏有錢典房。」婦人道：「呸，濁才料。把奴的釵梳湊辦了去，有何難處。過後有了，再治不遲。」

這段描寫，在繡像本裏作：

那婦人每日打發武大出門，只在簾子下嗑瓜子兒，一徑把那一對小金蓮故露出來，勾引浮浪子弟，日逐在門前彈胡博詞，撒謎語，叫唱：「一塊好羊肉，如何落在狗口裏？」油似滑的言語，無般不說出來。（下同）

這樣看來，繡像本此處比詞話本乾淨簡省很多，但是詞話本和繡像本比起《水滸傳》都多了一個關鍵的細節：金蓮當掉自己的釵環供武大典房。這樣一來，繡像本的敘述者不說金蓮「好偷漢子」便有了重要的意義：一來繡像本往往讓人物以行動說話而較少評論判斷，二來好偷漢子的

評語與下文金蓮主動出錢幫武大搬家根本不合。試想如果金蓮那麼喜歡勾引男子，她又何必典賣自己的釵環以供搬家之需呢？[1]

《水滸傳》全無此等描寫，金蓮遂成徹頭徹尾的惡婦。繡像本中的金蓮在初次出現的時候，有著各種可能。她最終的沉淪與慘死，有無數的偶然機會在作祟，不完全是她自己的性格所決定的。

繡像本第一回與詞話本還有一處值得注意的不同：那就是各色重要人物的上場次序被提前。比如應伯爵和花子虛以及女主角之一的李瓶兒，在詞話本中都是直到第十回才出場；此外還有一個重要人物玳安，在詞話本直到第三回才出場，而且十分不顯眼，只是西門慶派去給王婆送衣料的「貼身答應的小廝」而已。在繡像本，玳安於第一回即出現（十分合適，因為他畢竟是第一百回中的「西門小員外」），作者描寫他「生得眉清目秀，伶俐乖覺，原是西門慶貼身服侍的」，形象比詞話本突出得多了。

1　按，金蓮的大度，非很多女人小氣、愛惜首飾之可比。而在古典文學裏面，往往以一個女人是否能獻出自己的首飾供丈夫花用或者供家用來判斷她的賢惠，若依照這個標準，則金蓮實在是賢惠有志氣的婦人，而且她也並不留戀被浮浪子弟攪擾的生活。又可見她好的只是有男子漢氣概的男人而已，並不是金錢。

俏潘娘簾下勾情
老王婆茶坊說技

（西門慶簾下遇金蓮　王婆子貪賄說風情）

一　叔嫂之間的張力

雖然一喜一驚，但金蓮對武松的本能反應和西門慶居然不謀而合：那便是這人必然有「千百斤氣力」。金蓮和西門慶兩個人物，其實乃是一枚硬幣的正反兩面耳。這一點，毋庸不佞多說，讀者自可領略。但是如果我說：金蓮和武松，其實也是一枚硬幣的兩面，不知又有多少讀者會首肯呢？

金蓮在第一回中以「真金子」、「金磚」自許，敘述者也說「買金偏撞不著賣金的」，同情金蓮、武大之不般配。而在第二回中，武松搬來同住，金蓮「強如拾得金寶一般歡喜」。後來，武大說武松勸他的話乃是「金石之語」——再次以金許武松。武松不好財（把五十兩打虎的賞銀分散給獵戶），金蓮亦不重財（典當自己的釵環供武大賃房）。武松自稱「頂天立地男子漢」，金蓮自稱「不帶頭巾的男子漢」。武松能殺虎而金蓮能殺人。金蓮與武松，真是棋逢對手，遙相呼應，兩兩匹敵。二人但凡相遇，總是眼中只有彼此，根本容不下旁人。武大其人，完全只是二人之間

傳電的媒介而已。兄弟二人之間，亦完全只是靠一個女人維繫其充滿張力的關係。

寫金蓮挑逗武松，又何嘗不是武松挑逗金蓮？比如大雪誘叔一段，金蓮問武松為何沒有回家吃早飯。武松答以早間有一朋友相請。這也罷了，卻又補上一句：「卻才又有作杯，我不耐煩，一直走到家來。」則難道回家來便「耐煩」麼？金蓮請他「向火」，《水滸傳》裏武松只簡單地答道：「好。」而在《金瓶梅》裏他卻答說：「正好。」雖然只多得一個「正」字，味道卻似不同。武松又問：「哥哥那裏去了？」這話問得也是稀奇：武大每天出去賣炊餅，難道還有別處好去不成。這也該算是沒話找話罷。後來被金蓮讓了兩杯酒，他也就「卻篩一杯酒，遞與婦人」。金蓮「欲心如火」（別忘了兩人都在烤火也），「武松也知了八九分，自己只把頭來低了，卻不來兜攬」（《水滸傳》僅作「知了四五分」而已）。這已是第三次寫武松在金蓮面前低頭也。第一、第二次在第一回初見時：「武松見婦人十分妖嬈，只把頭來低著。」可見武松眼裏心中都有一個妖嬈的婦人在，不止是一個嫂嫂也。後來一起吃飯，金蓮一直注目於武松，「武松吃他看不過，只得倒低了頭」。武松在金蓮面前每每低頭，也正像後文中金蓮在西門慶前每每低頭一般。武松的這種低頭，也許有的讀者會覺得是「老實」，我卻覺得正好說明武松不是天真未泯的淳樸之人。只要想想在《水滸傳》中武松是如何誘騙與打倒孫二娘的，就知道武松是個「壞小子」，與其他水滸好漢比，如林沖、魯智深、李逵，都截然不同。

武松的行為言語，處處與金蓮對稱和呼應。金蓮以自己喝剩下的半盞殘酒遞給武松，武松「奪過來潑在地下」就已經說明態度了，又何必「把手只一推，爭些兒把婦人推了一交」？「嫂溺，援之以手」，還只是「權也」（從權之謂），又如何禁得「把手只一推」乎。而「把手只一推」者，想必推的是婦人的肩，與上文金蓮「一隻手便去武松肩上只一捏」，恰好兩兩映襯。金蓮匹手就來奪武松的火箸，也映照武松匹手奪過來金蓮的酒杯。就連後來武松臨行時吩咐金蓮好好做人，告誡金蓮「心口相應，卻不

要心頭不似口頭」（繡像本無後半句），也彷彿是在引用金蓮挑逗他的話：「只怕叔叔口頭不似心頭。」武二對嫂嫂的話印象何其深乎。金聖嘆唯恐讀者錯過此處的呼應關係，特意評論說：「恰與前言相照得好。」

武松去而復來，又帶來酒食，武大一句問話都沒有，還是金蓮來問武松：「叔叔沒事壞鈔做什麼？」武松對金蓮說：「武二有句話，特來要與哥哥說知。」（《水滸傳》作「和哥哥嫂嫂說知則個」）隨後又是金蓮說：「既如此，請樓上坐。」這一段話，寫武大一言不發，真是雖生猶死，也是為了再次襯托武松與金蓮之間的針鋒相對。

二 命運的偶然性

武松臨出差前，叮囑武大「歸到家裏，便下了簾子，早閉上門，省了多少是非口舌」。最後又特地囑咐一句「在家仔細門戶」（此句不見於《水滸傳》，只見於《金瓶梅》）。然而金蓮與西門慶的姻緣卻正由於金蓮拿著叉竿放簾子、叉竿被風吹倒而打在西門慶頭上而起。最終殺武大者，王婆也，西門慶也，金蓮也，亦是武松也。設使武松如韓二一般與嫂子通姦，又設使武大如韓道國一般置之不理，武大、金蓮、王婆、李外傳都未必死，然而武松是豪傑，「不是那等敗壞風俗傷人倫的豬狗」，於是乎武大死也，李外傳死也，金蓮死也，王婆死也，西門慶亦死也。人之生死，的確是由性格決定：不僅由自己的性格，也由他人的性格。《金瓶梅》作者設置韓道國一家作為武大一家鏡像的用意，部分便是要向讀者展示：可怕的結果不必一定來自亂倫的惡行，也來自不肯亂倫的道德行為。其實，沒有人可以責怪金蓮之不愛武大、不滿足於武大，連敘述者也嘆息說「自古佳人才子相配著的少，買金偏撞不著賣金的」；沒有人可以責怪金蓮之愛上「身材凜凜、相貌堂堂」的武松；但同樣也沒有人可以責怪武松不屈

從於金蓮的魅力——唯有繡像本評點者直言不諱地說「吾正怪其不近人情」——然而在情欲方面表現得不近人情處，正是在兄弟倫理上近人情的表現（人不僅僅只有動物本能耳）。《金瓶梅》通過武松的叮囑展示給我們的，一來是命運的偶然性（使得武松的好意叮囑反而成了把西門慶與金蓮帶到一起的契機）；二來是一系列極為無奈的情境，是人性與人情所不能避免、不能壓抑、不能控制的情境。正因為無奈，所以讀者需要的不是判斷、譴責、仇恨、憤怒，而是慈悲。

三　紅、綠、白、金掩映下的死亡陰影

第二回，先從金蓮眼中，看出了西門慶的容貌與打扮，然後又從西門慶眼中，寫出金蓮的相貌。我們至此才看到「這婦人」原來有一雙「清冷冷杏子眼兒」。而金蓮身上穿的那件「毛青布大袖衫」，也許是她在書中最寒素的一次打扮了。饒是如此，還是引得西門慶回了七八次頭，可見秀色天然。至於第一回中，武松穿紅，暗示著他的暴烈與金蓮的血腥結局；第二回大雪誘叔一段，世界一片茫茫白色，二人暖身的火爐既象徵金蓮旺盛的情欲，也象徵了武松的憤怒與暴力，而武松偏偏穿一領鸚哥綠紵絲衲襖，則暗示其人的生冷無情。紅綠前後輝映，文字極為嫵媚。

武松踏雪回來一段文字，與第八十七回武松流放回來假稱娶金蓮一段文字遙遙相對。此回寫金蓮，「獨自冷冷清清立在簾兒下，望見武松正在雪裏，踏著亂瓊碎玉歸來，那婦人推起簾子，迎著笑道：『叔叔寒冷。』」（而叔叔也確實「寒冷」）後來又令迎兒「把前門上了閂，後門也關了」，以便引誘武松。第八十七回中，金蓮已離開西門府，在王婆家裏待嫁。這時的金蓮，已經與昔日的金蓮，判若兩人，然而，就好像一切都沒有發生過似的，她再次站在「簾下」，遠遠地看到武松走來。這情景是如此熟

悉，幾乎要使得我們也忘記了一部大書橫亙於兩幅簾子之間，只有金蓮慌忙的躲避，使我們驟然記起武大之死、武二之流放這一系列黑暗事件。然而，的確有一樣東西，是一直沒有改變的：那就是金蓮對打虎英雄不自覺的迷戀（以及她對自己美貌的自信、對武大的全然忘懷）。這迷戀與自信與忘懷，使得她盲目於武松心中的仇恨，聽說武松要娶她，居然不等王婆叫她，便從里間「自己出來」，為武松獻茶。而武松在殺金蓮、王婆之前，也「分付迎兒把前門上了閂，後門也頂了」——正是金蓮在大雪天引誘武松時的情境。在似曾相識的恍惚迷離中，金蓮的生命走到了盡頭。

本書起自秋天，下一個重要的日子，便是十一月的冬雪（這是書中第一次寫雪），再下一個重要的季節，便已經是三月「春光明媚時分」了。雪的寒冷潔白，映出武松的冰冷無情，反襯金蓮如火般灼熱的情慾和武松怒火之暴烈；春光明媚，則映出金蓮、西門慶春心的搖蕩。然而，即使是在春天的明媚光景裏，依然有著死亡的冷冷陰影：西門慶在街上遊逛，被歸於「只因第三房妾卓二姐死了，發送了當，心中不樂，出來街上閒走，要尋應伯爵，到那裏散心耍子，卻從這武大門首經過，不想撞了這一下子在頭上」；而西門慶的行頭打扮，引人注目的是他手中一柄「灑金川扇兒」，試問扇子何所從來？乃頭年九月那死去的朋友卜志道所贈也（第一回中西門慶提到「前日承他送我一把真金川扇兒」正是）。打死山中猛虎的那個人雖然去了，第一回中交代的兩個新死鬼魂，卻在西門慶與金蓮頭上縈繞不去。誠如孫述宇所言：「寫死亡是《金瓶梅》的特色。一般人道聽途說，以為這本書的特色是床笫間事，不知床笫是晚明文學的家常，死亡才是《金瓶梅》作者獨特關心的事。」[1]

1　孫述宇著：《金瓶梅的藝術》，台北，時報文化出版事業有限公司1978年版，第69頁。

第三回

定挨光王婆受賄
設圈套浪子私挑

（王婆定十件挨光計　西門慶茶房戲金蓮）

　　這一回基本來自《水滸傳》，所以注意其中的改寫部分十分重要。最關鍵的改寫發生在金蓮與西門慶兩人的身上，雖然只是小作增刪，二人卻形象大變，尤其是金蓮。

　　西門慶比《水滸傳》中，少了幾分無賴的氣質，而多了幾分驕傲與沉雄。比如《水滸傳》中他央求王婆，情急而下跪，在《金瓶梅》裏「下跪」二字被刪去。又比如王婆激他說若不肯使錢，事成不得，在《水滸傳》中，西門慶答說：「這個容易醫治。」似乎承認慳吝是自己的毛病。而在《金瓶梅》裏，他只是簡單地答說：「這個容易。」見其不肯嘴軟，亦表示不真的把錢財放在眼裏。王婆講罷她的錦囊妙計，原作「西門慶聽了大笑」，此作「聽了大喜」，雖然一字之差，人物的心胸氣派便不同，蓋一淺一深也。再看下文，王婆叮囑他快使人送那充當誘餌的衣料來，「休要忘了」。王婆之急切，只是為了自己貪便宜要衣料，當然不是替西門慶著急，這一點西門慶看得十分清楚。在原作中，西門慶回答：「得乾娘完成得這件事，如何敢失信。」似乎認為衣料只是給王婆的報酬而已，所以「不敢失信」，這話便說得糊塗而無力。但在《金瓶梅》繡像本裏，西門

慶答：「乾娘，這是我的事，如何敢失信！」五個字斬截有力，不僅毫不糊塗，而且甚至微微對王婆的急切流露出諷刺之意。此處詞話本未改，仍作「乾娘如完成得這件事，如何敢失信」。

金蓮之變化尤其顯著。《水滸傳》把她寫成一個極為放肆的婦人，偷情的慣家，而《金瓶梅》繡像本中的金蓮，雖然在武大面前潑辣，在武松面前熱烈，但唯獨初次在西門慶面前出現時，有許多的嫵媚羞澀，似乎被還原成她的本來面目：一個青年女子，不是妻，也不是嫂嫂。

《水滸傳》原作中，西門慶進得王婆的房間，初見婦人，便唱個喏，而婦人「慌忙放下生活，還了萬福」。我們且不論古時男女社交生活是怎樣的，但一個「慌忙」，殊無風度。《金瓶梅》在這裏作：「西門慶睜眼看著那婦人：雲鬟疊翠，粉面生春，上穿白布衫兒，桃紅裙子，藍比甲，正在房裏做衣服。見西門慶過來，便把頭低了。這西門慶連忙向前屈身唱喏，那婦人隨即放下生活，還了萬福。」西門慶「睜眼」凝視，極寫他的飢渴、專注、大膽。「忙」字從金蓮轉用到西門慶身上方才合適，因為畢竟是西門慶盼望這個時辰盼望了這許久。但就是西門慶也不是「慌忙」而只是「連忙」。

繡像本的金蓮在此回中，自從見到西門慶，前後凡七次低頭（我們想到武松在金蓮面前的三次低頭）。在《水滸傳》和詞話本中，她問西門慶「沒了大娘子得幾年了」，情見乎外；然而在繡像本裏，她所有的說話都只是回答，沒有一句主動，多半是在聽王婆與西門慶對話。三人共飲，《水滸傳》中作西門慶勸酒而「婦人笑道：『多謝官人厚意。』」這一笑，分明是把金蓮寫成極為放肆潑辣、對男人見慣不怪的樣子。而在《金瓶梅》中，卻作了「婦人謝道：『奴家量淺，吃不得。』」當王婆幫著相勸，她才「接酒在手」，卻又在飲酒吃菜之前，「向二人各道了萬福」。每讀到此，我都不由得想到漢成帝對趙飛燕的那句非常出人意料的評價：「謙畏禮義人也。」

詞話本與繡像本的不同，也正在於描寫金蓮初見西門慶時，詞話本並

無那許多嫵媚的低頭。西門慶拿起金蓮手中的活計看了，對金蓮的針線大加讚美，詞話本作「那婦人笑道：『官人休笑話。』」繡像本作「那婦人低頭笑道：『官人休笑話。』」說起那天被叉竿打到頭，詞話本作「婦人笑道：『那日奴誤衝撞，官人休怪。』」繡像本作「婦人分外把頭低了一低，笑道：⋯⋯」繡像本評點者在這裏眉批：「妖情欲絕。」可見低頭的魅力（以《紅樓夢》、《金瓶梅》為一切之源頭的張愛玲，其《傾城之戀》的女主角白流蘇便正是「善於低頭」）。後來三人吃酒，西門慶問金蓮青春多少，詞話本作「婦人應道：『奴家虛度二十五歲，屬龍的，正月初九日丑時生。』」問一句，答了一串，倒好像在把自己的八字交付給媒人，忒大方熱烈了。繡像本作了「婦人低頭應道：『二十五歲。』西門慶道：『娘子到與家下賤內同庚，也是庚辰，屬龍的，他是八月十五日子時。』婦人又回應道：『將天比地，折殺奴家。』」[1]西門慶張口就把月娘生辰八字倒出，稱金蓮與賤內同庚，在禮節上極為唐突，但正符合西門慶的性格身份，既是攀話，也是挑逗。金蓮的反應則保守很多，符合其初次與陌生男子吃酒經歷，且應答得大方禮貌，顯得越發動人。金蓮雖然後來變成一個十二分潑辣的婦人，但此時畢竟是第一次偷情，與西門慶只是第二次見面，西門慶又是一個十分主動、十分有經驗的浪子，不比武松是小叔，又是在自己家裏，可以藉著「長嫂」的身份，對面嫩的小叔子問長問短，加以勾引。如果對武松之時是金蓮採取主動，那麼和西門慶在一起，便是金蓮被動。這場好像社交舞蹈一般的調情，採取的是「你進我退」的形式。金蓮對西門慶的反應不僅合乎情理，而且使得她的形象更加豐滿、生動、複雜。

《水滸傳》與詞話本有許多西門慶、王婆假意稱讚武大郎的文字，以及金蓮的謙辭，在繡像本中都沒有，直接續入王婆一番對西門慶的褒揚。

1　按，《水滸傳》未提到月娘，只作西門慶道自己「癡長五歲」，金蓮回答「將天比地」，然而《金瓶梅》此處是為寫出金蓮生肖屬龍也，後又特改西門慶生肖屬虎，只比金蓮大兩歲，則龍虎鬥固不待言，也為後來寫瓶兒羊落虎口張本。

蓋為了繡像本下一回中更改添加的有關西門慶與金蓮調情之細膩描寫做準備也。

　　一個小小的、預言性的細節，是王婆詭稱請金蓮幫忙裁剪西門慶佈施給自己的送終衣料。後來，王婆、金蓮一同喪命武松之手。王婆為西門慶定下了十件挨光計，適足以送了自己的終，則西門慶、金蓮共同完成其送終之壽衣者，豈虛言哉。

【第四回】

赴巫山潘氏幽歡
鬧茶坊鄆哥義憤

（淫婦背武大偷姦　鄆哥不憤鬧茶肆）

一　巫山上的旖旎風光

此回書上半，刻畫金蓮與西門慶初次偷情。《水滸傳》主要寫武松，「姦夫淫婦」不是作者用筆用心的所在，更為了刻畫武松的英雄形象而儘量把金蓮寫得放肆、放蕩、無情，西門慶也不過一個區區破落戶兼好色之徒。在《水滸傳》中，初次偷情一場寫得極為簡略，很像許多文言筆記小說之寫男女相悅，沒說三兩句話就寬衣解帶了，比現代好萊塢電影的情節進展還迅速，缺少細節描寫與鋪墊。《金瓶梅》之詞話本、繡像本在此處卻不僅寫出一個好看的故事，而且深入描繪人物性格，尤其刻畫金蓮的風致，向讀者呈現出她的性情在小說前後的微妙變化。

詞話本在王婆假作買酒離開房間之後、西門慶拂落雙箸之前增加一段：「卻說西門慶在房裏，把眼看那婦人，雲鬟半嚲，酥胸微露，粉面上顯出紅白來，一徑把壺來斟酒，勸那婦人酒，一回推害熱，脫了身上綠紗褶子：『央煩娘子，替我搭在乾娘護炕上。』那婦人連忙用手接了過去，搭放停當。」隨即便是拂箸、捏腳、雲雨。

　　且看繡像本中如何描寫：金蓮自王婆走後，「倒把椅兒扯開一邊坐著，卻只偷眼睃看。西門慶坐在對面，一徑把那雙涎瞪瞪的眼睛看著他，便又問道：『卻才到忘了問得娘子尊姓？』婦人便低著頭帶笑的回道：『姓武。』西門慶故做不聽得，說道：『姓堵？』那婦人卻把頭又別轉著，笑著低聲說道：『你耳朵又不聾。』西門慶笑道：『呸，忘了！只是俺清河縣姓武的卻少，只有縣前一個賣炊餅的三寸丁姓武，叫做武大郎，敢是娘子一族麼？』婦人聽得此言，便把臉通紅了，一面低著頭，微笑道：『便是奴的丈夫。』西門慶聽了，半日不做聲，呆了臉，假意失聲道屈。婦人一面笑著，又斜瞅他一眼，低聲說道：『你又沒冤枉事，怎的叫屈？』西門慶道：『我替娘子叫屈哩。』卻說西門慶口裏娘子長，娘子短，只顧白嘈。這婦人一面低著頭弄裙子兒，又一回咬著衫袖口兒，咬得袖口兒格格駁駁的響，要便斜溜他一眼兒。」但看這裏金蓮低頭、別轉頭、低聲、微笑、斜瞅、斜溜，多少柔媚妖俏，完全不是《水滸傳》中的金蓮放蕩大膽乃至魯莽粗悍的做派。至此，我們也更明白何以繡像本作者把《水滸傳》中西門慶、王婆稱讚武大老實的一段文字刪去，正寫了此節的借鍋下麵，藉助於武大來挑逗金蓮也。

　　詞話本中，西門慶假意嫌熱脫下外衣，請金蓮幫忙搭起來，金蓮便「連忙用手接了過去」，此節文字，實是為了映襯前文武松踏雪回來，金蓮「將手去接」武松的氈笠，武松道：「不勞嫂嫂生受。」隨即「自把雪來拂了，掛在壁子上」。我們要注意連西門慶穿的外衣也與武松當日穿的紵絲衲襖同色。然而綠色在雪天裏、火爐旁便是冷色，在三月明媚春光裏，金蓮的桃紅比甲映襯下，便是與季節相應的生命之色也。不過，金蓮接過西門慶外衣搭放停當，再加一個「連忙」，便未免顯得過於老實遲滯，繡像本作：「這婦人只顧咬著袖兒別轉著，不接他的，低聲笑道：『自手又不折，怎的支使人！』西門慶笑著道：『娘子不與小人安放，小人偏要自己安放。』一面伸手隔桌子搭到床炕上去，卻故意把桌上一拂，拂落一隻箸來。」須知金蓮肯與西門慶搭衣服，反是客氣正經處；不肯與西門

慶搭衣服，倒正是與西門慶調情處。西門慶的厚皮糾纏，也盡在「偏要」二字中畫出，又與拂落筷子銜接，毫無一絲做作痕跡。

《水滸傳》和詞話本中，都寫西門慶拂落了一雙箸，繡像本偏要寫只拂落了一支箸而已。於是緊接下面一段花團錦簇文字：「西門慶一面斟酒勸那婦人，婦人笑著不理他，他卻又待拿箸子起來，讓他吃菜兒，尋來尋去，不見了一支。這金蓮一面低著頭，把腳尖兒踢著，笑道：『這不是你的箸兒？』西門慶聽說，走過金蓮這邊來道：『原來在此。』蹲下身去，且不拾箸，便去他繡花鞋頭上只一捏。」拂落了一支箸者，是為了寫金蓮的低頭、踢箸、笑言耳。正因為金蓮一直低著頭，所以早就看見西門慶拂落的箸；以腳尖踢之者，極畫金蓮此時情不自禁之處；「走過金蓮這邊來」補寫出兩個相對而坐的位置，是極端寫實的手法；而「只一捏」者，又反照前文金蓮在武松肩上的「只一捏」也。西門慶調金蓮，正如金蓮之調武松；金蓮的低頭，宛似武松的低頭。是金蓮既與武松相應，也是西門慶的鏡像也。

《水滸傳》在此寫道：「那婦人便笑將起來，說道：『官人休要囉唣，你有心，奴亦有意。你真個要勾搭我？』西門慶便跪下道：『只是娘子作成小人。』那婦人便把西門慶摟將起來。」金聖嘆在此處評道：「反是婦人摟起西門慶來，春秋筆法。」詞話本增加一句：「那婦人便把西門慶摟將起來道：『只怕乾娘來撞見。』西門慶道：『不妨，乾娘知道。』」則金蓮主動摟起西門慶來這一情節未改，並任由金蓮直接說出情懷。且看繡像本此處的處理：「那婦人笑將起來，說道：『怎這的囉唣！我要叫起來哩！』西門慶便雙膝跪下，說道：『娘子，可憐小人則個。』一面說著，一面便摸他褲子。婦人叉開手道：『你這歪廝纏人，我卻要大耳刮子打的呢！』西門慶笑道：『娘子打死了小人，也得個好處。』於是不由分說，抱到王婆床炕上，脫衣解帶，共枕同歡。」

金蓮「要」叫起來、「要」大耳刮子打，寫得比原先的「你真個要勾搭我」俏皮百倍。西門慶不說「作成」而說「可憐」，是浪子慣技；

「打死也得好處」是套話，也與後來王婆緊追不放要西門慶報酬而說出的「不要交老身棺材出了討輓歌郎錢」相映，與金蓮當日回家騙武大說要給王婆做送終鞋腳相映，可見死亡之陰影無時不籠罩這段姦情。至於「摸褲子」、「抱到王婆床炕上」，終於改成西門慶採取最後的主動，而不是金蓮。

後來，王婆專等二人雲雨已畢，撞進門來（王婆已是在門外一一偷聽了也，否則哪裏有這等巧乎）。《水滸傳》作：「只見王婆推開房門入來，怒道：『你兩個做得好事！』」詞話本作：「只見王婆推開房門入來，大驚小怪，拍手打掌說道：『你兩個做得好事！』」多了「大驚小怪，拍手打掌」八字，少了一個「怒」字，王婆的虛偽栩栩如生。然而繡像本此處的描寫仍是魁首：「只見王婆推開房門入來，大驚小怪，拍手打掌，低低說道：『你兩個做得好事！』」一個「低低」，諷刺至極。

下面一幕，《水滸傳》作：「那婦人扯住裙兒道：『乾娘饒恕則個。』」詞話本作：「那婦人慌的扯住他裙子，便雙膝跪下說道：『乾娘饒恕。』」多一慌，多一雙膝跪下，自是《金瓶梅》中的金蓮，不是《水滸傳》中那似乎已經「久慣牢成」的金蓮，卻又未免與前文西門慶說「乾娘知道」不合，故知繡像本無「乾娘知道」四字之妙。《水滸傳》且多「西門慶道：『乾娘低聲。』」然而繡像本的王婆不勞吩咐便已低聲了，將老奸王婆諷刺入骨。繡像本寫王婆闖入之後：「那婦人慌的扯住他裙子，紅著臉，低了頭，只說得一聲：『乾娘饒恕。』」金蓮的紅臉、低頭，都描畫其初次偷情，廉恥尚存，不是所謂久慣牢成的淫婦。後來王婆提條件：「休要失了大官人的意，早叫你早來，晚叫你晚來，我便罷休。若是一日不來，我便就對你武大說。」金蓮又「羞得要不的，再說不出來」，被王婆催逼不過，才「藏轉著頭，低聲道：『來便是了。』」這與《水滸傳》以及詞話本裏面，金蓮不僅不慌不羞，而且一口答應、毫不作難，簡直大相徑庭。詞話本、繡像本比《水滸傳》又多出一個小小波折，以盡力描寫王婆的老奸，那便是王婆要二人各以信物為憑。西門慶拔下頭上簪子給了金蓮。至於金蓮，

詞話本中作「一面亦將袖中巾帕遞與西門慶收了」。然而在繡像本中,「婦人便不肯拿甚的出來,卻被王婆扯著袖子一掏,掏出一條杭州白絹紗汗巾,掠與西門慶收了」。金蓮初次偷情的羞恥、王婆慣家的奸滑,盡情寫出。而金蓮到此地步,竟是萬萬不能回頭了。

《水滸傳》中,三人又吃酒到下午時分,金蓮道:「武大那廝也是歸來時分,奴回家去罷。」詞話本同。一個「那廝」,絕無恩義,是《水滸傳》寫狠毒無情淫婦的筆法。繡像本刪去此句,只保留一句「奴回家去罷」,便含蓄很多,也使得金蓮的形象與前面改寫處保持了一致性:一個初次和西門慶 —— 一個第二次見面而已的陌生男子 —— 偷情的婦人。

二　鄆哥的「義憤」

鄆哥何嘗有什麼「義」憤?回目中的「義憤」,適足以襯托出實際上的義少憤多。西門慶固然不是,但西門慶本人對於鄆哥卻無怨有恩,蓋鄆哥「時常得西門慶賞發他些盤纏」,西門慶是他的施主。然而為了王婆的一口氣、武大的三杯酒,鄆哥便把他告發了,且幫武大定計捉姦 —— 武大於鄆哥何有哉?所以回目說他是出於「義憤」,這個「義」字實在是春秋筆法,讀者須明察。鄆哥激武大,是為了不憤西門慶、潘金蓮之外那個全不相干的王婆,然王婆打鄆哥,也是不能忍氣之故(鄆哥也著實氣人)。王婆之憤,牽動了鄆哥之憤,鄆哥之憤,又牽動了武大之憤,以致武大忘記了武松臨行前的吩咐,不僅與人吃酒,而且不等武松回來,便去自行捉姦,以致事敗身亡。此回書的下半截,描寫的都是一個「氣」。繡像本第一回中,提出世人難免「酒色財氣」,至此,酒、色、財、氣已全部呈現端倪。

第五回

捉姦情鄆哥定計
飲酖藥武大遭殃

（鄆哥幫捉罵王婆　淫婦藥酖武大郎）

這一回，前一半以武大、鄆哥吃酒捉姦為主，是一齣鬧劇。後一半則以夜半三更一老一少兩個婦人下毒殺人為主，陰氣森森，是令人髮指的悲劇。寫鬧劇，最顯出作者幽默的地方在武大請鄆哥吃酒，聽說老婆有情夫，開始不信，後來便說，怪不得她「這兩日有些精神錯亂，見了我，不做歡喜，我自也有些疑忌在心裏」。「這兩日」一句，《水滸傳》沒有，是《金瓶梅》所加，而對照下文，金蓮「往常時只是罵武大，百般的欺負他，近日來也自知無禮，只得窩盤他些則個」。則武大把老婆平時的兇悍潑辣視為常態，近日對自己好一些，反稱之為「不做歡喜」而心中「疑忌」。前後對照，堪稱絕倒。

張竹坡在回首評語中說：「拿砒霜來，是西門罪案；後文用藥，是金蓮罪案；前用刁唆，結末收拾，總云是王婆罪案。」武大之死，確是王婆、西門慶、金蓮聯手造成，但是除了這三個明顯的罪魁之外，還有三個人於武大之死有力焉，那便是鄆哥，武大自己，和我們的打虎英雄武松。

鄆哥用激將法，使得平實懦弱的武大也憤怒起來，忘記了兄弟武松臨走前諄諄告誡的言語：「不要和人吃酒……若是有人欺負你，不要和他爭

鬧，等我回來，自和他理論。」武大不僅買酒請鄆哥吃，而且順從了一個十五六歲小孩子的言語去捉姦。武大聽武松話處，成為金蓮、西門慶相識的契機（下簾子）；其不聽武松話處，成為自己慘死的契機。武松囑咐大哥時，又何嘗預料及此？這裏，我們再次清楚地看到《金瓶梅》全書著意刻畫的命運之偶然性。

　　武大被踢臥床之後，西門慶與金蓮還「只指望武大自死」而已，則武大如果能夠耐到武松回來，則也未必就死於砒霜，西門慶、金蓮也不至於犯殺人罪案。但武大「幾遍只是氣得發昏」（注意不是病得發昏，乃是氣得發昏），終究忍不住把武松這張王牌拿出來：「我兄弟武二，你須知他性格，倘或早晚歸來，他肯干休？」金蓮將此話告訴西門慶、王婆，這才引發了毒藥之謀。我們都知道恨王婆的出謀劃策，但是西門慶和金蓮已經走到這個地步，眼下的解決方法，就是或者中斷他們的私情，或者橫下心接受武松的懲罰，二者都是他們萬萬不能夠接受的，於是只好聽從王婆的主意而毒死武大 —— 我們知道這是下下策，然而在當時，似乎也是二人唯一的出路。假如武大像韓道國，武二像韓二，那麼武大何至於凶死哉？則鄆哥性格、武大性格、武松性格，在王婆、金蓮、西門慶這三個同謀之處，都成為武大之死（以及後文金蓮、王婆之死）的原因。

　　此回改寫《水滸傳》段落，最醒目處在於對西門慶的刻畫：一、武大警告金蓮，西門慶聽說之後叫苦說：「我須知景陽岡上打虎的武都頭，他是清河縣第一個好漢。」繡像本刪去「他是清河縣第一個好漢」字樣，因其重點不在寫武松，而在寫西門，故不肯再藉西門慶之口點染武松。二、毒死武大，由王婆出謀劃策，《水滸傳》中西門慶說：「乾娘，只怕罪過。罷罷罷，一不做，二不休。」《金瓶梅》作：「乾娘此計甚妙。自古道：欲求生快活，須下死工夫。罷罷罷，一不做，二不休。」不「怕罪過」，只讚妙計，《金瓶梅》中的西門慶果然「秉性剛強」。

何九受賄瞞天
王婆幫閒遇雨

（西門慶買囑何九　王婆打酒遇大雨）

一　端午節的落雨飛雲

　　理解和欣賞這一回的關鍵，在如何解讀王婆遇雨。王婆為西門慶和金蓮打酒買菜，回來的路上遇到大雨，衣服淋得精濕。其實寫王婆不遇雨又何妨？本書幫閒多矣，遇雨又何必王婆？最令人迷惑的是為什麼王婆遇雨被寫入本回回目？回目通常是一回書之重要事件的總結撮要。第六回的上半，關鍵情節是何九受賄，所以繡像本回目上半句是「何九受賄瞞天」，固其宜也。然而看看此回下半，中心人物是西門慶與金蓮，尤以金蓮彈琵琶唱曲、曲中兩喚梅香（張竹坡認為是為春梅而作的伏筆）、西門慶飲「鞋杯」為二人「殢雨尤雲」一幕中的高潮。何以回目的編排專門看中「王婆遇雨」這一「幫閒」之筆哉？

　　張竹坡也敏銳地注意到遇雨這一情節的潛在多餘性，因此在總評、行評中特意指出：一、寫王婆，實際上是在預寫下一回為玉樓說媒的薛嫂：「何處寫薛嫂？其寫王婆遇雨處是也。見得此輩止知受錢，全不怕天雷，不怕鬼捉，昧著良心在外胡作，風雨晦明都不阻他的惡行。益知媒人之

惡，沒一個肯在家安坐不害人者也。則下文薛嫂，已留一影子在王婆身上。不然王婆必寫其遇雨，又是寫王婆子什麼事也。」二、「為武二來遲作證。武二來遲，以便未娶金蓮又先娶玉樓，文字騰挪，固有如此。」蓋下文第八回中，寫武松去而復來，「路上雨水連綿，遲了日限」。張氏旁評：「方知王婆遇雨之妙。」

張氏的評語，有其道理，但是其重要性不僅在於解釋了王婆遇雨，還在於我們由此更注意到王婆遇雨這一情節表面上的「多餘性」。「遇雨」與「瞞天」的確形成絕妙好對：人命關天，人卻皆不畏抽象無形的天，而畏具體有形的從天上落下來的雨，在這種對比之中，有著作者微妙的感慨與諷刺。

不過，「遇雨」在文本中所起的作用遠不止此。如果先從小處說起，就是這個小小細節為這部小說增添了彷彿在「寫實」的那種真實感。端午節只靠這一場雨，這場雨又只靠王婆淋濕衣服、在人家屋檐下避雨、用手帕裹頭，才格外神采四溢。然而遇雨不僅是現實性的，更是抒情性的，一部小說裏，尤其是一部長篇小說裏，不能沒有這種所謂的閑筆，不能沒有這種抒情性的細節。一方面如上文所說，這是緊鑼密鼓之間的中場休息，使得一部長篇小說保持節奏上快慢、鬆緊的平衡；另一方面，在散文性的敘事之間忽然作抒情筆墨，同樣是為了造成交叉穿梭的節奏美感。本書至此回是一結。上一回後半，專寫武大之謀殺，整個事件發生在三更半夜，極其殘酷和淒慘。這一回上半，以何九受賄收束這場謀殺的餘波，下半則陡然一轉，寫端午節（書中描寫的第一個節日，別忘了也是韓愛姐的生日也），寫潘媽媽來看望金蓮（潘媽媽第一次直接出現），寫西門慶從岳廟回來給金蓮買了首飾，寫王婆為二人買酒食回來的路上遇到大雨，寫金蓮第一次為西門慶彈琵琶唱曲，寫西門慶用金蓮的鞋子作酒杯。到了這一回，西門慶、潘金蓮兩個主要人物已經得到充分詳細的描寫介紹，而金蓮從九歲被賣以來，這是初次獲得完全的人身自由，可以盡情享受和西門慶代價高昂的私情。下一回西門慶娶玉樓、收雪娥、嫁大姐，一連串重要事

件發生，而西門慶遂置金蓮於不顧達兩個多月之久，則在西門慶辜負金蓮、給她造成前所未有的傷心之前，有這麼一段短暫的時間，是西門慶與金蓮二人最為恩情美滿的日子。因此，此回頗似戲劇演出的中場休息，或者一場交響樂中間的插曲，又好似明朝長達數十齣的傳奇劇，往往在緊鑼密鼓的重大戲劇化事件之間穿插一點插科打諢或者輕鬆的過場。

不過，作者藉以抒情的工具十分有趣，因為偏偏是這個怙惡不悛的角色王婆。且看她「慌忙躲在人家屋簷下，用手帕裹著頭，把衣服都淋濕了。等了一歇，那雨腳慢了些，大步雲飛來家」。這最後的一句話是作者的神來之筆，完全是詩的語言，更是律詩裏面的對偶句：試看這句話裏面，有雲，有雨，有雨之腳，有王婆之步子，雨腳慢而王婆之步子大，寫得何等優美而靈動哉。而邪惡無恥如王婆居然也被寫得如此富有詩意，我們一方面從道德層面厭惡王婆的狠毒奸詐貪婪，一方面卻又不得不從美學的層面讚嘆這個人物的優美動人。而邪惡無恥之王婆，也寫其避雨、濕衣，不知怎的這個人物便一下子很有人情味兒，這是因為作者把她也作為人來對待，不是像黑白分明的宣傳性作品中刻畫的妖魔鬼怪或者卡通人物那樣單薄虛假。這是《金瓶梅》一書格外令人心回的地方。

端午節是注重節日描寫的《金瓶梅》所描寫的第一個節日。端午節這場大雨，象徵性地襯托了西門慶與潘金蓮稍後的「殢雨尤雲」。西門慶與潘金蓮常常被比作肇始了「雲雨」這一比喻的楚襄王與巫山神女。這個自〈高唐賦〉、〈神女賦〉以來已經被用濫了的意象，隨著我們閱讀《金瓶梅》的深入而取得了十分切實的意義，因為在西門慶生命的盡頭處，出現了一個從未現身的揚州女子「楚雲」（第七十七回、八十一回）。這個女子是苗青為了感謝西門慶的救命之恩而買給西門慶的「禮物」，據說不僅生得美麗動人，而且擅長唱曲，如果真的來到西門府，可以想像將是眾婦人新的嫉妒對象。然而，這片「楚雲」始終只是虛幻：就在西門慶生病前後，她也在揚州生起了病，因此從未被西門慶的夥計們帶回來過。就像《紅樓夢》裏的湘雲，所謂「雲散高唐，水涸湘江」，楚雲的得病與缺席，象徵

著西門慶雲雨生涯的消散。則第六回的漫天黑雲，一場大雨，也象徵著西門慶鼎盛時期的臨近，小說「正文」之序幕的揭開。

「雲飛」二字，先前寫武大捉姦時用過。他來得太早，西門慶還沒到，鄆哥囑他先去賣一會兒炊餅再回來，《水滸傳》中作「武大飛雲也似去賣了一遭」，然而「飛雲」二字，不及「雲飛」多矣。「飛雲」是散文式的語言──飛翔的雲，飛翔由動詞變成了形容詞，於是二字顯得凝滯而固定；「雲飛」則是雲彩之飛，在句子裏面二字又合作動詞用，富有動感。如宇文所安之言：這是「花紅」和「紅花」的分別也。

二 命運的琵琶

此回中金蓮彈琵琶，是書中第一次。第一回寫金蓮自嘆命薄嫁給武大，「無人處」便唱〈山坡羊〉抒發幽怨。五回之後，才見金蓮再次唱歌，不過不是「無人處」，而是唱給西門慶聽。唱的內容是燒夜香。燒夜香意味著許願，而曲子裏面的人既然「冠兒不帶懶梳妝」，則許願的內容應可不得而知──不外乎思念情郎。金蓮選擇這首曲子是自喻，與現狀有關（西門慶有好幾天沒有來看她），然而也預兆了她的將來：一、被西門慶娶回家之後常常獨守空房；二、將來在守西門慶孝時（應了曲中的「穿一套素縞衣裳」）與陳敬濟私通，便正是以燒香為名，而陳敬濟「弄一得雙」，也正是在「燒香」那次幽會得到了金蓮的「梅香」春梅；三、又映照第二十一回月娘與西門慶反目後的燒夜香，祈禱西門慶早日回心轉意。

然而，儘管有激情的做愛，聰明柔情的暗示，甚至為了情夫而下毒手的謀殺，還是不能拴住西門慶的心。下一回，西門慶便娶了孟玉樓。則此回一開始時的曲牌《懶畫眉》──「別後誰知珠玉分剖，忘海誓山盟天共久」── 可以說是西門慶為了金蓮而拋閃的妻妾（「把家中大小丟得七

顛八倒，都不歡喜」），也可以說是在預兆西門慶為了玉樓而置之不理的金蓮。

三 從九叔到老九

《水滸傳》裏，西門慶對仵作何九一路叫「九叔」，此處一路只叫「老九」。原文何九叔並不知道二人的姦情，所以對西門慶請他飲酒、贈銀感到疑惑，直到見了金蓮以及中毒而死的武大屍首之後才化解心中懷疑；繡像本改為「何九接了銀子，自忖道：其中緣故，那卻是不須提起的了」，何九其人顯得乖覺了很多。比起《水滸傳》和詞話本，繡像本多了何九的一段心理描寫，言其本來打算留著銀子等武二回家做見證，轉念又想「落得用了再說」。下面何九見機行事，葫蘆提裝殮了武大，情節至此與《水滸傳》分化。一旦得到自由，作者的筆墨也越發靈活飛動了。

【第七回】

薛媒婆說娶孟三兒
楊姑娘氣罵張四舅

（薛嫂兒說娶孟玉樓　楊姑娘氣罵張四舅）

　　《金瓶梅》一部書，雖然活色生香，沉迷於物質世界，然而死亡之陰影，何嘗一刻驟離？在第七回中，孟玉樓的前夫、布商楊宗錫留下的痕跡處處見在。玉樓手中的財物自不必說是他掙來的，就是西門慶到玉樓家中相親，「台基上靛缸一溜，打布凳兩條」，格外寫出染布作坊的風光。媒婆薛嫂嘀嘀咕咕在西門慶耳邊告訴：「當日有過世的官人在舖子裏……毛青鞋面布，俺每問他買，定要三分一尺。」一個精打細算的商人，在「定要三分一尺」六個字中躍然而出。不過，而今薛嫂為他的孀妻做媒，卻正是用他精打細算賺來的錢吸引了求婚對象——提親時先說玉樓手中的東西，後言及玉樓的人。薛嫂回憶當年在伊手中買鞋面布、伊堅決不肯還價的情景，口氣中是否有一分得意在呢？

　　這一回的傳神之處，在幾個次要人物的描寫上：薛媒婆，楊姑娘，張四舅。玉樓是個聰慧的美人，但她的出場只是那麼淡淡的，就此奠定了她全書中的基調：一個好女子，好歸好，卻沒有什麼戲，只能充當配角，雖然是一個必不可少的配角。後來第三次嫁人，才終得其所，然而美滿生活剛剛開始，其不絕如縷的一點點戲劇性也就結束了——就像生活中的許多人一樣。

一般來說，繡像本比詞話本簡潔得多。詞話本中敘述者的插入，尤其是以「看官聽說」為開頭的道德說教，繡像本中往往沒有，只憑藉微言大義的春秋筆法，讓讀者自去回味。比如本回中薛嫂說媒，詞話本比繡像本多出「世上這媒人們原來只一味圖撰錢，不顧人死活，無官的說做有官，把偏房說做正房，一味瞞天大謊，全無半點兒真實」五十字。其實薛嫂「誤導」玉樓，使她一直以為嫁給西門慶是做正頭娘子，全沒想到是做妾，而且還是第三房妾，在繡像本中已經全用白描手法寫出：玉樓在見過西門慶之後，問薛嫂「不知房裏有人沒有人」，薛嫂答以「就房裏有人，哪個是成頭腦的」。這句回答，不是陳述句，而是反問句，既不說有房裏人，也不說沒有房裏人，妙在含含混混，模棱兩可，將來玉樓嫁過去，還不能指責薛嫂騙了她，因為當初並未答以「房裏沒人」也。薛嫂誠然是好口才，無愧於她的職業。

繡像本和詞話本對西門慶在這場騙局中的處理也十分不同而耐人尋味。在相親時，繡像本中的西門慶說：「小人妻亡已久，欲娶娘子入門，管理家事。」把喪妻與娶玉樓連在一起說出，又云「管理家事」，的確造成娶玉樓為正的印象，然而細細推究，西門慶又的確一句謊話也沒說，因為妻亡已久是真，欲娶是真，管理家事也是真──吳月娘身體不好，不管家事，玉樓過門後，家事一直都是玉樓管理，直到西門慶死前不久，才把賬本等交給金蓮。這裏的關鍵在於西門慶沒有明確說出娶玉樓為正，而偏房也未嘗不可管理家事也。薛嫂作為媒婆，固然是故意含糊其辭，但西門慶到底是有心行騙呢，還是無意的含混？我們很難辨別。與此對照，詞話本中的西門慶說道：「小人妻亡已久，欲娶娘子入門為正，管理家事。」多了「為正」二字，西門慶之有意行騙便罪責難逃了。繡像本寫騙娶，妙在含含糊糊，似有意似無意；詞話本不給讀者留下遐想餘地，道德判斷黑白分明、直截了當，此處異文便是一個明顯的例證。

偶爾繡像本也有比詞話本更為豐滿之處，比如玉樓出來見西門慶，繡像本多出「偷眼看西門慶，見他人物風流，心下已十分中意，遂轉過臉

來，問薛婆道：『官人貴庚？沒了娘子多少時了？』」詞話本只作「那婦人問道」而已。繡像本寫女人，每每寫得婉轉而旖旎，玉樓不直接問西門慶而轉臉問薛嫂，更得男女初次見面交言的神理。

本回有一段詩詞形容玉樓的相貌。詞話本中寫實的「長挑身材」，繡像本作空靈清淡的「月畫煙描」；詞話本的「但行動，胸前搖響玉玲瓏；坐下時，一陣麝蘭香噴鼻」，繡像本作「行過時花香細生，坐下時淹然百媚」。「花香細生」之含蓄溫柔，遠過「麝蘭香噴鼻」多矣。總之是把玉樓寫成一個淡雅端淑的佳人，與金蓮容貌性情的豔麗形成對比。此外，繡像本把「嫦娥、神女」字樣一概刪去，大佳。因為神女、嫦娥的意象已經用得太濫了，毫無生動新鮮的魅力。

寫楊姑娘和張四舅相罵，傳神處在其越罵越沒有邏輯，完全變成了難聽的髒話，相互侮辱以出氣，得一切相罵之神理，因為罵架都是感情用事、無理可講的也。

第八回

盼情郎佳人占鬼卦
燒夫靈和尚聽淫聲

（潘金蓮永夜盼西門慶　燒夫靈和尚聽淫聲）

　　此回著力寫金蓮：金蓮是一個合詩與散文於一身的人物，也是全書最有神采的中心人物。

　　金蓮思念情郎，以紅繡鞋占相思卦，又在夜裏獨自彈琵琶唱曲宣泄幽怨，饒有風致。如果我們只看這一段描寫，則金蓮宛然是古典詩詞中描畫的佳人。然而佳人的另一面，也是古典詩詞裏從不描寫的一面，便是兩次三番數餃子（本做了三十個，午覺睡醒後一查，發現只剩下二十九個）、打罵偷嘴的迎兒，宛然一個市井婦人，小氣、苛刻而狠心（也是因西門慶不來，滿腹不快，拿迎兒出氣）。然而須知佳人與市井都是金蓮，二者缺一不可。我們但看金蓮脫下繡鞋打相思卦是「用纖手」，數餃子與掐迎兒的臉也是「用纖手」，兩處「纖手」前後映照，便知作者意在寫出一個立體的佳人，不是古典詩詞裏平面的佳人。《金瓶梅》之佳，正在於詩與散文、抒情與寫實的穿插。這種穿插，是《金瓶梅》的創舉，充滿諷刺的張力，對於熟悉古典詩歌（包括詞與散曲）的明代讀者來說，應該既眼熟，又新鮮。

　　在這一回書中，金蓮第二次哭。第一次是因為被武松拒絕和搶白，第

二次便是因為得知西門慶負心、娶了孟玉樓。古今讀者都認為金蓮是薄情貪歡的淫婦，然而小說開始時的金蓮何嘗如此？她於西門慶，曾經可謂十分「癡心」，「十分熱」。本回有一曲〈山坡羊〉描寫金蓮的相思，其中一句，詞話本作「他不念咱，咱想念他 …… 他辜負咱，咱念戀他」，繡像本則作「他不念咱，咱何曾不念他 …… 他辜負咱，咱何曾辜負他」，更清楚地說明了二人此時的關係，乃是西門慶對不起金蓮，而金蓮並未對不起西門慶。從端午節一別，直到七月二十八日他的生辰，西門慶有將近三個月沒有來看望金蓮，其間娶了孟玉樓做第三房，收了孫雪娥做第四房。對比金蓮後來在西門家與小廝琴童偷情，又與女婿陳敬濟調笑，如今卻以自由之身，相當忠誠地等了西門慶兩個多月，「每日門兒倚遍，眼兒望穿」。我們不由要問：為什麼此時明明有人身自由倒能夠忍住寂寞，後來已經過門，卻要冒著風險與小廝和女婿偷情？這恐怕不僅僅是因為偷情別有一番滋味，而是說明金蓮自身起了變化。蓋西門慶一而再、再而三地移情別戀，從娶玉樓、收雪娥開始辜負金蓮，後來梳籠桂姐、外遇瓶兒、勾搭蕙蓮，使得金蓮終於看破西門慶的浪子情性，從此不再癡心相待了也。

將近三個月的時間，金蓮曾先叫王婆去請西門慶，再叫迎兒請，再叫玳安請，最後又叫王婆請。（這一切都與後來李瓶兒一次又一次央馮媽媽與玳安請西門慶相映。）及至「婦人聽見他來，就像天上吊下來的一般」，對比第四回中兩人第二次私會，西門慶「見婦人來了，如天上落下來一般」，兩人關係有翻天覆地的掉轉。那一回，二人一見便「並肩疊股而坐」；這一回，西門慶「搖著扇兒進來，帶酒半酣，與婦人唱喏」，西門慶態度變化極為明顯，已經不再把金蓮當成罕物了。

七月二十九日西門慶與金蓮久別重會，次日早晨而接到武松家書，於是定下八月初六燒靈床、八月初八娶金蓮。事件連續發生，急轉直下。至於燒靈、做愛，以及和尚聽壁、出醜，都是小型鬧劇，陪襯場景，不在話下。

又詞話本一段對和尚的議論，盛言和尚乃「色中餓鬼」，又引詩為

證，道此輩「不堪引入畫堂中」云云，共二百三十二字，繡像本無。一來繡像本很少長篇大論的道德說教，二來對這些無道和尚的譴責態度已經通過他們見到金蓮時的癲狂寫得相當淋漓盡致，三來繡像本在譴責和尚、尼姑時總是只批判具體人物，並不批判尼僧的抽象本體，因為尼僧固然有像報恩寺和尚、後來的王薛二尼這樣的不法之輩，也有像普靜那樣的得道高僧也。

第九回

西門慶偷娶潘金蓮
武都頭誤打李皂隸

（西門慶計娶潘金蓮　武都頭誤打李外傳）

　　金蓮被迎娶和李外傳被打死，安排在同一回，預兆了第八十七回中婚禮與死亡的交織。繡像本對李外傳被打死的過程，描寫比詞話本詳細，像此等地方，都可以打破「繡像本出於商業原因比詞話本簡略」這樣的神話，顯示出繡像本是《金瓶梅》的一個藝術上十分完整而有獨立整體構思的版本。

　　繡像本此回的標題遠勝詞話本：一、娶金蓮，是得知武松將回，倉促行事，前後全是王婆攛掇幫襯，無所謂「計」娶，只是悄悄冥冥的偷娶。一頂轎子，四隻燈籠，王婆送親，玳安跟轎，可謂十分冷落低調了。然而，西門慶、金蓮、王婆都道是偷娶，自以為得計，作者偏又加一句「那條街上遠近人家無一人不知此事」，含蓄地道出「若要人不知，除非己不為」，與標題對照，堪稱絕倒。二、以潘金蓮對李外傳，固然也是合乎駢體規矩的人名對，但是以金蓮對皂隸，不僅是以人名對官名，而且中間鑲嵌著色彩的對偶，即「金」與「皂」便是。皂色便是黑色，黑地飛金，奠定了這一回的基調：上半風光旖旎，下半陰森血腥。按此回上下兩半各有一篇韻語，也正對應了這種敘事結構的安排：蓋上一篇寫金蓮美貌，下

一篇寫武大鬼魂。寫金蓮美貌，是描畫月娘眼中的金蓮，「玉貌妖嬈花解語，芳容窈窕玉生香」。這篇韻語原是《水滸傳》第二十四回武松初次見到金蓮時所用，被挪到此處，因《水滸傳》中的武松是個鐵石心腸的硬漢，看不出什麼「眉似初春柳葉，臉如三月桃花」也。《紅樓夢》第十九回的回目「情切切良宵花解語，意綿綿靜日玉生香」正與此處詩句暗合。

金蓮入門，作者特提一句「住著深宅大院，衣服頭面又相趁」。張竹坡評道：「映在武大家。」恰好反照繡像本第一回中，金蓮把自己的釵環拿去讓武大當掉以便典房，搬離「淺房淺屋」的舊家，並說將來有了錢，再製新首飾也不遲。後來，是西門慶從岳廟為金蓮帶回「首飾珠翠衣服」，如今又住進了深宅大院，和西門慶「女貌郎才，凡事如膠似漆，百依百隨，淫欲之事，無日無之」。昔日金蓮想要的，如今都得到了，但是，終究有什麼東西似乎不對勁。神把人要的東西賜給人，但總是不按照人所設想的方式，這句話似乎可以用在金蓮身上。

全書共寫西門慶三次娶妾，三次各有不同。瓶兒本來興興頭頭，入門時卻冷落而恥辱，但後來又很快與西門慶言歸於好，吃會親酒時大宴賓客，被應伯爵等幫閒烘托得格外熱鬧，可以說經歷了數次起伏。玉樓的過門最為鄭重，圓滿，一切都是該當的，但也沒有什麼意趣和故事，正彷彿其為人。玉樓的乖巧、平淡與家常，是她的福氣所在，不像金蓮、瓶兒的不得令終。此外，她的小叔堂堂正正為她送親，金蓮則生怕小叔報復，嫁得倉皇而寒素，不僅全無自己的丫頭小廝，就連自己的母親也沒有照影，似乎完全不知此事一般。三人之中，玉樓和瓶兒每人為西門慶帶來豐厚的嫁妝。唯獨金蓮一無所有，西門慶反而貼補了錢為她置辦家具，可見她本人的吸引力。金蓮家世寒酸，全憑才貌得寵，是作者著意所在，讀者也當留意，因為後來許多風波，都起因於此。作者還偏要從月娘眼中再次描畫金蓮一番，顯出金蓮的美色就連女人也不得不低首。月娘之暗想「怪不得俺那賊強人愛他」，宛然「我見猶憐，何況老奴」的口氣。而西門慶的四房妻妾一一從金蓮眼中、心裏描畫出來，既不放過玉樓臉上的幾點微麻，

也注意到她裙下的一雙小腳與金蓮無大小之分，既可見金蓮留心處只在於此，也可見她的機靈。

此回寫武松祭武大，從聞訊到盤問王婆，到換孝衣，到買祭品，到安設靈位，武松沒有一點眼淚，直至最後祭奠時，才放聲大哭，「終是一路上來的人，哭得那兩邊鄰舍無不恓惶」。前一句的「終是」二字絕有含蓄，好像在說，雖然本來並不……但是畢竟一母同胞也。

詞話本在回首回末詩詞裏面，都強調武松是「英雄好漢」，將來必然報仇，道德意味濃厚，對西門慶和金蓮大加譴責。繡像本沒有回末絕句，回首詩是一首五律，「感郎耽夙愛，著意守香奩……細數從前意，時時屈指尖」云云。按繡像本與詞話本在回首詩詞上的不同，可以基本歸納為兩點：一、如美國學者韓南在〈《金瓶梅》版本考〉中所指出的，詞話本多為詩而繡像本多為詞（其實還有很多是曲）。二、詞話本多是道德勸誡，繡像本則傾向於抒情：繡像本的回首詩詞，有時因其濃厚的抒情意味恰好與回中所敘之事（不那麼美、不那麼抒情的事件）形成反諷；有時則採取暗示手法，一方面含蓄地影寫回中的人物情感，一方面對全書的情節發展作出預言。比如上一回開頭的詞中寫道：

> 紅曙捲窗紗，睡起半拖羅袂。何似等閒睡起，到日高還未。
> 催花陣陣玉樓風，樓上人難睡。有了人兒一個，在眼前心裏。

「玉樓」契合孟玉樓的名字，而「樓上人難睡」既可以指西門慶初娶玉樓，兩人新婚燕爾，相互心中眼中只有彼此，但同時也可以暗指潘金蓮因為害相思而不能入睡，「人兒一個」便是指她的情郎西門慶。詞的上半闋描寫兩種情景：一者徹夜難眠，是金蓮相思苦狀；一者日高未起，是西門慶、玉樓新婚情態。玉樓之風催花，暗喻不久的將來，在西門慶的花園裏眾女畢集，有如群芳吐豔，尤以金蓮、春梅為最。這也是下一回卷首詞〈踏莎行〉中「折得花枝，寶瓶隨後」採取的比喻：蓋以花枝喻金蓮、春

梅（本回西門慶「收用」春梅），以寶瓶喻瓶兒也（本回瓶兒遣人送「新摘下來鮮玉簪花」給西門慶妻妾）。這些手法，後來都被《紅樓夢》作者一一學去。

第十回

義士充配孟州道
妻妾玩賞芙蓉亭

（武二充配孟州道　妻妾宴賞芙蓉亭）

這一回與上一回猶如對偶句。上一回前半風光旖旎，後半則陰慘血腥。這一回正好相反：前半描寫暴力，行賄，貪贓枉法，盡是世俗惡事；後半卻群芳薈萃，特別是金蓮的全盛時期，繡像本卷首詞〈踏莎行〉所謂「芙蓉卻是花時候」，蓋此時瓶兒還未來到，也還沒有強勁的情敵出現也。此回之後半若沒有前半，就沒有力度，然而前半若沒有後半，也就沒有了厚度。

瓶兒雖然最遲露面，但她在書中的出現其實還在金蓮之前：在第一回中是暗寫，如今再次出現，還是沒有露面，只是派兩個下人來給西門慶的妻妾送花。花家娘子送花，語帶雙關，別有深意。繡像本此回開始的〈踏莎行〉有「折得花枝，寶瓶隨後」語，預兆著春梅在本回中被「收用」。瓶兒未來，先插入春梅，花枝俱全，只待「寶瓶」了。瓶兒出場，有「千呼萬喚始出來」之勢。

西門慶在酒席上對吳月娘說花家娘子性情好，「不然房裏怎生得這兩個好丫頭」，然而月娘或是不領會，或是領會了而故意裝糊塗，回言時並不兜搭西門慶的暗示，只是順著西門慶的口氣誇讚李瓶兒的性格，說：

「生得五短身材，團面皮，細彎彎兩道眉兒，且是白淨，好個溫克性兒。」酒席之後，西門慶往金蓮房中歇夜，對金蓮說：「隔壁花二哥房裏倒有兩個好丫頭，今日送花來的是小丫頭，還有一個也有春梅年紀，也是花二哥收用過了。」兩個「也」字，金蓮立刻領會其意：「你心裏要收用這個丫頭，收他便了，如何遠打周折，指山說磨。」月娘、金蓮，遲鈍和聰明立判。西門慶對金蓮說：「你會這般解趣，怎教我不愛你！」從正面道出西門慶之不愛月娘的原因。而無怪乎西門慶把本來服侍月娘的春梅給了金蓮，大概也就是春梅在月娘房中則不得方便之故。

詞話本道德說教氣息極濃，常常囉唆可厭。比如本回開始的詩：

> 朝看瑜伽經，暮誦消災咒。
> 種瓜須得瓜，種豆須得豆。
> 經咒本無心，冤結如何救？
> 地獄與天堂，作者還自受。

比較繡像本的詞〈踏莎行〉：

> 八月中秋，涼飇微逗，芙蓉卻是花時候。誰家姊妹鬧新妝，園林散步頻攜手。　折得花枝，寶瓶隨後，歸來玩賞全憑酒。三杯酩酊破愁腸，醒時愁緒應還又。

對金蓮得寵、春梅被收用、妻妾開宴芙蓉亭、瓶兒意味深長的送花等情事都進行了若隱若顯的抒寫。末句「三杯酩酊破愁腸，醒時愁緒應還又」，含蓄不盡，引人遐想：這個醒時愁緒應還又的人到底是誰？是丈夫常常出外遊蕩、獨守空房的瓶兒，是眼見西門慶風流成性而無法可施的金蓮，是西門慶其他被冷落的妻妾如新婚的孟玉樓，還是象徵性地指西門慶得隴望蜀的性情？

　　《金瓶梅》的英譯者芮效衞教授不喜歡繡像本，在英譯本前言中，稱詞話本引用詩詞常被刪去或被「與文本不甚相關的新材料代替」，殊不知這正是繡像本引人入勝的地方，因為不做道德教科書，也不把讀者當成傻子。此外，每細讀詞話本、繡像本不同的地方，往往發現繡像本精細得多，比如縣令貪贓枉法，不肯聽武松對西門慶的指控，對於武松打死李外傳一事，詞話本作「想必別有緣故」，繡像本作「定別有緣故」，「想必」還比較朦朧，「定」則已斷言武松有罪矣，令人百口莫辯。縣裏的辦事人員「多」受了西門慶賄賂，繡像本作「都」受了賄賂。武松提到東平府監中，「人都知道他是屈官司，因此押牢、禁子都不要他一文錢，倒把酒肉與他吃」。「屈官司」在繡像本中作「一條好漢」——自然應該是如此，否則「屈官司」多得是，哪裏能夠「不要一文錢」還倒貼酒肉？瓶兒送花，玳安稟說「隔壁花太監家送花兒來與娘戴」，繡像本作「隔壁花家」，因為此時花太監已死，花子虛是太監的侄子，自己又不是太監，沒有道理以「花太監家」稱之。這樣的小地方雖然乍看不起眼，但是積累得多了，會全然改變作品的面貌。

　　此回稱敘瓶兒身世，她當初是梁中書的妾，梁中書死後，她去東京投親，帶了「一百顆西洋大珠，二兩重一對鴉青寶石」。這百顆大珠，十九回、一百回中分別再次出現。瓶兒之財，從西門慶夫妻充滿豔羨的酒宴閒談中初次道出，在後文將佔據顯要的位置。

第十一回

潘金蓮激打孫雪娥
西門慶梳籠李桂姐

（潘金蓮激打孫雪娥　西門慶梳籠李桂姐）

一　佳人的另一面

　　金蓮、玉樓與西門慶下棋一段，極寫金蓮靈動而嬌媚的美：輸了棋，便把棋子撲撒亂了，是楊貴妃見唐玄宗輸棋便縱貓上棋局的情景（《開元天寶遺事》，王仁裕撰）。走到瑞香花下，見西門慶追來，「睨笑不止，說道：『怪行貨子！孟三兒輸了，你不敢禁他，卻來纏我！』將手中花撮成瓣兒，灑西門慶一身」。是「美人發嬌嗔，碎挼花打人」的情景。金蓮的舉止，往往與古典詩詞中的佳人形象吻合無間，也就是繡像本評點者所謂的「事事俱堪入畫」。張竹坡雖然文才橫溢，但是思想似比這位無名評點者迂闊得多，在此評道：「此色的圈子也！」然而《金瓶梅》的好處，在於把佳人的另一面呈現給讀者 —— 比如激打孫雪娥，而這是古典詩詞絕對不會觸及的。中國古典詩詞，包括曲在內，往往專注於時空的一個斷片，一個瞬間，一種心境，但當它與小說敘事放在一起，就會以相互映照或反襯的方式呈現出更為複雜的意義層次。

二 玉樓

　　玉樓在眾女子當中，是最明智的一個，《紅樓夢》中的寶釵頗有她的影子。玉樓的聰明勝過月娘、瓶兒，與金蓮堪稱對手，但是玉樓缺少金蓮的熱情，所以在西門慶處不像金蓮那樣受寵；然而玉樓的心機，實在比金蓮更深，正因為玉樓隱藏不露之故。試看她每每有意無意地在金蓮如火的激情上暗暗添加一些小小的乾柴或者給一些小小的刺激，就像此回春梅在廚房和雪娥吵架之後，回來向金蓮學舌，引得金蓮心中不快。午睡起來，走到亭子上，「只見玉樓搖颺的走來，笑嘻嘻道：『姐姐如何悶悶地不言語？』金蓮道：『不要說起，今早倦的了不得。三姐，你往哪裏去來？』玉樓道：『才在後面廚房裏走了走來。』金蓮道：『他與你說些什麼？』玉樓道：『姐姐沒言語。』」玉樓此言，不知有心還是無意，然而觀後文，我們會發現玉樓的大丫頭蘭香往往在廚房裏聽到閒言碎語便走來告訴玉樓，比如第二十一回中，玉樓是第一個從蘭香處聽說西門慶鬧了妓院、回家與月娘言歸於好的，清晨在金蓮、瓶兒都沒有起床的時候她已經走來報信了。二十六回中，宋蕙蓮對著丫鬟媳婦，辭色之間流露出西門慶對她的許諾，又是「孟玉樓早已知道」，走來報告給金蓮，而且於二十五、二十六回中，兩次旁敲側擊地慫恿金蓮，挑動得金蓮「忿氣滿懷無處著，雙腮紅上更添紅」。玉樓既不是崇禎本評點者所說的「沒心人」，也不完全是張竹坡極力推舉的完人。玉樓和金蓮在一起，不是「仙子鬼怪之分」，而是一冷一熱、一靜一動之別。玉樓自然也有感情，自然也吃醋，否則不會先看上西門慶、後愛上李衙內，不會在此回正與金蓮下棋，看到西門慶來「抽身就往後走」，不會在七十五回中「抱恙含酸」。但是，玉樓從來不讓激情把自己捲走，一切都是靜悄悄地、含蓄地進行，這一點，恰似《紅樓夢》中的寶釵。再看玉樓在眾妻妾之中，是唯一一個沒有與任何人鬧過矛盾的，而且往往充當和事人、潤滑劑。其處世精明（不像瓶兒那樣在錢財上被人所騙），善於理財持家，為人圓轉、識時務，同時待人

又有基本的善意與同情心（周濟磨鏡子的老人、與自己前夫的姑姑一直保持良好的關係），漂亮（雙足與金蓮無大小之分，滿足了明清時代評判美人的一大標準），聰明風流（會彈月琴，而且是唯一一個在打牌時能贏金蓮的），確實強過西門慶眾妻妾當中的任何一人。難怪張竹坡對她大讚特讚，甚至認為她是作者的自喻。但是，玉樓的好處，必須在金蓮映襯下才能充分顯示，而且，如果這世界只有玉樓，沒有金蓮這樣的人物，就會少了很多戲劇、很多故事。中國古典文學傳統格外喜歡映襯的寫法，比如有了楊貴妃，人們還不滿足，一定還要杜撰出一個梅妃，其清瘦、飄逸，正與豐滿、嬌豔而熱鬧的楊妃相對。如果梅妃是詩，那麼楊妃就是小說，是戲劇，二者在相互映襯下更顯出各自的特色。《金瓶梅》的整個敘事與審美結構，都建立在「映襯」和「對照」的基礎上，比如其抒情因素與「散文」因素（也就是日常生活的瑣細、煩難、小氣）的結合，再比如寫妓女李桂姐，便一定前有一個吳銀兒、後有一個鄭愛月與她相映成趣。

三人下棋，金蓮輸棋之後跑掉，西門慶追她到山子石下，二人戲謔作一處，可以想像玉樓一人被丟在棋盤旁邊的冷落。是晚，西門慶又來到金蓮房裏，「吩咐春梅，預備澡盆備湯，準備晚間效魚水之歡」。這段描寫，遙遙與九十一回玉樓嫁給李衙內之後，二人備湯共浴的情節針鋒相對：玉樓只有到那時才真正揚眉吐氣了也。

三　雪娥

雪娥在月娘面前搬弄金蓮是非，並不就事論事，只是從嫉妒出發，在金蓮如何「霸攔漢子」上著眼，說金蓮「比養漢老婆還浪」。這簡直好似《離騷》中所謂的「眾女嫉余之蛾眉兮，謠諑謂余以善淫」了！然而雪娥頭腦蠢笨，不僅難討西門慶歡喜，也不能取悅月娘。她在月娘面前告狀，

月娘說她：你何必罵她房裏的丫頭！雪娥回說道：當年春梅「在娘房裏著緊不聽手，俺沒曾在灶上把刀背打他？娘尚且不言語。可今日輪到他手裏，便驕貴的這等的了」。這話聽在月娘耳朵裏，難免心中不舒服。金蓮何等聰明人，立刻抓住這個把柄，進房對孫雪娥說：「論起春梅，又不是我的丫頭，你氣不憤，還教他服侍大娘就是了！」雖然月娘不明露偏向，但從她兩次數說雪娥，又在雪、金吵架時使小玉拉雪娥到後頭去，其不待見雪娥可知。

又西門慶早飯，使秋菊去廚房要荷花餅、銀絲酢湯，等了很久不見拿來，使春梅去催，雪娥怒而發話一段，《紅樓夢》第六十一回迎春的丫頭司棋派小丫頭蓮花向廚娘柳嫂要雞蛋羹一段與之神似。

四　桂姐

桂姐的名字，在第一回裏，就在應伯爵的大力推薦中出現過。西門慶梳籠桂姐一段文字，繡像本與詞話本相比之下，再次以繡像本為勝。比如西門慶帶著應伯爵、謝希大，隨酒席上供唱的李桂姐來到妓院，虔婆出來看到應、謝二人，問西門慶：「這兩位老爹貴姓？」繡像本作虔婆「向應、謝二人說道：『二位怎的也不來走走？』」詞話本此處邏輯不通，因為應伯爵既然專在本司三院「幫嫖貼食」，如今又在酒席上向西門慶介紹桂姐是二條巷李三媽的女兒，應伯爵自然不應該不與李家相熟。這裏作虔婆早就認得應、謝二人更加符合情理。此外，應、謝二人並不專吃西門慶，也常常追隨花子虛，哄著他「在院中請表子」（第十回），他們都是李桂姐平時相熟的客人。又西門慶吩咐虔婆「快看酒來，俺們樂飲三杯」，繡像本讓應伯爵說這句話，一方面顯得他與虔婆熟悉，一方面也符合他幫閒的身份（他的活潑靈變正是西門慶喜歡他的原因），否則就是呆呆地跟著西

門慶而已，有何意趣哉。

又桂姐與西門慶遞酒攀話，稱母親半身不遂，姐姐被一個客人長期包著，「家中好不無人，只靠著我逐日出來供唱，答應這幾個相熟的老爹，好不辛苦」，繡像本無「答應這幾個相熟的老爹」一句。這句話沒有絕對的必要，因為她和幾位老爹是顯而易見的，而強調她與這幾個老爹「相熟」，西門慶聽在耳朵裏難免不舒服（西門慶是那種很會吃醋的嫖客，所以後文才頻起波瀾），而桂姐是何等聰明伶俐之人，她強調的是自己多麼孝順養家（「好不辛苦」），暗示其實不喜供唱之事，這其實是一種自抬身份，正如她後來唱的曲子說自己是美玉落污泥云云。換句話說，人們的心理往往有一種奇特的走向，喜歡具有良家婦女之美德的妓女，但如果這個女人的身份本就是良家婦女，那麼她的美德只會被視為理所當然，甚至可能令某些人覺得厭煩。張愛玲認為男人喜歡有德性的妓女，是因為她既然靠容貌謀生，一定是美的，有德而美，自然成為多數男子的理想。這話固然不錯，但是需要修正的是，一來這裏的美往往不僅僅是容貌的美，因為妓女，包括名妓，盡有長相中等的，看看民初上海的名妓，在褪色的老照片上顯得不過爾爾；二來如果單單喜歡有德而美的女子，也不必非要找一個妓女不可。我想，人們對妓女感興趣，很大一部分原因是覺得妓女的身份本身具有莫大的吸引力，因為嫖妓不是正經的、高尚的行為，是帶有道德叛逆性的，與社會要求的道德規章相反的，而犯規的衝動卻是人類所共通的。「美玉落污泥」這個比喻之有趣處（也是吸引了西門慶等男子之處），不僅僅在於桂姐之自比為美玉，而在於她乃是一塊落在污泥中的美玉。污泥中的頑石，固然不能吸引西門慶的目光；美玉不落污泥，恐怕也難以喚起欲望吧。

桂姐與桂卿姐妹，本來剛剛已經「歌唱遞酒」過，可是等到西門慶讓她單獨唱個曲，勸應、謝二人一杯酒，她看透西門慶想梳籠她，偏要自高身價，「坐著只是笑，半晌不動身」。詞話本中，應伯爵說：「我等不當起動，洗耳願聽佳音。」繡像本裏，「我等」作「我又」，並加上一句「借

大官人餘光」，伯爵一來不肯替謝希大說話，只說自己不值得桂姐勞動，二來明說破借西門慶餘光，越發顯得諂媚。作者故意使他的一番自貶身份與桂姐自高身價相對，藉以抬高西門慶，比謝希大顯然更伶俐、更會拍馬，也難怪西門慶在眾人當中最喜伯爵。這時桂卿在旁邊說：「我家桂姐從小養得嬌，自來生得靦腆，不肯對人胡亂便唱。」想著此女身份職業，她「逐日出來供唱」的自白，以及剛剛還在供唱的情境，這一番做作實在可笑，然而更知上面「美玉污泥」一說為不誣也。西門慶拿出五兩銀子，「桂姐連忙起身謝了。先令丫鬟收去，方才下席來唱」。簡潔含蓄，比起詞話本「那桂姐連忙起身相謝了，方才一面令丫鬟收下了，一面放下一張小桌兒，請桂姐下席來唱」之囉唆，實有天淵之別。「先」字有味，所謂春秋筆法便是。

【第十二回】

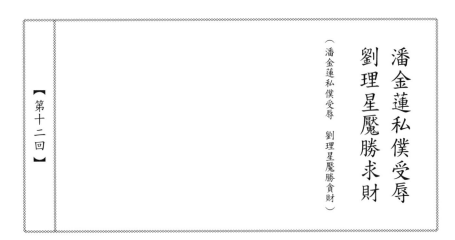

潘金蓮私僕受辱
劉理星魘勝求財

（潘金蓮私僕受辱　劉理星魘勝貪財）

這一回，西門慶迷戀桂姐，留宿青樓，長期不回家，金蓮與玉樓的小廝琴童偷情，及至西門慶回家，李嬌兒、孫雪娥把金蓮的私情告訴了西門慶，西門慶打了金蓮一頓馬鞭子，趕走了琴童，然而終於又和金蓮和好了。

繡像本此回卷首詩，是南朝王僧孺所寫的〈為人寵姬有怨〉，收入《玉台新詠》卷六：

可憐獨立樹，枝輕根亦搖。
雖為露所浥，復為風所飄。
錦衾襞不開，端坐夜及朝。
是妾愁成瘦，非君重細腰。

寵姬指金蓮。獨立樹根搖而枝輕，見得金蓮一無娘家勢力撐腰，二無豐厚的嫁妝，三無子以鞏固其地位，孑然一身，形影相弔，除了西門慶的寵愛之外，一無可恃，而「寵」卻又是最難倚恃的也。以寵姬的身份而日

夜端坐，錦衾不開，比一向無寵更加難堪。

　　除了雪娥與來旺兒偷情之外，金蓮在西門慶的幾個妾裏面是唯一和人有私情的——先是琴童，後是陳敬濟。然而金蓮也是唯一對西門慶有激情的。她和西門慶之間的關係，打鬧歸打鬧，似乎相互之間有一種默契與平等，只有她一個人和西門慶親密到開玩笑、鬥口（不是吵架）的地步。時而罵他，時而哄他，時而羞他，時而刺他，西門慶也只在她面前才談論與其他女人的風月事。她是西門慶的知己（「唯有奴知道你的心，你知道奴的意」），論其聰明潑辣，也堪稱西門慶真正的「另一半」——西門慶眠花宿柳，她怎能不如法炮製！

　　繡像本比起詞話本來有諸般好處，前面已經饒舌了許多，這裏還是要再次讚嘆它一回，因為它的寫法不容人不斂衽讚美也。

　　金蓮被西門慶打了之後，次日晚上對西門慶哭訴，這一段話，最值得注意的是金蓮以西門慶「心愛的人兒」自居，也就是說，從「我們倆」的角度出發，囑咐他不要中「別人」（相對於「我們」）的離間計。在眾妻妾當中，金蓮的確是西門慶「心愛的人兒」（卷首詩所暗示的「寵妾」，也是她給西門慶寫信時自稱的「愛妾」），然而自認如此，自信如此，對西門慶以「我們二人」看承，以情人自居而不以一般的僕妾自居，有能令西門慶格外動心的地方在。

　　在詞話本裏，金蓮叫了一聲：「我的傻冤家！」說：「你想起什麼來，中了人的拖刀之計，把你心愛的人兒這等下無情折挫！」繡像本在這裏作：「我的俊冤家！」「俊」與「傻」兩個字形狀十分相似，也許只是手民誤鐫，然而在這裏，如果我們結合上下文，細細品味這一字之差，其味道不同處，卻有雲泥立判的感覺。

　　聰明的讀者，這時會說：哪裏有什麼潘金蓮、西門慶！都是小說家編出來的故事罷了！用俊還是用傻，都是作者心中的造作，又不是說用傻就不符合事實、用俊才符合事實，因為本來就沒有事實也。這話說得誠是。那麼我們就從小說藝術的本身來做一個價值判斷，看哪一個字更給小說

增光。

　　金蓮所有的傾訴，都是在抱怨西門慶「傻」，聽了別人挑撥離間的話。如此，則「傻」字根本用不著明確地說出來。且不說金蓮是極聰明的人，她自然知道什麼才能讓西門慶回嗔作喜；另一方面，金蓮其實心中仍然對西門慶有情耳，這個「俊」字也是自然的流露。小說每次寫西門慶來和金蓮同宿，金蓮總是歡喜非常；但是其他人，除了瓶兒後來得子之後，基本上都是一筆帶過，表示沒有什麼值得一書。本回中，作者強調西門慶不回家，別人猶可，唯有潘金蓮難以忍受。詞話本作金蓮、玉樓兩個人每天打扮得漂亮動人站在大門口盼望西門慶回家，繡像本作只有金蓮一人如此（金蓮對西門慶的感情雖然有變化、有雜質，但是始終存在，因此後來也是諸妾裏面唯一辭靈痛哭的）。對於明清時期的論者，這自然是金蓮「淫」的表現，但是對於現代讀者，我們實在用不著再背負舊道德的十字架，能夠不加批判地認可這只不過是一個激情強烈的表現而已。金蓮的激情 —— 對感情、欲望的要求 —— 的確格外強烈，而她的整個存在，就是由一種原始的激情貫穿始終。一句情不自禁的「俊冤家」，似乎比較符合她以「情人」看待她和西門慶關係的態度。西門慶其他的女人，自視為妻子（如月娘、瓶兒），自視為妾（如安於命運的玉樓），或者是為了西門慶的財勢（如那些家人媳婦、夥計娘子，包括桂姐和愛月兒兩個妓者），或者是為了滿足肉欲（如林太太），唯有金蓮與西門慶的遇合是不期而然，以兩相吸引和愛慕開始，而金蓮常常以曲子、以書信抒發她的相思、她的怨恨，她對西門慶有一種平等的、甚至浪漫的態度，也就是情人的態度。一個「俊」字，極為靈活飛動，其中無數嬌媚婉轉自不待言，而「傻冤家」卻是連雪娥這樣蠢笨的人都可以說得出來的、極為普通的埋怨話，雖然用了也無傷大雅，但是「俊」字顯然是更好的選擇。

　　西門慶其實的確是「傻」：只看這一回中，李嬌兒、孫雪娥、孟玉樓、春梅、金蓮、桂姐，個個能夠影響與操縱他的感情，就知道他在和女人打交道這一方面全無自己的主意。最可笑的是受了桂姐的激將法，為顯示自

己在家何等地有權威，回家來剪金蓮的頭髮交給桂姐，卻又自知無理，於是拿腔作勢，連哄帶騙。次日到了妓院，卻又相當老實地對桂姐和盤托出昨日為剪這絡子頭髮如何「好不煩惱」，於是反而被桂姐訕笑一頓。西門慶這個角色，往往有他「傻乎乎」的可笑之處，給了他很多的人情味兒，使得讀者不能完全地厭惡這個人物，因為他不是一個簡單的丑角，而具有立體感和層次感。這一點很像《紅樓夢》中的薛蟠：有其兇狠豪惡的「霸王」的一面，也有其「呆」而好笑的一面，總之是一個活生生的複雜的人，不是舞台上黑白分明的臉譜人物。

《金瓶梅》是一部大書，在這部鴻篇巨製之中，一個字似乎算不了什麼。然而，全書是大廈，細節是磚石，細節是區別巨擘與俗匠的關鍵。無數的細節都用全副精力全神貫注地對付，整部小說才會有神采。

西諺說：「細節之中有神在。」

第十三回

李瓶姐牆頭密約
迎春兒隙底私窺

（李瓶兒隔牆密約　迎春女窺隙偷光）

一　瓶兒

　　詞話本與繡像本都在此回開頭處點出：距離上回已經又過了一年。六月西門慶在花家撞見瓶兒，九月重陽節二人初次偷情得手，離小說開始時的九月二十五日，已經過去將近三年了。瓶兒經過兩番周折（第一回、第十回），至此才終於現出寶相。

　　瓶兒和金蓮，彷彿一道鐵軌的兩根枕木，是平等對比的關係。其經歷之相似處，更可見出其為人的不同。

　　繡像本的無名評點者說得很清楚：瓶兒勾引西門慶，處處是以請西門慶照顧自己丈夫的名義，求西門慶勸花子虛早些來家，「奴恩有重報，不敢有忘」。兩次三番，至為懇切，對西門慶的一片依賴信託，格外有一種「弱女子」的嫵媚。就是到了兩個人偷情之夜，還「作酬酢語」，說些「奴一向感謝官人，蒙官人又費心酬答，使奴家心下不安」的話，雖則「迂而可笑」，然而「正隱隱畫出瓶兒之為人，不然則又一金蓮矣」。

　　瓶兒在枕席之畔，還惦記著問西門慶「他大娘貴庚」、「他五娘貴

「庚」，思量著要準備禮物去看望結交這兩個女人。瓶兒善於以送禮收買人心，討人歡喜，然而又有幾個做人情婦的女子，肯屈就交結情夫的妻妾呢——除非她已經打定了主意要嫁給他做偏房？無名評點者說：這不是枕席閒話，「自是一片結識深情」，誠然。可是瓶兒、西門慶這才只是第一度幽歡，無論如何不能料到她的丈夫花子虛會中途斃命，以瓶兒之為人，也不太可能像金蓮那樣驟然下狠手毒死丈夫，就是論與西門慶的交情，也還不是十分相熟的，一方面恐怕還不至於就想到嫁給他這樣的「長遠之計」，一方面第一次幽會，似乎應當只是兩情繾綣，根本不考慮到其他。她深心結納西門慶的妻妾只能說明她的天然本性：瓶兒雖然也和金蓮一樣偷情，但她是社會的人、家庭的人、喜歡「過日子」的人、細水長流的人，不像金蓮，是社會規範以外的人、是情人、是乾柴烈火，是難以終朝的暴雨飄風。瓶兒與金蓮的內戰，從象徵的層次上說，竟是人類的文明與人類的原始激情之間的內戰了。

西門慶爬牆赴約一段，與唐朝皇甫枚《三水小牘》裏面的傳奇故事《步飛煙》很相似。步飛煙是武公業的愛妾，容顏美麗，她隔壁的鄰居名趙象者在牆頭窺見其容貌，開始竭力追求。經過一番書信往返，趙象終於在一天黃昏後「逾梯而登，煙已令重榻於下。既下，見煙靚妝盛服，立於花下，拜訖，俱以喜極不能言，遂相攜自後門入堂中」。我們試比較《金瓶梅》中描寫：「這西門慶就掇過一張桌凳來踏著，暗暗扒過牆來，這邊已安下梯子。李瓶兒打發子虛去了，已是摘了冠兒，亂挽烏雲，素體濃妝，立在穿廊下。看見西門慶過來，歡喜無盡，忙迎接進房中……婦人雙手高擎玉斝，親遞與西門慶，深深道個萬福。」

比起深受丈夫寵愛的步飛煙，瓶兒其實有更多的理由與外人私通：飛煙只是嫌惡丈夫粗魯無文，而且「公務繁夥，或數夜一直，或竟日不歸」，因此和文雅風流的小生趙象相互贈答詩篇、書信來往，目成心許，非止一日；至於瓶兒丈夫，其整天不歸不是因為公務，卻是因為眠花宿柳，在外面包著妓女吳銀兒，而且對瓶兒全無任何愛意。然而何以趙象和

飛煙的私情就被歌頌為才子佳人可歌可泣的相憐相愛，而不是受人唾罵的姦夫淫婦呢？當然了，飛煙因為鞭打女僕而被女僕告密（又好似金蓮之於女奴秋菊了），於是被丈夫拷打而死；而瓶兒卻是這場私情中的最終勝利者，把家私寄託給西門慶，又間接導致了子虛的死，於是不如飛煙之得人同情。但是，飛煙和趙象的被歌頌，恐怕很大程度上也是因為趙象是個讀過書的世家子弟、士大夫階層人物，對飛煙的誘惑手段是寫詩，飛煙的丈夫又碰巧是個不解文雅的武將，而整個敘事都是用文言寫作；西門慶卻只是個「不甚讀書」的市井商人而已。

二　「迎春」

西門慶和瓶兒做愛時，迎春的窺視和偷聽，是這部充滿偷窺樂趣的小說所描寫的第一次窺視和偷聽。以「迎春」命名這個丫鬟，固其宜也。讀者必須記得這一幕情景，因為小說的最後一次偷窺在第一百回，彼時，月娘的小丫鬟小玉在永福寺裏，偷看到的卻已不是香豔的雲雨場景，而是普靜和尚在淒淒的金風中超度血腥的亡魂。

三　簪

玉樓、金蓮和瓶兒，每人都曾給西門慶一支簪子（此即《紅樓夢》十二釵的原型），三支簪各各不同：金蓮最早送給西門慶的簪子，在西門慶娶玉樓後代之以玉樓的簪子，是一根一點油金簪，上面刻著兩行詩：「金勒馬嘶芳草地，玉樓人醉杏花天。」這根簪子曾害得金蓮兩次吃醋，

直到玉樓嫁給李衙內，還引起過一場風波；金蓮後來再次送給西門慶的是一根並頭蓮瓣簪，上面刻著一首五言詩：「奴有並頭蓮，贈與君關鬢。凡事同頭上，切勿輕相棄。」金蓮、玉樓的簪子，各自暗含著兩人的名字，唯有瓶兒送給西門慶的簪子是兩根，而立刻被西門慶轉送給了金蓮以安撫她的怨妒，並詭稱是瓶兒「今日教我捎了這一對壽字簪兒送你」。這是西門慶於簪子上第二次弄謊（第一次是說因喝醉而丟失了金蓮的簪子）。從金蓮的眼中看到的簪子，是「兩根番石青填地、金玲瓏壽字簪兒，乃御前所製、宮裏出來的，甚是奇巧」。瓶兒的簪子，比玉樓、金蓮二人的簪子都更富麗，因此後來才引起月娘的垂涎。這簪子既是宮裏打造，自然是她過世的公公花太監給她的。後文瓶兒又有一幅春宮畫，居然也是「他老公公從內府畫出來的」，則瓶兒與過世老公公的曖昧關係不言可知矣。

第十四回

花子虛因氣喪身
李瓶兒迎姦赴會

（花子虛因氣喪身　李瓶兒迎姦赴會）

一　月娘

　　張竹坡把月娘斥為惡人，其實月娘也不一定是惡人，月娘只是一個貪財自私、俗笨粗魯、缺乏魅力的女人耳。

　　西門慶與十兄弟聚會時，東京開封府因告家財事而差人把花子虛拿走，西門慶一班兒人開始「嚇了一驚」，後來知道就裏，才放下心來。「好兄弟寫盡」且不說，等他回家把此事告訴吳月娘，月娘居然對平時常常給她送禮的花二娘沒有一點惦念，反而為此覺得慶幸，張口就說：「這是正該的！你整日跟著這夥人，不著個家，只在外面胡撞，今日只當弄出事來才是個了手。」及至瓶兒來請西門慶過去幫忙商量事，月娘又說：「明日沒的教人講你罷！」滿心懼禍之意，何嘗對他人 —— 一個平時相處不錯的鄰居，一個丈夫被抓走的女子 —— 有任何關懷？然而再及至瓶兒要把財物寄放在西門慶家，西門慶回來與月娘商議，月娘偏偏毫不作難，一口答應，而且還幫西門慶出主意說：「銀子便用食盒叫小廝抬來，那箱籠東西，若從大門裏來，教兩邊街坊看著不惹眼？必須夜晚打牆上過來。」西

慶聽言「大喜」，極寫月娘與西門慶在聚財方面恰是一對，相互縱容為姦。財與色，作者在小說開始大書特書、世人個個難以逃避的惡德，在西門慶和月娘身上得到了最好的體現：西門慶與瓶兒偷情，是從牆上過去，如今瓶兒的箱籠又從牆上過來，作者特地點出這兩件事「鄰舍街坊都不知道」，以醒讀者之目，明其二事為一。東西送過來時，西門慶這邊「只是月娘、金蓮、春梅，用梯子接著」，之後，「都送到月娘房中去了」。然而月娘對丈夫逾牆偷他人之妻便不聞不問，對他人財物逾牆入自家房中便積極參與；後來又怕花子虛懷疑自家受了銀子，極力阻止西門慶買花子虛的房子，而花子虛的房子不賣，他的兄弟分不到錢，官府便不肯放他回家。月娘之冷酷、自私，一至於此。究其原因。都是貪財。

瓶兒丈夫去世剛剛一個月出頭，就來給金蓮慶生日。月娘此時已明知道她和西門慶的關係，心中既輕視又嫉妒，然而貪心還是勝過一切，一見瓶兒送上她開口表示豔羨的金壽字簪，立刻便提出元宵節去瓶兒家看燈。作者蓋處處以微言摹寫月娘貪財小器也。

二　瓶兒

此回是絕好的關於「權力關係」的教科書：財與色構成錯綜複雜的關係網，其中心焦點是瓶兒。瓶兒以性與金錢作為施展權力控制他人的手段，但自身也被性與金錢所控制。瓶兒的春宮，為金蓮所享用；瓶兒的箱籠，落入月娘手中。瓶兒雖然是一隻容器，我們且看她如何被一點點地倒空。

瓶兒、金蓮的經歷何其相似而又何其不同乎！一個毒死丈夫，一個等丈夫自家病死。然究其病死的原因，還是怕請太醫花錢，「只挨著」，耽誤了治療而一命嗚呼，則仍是被瓶兒（以及他的一班真假兄弟——告家

財的花氏兄弟和西門慶這個結義兄弟）間接害死的，只不過一個以金錢相害，一個以身體之暴力相害，一個用「軟刀子」，而一個使毒藥：二人的區別在此昭然若揭。如前文所說，瓶兒是社會的人，金蓮是原始的力與激情耳。

花子虛其實不死於氣，而死於財：死於遺產的爭奪、瓶兒的私藏。瓶兒善於利用手中的財物取悅他人或轄制他人（二者實則一也）。當子虛因為兄弟告他吞沒遺產而被抓，瓶兒便把金銀財寶都寄存在西門慶家。子虛出獄，沒了銀兩、房舍、莊田，「依著西門慶，還要找過幾百兩銀子與他湊買房子，倒是李瓶兒不肯」。瓶兒心狠不下於金蓮，只是表現不同。金蓮心狠表現在身體的暴力上，瓶兒在這方面，甚至不曾打過自己的丫頭，而且在子虛被抓後再三央求西門慶行賄，「只不教他吃凌逼便了」，因此子虛得以「一下兒也沒打」，放回來家。但提到無血的殺人，瓶兒其實何減於金蓮。要記得金蓮曾主動賣掉自己的釵環首飾給武大典房子，而瓶兒吞沒了丈夫名下的遺產不肯給他買房子：瓶兒與金蓮何其不同哉！雖然二人都是相當可怕的婦人，但從某種意義上說，金蓮比瓶兒、月娘、玉樓都更「天真」（也即月娘所說的「孩子氣」），因只是喜歡裝飾打扮，以及一點吃食上的小便宜，但從來不謀財耳。

三　花家的兄弟們

花子虛的三個和他爭遺產的兄弟，在詞話本中作「叔伯兄弟」，在繡像本中作花子虛的親兄弟，則作者的譴責更深刻了一層。而過世的花太監與李瓶兒的曖昧關係，也同樣更深厚了一層：既然四兄弟「都是老公公嫡親的」侄兒，何以分遺產時如此厚薄不均乎。

《金瓶梅》的作者，絕非一味以道德正統自居的人。他對瓶兒與西門

慶的私情，其實有很多同情。這種同情，表現在他對花子虛的批評上：雖然瓶兒對花子虛相當狠心，但是「若似花子虛落魄飄風，謾無紀律，而欲其內人不生他意，豈可得乎」。也就是說，花子虛一天到晚和狐朋狗友泡在妓院裏流連忘返，實際上是自己導致了妻子生外心的結局。在十分陳腐的「自古男主外而女主內」等套話之後，作者給了讀者一份相當樸素而清新的關於「愛情」的宣言：「要之，在乎容德相感，緣分相投，夫唱婦隨」，還要「男慕乎女，女慕乎男」。也就是說，只是單方面的忠貞順從是不夠的，男女雙方都對婚姻的成功負有責任，而「容德相感」，男女之互相愛慕，還有那神秘的「緣分」的作用，都是一個「無咎」婚姻的必要條件。雖然沒有鼓勵私情的發生，《金瓶梅》的作者卻也從不曾盲目地譴責「犯了淫行」的婦人：對金蓮，他哀惋她「買金偏撞不著賣金的」；對瓶兒，他同情她嫁了一個「把著正經家事兒不理，只在外邊胡行」的丈夫。不少海外學者，如芮效衛、柯麗德，喜歡把《金瓶梅》放在一個儒家的思想框架裏面研究，但是，正統的儒家對社會風氣道德首先講教化，教化行不通，就要採取懲罰的措施來糾正錯亂的道德名分。《金瓶梅》的作者 —— 尤其是繡像本的作者 —— 對人生百態更多的是同情，是慈悲，是理解，而不是簡單的、黑白分明的褒揚或指責。

第十五回

佳人笑賞玩燈樓
狎客幫嫖麗春院
（佳人笑賞玩月樓　狎客幫嫖麗春院）

　　此回相當簡短，主要是為了寫此書中一個重要的節日：元宵節。歐陽修曾經寫過一首著名的詞〈生查子〉：

　　　　去年元夜時，花市燈如畫。月上柳梢頭，人約黃昏後。　　今年元夜時，花市燈依舊。不見去年人，淚滿春衫袖。

　　瓶兒的生日正在元宵節。此回西門慶與瓶兒在元夜偷期，與這首詞上半闋的意境差相彷彿；瓶兒後來夭亡，暗合下半闋的感傷之意。《金瓶梅》全書共寫了三次元宵節（此回，第二十四回，第四十二至四十六回），每一次都寫得不同，十分錯落有致。第三次元宵節寫得最詳盡、熱鬧，因為那是西門慶的全盛時期，過去之後就全是下坡路了。

　　金蓮站在樓上看燈，和玉樓兩個嬉笑不止，引得樓下人紛紛看她。人們指手畫腳地議論，妙在便有一人認出她是「賣炊餅武大郎的娘子」，把金蓮的歷史重新演說一番。其中夾雜著一句「他是閻羅大王的妻，五道將軍的妾」——正應了第二回裏，將近兩年之前，西門慶向王婆打聽金蓮的

身份，王婆回答：「他是閻羅大王的妹子，五道將軍的女兒。」如今舊話重提，只是妹子與女兒變成了妻與妾，而樓下的觀者評論說：「如今一二年不見出來，落的這等標致了。」金蓮從年輕女子到豐豔少婦的動人變化，於此曲折地傳達出來。

月娘、嬌兒「見樓下人亂」，便回到席上吃酒，只有玉樓和金蓮繼續觀望樓下的燈市，不待月娘叫她們，猶自不肯還席。這一情節已經伏下後來在杏花村酒樓上玉樓看見和被李衙內看見的情景。玉樓和金蓮一樣，也是心思靈動、感情豐富的女人，不像吳月娘和李嬌兒蠢鈍無情；但玉樓和金蓮不同處，是畢竟比金蓮更能約束自己；當月娘與李嬌兒率先離開瓶兒家時囑咐金蓮、玉樓二人早些回去，只有玉樓一人「應諾」，金蓮則恍若不聞。

西門慶與瓶兒情熱，從許久沒去麗春院看望桂姐可見一斑，而桂姐卻也沒有像剛開始被西門慶梳籠時那樣，西門慶幾天沒來就要撒嬌撒癡地耍脾氣或者黏著西門慶不放他走：桂姐接了別的客人而引得西門慶吃醋，再有後來因與另一個年輕的嫖客王三官兒要好而發生的風波，已經開始在此若隱若現了。

西門慶與瓶兒初次幽會，是在九月九日重陽節，至此已經四個月有餘。六十一回的回目是「李瓶兒帶病宴重陽」，其時瓶兒因思念亡兒，已經壽命不永，九月十七日便一命嗚呼。瓶兒一死，譬如元宵節人散，一片華燈輝煌，至此漸漸煙消火滅。瓶兒死後四個月，是本書的第四個元宵節，然而其時西門慶已經抱病，且死於六天之後的正月二十一日也。本書於各個節日，特別著眼於重陽、元宵、清明，書的後半，西門慶死後，更是特別摹寫清明，蓋有深意在焉。一個是「重九」，諧音長「久」，又自古與祈求長生不老有關，所謂「世短意恆多，斯人樂久生。歲月依辰至，舉俗愛其名」（陶淵明〈九日閒居〉）。一個是所有節日裏最公眾化、最繁華熱鬧，但也是最能象徵好景不長的，因為放煙火、點燈，都是輝煌而不持久之物也。《紅樓夢》便正是以甄士隱在元宵丟失女兒英蓮開始全書

十二釵的描寫，而和尚道士對他說出的讖詩，最後兩句也正是「好防佳節元宵後，便是煙消火滅時」。至於清明，是上墳的季節，卻也是春回大地的季節：死亡與再生奇妙地交織在一起。玉樓也正是在給西門慶上墳時，愛上了李衙內。

　　瓶兒與金蓮，處處對寫，兩兩對照。西門慶娶金蓮時怕武二討還血債，娶瓶兒則又怕花大告瓶兒孝服不滿（子虛曾因花大等人告遺產事被抓到東京下獄，西門慶因此膽寒）。然而都是親兄弟，武二為兄報仇，花大則毫無兄弟情腸，二話不說便被金錢買通。西門慶怕花大卻還勝過怕武松者，是武松的社會地位不如花大，影響不如花大，武松憑藉的只是自身的氣力、武藝和膽量，正如金蓮憑藉的是自身的聰明、美貌；花大、瓶兒，卻都是深深地糾纏於社會經濟關係網中的人物。

　　瓶兒勸西門慶不用怕花大的那一席話（嫂叔不通問、再嫁由身），處處回應第五、第六回中王婆之言。金蓮燒靈，瓶兒也燒靈，請的又都是報恩寺僧人 —— 西門慶花錢為金蓮請了六個、瓶兒自己花錢便請了十二個，總寫瓶兒手裏有錢。金蓮處處靠西門慶使錢，瓶兒則處處為西門慶墊錢：此回中，又拿出沉香、白蠟、水銀、胡椒等值錢之物湊著給西門慶蓋房子，籠絡西門慶的心。

　　西門慶與瓶兒同宿，常有新奇的做愛器具，比如第十三回裏他向金蓮炫耀瓶兒的春宮手卷（「此是他老公公從內府畫出來的」），此回則不小

心從袖子裏掉出一隻勉鈴（「南方緬甸國出來的」，「好的也值四五兩銀子」）。這些東西都不是尋常百姓家所有，故此西門慶可以神氣地對金蓮誇耀「這物件你就不知道了！」除了藉此追求性愛之歡外，還有對社會上層才能享受到的奢侈與特權所深深感到的得意。瓶兒曾經是梁中書的妾，又是花太監的侄媳——論起來，玉樓手頭何嘗沒有錢財？但是瓶兒不僅豪富，而且見識過「社會上流」的世面，與區區清河縣的財主商人不可同日而語。西門慶出身於藥材商人，但是他野心勃勃，不滿足於只做一個地方土財主，所以在此書後來，才會有交結官員、附庸風雅等等的庸俗可笑情態。瓶兒對西門慶的吸引力長久不衰，而且越來越情熱，既因瓶兒本身性格的魅力、她的錢財、她所生的兒子，也與西門慶的野心和他對「社會上流」的豔羨有關。

瓶兒與西門慶清晨做愛，小僕玳安來報有買賣人在家等候，隔著窗子，與西門慶就生意事一問一答，西門慶雖然不想走，終被瓶兒催促起身。若是金蓮，想必不肯放。一個小小插曲，再次顯示瓶兒是陷身於社會經濟關係的人。

而吳月娘在社會關係意識裏，分明是西門慶的絕好配偶：西門慶想娶瓶兒，只和金蓮、月娘商量，因一個是寵妾，一個是正妻。兩個女人的反應十分典型：金蓮只從男女情愛方面考慮，「我不肯招他，當初那個怎麼招我來？」明明心裏嫉妒，勉強自寬自解。月娘最關心的東西完全不在於男女情愛方面，而在於經濟與社會關係的利害，而她的擔心和西門慶不謀而合：唯恐因為瓶兒孝服不滿而招致花大那個「刁徒潑皮」惹是生非。然而月娘阻攔西門慶娶瓶兒的第三個理由是「你又和他老婆有聯手，買了他房子，收著他寄放的許多東西」——正如張竹坡所言：「然則不娶他，此東西將安然不題乎？」這個理由細細推究，便完全不成為理由：買了花家的房子是人人盡知的，似乎又買結義兄弟的房子又娶他的遺孀在輿論上有損名譽，那麼收藏瓶兒寄存的東西一事卻完全是背人耳目的，根本不用怕人議論，何必以這件事情作為一個理由阻擋西門慶娶瓶兒呢。月娘無意識

地流露出了自己的私心，似乎她的確有意吞沒瓶兒的東西為己有，不願東西的原主進入自己家門，把寄存的東西再從自己的房裏抬出去也。

玳安在此回中初露頭角。他對月娘、對應伯爵，便知道無論如何不能說出西門慶與瓶兒的私情，唯有對潘金蓮卻肯坦白，其聰明機靈可想而知。就生意事為西門慶傳話，解說得清楚明白，不亞於《紅樓夢》裏在鳳姐兒面前對答如流的小紅，而玳安終於接管了西門慶的家產，於此初見端倪。

本回再次寫到西門慶十兄弟：繡像本第一回中，卜志道死了，補入花子虛；這一回，花子虛已死，於是補入西門慶的主管賁四。「十個朋友，一個不少」這八個字，作者寫得極是尖冷。應伯爵幫閒，也寫得滑稽之中甚是諷刺：聽出西門慶怕花大，又確知花大並不肯搗亂，便拍著胸脯說：「火裏火去、水裏水去 …… 他若敢道個不字，俺們就與他結下個大疙瘩！」當年西門慶偷娶金蓮時，怎麼沒聽伯爵拍著胸脯說幫西門慶對付武松呢。而十兄弟之一的花子虛被抓到京城，伯爵等人更是無人出頭。親兄弟如彼，而結義兄弟如此 —— 在宣揚歌頌男子友誼、兄弟義氣的《三國演義》、《水滸傳》甚至《西遊記》之後，《金瓶梅》無情地刻畫出現實人生中一班稱兄道弟的男子是怎樣背信棄義，對以往理想化了男子情誼的英雄傳奇進行了有效的、系統的反諷。

本回瓶兒在元宵節的晚上等待西門慶，繡像本作「正倚簾櫳盼望」，詞話本作「正倚簾櫳，口中磕瓜子兒」。然則瓶兒必不嗑瓜子兒者，一來嗑瓜子兒顯得悠閒，而瓶兒盼望西門慶異常急切，哪裏有心思嗑瓜子兒；二來嗑瓜子兒的形象與金蓮相重，瓶兒和金蓮是極為不同的兩個婦人，瓶兒多了一些矜持，不似金蓮的輕佻、熱情而直露也。

第十七回

宇給事劾倒楊提督
李瓶兒許嫁蔣竹山

（宇給事劾倒楊提督　李瓶兒招贅蔣竹山）

　　西門慶親家陳洪遭事在五月二十日，當日晚上，女兒西門大姐、女婿陳敬濟從東京來避難，當時「把箱籠細軟，都收拾月娘上房來」。西門慶自此閉門不出，耽誤了六月初四與瓶兒的婚期。瓶兒等不著西門慶的消息，憂愁得病，被太醫蔣竹山治好；六月十八日，瓶兒便嫁給了蔣竹山。從西門慶離開瓶兒到瓶兒嫁人，前後不到一個月。

　　這一回給人印象最深的，是瓶兒改變主意之快。瓶兒的急迫熱切，花團錦簇地準備，轉瞬之間化作烏有，是出乎意料的反高潮。金蓮在過門前，曾被西門慶冷落過將近三個月，玉樓也曾被張三舅苦苦勸說不要嫁給西門慶，但是二人都不曾改變主意，相形之下，瓶兒似乎太容易動搖。然而真正嚇倒瓶兒的，不是西門慶的冷淡，而是蔣竹山關於西門慶遇到禍事、家產會「入官抄沒」的說法。當時瓶兒第一想到的便是「許多東西丟在他家」，悔之不及。但是也並不再去打聽清楚或者徘徊觀望一陣子，只憑著蔣竹山的一面之詞，便當場與其敲定婚約。瓶兒是性格軟弱的人，也缺少心計。

　　蔣竹山全作喜劇人物刻畫。他入贅給瓶兒之後陡然變闊，「初時往人

家看病只是走，後來買了一匹驢兒騎著，在街上往來，不在話下」。騎驢的細節韻而冷，好似國人陸闊便買起一部車子來開也。

瓶兒在此回，稱西門慶「這般可奴之意，就是醫奴的藥一般」。這比喻頗為尖新有趣，一來是雙關諧語，因西門慶本來正是以開生藥舖發家的；二來是讖語，瓶兒因西門慶不來而生病，一個真正的太醫蔣竹山治好了她，她很快便嫁給了蔣竹山，又給他本錢讓他開起一家生藥舖；三來伏下瓶兒病死的情節，最終西門慶不是醫她的藥，而是她的送死之人。

張愛玲小說《傾城之戀》裏面，范柳原說白流蘇是醫他的藥，來源在此。張愛玲自稱《金瓶梅》和《紅樓夢》對於她來說是一切的源頭，然而一般人們都只注意《紅樓夢》的影響，忽略了張氏作品中無數《金瓶梅》的痕跡。就比如白流蘇愛低頭，也來自《金瓶梅》，且來自《金瓶梅》之繡像本也。

宇文虛中奏彈太師蔡京等人涉及軍國大事的朝廷奏摺，以及它所代表的時代風雲，所預兆的朝代興衰，夾在偷期做愛的色情描寫與治病求親的喜劇性描寫裏面，豐富了小說的覆蓋面，增加了敘事的層次感。奏摺裏面對於國家得病（「元氣內消」則「風邪外入」）的比喻，又與瓶兒得病、夢感「狐狸精」的描寫恰相呼應，雖然沒有深文內致，但是富有連環回應的美感。

第十八回

賂相府西門脫禍
見嬌娘敬濟銷魂
（來保上東京幹事　陳經濟花園管工）

西門慶賄賂脫禍之後，「過了兩日，門也不關了，花園照舊還蓋，漸漸出來街上走動」。七月中旬的一日，在路上碰見應伯爵、謝希大，二人裝作全然不知西門慶遇事的樣子，還問西門慶娶了瓶兒沒有。像西門慶家這樣一件連蔣竹山都知道底裏的新聞，應、謝二人豈有不知之理。作者處處諷刺結義兄弟和所謂的好朋友。不過西門慶對應、謝二人的涼薄也根本不著在意裏，仍然和二人一起去妓院吃酒，其並不因此而看破世態炎涼者，只因為自己就是炎涼中人。

另一方面，小廝玳安告訴西門慶看見瓶兒家開了個生藥舖，西門慶聽了「半信不信」，卻也不著人打聽，想必剛剛脫禍，驚魂未定，還無心顧及迎娶瓶兒事。但竟不派人去瓶兒處問候、解釋，則西門慶待瓶兒，也不過爾爾。又想必是把瓶兒視為飛不去的掌中物，直到聽說瓶兒為蔣竹山所得，才大為吃醋著惱、悔恨萬分。西門慶是從未被女人拒絕過的人，其氣惱半是源於自尊心的受挫；而應伯爵怎麼可能不知道瓶兒嫁了蔣竹山？故意問西門慶是否娶了瓶兒，回想起來，實在也是促狹得很。

西門慶從妓院吃酒歸來，在街上碰見馮媽媽一節，極像當年吃酒已

醉，在街上碰見王婆一節（第八回）。王婆來替金蓮請西門慶；馮媽媽卻充當了瓶兒嫁人的耳報神。

趁著西門慶不在家，月娘請陳敬濟到後邊吃飯，又引著他和玉樓打牌，陳敬濟就此見到了金蓮，並對金蓮一見鍾情。繡像本的無名評點者和張竹坡說得很是：如果這是正當在理的事情，月娘心裏也不覺得有愧的話，何必聽說西門慶回家，便「連忙攛掇小玉送姐夫打角門出去」？月娘的欲望與情感，每每用極為微妙的筆墨描寫。

西門慶與金蓮做愛，往往要仿效與瓶兒在一起時的樣子，瓶兒的樣範，西門慶在所難忘，往往與金蓮共同重修一番。從春宮、勉鈴，這已經是第三次了。西門慶對瓶兒的世界 —— 不僅富貴，而且時髦 —— 充滿豔羨，從此可見一斑。

金蓮見西門慶後悔沒有早娶瓶兒，便埋怨他不該聽了吳月娘的話。「奴當初怎麼說來？先下米兒先吃飯。你不聽。只顧來問他姐姐。常信人調，丟了瓢。你做差了，你埋怨哪個？」西門慶被這兩句話調唆得大怒，從此與吳月娘生氣，見面不講話。然而在第十六回，西門慶打算娶瓶兒時，明明是金蓮兩次對西門慶說：「你還問聲大姐姐去。」及至西門慶問了回來，金蓮也附和月娘的意見道：「大姐姐也說的是。」此時金蓮顛倒黑白，西門慶卻也毫不記得來龍去脈，糊塗之極。金蓮從未說過月娘壞話，這是第一次，顯然是因為兩天前曾被月娘罵，又因為月娘諷刺寡婦不等孝服滿就嫁人，恰好說中了金蓮和玉樓兩個人的心病。金蓮、月娘結怨從此開始。

第十九回

草裏蛇邏打蔣竹山
李瓶兒情感西門慶

（草裏蛇邏打蔣竹山　李瓶兒情感西門慶）

　　此回上半，寫蔣竹山挨打；下半，寫瓶兒挨打。然而此回伊始，卻大書特書西門慶的花園裝修告成。花園中有樓台亭樹，賞玩四時景致，正是《紅樓夢》中那座著名的大觀園的前身。吳月娘率領眾女眷在此飲酒，再次請來陳敬濟。酒後，金蓮撲蝶，而陳敬濟趁勢與之調情，被金蓮推了一跤。當時唯有玉樓「在玩花樓遠遠瞧見」。若是金蓮看見別人有這樣的舉動，一定拿來當作把柄；玉樓卻若無其事。玉樓是善於化有事為無事的人。月娘則是金蓮、陳敬濟二人孽緣的「罪魁」：金蓮終於為了陳敬濟之故而被月娘趕出西門府，而陳敬濟也是因此失去了月娘的歡心而終至貧困潦倒；二人最終都因此而喪失了性命。

　　金蓮每每與眾人的行為不同。其他人賞花、下棋，她偏去撲蝶。撲蝶，是詩詞中常常刻畫的美人舉止，然而撲蝶之際，與陳敬濟調情，美人便不是平面，而是立體了。

　　西門慶回來，金蓮「纖手拈了一個鮮蓮蓬子與他吃」，西門慶道：「澀剌剌的，吃他做什麼！」繡像本評點者旁評：「俗甚。」這一細節富有喜劇性，是文人弄筆，寫西門慶俗子，不解詩詞歌賦的風流趣味。蓮子者，

「憐子」之謂，從南朝「採蓮曲」以來，就是情人之間互贈以表示相憐的愛物和詩詞中的雙關語。然而在同一回之內，作者卻也極盡嘲笑「文墨人」之能事：太醫蔣竹山顯然是個文弱的人物，金蓮稱其為「文墨人兒」，「且是謙恭 …… 可憐見兒的」。清河縣的警察局長夏提刑卻大喝道：「看這廝咬文嚼字模樣，就像個賴債的！」張竹坡批道：「秀才聽著！」

西門慶找來兩個地痞流氓 —— 張勝與魯華 —— 治蔣竹山為他出氣，事成之後，張勝被推薦到周守備府做了親隨。張勝何人？即是後來提刀殺死陳敬濟的人也。七十回之後的事件，此時已經一一種因。魯華、張勝誣賴竹山欠債不還一段，魯華出力而張勝動嘴，在中間做好做歹地兩邊相勸。竹山氣得大喊大叫，張勝卻一味冷幽默，說竹山：「你又吃了早酒了！」話音未落，魯華便又是一拳。雖然竹山是冤枉可憐，但不知怎的，只覺得兩個地痞一唱一和，無賴得十分技術可喜，簡直可謂「盜亦有道」，耍流氓也有耍流氓的藝術，讀來忍不住要大發一笑。

寫瓶兒，處處不離錢。其愛人也，以錢表示，其憎人也，又以錢表示。當初給蔣竹山本錢開藥舖，及至床幃之間，嫌惡蔣竹山本事不濟，便「不許他進房中來，每日咭聒著算賬，查算本錢」。後來與蔣竹山離異，「但是婦人本錢置的貨物都留下，把他原舊的藥材、藥碾、藥篩、藥箱之物，即時催他搬去，兩個就開交了」。作者筆墨含蓄，並不提是誰「留下」瓶兒的本錢置辦的貨物，但從上下文語意看來，分明是瓶兒的作為。然而瓶兒當初寄存在西門慶家的東西又如何？

西門慶娶瓶兒之後，問瓶兒：「說你叫他寫狀子，告我收著你許多東西？」瓶兒矢口否認。小說上下文中，除了寫瓶兒後悔寄存東西在西門慶家之外，均無瓶兒叫蔣竹山告狀的話，陡然寫出，不知是西門慶心虛的猜想，還是真有此情，朦朧過去，耐人尋味。而西門慶隨即說：「就算有，我也不怕。你說你有錢，快轉換漢子，我手裏容你不得！」「我也不怕」云云，明明是此地無銀三百兩。至於「瓶兒有錢」的事實，不僅處處提醒給讀者看，顯然也時時記在西門慶心中。

瓶兒誇西門慶遠遠勝過蔣竹山：「休說你這等為人上之人，只你每日吃用稀奇之物，他在世幾百年還沒曾看見哩！」其讚美西門慶處，竟有很大程度是以社會階層著眼——是否「見過世面」，是否「人上之人」——瓶兒之愛與金蓮之愛不同處便在於此。比如說，瓶兒恐怕是不會喜歡上武松的。

此回之中，瓶兒再次把西門慶比作醫她的藥。她趕走蔣竹山時，曾說：「只當奴害了汗病，把這三十兩銀子問你討了藥吃了。」瓶兒的比喻，處處不離藥。後來病死，兆頭早已伏下了。

寫西門慶面對審問瓶兒終於回心轉意的一段，我們旁觀者分明看到兩個人都有心病，都有辜負彼此的地方：瓶兒無論如何不能回答「如何慌忙就嫁了蔣太醫那廝」的問題——因為瓶兒以為西門慶家裏出了禍事也；西門慶則無以解說「收著瓶兒許多東西」的事實。二人之間的感情，雖然有單純的男歡女愛的因素，但是摻雜了許多勢利的成分，顯得十分的蕪雜和脆弱。瓶兒對西門慶稱不上深情，一見西門慶有禍事便棄他而去，後來「打聽得他家中沒事，心中甚是懊悔」；西門慶對瓶兒也稱不上坦蕩，否則如何收了人家寄存的東西而毫無交代？月娘生日，瓶兒送禮，月娘也不請她來赴宴——顯然是要斷絕交往，昧下東西，再也不要提起的意思。二人各自懷著心病，對答之中，心事隱顯，讓讀者清楚地看到兩個深深糾纏於社會經濟關係之中的自私的男女。西門慶與金蓮的關係，相比之下「單純」很多，金蓮縱有千般缺點，在感情上卻不是一個勢利之人——這也就是為什麼她當初能夠賣掉自己的釵環來幫武大典房子，而又能夠愛上一個一無所有的打虎英雄。

第二十回

傻幫閒趨奉鬧華筵
癡子弟爭鋒毀花院
（孟玉樓義勸吳月娘　西門慶大鬧麗春院）

　　此回的結構框架是窺視：以玉樓、金蓮、春梅偷聽西門慶與瓶兒始，以西門慶偷覷桂姐與嫖客終。

　　西門慶每個月出二十兩銀子包著桂姐，一般來說，這意味著白天許她見客，晚上不許她留人。這一日西門慶來到麗春院，虔婆告以桂姐不在，「今日是他五姨媽生日，與他五姨媽做生日去了」（後文桂姐私下接客，每每以「做生日」為由，引得月娘在五十二回諷刺桂姐：「原來你院中人家，一日害兩樣病，做三個生日。」），沒想卻被西門慶發現躲在後院，陪著一個嫖客飲酒。西門慶大為吃醋，大打出手，大雪裏上馬回家。無名評點者說：「此書妙在處處破敗，寫出世情之假。」「破敗」二字很有趣，令人想到被面破了，露出裏頭的破棉敗絮，與花團錦簇的表面形成了鮮明的對比。明清的小說與戲劇，往往喜歡反映表面與內裏的差異，寫謊言覆蓋下的空空世界，《金瓶梅》、《紅樓夢》，無不如此。

　　金蓮、瓶兒挨打的場景，是針鋒相對的映照：瓶兒挨了幾馬鞭子才肯脫衣服跪在地上，金蓮則是脫衣下跪之後才挨鞭子。玉簫問玉樓：「帶著衣服打來，去了衣服打來？虧她那瑩白的皮肉兒上，怎麼挨得！」一方面

從丫頭口裏再次描寫了瓶兒肌膚之白，一方面隱隱又與金蓮裸身受笞遙遙相映。

瓶兒、西門慶早晨起來後第一件事，就是開嫁妝箱子讓西門慶過目她帶來的金銀細軟：首先映入眼簾的便是她當年從梁中書府帶出來的那一百顆西洋大珠。在第一百回，月娘逃難，又攜帶著這一百顆明珠，在她預言性的夢中送給了親家雲理守。[1]張竹坡對於這百顆明珠，有精彩的辨析。他把這百顆明珠視為一百回小說《金瓶梅》的寫照：「見得其一百回乃一線穿來，無一附會易安之筆……又作者自言，皆我的妙文，非實有其事也。」又以百顆明珠象徵人生無常，財物數易其主，珠子不知經過了多少人才落到梁中書手中，「梁中書手中之物又入瓶兒之手，瓶兒手中之物又入西門之手，且入月娘之手，而月娘夢中，又入雲理守之手，焉知雲理守手中之物，又不歷千百人之手而始遇水遇火，土埋石壓，而珠始同歸於盡哉！」瓶兒拿出錢物，讓西門慶幫她打首飾。金蓮看到西門慶大早晨慌慌忙忙往外走，戲西門慶「鬼推磨」（暗含「有錢能使」四字），內中包著很多真實。金蓮要西門慶用給瓶兒打首飾剩下的金子給自己打一件同樣的九鳳甸兒，說瓶兒所要的兩件首飾，一共使六兩左右金子就差不多了，「還落他二三兩金子，夠打個甸兒了」。瓶兒的錢與物，是眾人覬覦嫉妒的對象，而瓶兒從最開始和西門慶相處，便每每在金錢上吃虧。瓶兒死後，僕人玳安回憶瓶兒好脾氣、花錢大方，說她派僕人買東西，往往多給他們一些錢，還笑說：你們跑腿，不圖落，圖什麼！只要把東西給我買個值著就好。映照這裏西門慶為她跑腿打首飾，金蓮從中圖落，則作者諷刺之意宛然：在瓶兒這個「富婆」面前，西門慶、金蓮和那些僕人也沒有什麼本質上的區別。

瓶兒過門，月娘之吃醋與金蓮之吃醋，其表現如一，其質地又有不

---

[1] 按，雲理守者，雲裏手也。乃幫閒之無形無影之手，只知道掠奪他人之物，同時也象徵著命運的無形力量，使人的一世積蓄，包括人自己，都可以在轉瞬之間便消逝得無影無蹤。

同：在會親酒宴上，月娘對自己的兄弟吳大舅抱怨西門慶：「他有了他富貴的姐姐，把我這窮官兒丫頭，只當亡故了的筭帳。」月娘覺得最刺心的，不在瓶兒之相貌之材，而在其有錢。西門慶在瓶兒處一連歇了數夜，「別人都罷了，只有潘金蓮惱得要不的」。金蓮最懊惱的不是瓶兒有錢，而是她奪去了自己的寵愛。

瓶兒過門，而前夫花子虛的大哥花大居然被西門慶請來吃會親酒，且被尊稱為花大舅，從此親戚往來不絕。如果說《金瓶梅》——尤其是繡像本《金瓶梅》——有任何儒家思想，那麼其最強烈的表現便在此等處，也就是「正名」。又比如幾個歌妓在會親酒宴上唱「永團圓，世世夫妻」的曲子，「知音」的金蓮挑撥月娘說：「小老婆，今日不該唱這一套。他做了一對魚水團圓、世世夫妻，把姐姐放到那裏？」雖然金蓮的挑撥出於私心中對瓶兒的嫉妒，但是她說的話往往含有真實，所以能夠刺痛月娘。正名者，就是要在一個等級社會裏面，每個人都按照其地位行事，不可亂了名分。妻妾名分之區別，自然也屬「正名」的範圍。歌妓為娶妾唱「世世夫妻」，花大被西門慶稱為「大舅」，都是亂了名分的表現。

這一回裏，第一次提到家人來旺有個多病的媳婦兒，為稍後來旺媳婦病死、續娶宋蕙蓮伏筆；又第一次提到月娘給王姑子送香油白麵。後來月娘越來越好佛，常常請來尼姑在家宣寶卷，王、薛二尼姑往來不絕，便是從此起頭。張竹坡認為，此書以前從未寫月娘好佛，偏偏於此初次提及者，是因為月娘與西門慶反目，王姑子出主意讓她燒夜香，結果終於被西門慶撞見而深受感動，夫妻言歸於好。王姑子的計謀生效，成為月娘好佛之始。張竹坡所言有理，而書中人物如金蓮也覺得月娘燒香是有心的作為，可為一證。金蓮聰明機靈，她對事件過程、人物心理的猜度往往奇中，小說裏已經不只一次地寫到過，那麼她對月娘燒夜香的動機判斷正確，原也沒有什麼奇怪。

第二十一回

吳月娘掃雪烹茶
應伯爵替花邀酒

（吳月娘掃雪烹茶　應伯爵替花勾使）

一 「低聲問：向誰行宿？城上已三更」

　　書中第一次寫十一月大雪，是第二回中金蓮挑逗武松一幕，那已經是三年前的事情了。一片潔白的背景，就好像京劇舞台上的空白背景，最能夠襯托出人與人之間各種欲望與矛盾的糾纏。這一回，背景又是漫天白雪，人物與情節卻越發花團錦簇。從西門慶大鬧妓院、月娘燒香、西門慶賠禮、夫妻言歸於好，到次日眾人擺酒慶賀、月娘掃雪烹茶，到次日雪晴，桂姐向西門慶賠禮、與西門慶和好（夫妻反目前後經歷了四個月，和好如此之難，而嫖客與妓女反目不過兩天，和好如此之易，作者妙筆春秋），到當晚玉樓生日酒宴，西門慶和六個妻妾一起行酒令，直到酒闌人散，瓶兒被雪滑倒，又到金蓮房中二人夜話，一一寫來，峰迴路轉，波瀾疊起，而且情節往往兩兩對應：比如西門慶與月娘和好，後來又與桂姐和好；桂姐的叔叔樂工李銘勸解西門慶，應伯爵、謝希大次日又來為桂姐做說客；伯爵在麗春院說笑話幫襯西門慶和桂姐，王姑子則在西門慶家裏說笑話給月娘、金蓮眾人解悶。雖然頭緒紛繁，然而無不圍繞著兩次和好進

行，所以細節雖多不亂，且有鴛鴦錦的效果 —— 圖案明暗相對，迴環往復。全回且以雪夜開始，以雪夜結束。

西門慶在妓院裏，偷覷到桂姐兒接客，故此大鬧麗春院；回家來，又偷覷到月娘燒夜香，祈禱丈夫早日回心轉意，「不拘妾等六人之中，早見嗣息，以為終身之計，妾之願也」。故此深受感動，和月娘重歸於好。張竹坡在《金瓶梅讀法》中談道：「此書有節節露破綻處，如窗內淫聲和尚偏聽見；私琴童，雪娥偏知道……」黃衛總（Martin Huang）近作《中華帝國晚期的欲望與小說敘述》（*Desire and Fictional Narrative in Late Imperial China*）第四章〈金瓶梅中欲望的物質性及其他〉，也提到《金瓶梅》中偷聽、偷覷行為的重複出現，「簡直變成了書中的一個儀式」，並把這種行為與小說寫作本身聯繫在一起，因為小說就和偷聽、偷覷一樣，也是使得讀者視線侵入私人生活空間的方式之一。[1] 此外，閱讀非聖賢經典的、消閒性質的小說，尤其像《金瓶梅》這樣具有「不道德內容」的小說，更是要在私下進行，頗有戳破窗戶紙向裏面偷看的況味，也（對於正統道德信條）具有潛在的顛覆性。

偷聽與偷覷在第二十、二十一回裏面的確具有結構上的重要性：二十回以春梅、金蓮、玉樓窺視西門慶、瓶兒始，以西門慶窺視到桂姐接客終。緊接著就是西門慶打馬回家，「只見儀門半掩半開，院內悄無人聲。西門慶心內暗道：此必有蹊蹺。於是潛身立於儀門內粉壁前，悄悄聽覷」。西門慶的疑心簡直就好像因為剛剛識破了一個騙局而被格外挑動起來的。然而他下面看到的一幕卻沒有使他憤怒，而使他感動：這種情節上的平行對照極為明顯，不容忽視。而且，倘若沒有識破桂姐的騙局、對青樓豔情感到短暫的幻滅，西門慶恐怕還不會充分地被月娘「祈佑兒夫早早回心，棄卻繁華，齊心家事」這樣的祝詞所打動。不過這裏的關鍵在於，窺視對於被窺視的兩個人來說具有十分不同的利害關係：桂姐當然不想被

1　Martin W. Huang, *Desire and Fictional Narrative in Late Imperial China*, Ch. 4. Cambridge: Harvard University Press, 2001, pp. 87-90.

西門慶識破，然而月娘焚香祈禱就很難說，就算不是存心想被識破，至少她知道被識破對她是有利無害的。

張竹坡認定月娘燒香是有心作為，暗自希冀被西門慶聽到。在這裏，繡像本再次比詞話本含蓄很多，一來詞話本中月娘的祝詞有「瞞著兒夫祝讚三光」之語，自稱「瞞著」，似乎大有「此地無銀三百兩」的嫌疑；二來關於月娘燒香有一首七言絕句，詞話本中，這首絕句的最後兩行是「拜天盡訴衷腸事，哪怕旁人隔院聽」，繡像本則作「拜天盡訴衷腸事，無限徘徊獨自惺」。詞話本是已經明明把月娘燒香的有心造作透露給了讀者，繡像本則絕對不肯直言。月娘的內心世界，在比較直截了當的詞話本中得到更多明白直露的表現，繡像本卻每每含蓄從事，這只是眾多例子中的一例而已。

按說西門慶歸家時，已是一更天氣，時候不算很早；到家門口，「小廝叫開門」，動靜也不可謂不大；然而正好在他進門之後，小玉方拿出香桌，月娘方出來拜斗，機緣實在不可謂不巧。而且須知月娘感動西門慶，最關鍵的不是燒香這一行為，而是她的祈禱詞。西門慶既然能夠每一句話都聽得清清楚楚，可知月娘不是默默祈禱，而是說出聲來。雖然夜深人靜，她的聲音也必須相當大 —— 至少是正常的說話聲音而不是低聲細語 —— 才能被儀門粉壁外的西門慶聽得如此真切。金蓮後來諷刺說：「一個燒夜香，只該默默禱祝，誰家一徑倡揚，使漢子知道了！」被繡像本的無名評點者稱為「齒牙可畏如此」，又說「亦自有理」，更可見月娘此舉之曖昧。

月娘與西門慶言歸於好，同宿了兩夜，心情轉佳，對五位小妾，尤其是曾經特意勸說她與西門慶和好的孟玉樓，格外慷慨大方。大雪夜過後的第三天，正值十一月二十七日玉樓的生日，月娘開玉樓的玩笑說：「今夜你該伴新郎宿歇。」又對眾人說：「吃罷酒，咱送他兩個回房去。」其喜悅輕鬆口氣，如聞其聲。

繡像本此回的回首詩詞，用的是北宋詞人周邦彥的〈少年遊〉：

　　　并刀如水，吳鹽勝雪，纖手破新橙。錦幄初溫，獸煙不斷，相對坐調笙。　　低聲問向誰行宿，城上已三更。馬滑霜濃，不如休去，直自少人行。

　　張竹坡在此批道：「黃絹幼婦。」意即「絕妙」也。這首詞寫的是一個寒冷的深夜，在溫暖如春的青樓之中，客人與妓女對坐，她勸他今夜不要走。留宿在她家。那種溫柔旖旎的風光，尤其是女子勸說男人的話語，充滿了強烈的誘惑力。對照西門慶的遭遇，便造成了既直接又微妙的反諷。直接的反諷，是西門慶看到桂姐接客：對於那個客人來說，桂姐的懷抱固然是溫柔鄉，對於西門慶來說，卻哪怕「馬滑雪濃」，路上行人絕蹤，都要「大雪裏上馬回家」也。微妙的反諷卻發生在來家之後：西門慶被月娘感動，於是從粉壁後出來，「抱住月娘」，「把月娘一手拖進房來」。溫言軟語、賠禮道歉，然而月娘理也不理，一直作勢要趕他走，說：「大雪裏，你錯走了門兒了，敢不是這屋裏？我是那『不賢良的淫婦』，和你有甚情節？……咱兩個永世千年，休要見面！」又說：「我這屋裏也難安放你。趁早與我出去，我不著丫頭攛你！」大雪之夜，西門慶既無纖手為之破橙，也無人對之調笙，更無人低聲軟語挽留。直到次日，眾妾安排酒宴，請西門慶、月娘賞雪，「在後廳明間內，設錦帳圍屏，放下梅花暖簾，爐安獸炭，擺列酒筵」，句句暗合詞中描寫，錦幄、獸煙、纖手，一時俱全。然而相隔不到一日，還在「大雪裏」，西門慶又往院中去看李桂姐了——家裏的妻妾，畢竟挽留不住他。

二　〈南石榴花·佳期重會〉

　　《金瓶梅》中的曲，往往意味深長，或映照書中情節，或渲染人物性

格，或暗示感情的波瀾，或預言事態的發展。書中人物點唱曲子，每每泄漏自己的心境或者是有意藉曲傳情。這一回裏，金蓮吩咐四個丫鬟在酒宴上演唱〈南石榴花‧佳期重會〉，藉此影射月娘，西門慶聽曲而知音，就是一個明顯的例子。

這支曲子不題撰人，收錄在謝伯陽所編《全明散曲》。其中唱道：「佳期重會，約定在今宵。人靜悄月兒高，傳情休把外門敲。輕輕的擺動花梢，見紗窗影搖，那時節方信才郎到。又何須蝶使蜂媒，早成就鳳友鸞交。」[1]蝶使蜂媒者，意謂何須玉樓、金蓮輩勸說也。

金蓮處處與別人不同，處處與西門慶彼此心意相通。西門慶被應、謝二人勸回妓院，玉樓納悶道：「今日他爹大雪裏那裏去了？」金蓮一猜便中，說西門慶一定是去了李桂姐家。玉樓卻還不相信西門慶會這麼快就原諒桂姐，要和金蓮賭誓。金蓮不僅猜中，而且連前因後果都忖度得八九不離十。同時，西門慶也是金蓮的「知音」：金蓮吩咐家樂唱「佳期重會」，眾人都不理會，西門慶卻立刻解悟了曲中深意，而且當時「就猜是他幹的營生」。得到證實之後，他便「看著潘金蓮，說道：『你這小淫婦，單管胡枝扯葉的。』」對於現代讀者以及不熟悉曲子的當代讀者，這是一個謎，直到次日晚上，西門慶才把謎底揭破。他對玉樓解釋說：「他說吳家的不是正經相會，是私下相會。恰似燒夜香有心等著我一般。」這時西門慶正在玉樓房裏，他聽到瓶兒被雪滑倒而金蓮大聲嚷嚷著抱怨瓶兒弄髒了她的鞋，便對玉樓說：一定是金蓮先踩在泥裏把人絆了一跤，然後反而賴在別人身上。「恰是那一個兒，就沒些嘴抹兒」（意謂瓶兒老實、不辯解也不反駁）。西門慶可謂知金蓮至深，二人心意相通，旗鼓相當。西門慶愛金蓮，便因為她這份聰明伶俐；愛瓶兒，便因為她「沒些嘴抹兒」。然而西門慶獨獨對玉樓不甚著在意裏，書中寫西門慶在玉樓屋裏兩人講話，

1　謝伯陽編：《全明散曲》第四卷，濟南，齊魯書社 1994 年版，第 4981 頁。

到此已經是第三次了（十二回、十九回各一次），每次二人都在談論別人 —— 不是說金蓮，就是說瓶兒。書名金、瓶、梅，固宜。

三 「得多少春風夜月銷金帳」

玉樓生日宴會上，大家行酒令，各人所行的令若有若無地與各人身份、經歷、未來遭遇暗合，被《紅樓夢》作者學去。其中尤以西門慶的酒令最趣：「虞美人，見楚漢爭鋒，傷了正馬軍，只聽耳邊金鼓連天震。」似乎是以楚漢爭鋒比喻月娘、金蓮、瓶兒（推及書中其他婦人）之矛盾，而虞美人反而成為自喻。

蓋瓶兒死後，西門慶口口聲聲要隨她而去，不久之後便真的一命嗚呼也。

金蓮與陳敬濟偷情，「壞了三綱五常，問他個非姦做賊拿」；瓶兒與西門慶偷期，曾經「搭梯望月 …… 那時節隔牆兒險化做望夫山」。

雪娥與來旺偷情，後來賣入守備府受春梅的折磨，恰似一隻「折足雁 —— 好教我兩下裏做人難」。

李嬌兒「因二士入桃源，驚散了花開蝶滿枝，只做了落紅滿地胭脂冷」。

嬌兒名字暗喻春天的桃李，她是青樓出身，二士入桃源不是《桃花源記》的那個桃源，而是劉晨、阮肇遇見神女的桃源，預示著嬌兒在西門慶死後，率先再嫁，彼時已開落紅滿地之冷局。

玉樓完令，「得多少春風夜月銷金帳」，預示著將來與李衙內的美滿姻緣。

四　辭令妙品

　　應伯爵、謝希大受了李家的賄賂，來勸說西門慶與桂姐和好，其辭令相當可觀。先是二人說：「俺們甚是怪說他家：『從前已往，在你家使錢費物，雖故一時不來，休要改了腔兒才好。』」一方面告訴西門慶已經責備了李家替他出氣，一方面又從側面點出西門慶這一向都不曾去看桂姐，則暗示西門慶冷落桂姐在先也。雖然不能以這個辯護桂姐接客，至少讓西門慶心裏也回味到自己的不是。看西門慶仍然不肯回心，伯爵便施展其妙舌，特地提出桂姐根本不曾和那個客人沾身，「這個丁二官原先是他姐姐桂卿的孤老，也沒說要請桂姐，只因他父親貨船搭在他鄉里陳監生船上，才到了不多兩日。這陳監生號兩淮，乃是陳參政的兒子。丁二官拿了十兩銀子，在他家擺酒請陳監生」。平空出來一個號兩淮的陳監生，又帶出一個陳參政，於桂姐見客一事全然無謂，但是卻一定要說，似言桂姐桂卿相交的也不是等閒之人，而伯爵深知西門慶會被勢利打動也。最後一著，便是不看僧面看佛面，「顯的我們請不得哥去，沒些面情了」。幫閒以利口謀生，則其齒牙必有可觀，不是隨便什麼人都做得來的。

第二十二回

蕙蓮兒偷期蒙愛
春梅姐正色閒邪

（西門慶私淫來旺婦　春梅正色罵李銘）

　　上一回工筆重墨，這一回既是短小的插曲，也是序曲，從此開始了長達五回的宋蕙蓮小傳，其中又為春梅畫一小像。

　　蕙蓮與春梅在這一回的題目裏被作為對偶句來描寫。她們有相同之處：都是丫鬟僕婦，又都因為「性明敏、善機變」而受到西門慶的特別寵愛。但是蕙蓮利財，春梅尚氣。蕙蓮喜歡炫耀賣弄西門慶的小恩小惠，春梅則「圭角崖岸」，心高氣傲。樂工李銘稍有不軌，春梅立即勃然大怒，開口罵了十六個「王八」。也不管李銘是李嬌兒的兄弟，或者正因為李銘是李嬌兒的兄弟。蓋春梅與金蓮心意相連，她對桂姐、嬌兒、李銘這一家人，因為他們曾經害得金蓮受辱，所以抱恨極深。「今乘桂姐破綻敗露，而李銘又適奉其會」（張竹坡語），春梅便抓住機會，發洩久蓄於心的怨恨。

　　李銘教彈唱，當時其他三個向李銘學習樂器的丫鬟都去西門大姐屋裏玩耍去了，「只落下春梅一個，和李銘在這邊教演琵琶。李銘也有酒了，春梅袖口子寬，把手兜住了，李銘把他手拿起，略按重了些，被春梅大叫起來。」李銘究竟是酒後膽大、調戲春梅呢，還是因為喝了酒，不能像清

醒時那樣控制手頭的輕重，被伺機已久的春梅抓住了這個無意的紕漏？李銘的「不軌」，就和書中的許多其他情事一樣，寫得朦朦朧朧。

當時「金蓮正和孟玉樓、李瓶兒並宋蕙蓮在房裏下棋，只聽見春梅從外罵將來」。春梅便氣憤憤地向金蓮敘述方才的情景，順便抱怨其他三個學彈唱的丫鬟：「也有玉簫他們，你推我，我打你，頑成一塊，對著王八，雌牙露嘴的，狂的有些褶兒也怎的！」然而「玉簫他們」便包括了玉樓的丫鬟蘭香和瓶兒的丫鬟迎春。春梅在氣頭上，每每不管不顧，也是心氣高傲，沒把玉樓、瓶兒放在眼裏使然，後來當著吳大妗子的面罵申二姐，也是一個道理。但是玉樓和瓶兒的反應便有意思：春梅和金蓮一唱一和地罵李銘，只有蕙蓮一個人在旁邊附和，蕙蓮此舉，固然是為了討好掌握著她的秘密的金蓮，玉樓、瓶兒卻始終不發一語，則是因為春梅對著她們的面罵了她們的丫鬟，未免臉上下不來、心中不悅。玉樓隨即起身去叫自己的丫鬟，瓶兒則等了「良久」才回房，「使繡春叫迎春去」。這又是因為瓶兒正和金蓮要好，不願立刻離開以得罪金蓮也。雖然只是無關緊要的兩句話，也寫得邏輯井然。

金蓮曾第一個知道西門慶與瓶兒的私情，這裏又第一個知道西門慶與蕙蓮的私情，知道之後，裝在心裏，「對玉樓亦不題起此事」。經過了玉樓、桂姐、瓶兒，金蓮早已經不再奢望西門慶能夠在情感和色欲上做到專一，她現在所要的，是知道西門慶的情事：掌握信息，就意味著掌握控制權，信息是行使權力的前提，也是行使權力的手段。

上半回，金蓮撞破蕙蓮與西門慶偷情，罵道：「剛才我打與那淫婦兩個耳刮子才好。」下半回春梅對金蓮講李銘：「剛才打與賊王八兩個耳刮子才好。」二人聲口前後呼應，如出一轍。春梅又道：「教你這王八在我手裏弄鬼，我把王八臉打綠了！」金蓮便道：「怪小肉兒，學不學沒要緊，把臉兒氣得黃黃的。」則「王八」臉還未打綠而春梅臉已被氣黃。綠是虛，而黃是實，黃綠相接，虛實相映，是絕妙的駢儷寫法。作者文字之巧妙，往往呈現在這樣小小的細節裏。

　　本回開始，西門慶看見宋蕙蓮穿了一件紅袖對襟襖、紫絹裙子，嫌「怪模怪樣的不好看」，給她一匹翠藍兼四季團花喜相逢緞子做裙子。小時聽過一句俗語，叫作「紅配紫，砢磣死」。紅與紫配搭在一起不好看，因為會把彼此襯托得昏暗不明。張愛玲在《童言無忌》中提到過這個細節，並且說了一句很知音的話：「現代的中國人往往說從前的人不懂得配顏色。古人的對照不是絕對的，而是參差的對照。」這個「參差的對照」便是她的小說美學。其實現代人的衣服，顏色單調得可憐，樣式又生硬，無論男女都是如此。男人更慘些，無論中外，凡是正式場合，似乎只有西裝可穿，然而西裝既不舒服，也不是各種身材的人穿了都好看。女人呢，是在傳統的裝束裏似乎只能繼承滿族的旗袍，然而穿在身上就和西裝一樣拘束彆扭，又曲線畢露，只適合所謂有「魔鬼身材」的女人，太高太矮也都沒法子穿。想起影片《花樣年華》裏面的女人一件一件地換旗袍，好在還是張曼玉演的，為這個角色帶來某種溫暖與踏實，否則真的成了衣服架子。古時中上層社會的女人所穿的大襖，有繁複和諧的花紋與色彩，飄逸而嫵媚，非常女性化，而且可以遮掩不標準的體形，無論太胖還是太瘦，但是當然不適合穿了做任何工作 —— 除了製作更多的衣飾，又如繡花和描鞋樣子之外。

第二十三回

賭棋枰瓶兒輸鈔
覷藏春潘氏潛蹤

（玉簫觀風賽月房　金蓮竊聽藏春塢）

一　美人與燒豬頭

金蓮、玉樓、瓶兒三人下棋，本是所謂韻事，然而金蓮提議賭錢，輸了的拿出五錢銀子做東道，請眾人吃燒豬頭、喝金華酒。落後家人來興兒不僅買來一副豬頭，更兼四個豬蹄子，命蕙蓮燒來吃。蕙蓮用一根柴禾，一大碗油醬，並茴香大料，拌得停當，不消一個時辰，把個豬頭燒得皮脫肉化，用大冰盤盛了，連薑蒜碟兒拿到瓶兒房裏。美人而吃紅燒豬頭，便見得這是商人家庭的美人，不是士大夫家庭的美人；能寫出美人著棋之後吃豬頭，也正是《金瓶梅》的可愛之處。

二　蕙蓮

蕙蓮與西門慶第一次停眠整宿而不是零碎偷情，是在「山子下藏春塢

雪洞裏」。塢而藏春，春意盈然，但是洞而名雪，而且寒冷異常，「雖故地下籠著一盆炭火兒，還冷得打嗾」。又在春意中透出冷局消息。

蕙蓮依靠金蓮的幫助才得以和西門慶在雪洞過夜，又因為金蓮之保守秘密而不引起月娘懷疑，金蓮是成就蕙蓮者，可是蕙蓮在雪洞裏和西門慶偷情時，偏偏定要刻薄金蓮：「昨日我拿他的鞋略試了試，還套著我的鞋穿。倒也不在乎大小，只是鞋樣子周正才好。」這真是只有女人才能夠說得出的排揎話：意謂五娘不僅腳沒有我的小，而且纏歪了。這在以周正瘦小的三寸金蓮作為女性美衡量標準的時代，簡直可謂最惡毒的人身攻擊了。下面又挑剔金蓮的再婚身份，稱之為「露水夫妻」，這又是當時一般女人的一個大忌諱。然則蕙蓮何以專門和金蓮過不去？因為瓶兒生子之前，金蓮一直最受寵，又兼掌握著蕙蓮與西門慶二人的秘密，這就更令同樣爭強好勝的蕙蓮感到不平。

春梅的爭強好勝表現在不和一般的丫鬟小廝玩笑廝鬧；蕙蓮的爭強好勝表現在她一心只要吸引所有男子的注意，也每每希圖超越她自身所處的階級的限制，和西門慶的幾個妻妾並肩。她對自己的青春美貌有自信，不把自己當成一般的僕婦看承，比如「看見玉樓、金蓮打扮」，她便也學樣兒打扮 —— 她怎麼不模仿月娘、嬌兒或者雪娥？因為她明眼慧心，知道哪個才是裝束時髦的美人（至於瓶兒，則想必一直都保持低調，不好意思穿戴得強過眾人）。月娘等人擲骰子，她站在旁邊揚聲指點，儼然又是一個幫著看牌的金蓮（第十八回）。然而金蓮縫衣服的老子潘裁不同於蕙蓮賣棺材的老子宋仁，蕙蓮終究又不是金蓮：蕙蓮教育程度既低，也許甚至不識字，性格也缺乏一點嫵媚的韻味，只是一味的淺露輕浮。比如她看見西門慶獨自在房中飲酒，便「走向前，一屁股就坐在他懷裏」，調情一番後，怕人來看破，又「急伶俐兩三步就扠出來」；晚上赴約時，趁人不見，便「一溜煙」走去。這一串詞語，形容得蕙蓮舉止確實不雅。又處處表現蕙蓮的小家氣派：與西門慶在藏春塢偷情一夜，次日清早叫玳安替她買合汁，特意囑咐「拿大碗」；西門慶給她的銀子便「塞在腰裏」；頭上「黃烘

烘的」插戴著首飾；與一班兒男僕「打牙犯嘴，全無忌憚」，小廝們逗弄她，她便「趕著打」。繡像本作者判她為「顛狂柳絮隨風舞，輕薄桃花逐水流」。是柳絮不錯，桃花便一定是逐水的桃花。

三　大娘，還是六娘？

金蓮偶聽到蕙蓮在背後對著西門慶說她的壞話，次日清早便給蕙蓮臉子看，並對蕙蓮暗示：是西門慶把這些話告訴給自己的。「你爹雖故家裏有這幾個老婆，或是外邊請人家的粉頭，來家通不瞞我一些兒，一五一十就告訴我。」此話倒也不是誇張，頗有真實在內，從中我們更可以看出金蓮的「知識」如何轉化為「權力」。蕙蓮在金蓮面前不得不低首認輸。金蓮又說：「你大娘當時和他一個鼻子眼兒裏出氣，什麼事兒來家不告訴我？你比他差些兒。」這是繡像本；詞話本此處「大娘」作「六娘」。《金瓶梅會評會校本》從詞話本，認為繡像本這裏有錯誤。按照語意邏輯來說，「來家」似乎是指西門慶回到自己家中，則「與六娘一個鼻子眼出氣」是回顧李瓶兒未進門時情景。但是，如果把「來家」解為來金蓮處，則「大娘」也可以講得通。如果說的是大娘，那麼金蓮的自高身份就更深一層，其諷刺蕙蓮處也就更進一步，意謂連大老婆尚且矮我一頭，你一個剛剛得手的家人媳婦，又在此爭個什麼哉。

第二十四回

敬濟元夜戲嬌姿
惠祥怒詈來旺婦

（經濟元夜戲嬌姿　惠祥怒詈來旺婦）

一　第二個元宵

　　此回是書中第二個元宵節。這個元宵節，彩燈偏照蕙蓮。看她罵書童兒，挑逗陳敬濟，為炫耀腳小而套著金蓮的鞋穿，額角貼著飛金並面花兒與眾婦人一起走百病兒，「月色之下，恍若仙娥」。這是蕙蓮短暫一生中的高潮，是她最美、最得意、最輝煌的頂點。一切事情都如此平滑而順利：在元宵家宴上，當著全家之面，她罵書童兒，西門慶便立刻隨聲附和；她明明看見金蓮調戲陳敬濟，偏要緊接著在走百病兒的時候，「左來右去，只和陳敬濟嘲戲」。直到後來玉樓、金蓮叫他送韓回子的老婆回家，陳敬濟還「且顧和蕙蓮兩個嘲戲，不肯撈他去」。金蓮心中不悅，不必待言，次日專門把此事提出來，埋怨陳敬濟。其實何嘗埋怨的是他不送韓嫂？埋怨的是陳敬濟不聽自己的話也。

　　蕙蓮爭強好勝的虛榮心，最表現在炫示自己的美貌，喜歡使男子拜倒在石榴裙下。在這個元宵之夜，她可謂實現了自己的「志向」：西門府的兩個男主人 —— 西門慶和陳敬濟 —— 都被她的青春美色所深深地誘惑。

這兩個人也是最受寵幸的潘金蓮眼中的獵物，但是現在全都屈服於自己的魅力。在蕙蓮心中，這雙重的征服帶來的喜悅滿足，當不下於一個將軍攻克了敵軍的堡壘吧。然而，蕙蓮的命運正好像這元宵節的燈火，特別的亮麗、十分的熱鬧之後不久，就要無聲無息地燈消雲散了。此回以蕙蓮罵書童兒開始，以惠祥罵蕙蓮結束，已經預示了她悲哀的結局。

詞話本開始提到月娘等人在酒席上「都穿著錦繡衣裳，白綾襖，藍裙子。唯有吳月娘穿著大紅遍地通袖袍，貂鼠皮襖，下著百花裙，頭上珠翠堆盈，鳳釵半卸」。繡像本則只說「都穿著錦繡衣裳」而已。也許是藉著淡化眾人衣飾的區別，暗示西門慶家裏尊卑上下的混淆。然而也正因為如此，後來寫到眾婦人去看燈的時候，蕙蓮的一番特意裝飾打扮，「換了一套綠閃紅段子對襟衫兒，白挑線裙子，又用一方紅銷金汗巾子搭著頭，額角上貼著飛金並面花兒，金燈籠墜子」，就顯得格外突出。

二　大妗子乎，大娘子乎

此回閒中提到月娘去佛堂燒香，稍後又講到惠祥上灶，「又做大傢伙裏飯，又替大妗子炒素菜」。月娘之好佛，固然很可能正像張竹坡所說，是王姑子出謀劃策起了作用，因燒夜香而和西門慶言歸於好，然而王姑子也很可能是這個吃素的吳大妗子介紹引進的。有意思的地方是繡像本作「大妗子」而詞話本作「大娘子」──大娘子者誰？月娘也。首次提到月娘好佛，是第二十回中，李瓶兒娶進門的次日，月娘差小廝去姑子廟送香油白米，是時月娘和西門慶為了娶瓶兒而反目；王姑子首次出現在西門慶家，是在第二十一回，月娘與西門慶和好的第三天。當時大妗子、楊姑娘和兩個姑子都在月娘房裏坐，王姑子講了一個葷笑話，「公公六房裏都串到」云云，以影射西門慶的六個妻妾。詞話本作大娘子，則月娘不僅燒

香拜佛，聽宣寶卷，而且茹起素來，似乎虔誠太過。繡像本只寫月娘好寶卷，施捨姑子廟，卻斷不寫月娘茹素，諷刺更深。

　　家人來保的妻子惠祥誤了給客人頓茶，西門慶怪罪下來，月娘便慌了（特別因為頓茶給客人是妻子所主的「內務」），叫惠祥跪在院裏，本來要打，惠祥辯解說：「因做飯，炒大妗子素菜，使著手，茶略冷了些。」月娘便只喝罵一通，饒她起來，因大妗子是月娘的嫂子，所以不想深罪惠祥耳。但後來西門慶剛離開，惠祥便去找蕙蓮吵架，月娘喝開二人時，惠祥答對月娘的話十分生硬狠霸，可見月娘馭下無方，下人對之毫無敬畏之心，也為西門慶死後來保與惠祥共同欺負吳月娘埋伏下了線索。

第二十五回

吳月娘春晝鞦韆
來旺兒醉中謗訕

（雪娥透露蜂蝶情　來旺醉謗西門慶）

一 「蹴罷鞦韆，起來慵整纖纖手」

繡像本和詞話本，在美學原則上有著深刻的差異，其最大的表現之一就在於卷首詩詞的運用。詞話本明朗直白，喜歡藉卷首詩作出道德的勸誡和說教；繡像本則比較含蓄，喜歡藉助卷首詩詞給予抒情性的暗示，或者對回中正文進行正面渲染，或者進行富於反諷性的對照。詞話本這一回的卷首詩，以「名家台柳綻群芳，搖拽鞦韆鬥豔妝」開始，以「堪笑家纍養家禍，閨門自此壞綱常」結束，一方面指女婿陳敬濟混跡於西門慶妻妾之間，一方面指家人來旺與第四房孫雪娥的私通。繡像本這一回的卷首，則是一首鞦韆詞：

> 蹴罷鞦韆，起來整頓纖纖手，露濃花瘦，薄汗輕衣透。　見客人來，襪剗金釵溜。和羞走，倚門回首，卻把青梅嗅。

這首詞，有說是蘇軾作，有說是李清照作，也有索性說是無名氏作。

通篇況味，寫一個嬌憨女郎——應該還是待字深閨的少女，試想若作少婦，「倚門回首」便太不堪了——何況薄汗濕輕衣，應了「露濃花瘦」的意象：花瘦固然是因為露濃，然而也正是少女的體態身段，不是少婦的嬌豔豐滿。「見有人來」下面兩句，語意應該顛倒過來理解：見了生人，匆匆和羞而走，於是既來不及整理因為打鞦韆而散亂的鬢髮和金釵，又因為行走匆忙而落下了鞋子。[1] 然而終於忍不住好奇，於是倚門而立，故作嗅梅，實則窺視來客也。就像所有的古典詩詞，這首詞刻畫了生活中的一個短小的瞬間，宛如現下的電視小品，不給出人物的來龍去脈，只是描繪他們在一個片斷時空中對一件事情的反應，又好似街頭作剪紙肖像的藝人。小說《金瓶梅》卻像填空一樣，把古典詩詞限於文體與篇幅而沒有包括進來的東西提供給讀者，而且，還往往加入一點小小的扭曲——比如在這一回裏，我們看到的不是一個羞澀嬌憨的少女，而是一群「久慣牢成」、經過暴風驟雨的少婦，而那個來客，是她們名義上的女婿。她們不僅沒有「和羞走」，而且反而請求女婿幫忙推送鞦韆。如果她們也曾「襪剗金釵溜」的話，那麼，根本不是因為走得匆忙，而是因為打鞦韆打得顛狂也。

春晝鞦韆，實在也是古典詩詞中常常歌詠的美人舉止。然而，眾美人之中出現一個被叫作「姐夫」的陳敬濟，似乎有些不倫不類。陳敬濟奉了月娘之命推送鞦韆，不是「把金蓮裙子帶住」，就是「把李瓶兒裙子掀起，露著她大紅底衣」——美人鞦韆會，頓時不那麼雅相了。

然而最諷刺的是月娘對眾人說打鞦韆不應該笑，因為笑多了一定會腿軟，並舉例說當年她做女兒時與鄰居周台官的小姐打鞦韆，周小姐因為笑得太厲害而跌坐在鞦韆上，結果「把身上喜抓去了」，後來丈夫認為她不是黃花女兒而將其休逐回家。月娘的結論是：「今後打鞦韆，先要忌笑。」月娘張口便說教，固然煞風景，而她所舉的例子，不僅令人可笑地不恰當，甚至相當犯忌：在場豈止沒有一個女子是黃花女兒，就說嬌兒、瓶

1　按，襪剗者，不穿鞋子、只著襪也。

兒、金蓮、玉樓，又哪個是以女兒身嫁給西門慶的？玉簫、春梅，已是西門慶的收房丫頭；西門大姐也已嫁為人妻；蕙蓮不僅是家人媳婦，更是再醮之婦。月娘似乎時時不忘她是以女兒身嫁來的正頭夫妻，然而她的陳腐說教，卻愈發提醒了讀者：在這裏打鞦韆的大多數婦人，都是 —— 就像惠祥說蕙蓮的 ——「漢子有一拿小米數兒」，對照卷首詞，我們意識到這中國第一部描寫家庭生活的長篇小說，其實是對古典詩詞之優美抒情世界的極大顛覆 —— 這當然是指繡像本而言。

另一方面，月娘一番道德說教的有趣之處在於它代表了十分典型的對於享樂的恐懼：歡樂會導致放縱，導致墮落，導致破敗。因此歡樂需要督促和鼓勵：「晝短苦夜長，何不秉燭遊？為樂當及時，何能待來茲！愚者愛惜費，但為後世嗤。」（《古詩十九首》第十五）春宵一刻猶值千金，何況春晝乎。打鞦韆是樂事，月娘偏偏要大家莫笑，則正好違背了打鞦韆的本意了。

眾人之中，蕙蓮最會打鞦韆，並不要人推送，「那鞦韆飛起在半天雲裏，然後忽地飛將下來，端的卻是飛仙一般，甚可人愛」。這裏有兩個婦人被描寫為「飛仙」，一是金蓮，一是蕙蓮。鞦韆的起落，摹寫出蕙蓮與金蓮起落的命運：從受寵而驕，到受辱而死，其間也只是「忽地」一瞬間而已。

詞話本裏，蕙蓮打鞦韆被風吹起裙子，露出裏面穿的「好五色納紗護膝，銀紅線帶兒」，「玉樓指與月娘瞧，月娘笑罵了一句『賊成精的！』就罷了」。此繡像本無。玉樓每每看不慣蕙蓮的輕狂，而月娘卻每每含忍之。月娘究竟是不是知道全家大小都已知道的蕙蓮與西門慶的私情呢？知道而假裝不知道，這是作者最怪罪吳月娘處。就比如雪娥與來旺有私情，是月娘的丫頭小玉發現的，「以此都知雪娥與來旺兒有首尾」。這個「都」字，想必包括月娘在內。但身為主婦的月娘居然也不聞不問。這件事最終還是潘金蓮告訴給西門慶的。作者褒貶之意都隱隱寫在其中了。

二　來旺與蕙蓮

一方面月娘率領著眾姊妹打鞦韆，一方面來旺「出差」回家，只見孫雪娥獨自一人在屋裏——雪娥並不被包括在「眾姊妹」之中，早已經是十分明顯的；然而雪娥與來旺的私情卻被寫得十分晦暗。

來旺大罵西門慶勾引他的老婆，全不想自己也在勾搭西門慶的小老婆，而且從上下文看來，二人的私情似乎在來旺遠行之前就開始了，所以雪娥見到來旺，才會「滿面微笑」。一聲「好呀，你回來了」，喜悅之情溢於言表。

來旺悄悄送給雪娥的汗巾、胭脂，也自然是他在杭州專門為了這個情人而買來的。

以前有些評論《金瓶梅》的文章把來旺、蕙蓮寫成一對犧牲品、被壓迫者，強調他們含冤負屈的地方，然而事實何嘗如此哉。

黑胖的來旺喝醉罵人一段，《紅樓夢》中的僕人焦大在馬房醉罵賈府一段頗神似之。

蕙蓮回護來旺，不肯把來旺往死裏整治，只是要求西門慶派來旺遠走他鄉做買賣，這是蕙蓮與金蓮的不同處。

然而蕙蓮與金蓮的根本性不同，在於蕙蓮對西門慶從頭到尾沒有表現過任何情愫。

她每次與西門慶在一起，總是在討要東西。

蕙蓮是虛榮心的化身，是爭強好勝之心越過愛欲的人。她後來因西門慶設計陷害來旺而傷心，固然也是對來旺舊情不忘，但很大程度上誠如繡像本評論者所言，是恨西門慶在處理這件事上一直瞞著她，不告訴她，不聽她的話而聽了金蓮的話，顯得「沒些情分兒」。

不管是金蓮，還是玉樓、瓶兒，對於西門慶終究還是曾經發自內心的喜歡，作者卻何嘗描寫過蕙蓮喜歡西門慶或者對西門慶感到過任何吸引力呢。

三　又要提到玉樓

　　來興兒向金蓮告來旺的狀，玉樓以此得知蕙蓮與西門慶的私情，又聽來興兒說來旺如何痛罵西門慶、金蓮，稱金蓮當初毒殺親夫，虧他去東京打點，救了性命，如今反而恩將仇報，調唆他的老婆養漢；他打下刀子，要殺西門慶與金蓮云云。「玉樓聽了，如提在冷水盆內一般，吃了一驚」，然而玉樓攛掇金蓮把這件事告訴西門慶 ——「大姐姐又不管，倘忽那廝真個安心，咱每不言語，他爹又不知道，一時遭了他手怎了？六姐你還該說說」—— 然則玉樓何以自己不肯說哉？張竹坡一意貶斥月娘而抬舉玉樓，認為玉樓是作者最推許的人物，甚至是作者自己的寫照。他在這裏評道：「寫玉樓真正好人。」玉樓是好人固然不假，但是玉樓是有心的好人。至於蕙蓮和西門慶的私情，玉樓居然完全不知道，似乎也不太合理。因為玉樓的丫頭常常從小廝處聽到各種信息 —— 比如月娘與西門慶言歸於好，就是玉樓率先得知的 —— 那麼蕙蓮一直在下人面前炫耀她和西門慶的關係，他們的私情就連西門大姐都一清二楚，何以玉樓在四個月後還懵然不知呢。竊謂玉樓有可能是在故作驚訝，之所以如此，是礙於金蓮的臉面耳。當來興在金蓮、玉樓面前學舌，說金蓮縱容蕙蓮與西門慶通姦，玉樓若曰我早已都知道了，則金蓮本已惱羞成怒，當此更該何堪。玉樓在處世方面，原是寶釵一流人物。下一回中，作者寫得更加明顯。

四　幾個前後矛盾的情節

　　本回中，揚州鹽商王四峰因事下獄，託西門慶的對門鄰居喬大戶來找西門慶，許銀兩千兩，轉託西門慶向東京蔡太師處說人情。西門慶落下一千兩，命家人於三月二十八日起身，帶一千兩上京見太師。詞話本

中，說人情和給蔡京送生日禮物卻被混作一談。西門慶囑咐來旺：「你收拾衣服行李 …… 往東京押送蔡太師生辰擔去。」又命銀匠在家打造捧壽銀人等生日禮物，只少兩匹玄色布和大紅紗蟒衣，「一地裏命銀子尋不出來」。虧得李瓶兒找出四件金織邊五彩蟒衣，「比杭州織來的，花樣身份更強十倍」—— 自然又是瓶兒過世的老公公留下來的，再次摹寫瓶兒身份遠遠超出市井富商家庭。金蓮來找西門慶，只見陳敬濟在封禮物，告訴金蓮封的是「往東京蔡太師生辰擔的尺頭」。然而蔡京生日在六月十五，押送生辰擔，明明是五月二十八日的事情，就是詞話本的下一回開始，也寫道：「西門慶就把生辰擔 …… 交付與來保和吳主管，五月廿八日起身，往東京去了。」從時間上來說，二十五回、二十六回十分不符。到二十七回開始，來保從東京回來，報告西門慶說：「蔡京把禮物收進去，吩咐不日寫書，把山東滄州鹽客王霽雲等十二名寄監者盡行釋放。」則揚州鹽商，又變成了滄州鹽商。又在二十七回卷首，寫西門慶了畢宋蕙蓮事，打點三百金銀交給銀匠打造上壽的銀人，「打開來旺兒杭州織造的蟒衣，少兩件蕉布紗蟒衣，拿銀子教人到處尋，買不出好的來，將就買二件。一日打包，還著來保和吳主管，五月二十八日離清河縣，上東京去了」。則詞話本第二十五回和第二十七回明明有一處情節部分重複，而「將就買二件」五字極不對味：試想送蔡京的生日禮物對西門慶來說是何等重要大事，怎能將就哉。對比之下，還是瓶兒尋出四件上等織造的蟒衣較為合理。

繡像本的情節要前後相符得多：首先為鹽商說人情與送生辰擔被分成兩回不同的東京之行。本回中，打造銀人、尋蟒衣一段完全沒有，金蓮與陳敬濟對話一概只說「往東京央蔡太師的禮」，而不是生日禮。下一回開始，寫明來保和吳主管上路是「三月念八日」。張竹坡在此批注「回來即是六月」，誤。回來時，是四月十八日李嬌兒生日過後不久，因為蕙蓮在李嬌兒生日那天自殺，來保向西門慶報告東京之行，正值西門慶命賁四、來興從化人場送蕙蓮棺材火化回來也。隨後便寫西門慶了畢蕙蓮之事，開

始打造銀人，尋蟒衣，瓶兒從樓上找出來四件云云。最後說：「還著來保同吳主管五月二十八日離清河縣上東京去了。」然而本回中提到的「揚州」鹽商到了第二十七回第三十回，畢竟還是變成了「山東滄州」鹽商。

第二十六回

來旺兒遞解徐州
宋蕙蓮含羞自縊

（來旺兒遞解徐州　宋蕙蓮含羞自縊）

一　來旺被栽贓一節

　　來旺被栽贓陷害，在詞話本與繡像本中的描寫完全不同。詞話本中，蕙蓮聽到抓賊的叫喊把來旺推醒，來旺便拿著哨棒衝出去捉賊。蕙蓮勸他休去，他說：「養軍千日，用在一時。豈可聽見家有賊，怎不行趕？」似乎頗為忠義。後來趕入儀門，玉簫大叫「有賊往花園裏去了」，來旺跑到花園裏，被眾小廝擒住。繡像本作蕙蓮打發來旺睡下之後，被玉簫叫到了後邊，來旺在酒醉之中，隱隱聽到窗外有人叫他起來捉姦，睜眼看到蕙蓮不在屋裏，以為是雪娥來報信，不覺心中大怒，徑入花園捉拿西門慶與蕙蓮，結果被當賊拿住云云，而其時蕙蓮一直在後面同玉簫說話，全不知情。比較二本，可以看出來旺的形象在詞話本中更值得同情，而西門慶的圈套也更傳統化（《水滸傳》裏高俅陷害林沖、張都監陷害武松，都是如此做的），玉簫則被寫成公開的同謀。繡像本裏，來旺醉睡之中聽到有人隔著窗子叫他「來旺哥！你的媳婦子又被那沒廉恥的勾引到花園後邊幹那營生去了」，頗有夢寐與現實模糊難辨的感覺，又寫其「只認是雪娥看見

甚動靜來遞信與他」，筆法頗為諷刺，蓋與主人的妾通姦便不覺得慚愧，只恨主人偷自己的妻也。

繡像本如此寫，卻似乎在邏輯上有些不連貫：因為根據上下文，來旺似已知道了蕙蓮的姦情。蕙蓮早在西門慶派來旺帶著一千兩銀子去東京幹事之前，便已經從西門慶處討得消息，「走到屋裏，一五一十對來旺兒說了」，可見「此時已明做矣」（繡像本評論者語）。「明做」的前提條件，是從西門慶那裏得到經濟的好處：前此，西門慶許諾派來旺去東京幹事，回來後去杭州做買賣，來旺「大喜」，直到後來西門慶變卦，才又「大怒」，吃酒醉了，「怒起宋蕙蓮來，要殺西門慶」。可見其喜怒與西門慶是否給他錢財上的甜頭直接相關：有了錢，也說不定就真像金蓮說的那樣，可以攜款潛逃，「破著把老婆丟給西門慶」。

然而這一天，西門慶給了他六百兩銀子，讓他在家門首開酒店做買賣，他剛剛歡天喜地地接受了這六百兩銀子，卻又要去捉姦，似乎不太符合上下文所暗示的「明做」情境。唯一的解釋，便是來旺喝醉了，雖然已經明明知道蕙蓮與西門慶偷情，但事到臨頭還是忍不住心頭一點惡氣——「我在面前就弄鬼兒！」

至於窗外叫他捉姦的女人（既然來旺以為是雪娥，必定是個女人的聲音），既不是玉簫（因玉簫在與蕙蓮講話），也不是雪娥（雪娥不會去陷害他），反倒成了疑案。或曰是金蓮否？是個年輕小廝的聲音而來旺在醉夢中錯認為女人否？這等夢中說夢，則非我等所知了。

西門慶送來旺到官，吳月娘向前勸阻，又顯得月娘愚笨。如果月娘知道來旺冤枉，那麼既然西門慶已經做成圈套陷害他，又怎能半路退回？如果確實相信來旺半夜闖入花園、持刀殺主，那麼如此重大的罪名，又怎能「家中處分他便了」？難道不怕他真的對西門慶下手不成？結果被西門慶喝退，滿面羞慚，固其宜也。

二　蕙蓮的自縊

　　蕙蓮在此回自縊身亡，是因為羞，也是因為氣。所羞者何？當然不是羞與西門慶通姦，而是羞儘管通姦一場，卻沒有能在西門慶面前說得上話，西門慶沒有給自己面子而已。來旺被當賊抓起來，蕙蓮當著來旺與眾小廝之面替他求情，口口聲聲說「不看僧面看佛面」，「我恁說著，你就不依依兒！」這已經是明明把自己與西門慶的私情揭挑出來，以之央告和要挾西門慶。雖然也是情急之故，但已根本沒有什麼羞惡之心可言。但同時蕙蓮之所為，也等於完全不給自己留退步：在人前把話說得那麼清楚決絕，如果西門慶答允了還好，如果西門慶不答允她的請求，豈不是丟盡了臉面。這是蕙蓮之所以「含羞」自殺的第一大原因。

　　後來，西門慶被蕙蓮說活了心思，許諾要把來旺放出來，尋上個買賣，另娶一房妻子，又要把街對門喬大戶的房子買下來，撥三間給蕙蓮住。蕙蓮「得了西門慶此話，到後邊對眾丫鬟媳婦，詞色之間未免輕露」。這個「輕露」，既是蕙蓮這個人最大的性格特點，也是她最終含羞自殺的第二大原因。試想在眾人面前說了滿話，又顯示西門慶對她言聽計從，何等體面風光；但是一旦落空，又是何等的羞恥！更何況來旺遞解徐州，蕙蓮被蒙在鼓裏絲毫不知，是從小廝嘴裏得到的消息。平時誇耀西門慶與自己同心同德，如今才知道自己一直被瞞著，則不僅西門慶沒有聽自己的話，而且甚至什麼都不肯告訴自己。「你若遞解他，也和我說聲兒。」蕙蓮喜歡炫耀，壞事在此，自殺也在此。

　　蕙蓮第一次自殺沒有成功，第二次自殺的直接導火索，則是氣不過孫雪娥對她的羞辱。作者明言蕙蓮「忍氣不過……自縊身死」。雪娥來找茬，倒不光是因為金蓮的挑撥離間，也是氣蕙蓮與西門慶通姦間接導致了來旺的遞解耳。

　　金蓮屢次挑撥西門慶斬草除根，是恨來旺把她過去的事情揭出來罵她，也是嫉妒蕙蓮受寵，也是別著一口氣要讓西門慶聽自己的話。控制的

欲望是來旺遞解、蕙蓮自殺的關鍵：金蓮與蕙蓮都想控制西門慶，最後還是金蓮贏了這場權力之爭。

　　玉樓在來旺遞解、蕙蓮之死中所起的作用也不容忽視：上一回，她勸金蓮把來旺罵主的事情告訴西門慶；這一回，蕙蓮向丫頭媳婦炫耀西門慶的承諾，「孟玉樓早已知道，轉來告訴潘金蓮」。試問玉樓何以知道得如此之快乎？再試問既然連丫頭媳婦群中這樣的閒言碎語都知道，何以蕙蓮與西門慶的私情倒反而不知乎？玉樓比金蓮更是大有心計的人，且看她在一旁只是冷冷地敲邊鼓，說蕙蓮將要「和你我輩一般，什麼張致？大姐姐也就不管管兒」。「和你我輩一般」這樣的話，最能刺激金蓮。又說：「大姐姐又不管，咱每能走不能飛，到的那些兒？」金蓮是要強賭氣的人，玉樓越如此說，越激發了她的爭強好勝之心，於是宣稱寧肯和西門慶拚命，決不能讓蕙蓮稱心如意。玉樓聽罷笑道：「我是小膽兒，不敢惹他，看你有本領和他纏。」這一笑，是稱心之笑，放心之笑。玉樓向來不喜歡蕙蓮的輕狂張揚，比如嫌蕙蓮在她們打牌時指手畫腳，元宵夜與陳敬濟調情，套著金蓮的鞋穿，每每見到她又「意意思思，待起不起的」，等等。於是玉樓的種種言行難免挑撥之嫌，則來旺之逐、蕙蓮之死，不能不說玉樓也有力焉。

　　蕙蓮當然不是一個完人，甚至難說她是一個好人。來旺也是如此。而且二人都不完全是被動受壓迫的犧牲品。來旺的禍事，與他自己的言行有關係（與雪娥通姦、酗酒、貪利）。蕙蓮的自殺也是一樣。追究這些災禍的根源，都難以推在一個人身上，而是眾多人物協力造成這樣的結果，包括那個嫉妒來旺的家人來興。後來，蕙蓮之父宋仁攔著不許燒化蕙蓮的屍體，聲言「西門慶因倚強姦他，我家女兒貞節不從，威逼身死」，對比聯想蕙蓮當初何等誇耀西門慶之寵愛，要這要那，貪小便宜無度，宋仁此話未免大是荒唐可笑，而宋仁被西門慶反告「打綱詐財，倚屍圖賴」，送到縣裏打了二十板，也不能算極端的不公平。不過，雖然蕙蓮、來旺、宋仁只是幾個自私、貪婪、虛榮的小人物，蕙蓮之自殺，來旺之繫獄以及宋

仁之被打致死，還是令人惻然。《金瓶梅》寫世相，其複雜之處，立體之處，深邃之處，正在於此。

第二十七回

李瓶兒私語翡翠軒
潘金蓮醉鬧葡萄架

（李瓶兒私語翡翠軒　潘金蓮醉鬧葡萄架）

　　這一回裏描寫的情事，發生在六月初一，暑熱最盛的時刻。此回書的
旖旎情色，從翡翠軒到葡萄架，彷彿一幅濃豔的工筆畫。然而這幅畫有一
個嚴酷的黑色框架：它以權力與暴力的濫用開始（來保從東京見太師蔡京
回來，具言行賄成功；宋仁被打了二十板，就此一命嗚呼）；以家人來昭
的兒子小鐵棍兒向春梅要果子，春梅對他說西門慶醉了，「只怕他看見打
你」的警告結束。在下一回，西門慶便真的把小鐵棍兒打得口鼻流血，警
告就此變成了預言。身體的暴力，包括西門慶對潘金蓮所行使的性暴力，
與本回結束時語言的暴力糾結在一起，中間卻又花團錦簇，風流旖旎，文
筆周到微妙，絲絲不苟，乃文學作品中的上乘。

　　本回「正文」甫一開始，便寫西門慶看來安澆花；隨後便帶出玉樓在
後面幫月娘穿珠花；翡翠軒前面栽著一株「開得甚是爛漫」的瑞香花，眾
妻妾每人分得一朵，金蓮一人爭得兩朵；後來，玉樓、瓶兒又都一起去穿
珠花；待得眾人離去，金蓮折了一枝帶雨盛開的石榴花簪在鬢上；及至金
蓮喝醉「桃花上臉」，躺在葡萄架下的涼蓆上，脫去了紅繡花鞋；西門慶
以玉黃李子投壺打中金蓮的「花心」，險些（如剛才的暴風驟雨一般）摧

折了金蓮的「含苞花蕊」。直到二人回房就寢之後，小鐵棍兒卻又「從花架下鑽出來」，問春梅要果子吃。一路上花枝掩映，花的意象貫穿始終。

　　本回另一個迴環往復的意象是唱曲，唱曲則以玉樓的月琴貫穿始終：金蓮、瓶兒來找西門慶，西門慶叫來玉樓彈月琴。金蓮、玉樓唱曲，金蓮定要瓶兒代板（繡像本評點者說：這是相如要秦王擊缶之意，極是——意謂不要我唱你聽，我不是你的伶人也），西門慶則點名要聽「赤帝當權耀太虛」。張竹坡說：「凡各回內清曲小調，皆有深意，切合一回之意。唯此回內『赤帝當權』，則關係全部，言其炎熱無多。」飲酒之間，來了一場夏日的雷陣雨，宛然令人想起第六回王婆打酒遇雨的片斷：當時自然的風雨也和情人的雲雨相應也。臨行，眾人齊唱〈梁州序〉，歌詠的正是即時的情景：「向晚來，雨過南軒，見池面紅妝零亂，漸輕雷隱隱，雨收雲散。」當時眾人且行且唱，恰好唱到「節節高」一段，便到了角門首，於是玉樓乃把月琴遞給春梅，和瓶兒兩人一起離開。當時大家齊唱的最後兩句恰是：「只恐西風又驚秋，暗中不覺流年換。」在歡悅行樂之中，已經隱隱預兆著時光流轉帶來的人生變化。玉樓和瓶兒離開後，只剩下西門慶與金蓮，二人向葡萄架一路行來，金蓮彈著玉樓留下的月琴，把〈梁州序〉的後半唱完：「【節節高】……神仙眷，開玳筵，重歡宴，任教玉漏催銀箭，水晶宮裏笙歌按。【尾聲】光陰迅速如飛電。好良宵，可惜漸闌，拚取歡娛歌笑喧。」曲詞裏，時光的流逝不再僅僅是一種擔憂，更是事實：良宵應在唱曲的當兒已經漸闌，那麼就更要及時行樂，因為三伏盛暑過後，便是秋天了。然而試問秋天又何如？秋天不但花枝凋零，而且萬物淪喪，瓶兒在一年後的秋季去世，西門慶旋即身亡，眾佳人也便紛然四散了。《金瓶梅》是一部秋天的書：始於秋天，終於秋天，秋涼無時無刻不在威脅著盛夏的繁華。

　　自從瓶兒進入西門慶家，就極少再描寫二人做愛情景，往往以含蓄的筆墨出之。比如說第二十四回，元宵節的晚上，西門慶在瓶兒房裏歇宿，「起來得遲」。四字而已，卻暗示了夜來的風狂雨驟。僅有的兩次直接描

寫二人做愛即是本回與第五十回，都寫瓶兒身體不適，不能盡情享受，只是隨順西門慶而已，完全不是嫁來前沉湎情欲的樣子。而每一次只因為瓶兒告以身體不舒服，西門慶都對之相當體諒。比較西門慶在本回對待金蓮，既惱恨金蓮言語之間嘲戲瓶兒，又情不自禁地愛其口角鋒利、聰明嬌媚，故與金蓮做愛時近乎「虐待狂」。這裏可以看出瓶兒與金蓮的不同性格，也可以看出西門慶與二人的不同關係：私語與醉鬧，柔情與激情，既畫出二人小像，也是西門慶與二人關係的剪影。

瓶兒懷孕已經臨產，西門慶居然不知：要在此次做愛時由瓶兒親口告訴他。這一細節大為稀奇。也無怪乎張竹坡稱之為鬼胎也。其實西門慶對瓶兒臨產固在夢中，後文月娘小產，西門慶也懵然無聞。或戲解曰：「古時婦人衣裳寬大，穿衣時固然看不出懷孕，而解衣之後，瓶兒又最喜『倒插花』，因此西門慶從來都不得見其正面，也無從知其懷孕也。」

第二十八回

陳敬濟僥倖得金蓮
西門慶糊塗打鐵棍
（陳經濟因鞋戲金蓮　西門慶怒打鐵棍兒）

　　金蓮與西門慶在葡萄架下狂歡，次日金蓮不見了一隻鞋。從一隻鞋子，生發出金蓮罵秋菊、秋菊與春梅在花園找鞋、在藏春塢發現了蕙蓮的一雙鞋、懲罰秋菊、吃蕙蓮的寒醋、鐵棍拾鞋、敬濟得鞋、敬濟還鞋、西門慶打鐵棍、鐵棍的娘一丈青大罵潘金蓮與陳敬濟、來昭與一丈青因此被發去獅子街看房子等一系列事件。

　　家人來昭的兒子鐵棍兒此時已是第三次出現，作者文心深密，於此可見一斑。小鐵棍兒的第一次出現在第二十四回：元宵夜，敬濟與金蓮二人調情，小鐵棍兒「笑嘻嘻在跟前，舞旋旋的且拉著敬濟要炮仗放」。敬濟嫌他礙眼，給了他幾隻炮仗把他支走了。這時，鐵棍兒已經與敬濟、金蓮的曖昧關係隱隱聯繫在了一起，正彷彿埋伏下來的一隻炮仗。第二次出現在上一回卷末，春梅因給瓶兒開角門忘了關，放進了小鐵棍兒，小鐵棍兒從花叢中鑽出來向春梅要果子吃，春梅給了他果子，告誡他說西門慶醉了，「只怕他看見打你」，已經伏下鐵棍挨打的線索。

　　金蓮試穿蕙蓮留在藏春塢雪洞裏的鞋，「比舊鞋略緊些，才知是來旺媳婦子的鞋」。既回應二十三回裏面蕙蓮與西門慶在藏春塢偷情、西門慶

愛她腳小；又回應二十四回眾人走百病兒，蕙蓮把金蓮的鞋套在自己的鞋
上穿。人死鞋在，又生發一場小小吃醋風波。金蓮不僅嫉妒西門慶愛蕙
蓮，更嫉妒蕙蓮與敬濟在元宵夜走百病兒時的調情，故敬濟來還鞋的時
候，居然憑空一口把醋意道破：「來旺兒媳婦子死了，沒了想頭了，卻怎
麼還認的老娘！」吃醋妙，然而更妙處在於吃得橫空出世，「哪兒也不挨
著哪兒」，卻又神情、口吻畢肖。敬濟說金蓮只會拿西門慶來嚇唬他，金
蓮立刻接一句：「你好小膽兒！明知道和來旺兒媳婦子七個八個，你還調
戲她，你幾時有些忌憚兒的！」句句不放過，聲聲不饒人，金蓮醋意可謂
深矣，對蕙蓮記仇可謂久矣；又妙在敬濟任她罵，決不就蕙蓮回言，決不
接這個下茬。一方面是不好回答，另一方面也等於是默認，索性由著金蓮
出氣的意思。

　　就這樣不知不覺地，蕙蓮、鞋、元宵夜、小鐵棍兒和陳敬濟，被作者
的巧妙結構若有若無、若隱若現地聯繫在了一起。讀此書，猶如春水波
瀾，一環接一環，一浪推一浪，往往牽一髮而動全域，藕斷絲連，絕有韻
致。想人生本來就是如此縱橫相關、前後相映，有許多剪不斷、理還亂的
因果關係，許多毫無邏輯可言的事件，許多沒有意義的細節，雜亂無章而
缺乏「秩序」。《金瓶梅》的文字一方面摹擬生活的眾多家常細節，使讀
者恍然有「偷窺」之樂；一方面竭盡文心之妙，安排出春水碧波的連環紋
漪，細節雖多而不亂，彷彿萬水一源而又終歸於海也。

　　金蓮與春梅欺負秋菊可謂至矣。明明是春梅開角門放進了人，春梅又
明明看見了小鐵棍兒從花架下鑽出來，但是金蓮偏愛春梅，春梅恃寵而堅
不認範，無辜的秋菊終於不得不為此頂石頭、罰跪和挨打。此回初次直接
描寫金蓮打秋菊，也是在此回，陳敬濟拿著金蓮的鞋走上玩花樓，向金蓮
索要了一方汗巾子換鞋，這方汗巾子，遂成為兩人關係進展的一個小小里
程碑。而就在他走上玩花樓之前，陳敬濟嘲弄了罰跪頂石頭的秋菊。試問
玩花樓是何等樣的地方？玩花樓是第八十五回中，懷恨已久的秋菊向月娘
告密、月娘撞破金蓮與敬濟姦情的地方也。月娘撞破姦情，遂導致春梅被

賣，金蓮被逐，終死武松之手。五十餘回之後的文字，卻在這裏發端。金
蓮、春梅、敬濟、秋菊，個個俱在，情景卻已天地翻覆；秋菊一口惡氣，
也直到彼時方出。

　　陳敬濟向金蓮索汗巾，不肯要別的，只要金蓮袖子裏面的那一方，金
蓮笑道：「我也沒氣力和你兩個纏。」於是向袖中取出一方細撮穗白綾挑
線鴛鴦燒夜香汗巾兒，上面連銀三字兒都掠與他。又囑咐不要讓西門大姐
看見。試對比第四回中，王婆硬逼著金蓮把袖子裏面的汗巾子送給西門慶
做定情物、金蓮百般不肯的一幕，金蓮的變化可謂觸目驚心。

第二十九回

吳神仙冰鑒定終身
潘金蓮蘭湯邀午戰

（吳神仙貴賤相人　潘金蓮蘭湯午戰）

　　一雙鞋子，上一回花枝招展，這一回仍作餘波：西門慶為了鞋打了小鐵棍兒，被月娘知道後，甚是埋怨金蓮，玉樓又藉著做鞋，把來昭妻子的一頓大罵學給金蓮聽，金蓮又告訴給西門慶，雖然有月娘勸說，沒有把來昭一家三口攆走，終於還是把他們趕到獅子街看房子才罷。月娘為此，更與金蓮不睦了。

　　那時候，纏足的女人大概從來不露出赤足，因為纏了的足原本難看得很。於是晚上睡覺時穿平底的睡鞋，白天則或穿平底鞋，或穿高底鞋。高底子一般用木頭做，但是木底子大概又像如今的高跟鞋那樣，走起路來會咯噔咯噔響，所以有時也不用木底而用氈子底。西門慶很注意女人的衣飾，曾經嫌蕙蓮穿紅襖配紫裙子「怪模怪樣」；上一回又嫌金蓮穿一雙大紅提根兒的綠綢子睡鞋「怪怪的不好看」，告訴金蓮他喜歡女人穿紅鞋。於是金蓮開始做一雙大紅素緞子白綾平底睡鞋，鞋頭上繡的花樣是鸚鵡摘桃。瓶兒和她一起做鞋，準備做一雙大紅大樣錦緞子高底鞋平時穿。唯有玉樓自稱「我老人家了，比不得你們小後生，花花黎黎」，做的是一雙玄色緞子高底鞋，「羊皮金緝的雲頭子」，紗綠線鎖邊。玉樓嫁給西門慶很

不得意，她既手頭有錢，又不像孫雪娥、李嬌兒那樣缺乏姿色或者笨口拙腮，是相貌與聰明足以與金蓮、瓶兒抗衡的美人，但是西門慶對她並不特別重視，所以繡像本的評論者在她改嫁給李衙內後評說道：玉樓終於遇到了賞識她的知音。這裏玉樓徑以「老人家」自許，半是灰心，半是看出頭勢，索性不與金蓮爭競。也正因為如此，玉樓得以與金蓮和睦相處。然而玉樓也可謂善於學舌者：近來幾次趕逐僕人（來旺與來昭），都與玉樓給金蓮通風報信有關。玉樓也何嘗不嫉妒、不吃醋、不多事，只是善於處世，比較隱晦含蓄，與金蓮動輒發惱、「粉面通紅」表現得不同罷了。

金蓮早起，惦記著西門慶喜歡紅鞋，找來李瓶兒、孟玉樓和她一起搭伴做鞋。當時月娘在上房穿廊下坐著，見金蓮、玉樓手拉手往外走，便問：「你每那去？」金蓮撒謊說：「李大姐使我替他叫孟三兒去，與他描鞋。」明明金蓮叫瓶兒與她描鞋，明明金蓮自己來找玉樓，偏偏都推到瓶兒頭上。另一方面，如果我們還記得金蓮剛來時的情景 —— 每天早起，便到月娘房裏，一口一聲叫著「大娘」，奉承月娘，不拿強拿，不動強動；如今的金蓮，得寵志驕，完全不把月娘放在眼裏了。月娘愚拙，也自難進入眾位心靈手巧的美人之群。看她坐在穿廊下，顯得頗為孤獨。

這一回中的關鍵是下半回中群芳會聚，由吳神仙相面，預言其結果收成。一則把西門慶與眾女子的相貌神態再從一個外人眼中一一描寫一番；二則暗示眾人的結局與小說的結局，提醒讀者即將來臨的喜事和榮幸背後隱隱潛伏著的災禍。吳神仙者，無神仙也。作者在提醒讀者何嘗有神仙，又何嘗有樓、月、雪、蓮一干女子，盡是作者文心弄巧，在全書的第一個三分之一處特地設一場梁山泊小聚義。因為從小說結構來說，這是全書的第一階段告一段落，就要峰迴路轉了也。全書的第二個三分之一，卻不是按照回數與頁數計算，而必須從此回開始，到第七十九回西門慶之死為止。其中第五十九回的官哥兒之死則正好是中間的一個小休止符。

我們在此第一次看到孫雪娥、西門大姐和春梅的容貌。在丫鬟群中，春梅是唯一被相的，可見西門慶對她的寵愛。而西門慶對春梅的寵愛，也

和對金蓮的寵愛息息相關。吳神仙走後，月娘對西門慶說有三個人「相不著」——除了不相信西門大姐會「受磨折」，從側面寫出月娘多麼信賴陳敬濟，其他兩件事都和「生子」有關，又從側面寫出生子是月娘最關心的事情：吳神仙說西門慶有二子送終，又稱瓶兒和春梅都會「生貴子」，月娘心中由不得不嘀咕。但是月娘最信不過的是春梅會「戴珠冠」做夫人。西門慶可謂善於替妻子排解，說吳神仙一定是錯把春梅當成了我們的女兒，才相她有夫人之分。西門慶與月娘的推測都是邏輯性的，但是相面一節所揭示出來的，不過只是「命運不講邏輯」耳。

　　春梅是「金、瓶、梅」之一，是全書最後一個三分之一部分的中心人物，因此在這全書第一個三分之一部分的結尾處特意把她提出來，而且周守備和身體不好的周守備娘子都隱隱出現在背景裏，無一不是在為春梅的龍飛作鋪墊。此回之相面，獨有她地位最低微而獨有她相得最好，相面之後，她明知月娘不信她有「戴珠冠」之分，卻並不放在心上，相當自信自負。春梅從不以奴才自視，也不以一輩子做奴才自期。從她身上，我們可以瞥見《紅樓夢》裏那個「心比天高」的晴雯的影子（此回她給西門慶吃冰湃梅湯，也應了《紅樓夢》第三十一回中晴雯要給寶玉吃冰湃的果子）。在這一回裏，我們唯一的一次看到她的長相——「五官端正，骨格清奇，髮細眉濃，聲響神清」，左口角下與右腮上，各有一點嫵媚的黑痣，行步輕盈，口若塗朱。

　　金蓮所睡的床，是一張螺鈿床，紫紗帳幔，錦帶銀鈎。是因為瓶兒有一張同樣的床，金蓮才教西門慶特為她花了六十兩銀子買的，後來人死床空，玉樓再嫁時陪送給了玉樓。第九十六回春梅遊舊家池館，玉樓帶來的那張南京描金彩漆八步床（於第八回中陪嫁給了西門大姐的），還有瓶兒與金蓮的這兩張螺鈿床，都再出現在春梅與月娘的對話裏：玉樓的八步床在大姐死後抬回來，賣了八兩銀子；瓶兒的床賣了三十五兩銀子，只得到原價的一半。春梅將來成為周守備夫人，回西門慶家來探望舊居，此回的算命不但已經預示，而且那張她懷舊不忘的螺鈿床也早已從此出之。吳神

仙本是來為周守備的娘子治療目疾的，被周守備推薦到西門慶處相面。春梅的下半生，與全書的最後三十回，在這一回裏已經躍然欲出了。

　　這一回以做鞋開始，到了卷末，金蓮在床上午睡，則已經穿著「新做的兩隻大紅睡鞋」矣。而這才與她的「紅綃抹胸兒」相配。「蘭湯午戰」一節，似乎只是為了帶出這隻大紅睡鞋與金蓮所睡的那張床而已。從葡萄架到蘭湯午戰，又寫出金蓮受寵，至此已經相當登峰造極，正因如此，才襯托出下文瓶兒生子之後西門慶對她冷落的不堪。

　　本回開始，寫西門慶、潘金蓮蘭湯午戰之後，在房內體倦而寢，春梅便坐在穿廊下納鞋；上文寫金蓮、瓶兒、玉樓納鞋，此回必然又寫春梅納鞋，以見得春梅和眾美人是同一層次，同時在春梅手裏收束鞋（金蓮）的餘波。

　　此回都是埋伏筆墨，為後來作鋪墊：西門慶買下家墳旁邊趙寡婦的莊子，「裏面一眼井，四個井圈打水」云云，預伏將來西門慶取號「四泉」和王三官兒改名的事，也預伏次年清明節西門慶帶領全家上墳，金蓮與陳敬濟調情的事，更伏下再次年清明節月娘、玉樓兩個寡婦為西門慶上墳的事；金蓮打秋菊，瓶兒走來說情，金蓮便住了手，預伏將來瓶兒生子後，金蓮打人打狗驚嚇孩子，瓶兒越勸越打得兇的情景；李嬌兒買了一個十五歲的丫頭叫夏花兒，後來夏花兒在四十三、四十四回裏面偷金惹氣；蔡太師管家翟謙託西門慶買妾，伏後面的王六兒、韓愛姐一段情事；為瓶兒的孩子找到一個奶媽，名叫如意兒，「生的乾淨」，埋伏下她在瓶兒死後受到西門慶寵愛。瓶兒生子，月娘關心而金蓮嫉妒，熱辣辣地發泄心中怒火，為後來「懷嫉驚兒」的開頭。

西門慶生子加官，雙喜臨門，對月娘說：「吳神仙相我不少紗帽戴，有平地登雲之喜，今日果然。不上半月，兩樁喜事都應驗了。」西門慶固然是在高興頭上只想好事，慶幸吳神仙的預言應驗，但是對於讀者來說應該是側面的冷筆提醒：既然吳神仙算命如此之靈，那麼他所預言的災禍，自然也是要應驗的。

瓶兒生子之前，全家大小都在聚景堂上賞玩荷花，避暑飲酒，四個家樂彈唱。妻妾飲酒中間，座中不見了李瓶兒。繡春說她肚子疼，在屋裏躺著。月娘對玉樓道：怕她是臨產陣痛。金蓮偏說是「八月裏孩子，還早哩」，西門慶便立刻說：「既是早哩，使丫頭請你六娘來聽唱。」西門慶是糊塗極了的，自己的孩子，卻完全不曉得瓶兒應該哪個月臨產；不聽月娘的話而聽金蓮的話，更顯得偏愛偏聽；月娘不對別人、獨獨對玉樓說想必是臨產，則見出月娘與玉樓的默契（後來月娘小產，唯獨玉樓表示關心）。瓶兒被請來，月娘讓她喝熱酒。瓶兒卻只是皺著眉頭，不一會兒又回房去了。這一段描寫，與第六十一回「李瓶兒痛宴重陽」幾乎完全相同，彼時也是在大花園聚景堂內，安放桌席，合家宅眷飲酒，後來因為瓶兒身體不適而中斷了酒宴。只是此時的瓶兒是臨產，重陽節的瓶兒已經是病入膏肓了。

在這一回，西門慶吩咐家樂唱的曲子是「人皆畏夏日，我愛炎天暑氣嘉」——這是一個所謂的「套數」，《全明散曲》有載，作者無名氏，歌詠夏日良辰美景，「雲聳奇峰千萬朵，榴簇紅巾三四花 …… 心無事，誰似我？…… 得高歌處且高歌」。此回西門慶生子加官，這是西門慶的運勢即將到達頂峰的暗示。對比第六十一回，瓶兒病重，眾人卻強著要她點唱，她點了一首「紫陌紅塵」，唱的全是從春到夏又轉入秋日的淒涼景色，其中有「榴如火、簇紅巾，有焰無煙燒碎我心」的句子：同樣是一個石榴花，情景與心境卻已經全然不同了。然而這一枝石榴花，卻在此回最炎熱

1　謝伯陽編：《全明散曲》第四卷，濟南，齊魯出版社1994年版，第4951頁。

的情形之下已經種下了根也。蓋全書一百回，至二十九回吳神仙冰鑒，是第一個階段的完成。此回便標誌著西門慶生涯的轉折點：從此權勢陡起，炙手可熱，而熱到極處，就要敗落了。

作者在此回藉著官哥兒的出生，特地標明年月日「時宣和四年戊申六月廿三日也」（詞話本作廿一日），以醒讀者之目。然而《金瓶梅》是小說，不是歷史，甚至不是所謂的歷史小說。如果我們按照歷史的標準來要求它的精確度，那麼宣和四年是壬寅年（西曆 1122 年），何嘗是戊申年哉！也許作者只是隨意寫來，也許作者是有意藉此提醒讀者：這是虛構的小說家言而已。後文官哥兒生日數次錯亂顛倒，政和、宣和糾纏不清，也可以說正是為了造成虛幻的效果而已。

一個小小細節值得注意：賜予西門慶官爵的太師固然姓蔡，而官哥兒的接生婆也姓蔡，稱蔡老娘。後文西門慶認蔡京作義父，則一個回蔡老爹、一個蔡老娘，正形成諷刺性的對照，以見生子與加官的緊密相連，二者接踵而至，都標誌著西門慶運勢的頂峰，所以官哥兒一死，西門慶的生涯就要下坡了。

第三十一回

琴童兒藏壺構釁
西門慶開宴為歡

（琴童藏壺覷玉簫　西門慶開宴吃喜酒）

　　西門慶自從做官，便添出許多勢利的描寫：交遊比前更廣，「家中收禮接帖子，一日不斷」，真個是「何等榮耀施為」。而人來求他辦事的也更多。主管吳典恩（「無點恩」）因給蔡太師送生辰綱，討得一員小官兒做。為了打點上任，來向西門慶借錢，多虧應伯爵幫襯，然而後來卻忘恩負義，不僅從未還錢，而且在西門慶死後欺負孤兒寡母。在此回作者特地預先點破他後來的恩將仇報，也是熱鬧勢頭上以冷筆反襯世態炎涼的意思。然而吳典恩也是結義十兄弟中之一人也，是西門慶誓共生死者也。不過來借一百兩銀子，便需要許多的周折，還虧了應伯爵花言巧語才得成事，說明西門慶待「兄弟」不過爾爾，再對比他以前對待花子虛的行徑，則忘恩負義實自西門慶始，大哥領頭，何愁兄弟們不效尤呢。從這一點來說，結義十兄弟倒還是好兄弟。

　　兩位老太監來赴西門慶生日宴會，吩咐樂工唱曲，三次點的曲子都不對景：開始點「嘆浮生有如一夢裏」，被周守備阻攔說：「今日西門大官人喜事，又是華誕，唱不的。」後又點「雖不是八位中紫綬臣，管領的六

宮中金釵女」。周守備道：「此是《陳琳抱妝盒》¹雜記，今日慶賀，唱不得。」最後薛太監自告奮勇地點了一支《普天樂・想人生最苦是離別》，結果夏提刑哈哈大笑，說道：「老太監，此是離別之詞，越發使不得！」最後還是夏提刑點了一段「三十腔」才罷。這一段描寫表面在寫兩個太監平日處於深宮、不識人之常情的可笑（比如薛太監不懂得什麼是「弄璋之喜」，一方面也許只是「不學無術」，另一方面太監輩沒有家庭，沒有子女，從小就在宮廷裏答應，自然沒有機會曉得弄璋之喜的意義），但是他們所點三段詞曲的關鍵，是在大喜之日預兆了未來的不祥。西門慶在慶祝過這個生日之後，又只過了一個生日便一命嗚呼了，端的是「人生如夢」；官哥兒是西門慶家的「太子」，從金蓮吃醋的言語裏已經明明寫出「自從養了這種子，恰似生了太子一般」，然而官哥兒一歲零兩個月便夭折，金蓮的「懷嫉驚兒」與《陳琳抱妝盒》裏面劉后對太子的嫉妒謀害成了遙相呼應；瓶兒在官哥兒死後不到兩個月便也去世，西門慶思念不已而無可奈何，嘗盡了「人生最苦是離別」的滋味。藉著點戲唱曲暗示繁華不久，又令人想起《紅樓夢》第二十九回，賈母燒香，在神前拈了三齣戲：《白蛇記》²、《滿床笏》和《南柯夢》，恰好影出賈氏家庭的歷程。

此後西門慶家增加了一個小廝書童，專門充當西門慶的秘書兼男寵，又得了一個小廝棋童，至此而琴、棋、書、畫四童俱全矣。月娘的丫頭玉簫很快與書童有了私情。有時，寫玉簫也就是寫春梅：春梅本來和玉簫一樣是服侍月娘的，後來才撥給金蓮使喚。春梅、玉簫、迎春、蘭香又都曾跟著樂工李銘學彈唱，四人的身份極相近。但是春梅不僅從不和其他的丫頭一起打鬧，而且像和小廝嘲戲偷情、私自送去一壺酒這樣的事情，在春梅身上便絕對不會發生。

1　按，《陳琳抱妝盒》全名《金水橋陳琳抱妝盒》，講的是宋真宗李美人生太子後被劉后嫉妒陷害，太監陳琳把初生的太子放在妝盒裏偷運出宮交給八大王寄養——也就是「貍貓換太子」的故事。劉太監點的這段唱詞明顯出自主角陳琳之口，陳琳是內監中的忠義之人，點這段唱詞當然很切合太監自己的身份，然而西門慶剛剛生子，這段唱詞的不合適顯而易見。

2　按，漢高祖斬白蛇起家的故事，非白蛇與許仙也。

　　玉簫偷酒給書童喝，又被瓶兒的小廝琴童半路偷去，央迎春藏在瓶兒
屋裏。後來瓶兒回來得知後，才催促迎春把壺送去。然而瓶兒生子後地位
變化，正享受盛寵，西門慶道：「既有了（壺），丟開手就是了，只顧亂
什麼！」於是終究無人從琴童那裏追查這把壺到底是怎麼樣才跑到瓶兒屋
裏去的。西門慶治家不嚴，書童與玉簫的私情也就無從揭露，以致後來給
了金蓮可乘之機，以二人的關係作為要挾玉簫的把柄，從此派生出一系列
的事件。

　　此回詞話本多「王勃笑樂院本」一段，是酒宴上演出的類似當今相聲
小品的節目。繡像本無，簡淨很多，因這段「笑樂院本」不如老太監點
的三段唱那樣具有深意。又詞話本在西門慶為丟壺事罵了金蓮之後，「被
陳敬濟來請，說有管磚廠劉太監差人送禮來，往前去看了」。下文穿插金
蓮向玉樓抱怨西門慶一段話，中間說「只見西門慶坐了一回，往前邊去
了」。春梅來說「爹往六娘房裏去了」。下文又道「且說西門慶走到前邊，
薛太監差了家人，送了一罈內酒」云云。繡像本此處作：「西門慶就有陳
敬濟進來說話 …… 只見西門慶與陳敬濟說了一回話，就往前邊去了 ……
春梅道：爹往六娘房裏去了 …… 且說西門慶走到前邊，薛太監差了家
人，送了一罈內酒」云云。比詞話本文意連貫。

第三十二回

李桂姐趨炎認女
潘金蓮懷嫉驚兒

（李桂姐拜娘認女　應伯爵打諢趨時）

此回標題詞話本作「應伯爵打諢趨時」，繡像本則把重心轉移到了金蓮身上。金蓮抱官哥兒來找瓶兒，一徑把孩子舉得高高的，結果嚇著了孩子。瓶兒、月娘都怕事，沒有一個人告訴西門慶真正的原因，以致後來被金蓮養的獅子貓驚兒致死。金蓮固然有責任，瓶兒和月娘也都有責任也。

桂姐明明是西門慶梳籠的妓女，當初西門慶貪戀她的姿色，在院中流連不肯來家，後來又因接了丁二官兒而被西門慶大打出手，可是如今居然認月娘作乾娘，一份禮物、幾句好聽的話、一點小殷勤就把月娘「哄的滿心歡喜」。月娘為人糊塗自不待言，而且幾乎完全沒有嫉妒心，否則不會如此喜歡桂姐。沒有嫉妒心並不意味著賢惠，只能意味著對西門慶沒有什麼情愛眷戀之心。

桂姐在眾妓中最為趨炎附勢、善於來事，在這一點上與應伯爵極相匹敵，所以詞話本把桂姐兒和應伯爵在回目裏並列也是有其道理的。桂姐自從認了乾女兒，頓時高出其他妓女一頭，處處仗勢壓人，不肯像其他幾人那樣出來供唱，應伯爵卻一定要把她從後邊叫出來佐酒，倒頗讓人覺得出氣。應伯爵也最喜歡半真半假地挖苦桂姐，比如說：「他如今不做表子

了，見大人做了官，情願認做乾女兒了！」又說：「還是哥做了官好，自古不怕官，只怕管，這回子連乾女兒也有了。到明日灑上些水，扭出汁兒來。」然而這些調笑話又處處是在提醒眾人西門慶的權勢。因此，這種玩笑其實是湊趣，西門慶自然愛聽。應伯爵是趣人，沒有這樣的人，富貴也顯得不那麼熱鬧。比較十兄弟中的白賚光就知道，應伯爵深諳幫閒的藝術，無怪乎作者為他取名「應伯爵」——應該白嚼，因為在眾幫閒裏面，他最有白吃的資本也。

桂姐對月娘抱怨：「兩個太監裏面，劉公公還好，那薛公公慣頑，把人掐撐得魂也沒了。」月娘說：「左右是個內官家，又沒什麼，隨他擺弄一回子就是了。」桂姐說：「娘且是說得好，乞他奈何得人慌！」這段對話，表面看來似乎沒有什麼意義，充其量只是顯示桂姐兒剛剛拜了月娘做乾娘，在其他妓女面前炫耀她的新身份，對月娘撒嬌撒癡，但是實際上也從側面暗示了李瓶兒的公公花太監與瓶兒的關係。花太監有四個親侄子，子虛並非長房，卻得到了大部分遺產。其實更確切地說，花太監的東西留給了瓶兒。瓶兒曾明說：「老公公在時，和他[1]另在一間房睡著，我還把他罵得狗血噴了頭，好不好，對老公公說了，要打倘棍兒。」（第十七回）老公公在時，何以瓶兒與子虛分房而睡呢？作者處處暗示瓶兒與花太監關係曖昧，《紅樓夢》也曾如是寫秦可卿與賈珍。

幾個妓女——桂姐、銀兒、鄭愛香、韓玉釧——在月娘屋裏聊天，鄭愛香開始誇耀自己的妹妹鄭愛月，為後來西門慶迷戀愛月伏線；同時言談之中，初次提到張小二官兒：張小二官兒者，最初收用金蓮之張大戶的侄子也，又是後來在西門慶死後接替了西門慶做提刑並買下李嬌兒的人也。此時西門慶剛剛加官而張小二官兒已出現了。愛香又當著月娘的面故意揭破桂姐：「昨日我在門外會見周肖兒，多上覆你：說前日同聶鉞兒到你家，你不在。」桂姐又忙著使眼色遮掩。也就是愚鈍如月娘者才會自稱

1　按，指花子虛。

「你每說了這一日，我不懂」罷了。

西門慶擺酒請親戚與會中十兄弟，玳安說：「會中十位一個兒也不少。」及至寫到座位中人，卻發現吳典恩不在，換成了傅夥計。吳典恩何在？新做了官，自然忙於置酒請人，打點關係。然而十兄弟隨時可以著人替換，永遠「一個兒不少」，諷刺極矣。

第三十三回

陳敬濟失鑰罰唱
韓道國縱婦爭鋒

（陳經濟失鑰罰唱　韓道國縱婦爭鋒）

一　韓道國一家

西門慶並不附庸風雅，做官不忘經商，是他的精明之處。此回一開始，就大書湖州有個何官人，要出脫他的五百兩絲線，於是西門慶把獅子街瓶兒的房子打開門面兩間做絨線舖子，一個重要人物 —— 夥計韓道國 —— 便應運而出了。

本回後半對絨線舖夥計韓道國的一段白描，頗有《儒林外史》的風範。而本回開始時，先以十六個字畫出一幅栩栩如生的小像，道是「五短身材，三十年紀，言談滾滾，滿面春風」。詞話本此作「五短身材，三十年紀，言談滾滾，相貌堂堂，滿面春風，一團和氣」—— 多了相貌堂堂，便不如繡像本諷刺為甚，讀者細玩可知；而如果作言談滾滾、一團和氣，則又不如滿面春風諷刺為甚也。韓道國名字的諧音是韓搗鬼，家住牛皮小巷，弟弟韓二搗鬼與嫂子王六兒舊有私情，被一班地方上的潑皮無賴捉姦拿住，威脅著要去送官。此時韓道國還對此一無所知，正在街上大吹牛皮，說西門慶多麼依賴於他，「通沒我一時兒也成不得」。又吹噓自己如

何品行端方，受到信任，「就是他背地裏房中話兒，也常和學生計較」。可笑的是此語倒正好預兆了西門慶與他的妻子王六兒的通姦。韓道國兄弟與王六兒，儼然與武大兄弟與金蓮（也稱潘六兒）形成平行對比之勢。韓家與武家互為鏡像，互為映照，是此書極著意之處。

何以這麼說？在第一回的評論裏，筆者已經指出：「作者對於兄弟關係所下的最曖昧的一筆，在於武大一家的鏡像韓道國一家的遭遇。王六兒與小叔舊有姦情，後來不但沒有受到報應，反而得以在韓道國死後小叔配嫂，繼承了六兒的另一情夫何官人的家產，安穩度過餘生。無論繡像本評點者還是張竹坡，到此處都沉默不語，沒有對王六兒、韓二的結果發出任何評論。想來也是因為難以開口吧。按照『天網恢恢，疏而不漏』的『善惡報應』說，怎麼也難解釋王六兒和韓二的結局。僅僅從這一點來看，《金瓶梅》──尤其是繡像本《金瓶梅》──就不是一部簡單的因果報應小說。」如果《金瓶梅》，尤其是繡像本《金瓶梅》不是一部簡單的因果報應小說，那麼它的思想原則是什麼呢？我想，通過武大一家與韓道國一家的相似經歷和不同遭遇，我們可以說，在人的命運裏，是人的性格，而不是天道的報應起到了決定性的作用；與人的性格同樣重要的，便是人力所不能控制、不能干預的「偶然」。

試想如果武大好似韓大，那麼潘六兒恐怕也不會那麼厭惡他，至少和他會有些夫妻情分；如果韓二好似武二，那麼哪怕王六兒與潘六兒如出一轍，也還是不會發生嫂子、小叔通姦的情景。然而韓二與王六兒通姦，被人拿住要送官，韓道國卻為之奔走求救。張竹坡在卷首評語中道：「王六兒與二搗鬼姦情，乃云道國縱之，細觀方知作者之陽秋。蓋王六兒打扮作倚門妝，引惹遊蜂，一也；叔嫂不同席，古禮也，道國有弟而不問，二也；自己浮誇，不守本分，以致妻與弟得以容其姦，三也；敗露後，不能出之於王屠家，且百計全之，四也。此所以作者不罪王六兒與二搗鬼，而大書韓道國縱婦爭風。」張竹坡也可謂「見哪家人，說哪家話」，因為當日金蓮也曾作倚門妝勾引蜂蝶，武松也曾與金蓮飲酒：盡有沒有遵循「古

「禮」而沒有鬧出醜事來者，因為同席不同席的形式並不重要，一切後果都只看個中人的性情與操守罷了。

後來，韓道國捨著妻子與西門慶通姦，視之為「賺錢的道路」，而王六兒雖與西門慶通姦，也並不就視丈夫為陌路，兩口子最終還是一心一意、一家一計地只要過好自己的小日子，他們簡直是共同把西門慶當成一份報酬豐厚的工作而已，夫妻之間有一種親厚的、相當平等的諒解與默契。這種諒解與默契，是武大和金蓮之間所沒有的，也是來旺對蕙蓮所欠缺的。而他們和女兒愛姐「嫡親三口兒度日」，相互之間有一種天然的親情，包括韓二和韓愛姐叔侄之間也是如此，則更是武大、金蓮與迎兒之間所沒有的，也是武松對侄女所從來不曾表現過的。雖然韓道國一家是道德上極有瑕玼的人物，但是他們具備的這一種溫暖的感情（不是像武松、金蓮那樣暴風驟雨的激情），他們掙扎求生的欲望，卻是非常富有人情味的。也許，這正是他們最終倖存下來的原因。《金瓶梅》作者寫這樣的一家人，又終於安排給他們一個平安度過餘生的結局，說明《金瓶梅》不是一部只知道斤斤計較天道報應的迂腐小說，而是一部能夠以其慈悲和智慧包容萬象的著作。

王六兒「是宰牲口王屠妹子」，「生的長挑身材，瓜子面皮，紫膛色，約二十八九年紀」。金蓮是裁縫之女，蕙蓮是棺材商人之女，及至到了王六兒，便已是宰牲口王屠的妹子：西門慶固然越來越不堪，而這些女人的來歷也越來越具有暗示性了。

二　月娘與玉樓的小算盤

玉樓攛掇月娘帶領眾人去對門看新買下的喬大戶家房子，結果月娘在樓梯上失足，又聽了劉婆子的話，打下一個已經成形的男胎。張竹坡在

卷首評語裏面，批評「婦人私行妄動，毫無家教」，然而鼓動月娘去看房子的始作俑者卻是玉樓。張竹坡一向盛讚玉樓，這時卻也沒的說了，只道「此處卻是玉樓作引，或者天道報應不爽也」。也不知天道報應之為何謂。其實玉樓是一個相當重要的人物，她和行屍走肉的李嬌兒、偶露崢嶸的孫雪娥不同，在書中很多情節裏，她都是引發事件的契機。

月娘因看喬大戶房子而引起半夜墮胎，作者明言：「幸得那日西門慶在玉樓房中歇了。」玉樓何不告訴西門慶乎？再看次日一早，玉樓就來探望月娘，問月娘：「他爹不知道？」月娘答：「他爹吃酒來家，到我屋裏，才待脫衣裳，我說你往他們屋裏去罷，我心裏不自在。他才往你這邊來了。我沒對他說。」兩個女人，各有心機：一個不肯告訴西門慶實話，免得引火燒身，使西門慶怪罪自己，又有些個做賊心虛，所以次日早上特意來問月娘身子如何，又問他爹是否知道，唯恐月娘在西門慶前告狀連累自己也；另一個則愚鈍而又要面子，一定要遮說男人乃先到自己屋裏脫衣服（打算在此就寢安置之意），又是自己把男人送進了玉樓房中。月娘之所以不告訴西門慶者，也是怕西門慶埋怨自己擅去喬大戶家看房子也。二人各有各的小算盤，心口如畫。讀者必須仔細體會揣摩，庶不辜負作者用心。

三　其他

官哥兒受驚，請了劉婆子來看，西門慶聽說道：「既好些了，罷；若不好，拿到衙門裏去拶與老淫婦一拶子。」剛剛有一點權力，便滿心要濫用，要炫耀。權勢之感染力與腐蝕力可謂深矣。

瓶兒一片苦心，要討金蓮的好，因為自她生子得寵以來，金蓮是最臉酸的。此回是瓶兒第一次推西門慶去金蓮房裏歇宿，金蓮見西門慶進她的房，「如同拾了金寶一般」。此語正是第二回中金蓮見武松搬回家來住時

用過的。又可見自從瓶兒生子，西門慶和瓶兒越來越「一夫一妻」起來，很少來找金蓮了。

金蓮、春梅合夥戲弄陳敬濟一場，雖然是調情，倒使人想起《紅樓夢》眾人戲弄劉姥姥：也是故意用大杯（茶甌子）為之盛酒，而且又不給下酒菜，只給他兩個硬核桃；後來又一定磨他唱曲。至於外面舖子等著敬濟做買賣，金蓮偏不肯放他去，則隱然與十六回中，瓶兒催促西門慶動身回去料理買賣相對照。

陳敬濟失落了鑰匙，金蓮扣住不給，說：「你的鑰匙，怎落在我手裏？」與二十八回中陳敬濟拿著金蓮的鞋，說你的鞋子怎到得我手裏針鋒相對。陳敬濟則戲稱金蓮是「弄人的劊子手」——與二十六回中蕙蓮罵西門慶的話一模一樣。

金蓮慣會說謊，每次說謊，都把罪名推到瓶兒頭上：二十九回做鞋是一例，這一回又謊說是瓶兒置酒請潘姥姥。一來見得不請也正在西門慶家做客的吳大妗子而獨請潘姥姥，是厚金蓮而薄月娘；二來陳敬濟同席吃酒，金蓮也曉得不妥當也。《紅樓夢》中寶釵偷聽到丫鬟小紅和墜兒的私房話，卻推到黛玉頭上，便是同樣道理。

西門慶要買喬大戶的房子，在第二十六回中第一次寫出，當時西門慶對蕙蓮說，將來買了喬家房，就分給她三間房居住。如今房子已經買下，又從陳敬濟口中說出西門慶正在對門看人收拾。又說喬大戶搬到東大街上，花了一千二百銀子，買了所好不大的房子，門面七間，到底五層，「與咱家房子差不多兒」。喬大戶搬入大房子，必是因為得了一注橫財。橫財何由而得？竊謂還是鹽商王四峰的賄賂。試想：第二十五回中，西門慶陪著喬大戶說話，就是在談王四峰事，王四峰託喬大戶拿了二千兩銀子來求西門慶，西門慶拿了一千兩銀子求蔡太師，西門慶從中賺了一千兩銀子使，則喬大戶乃始作俑者，又焉可不落下一筆好處費乎！二十五回剛剛寫喬大戶來找西門慶求人情，二十六回就插入西門慶要買喬大戶的房子，其間的前因後果，無絲有線，讀者可以慢慢琢磨。

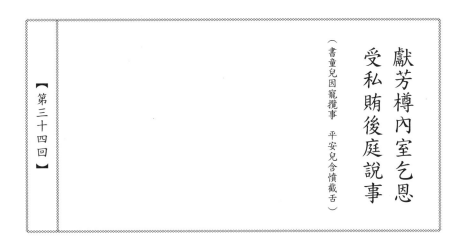

　　此回全寫權力的濫用。細讀這一回，我們最終會發現，權力到底意味著什麼。

　　韓道國隨著應伯爵，來找西門慶為兄弟和妻子求情，西門慶不在書房，書童打發畫童到「後邊」請去。畫童首先來到金蓮處，被春梅一口罵走：「爹在間壁六娘房裏不是，巴巴兒地跑到這裏來問！」可見西門慶先前在金蓮房裏何等之多，近來才改了腔兒，常在瓶兒處，也可見畫童不夠靈變。春梅一聲唾罵：「賊見鬼小奴才兒！」傳達了許多的醋意與不悅。再相比瓶兒屋裏，瓶兒在炕上鋪著大紅氈條，為官哥兒裁小衣服，奶子抱著哥兒，迎春執著熨斗，西門慶在旁邊看著 —— 這種溫馨的家庭情景，在西門慶真是何嘗有過！金蓮那邊，不寫其冷落，而冷落如見。其實金蓮受寵時，嬌兒、玉樓、瓶兒、月娘屋裏又何嘗不冷落，但是這些人沒有一個有金蓮熱，熱人一旦冷落下來，淒涼況味不免更勝他人十倍。

　　西門慶如今身為千戶，相當於警察局副局長，幾句話便輕而易舉地解決了韓道國的問題。繡像本評點者眉批：「有權有勢，想起來官真要做！」這已是西門慶第二次濫用手中權勢為自己的親信朋友辦事：第一次用影

寫，雖然事情發生在韓道國之前，反而在韓道國告辭之後才由西門慶自家
對應伯爵道出：是把劉太監兄弟盜用皇木蓋房子的事情輕輕斷開。有趣的
是，關於劉太監的案子，西門慶的同僚夏提刑「饒受他一百兩銀子，還
要動本參送，申行省院」。劉太監慌了，又拿著一百兩銀子來求西門慶。
從西門慶嘴裏，我們得知一百兩畢竟還是小數目，「咱家做著些薄生意，
料也過得日子，那裏稀罕他這樣錢！……教我絲毫沒受他的」，夏提刑
恐怕還是嫌錢少才如此發狠。這件事，終於被西門慶主張著從輕發落。
「事畢，劉太監感情不過，宰了一口豬，送我一罈自造荷花酒，兩包糟鰣
魚，重四十斤，又兩匹妝花織錦緞子，親自來謝」。這次西門慶倒沒有不
肯受 —— 何則？鰣魚者，美味也，用應伯爵拍馬的話來說，拿著銀子也
難尋的東西也。正因如此，伯爵才極力形容得到西門慶分惠的兩條鰣魚之
後，視為罕物兒的情形，以滿足西門慶的虛榮心：「送了一尾與家兄去，
剩下一尾，對房下說：拿刀兒劈開，送了一段與小女，餘者打成窄窄的塊
兒，拿他原舊紅糟兒培著，再攪些香油，安放在一個磁罈內，留著我一早
一晚吃飯兒，或遇有個人客兒來，蒸恁一碟兒上去，也不枉辜負了哥的
盛情。」

　　諷刺的是，西門慶隨後告訴應伯爵說，夏提刑「別的倒也罷了，只吃
了他貪濫蹹婪，有事不問青紅皂白，得了錢在手裏就放了，成什麼道理！
我便再三扭著不肯：你我雖是個武職官兒，掌著這刑條，還放些體面才
好」。這話倒真虧他說得出口。再想第二十六回中整治來旺兒，西門慶曾
差玳安送了一百石白米與夏提刑、賀千戶。則夏提刑受賄，由來久矣。第
十九回，指使地痞流氓整治蔣竹山，也是夏提刑把蔣竹山痛責了三十大
板。這兩次，西門慶都委實虧他「不問青紅皂白」也。

　　我讀此書，每每讚嘆應伯爵之為人：他的絕妙辭令固然不用說了，但
絕妙辭令不是憑空來自一張嘴，而源於體貼人情之入微 —— 也就是說，
知道說什麼樣的話令人快意或者不犯忌諱也。比如他為夏提刑開脫說：
「哥，你是稀罕這個錢的？夏大人他出身行伍，起根立地上沒有，他不摳

些兒，拿甚過日？」既對夏提刑表達了體諒，實際上又是奉承了西門慶的家財豐厚有根基，「境界」比夏提刑高，不稀罕一百兩銀子這樣的小錢，所以西門慶聽在耳朵裏面自然受用。

那些捉姦的小流氓本想敲詐韓道國一家，結果韓家有西門慶出來為之作主，於是幾個光棍兒反而被倒告一狀，只好集資四十兩銀子，也來賄賂應伯爵。應伯爵來找西門慶的男寵書童，只說「四家處了這十五兩銀子」，於是書童讓他們「再拿五兩來」，隨後從這二十兩銀子裏，抽出一兩五錢買了金華酒、燒鴨子等美食來轉求瓶兒。當瓶兒問他受了多少錢，書童告訴道：「不瞞娘說，他送了小的五兩銀子。」四十兩賄賂，一層一層使下去，平白便宜了這些中間人。尤其是應伯爵，先為韓道國說情，再接受對立面的賄賂，可謂鷸蚌相爭，漁翁得利。作者寫世情，寫腐敗，真是生動極了。從這裏我們也可以聯想到前次的鹽商王四峰，他下在監獄裏，託了認識的喬大戶，喬大戶來找西門慶，西門慶又去求蔡太師，與幾個光棍託伯爵、伯爵託書童、書童託瓶兒、瓶兒以花大舅的名義求西門慶，層層轉託，層層受賄，有何二致哉！

西門慶不接受劉太監的一百兩銀子，因為他哪裏稀罕這個錢，只為了「彼此有光，見個情」，而那四十斤鰣魚，遠遠比銀子本身令他覺得「有光」。所以必分給應伯爵者，不是多麼關愛伯爵，而是就算鰣魚這樣的美食，在家裏面獨吃有何趣味？必得有一溜鬚拍馬的人讚嘆一番，享受起來才更有意思也。寫到這裏，我們要問權力究竟意味著什麼？權力絕不僅僅意味著錢財或者更多的錢財。從一方面說，權力意味著四十斤糟鰣魚——有銀子也不一定買得到的稀罕東西；意味著上等的物質享受而不僅是乾巴巴的銀子。從另一方面來說，權力意味著「有光」——一種不關錢財，也不關物質享受的虛榮心的滿足。比如書童送給瓶兒的鴨子與金華酒，只不過是花了一兩五錢銀子買來的吃食而已，瓶兒手頭何等有錢，哪裏會是在乎一隻燒鴨子和一罈子金華酒的人？瓶兒重視的分明不是美食，而是書童的奉承：「小的不孝順娘，再孝順誰？！」重視的是感受到自己

生子後在家裏的地位和權勢。自從瓶兒來西門慶家，總是想方設法討別人歡心，還沒有人如此來討自己的歡心，瓶兒的歡喜之情，從一口一聲叫書童「賊囚」就可看出。

再到瓶兒對西門慶說情，就只以「花大舅」（到底不知是西門慶哪門子的「大舅」！）為藉口，不消賄賂矣，西門慶卻也立刻一口應承下來。這裏作者再三強調「前日吳大舅來說」而西門慶未依，再次從側面寫出瓶兒之得寵。瓶兒又勸西門慶少要打人，為孩子積福，西門慶回言道：「公事可惜不的情兒。」儼然是秉公執法官員口氣，諷筆可笑。春梅抱怨西門慶只顧和瓶兒喝酒，不想著多派個小廝去接從娘家回來的金蓮，一方面寫西門慶寵愛瓶兒；一方面寫春梅護主（也是護自己、醋瓶兒）；一方面又極寫春梅心高氣傲的神態：瓶兒給她酒，她不喝，說剛剛睡醒起來，懶得喝；瓶兒說金蓮不在，你喝點酒怕什麼，春梅立刻答說：「就是娘在家，遇著我心裏不耐煩，他讓我，我也不吃。」意謂我哪裏是怕我的主人，我只是自己不稀罕喝而已；瓶兒不能識人，才說出那樣的話，難怪被搶白。於是西門慶便把自己手裏的一盞木樨芝麻熏筍泡茶遞給春梅，春梅也只是「似有如無，接在手裏，只呷了一口就放下了」。西門慶喜愛春梅，春梅沒有小家子氣，都在這個細節裏寫出來了。

金蓮在回家路上，見到平安來接她的轎子，立刻問：「是你爹使你來接我？誰使你來？」評論者眉批：「隨處關心，是妒處，也是愛處。」是極。試問金蓮若不關心西門慶，何必關心他是否關心自己也？而平安正因為書童以送瓶兒剩下的酒食請眾人卻唯獨忘記請他吃而生氣，這裏趁機學舌告狀，挑撥離間，回說：「是爹使我來倒好！是姐使了小的來接娘來了。」金蓮還存一線希望，問：「你爹想必衙門裏沒來家？」活活寫出癡心。然而旋即被平安把癡心打破，告以西門慶在和瓶兒喝酒。金蓮又問：「你來時，你爹在哪裏？」等到平安答說還在瓶兒房裏喝酒，金蓮的醋意、恨意終於一發不可收拾地傾瀉出來了。只因聽說書童賄賂瓶兒，在瓶兒屋裏喝了兩盅酒，就誣瓶兒與書童有姦：「賣了兒子招女婿，彼此騰倒

著做！」

　　平安只為書童忘記請他吃瓶兒剩下的那些酒食，便對書童兼對瓶兒都恨怨交心，一路上對金蓮學舌，讀者可以分明看出他挑撥之處、誇張之處、微微篡改事實以討好金蓮之處。比如明明是春梅看他年紀大些才叫他去接金蓮，他卻說是自己看見來安一人跟轎，怕不方便，才來的。然而先挑起金蓮的怨怒，再說書童的壞話，便有孔可入：金蓮怒瓶兒，便連帶著怒賄賂瓶兒的書童也。平安也不可不謂慧黠了，但流言既害人，也可反過來害自己，於是下回終於被西門慶痛打了。

　　這一回所寫的那一夥整治韓二與韓道國老婆的人，都是地方上的蕩子無賴、流氓阿飛之流。因為勾引韓道國老婆得不到手，才來藉著捉姦報私仇。這幫人被作者起名「車淡、管世寬、游守、郝賢」——也就是扯淡、管事寬、遊手好閒也。我們看這部書，雖然韓二與嫂子通姦傷風敗俗，但作者也並不就歌頌捉姦者；雖然深深諷刺西門慶、夏提刑貪贓枉法，但也並不就把那些告狀的人寫作正面人；西門慶審問案子，雖說是受了賄賂，要寬宥韓二，但是他的邏輯也自有其道理：「他既是小叔，王氏也是有服之親，莫不許上門行走？相你這起光棍，你是他什麼人，如何敢越牆進去？」又說：「想必王氏有些姿色，這光棍來調戲他不成，捏成這個圈套！」只看字面的話，還偏偏都說到點子上。然而，雖然這些捉姦者是吃不到葡萄說葡萄酸的扯淡無聊之輩，但被西門慶痛責一番，打得鮮血淋漓，每家又花了大筆錢求上告下，出獄之後見到父兄家屬抱頭大哭，「每人去了百十兩銀子，落了兩腿瘡，再也不敢來生事了」，則雖可恨可笑，而又復可憐。這些複雜而立體的描寫，正是《金瓶梅》這部小說耐讀之處。

　　此回又反覆寫兄弟：韓道國有兄弟，劉太監也有兄弟，幾個惹事的光棍流氓也有父兄，每人都在為自己的子弟奔忙，就連應伯爵也給自己的大哥送去一尾鰣魚。唯有西門慶（還有陳敬濟）就好像《論語・顏淵》裏面孔子的弟子司馬牛所憂慮感嘆的那樣：「人皆有兄弟，我獨無。」孔子的另一個弟子子夏為之排解道：「君子敬而無失，與人恭而有禮，四海之

內，皆兄弟也。君子何患乎無兄弟也！」人們一般來說都知道「四海之內皆兄弟」這句話，卻沒有想到這是斷章取義：四海之內皆兄弟是有條件的，就是自己必須首先是個君子。要「敬而無失，恭而有禮」，否則親兄弟恐怕都會反目成仇，還癡心想要四海之內皆兄弟，焉可得哉。

詞話本中，西門慶與李瓶兒閒話衙門公事一段，提到一個新近審判的案子，乃地藏庵薛姑子為陳參政小姐和一個叫阮三的青年搭橋牽線在庵裏私會、結果阮三身亡一段故事。這個故事與明嘉靖年間洪楩編輯的《清平山堂話本》中《戒指兒記》、馮夢龍於大約十七世紀初期出版的《古今小說》（又名《喻世明言》）中第四篇小說《閒雲庵阮三償冤債》相似，唯參政作太常而姑子姓王。然據譚正璧《三言二拍資料·上》考：南宋洪邁《夷堅支志景卷》第三〈西湖庵尼〉條記載的故事也與此極為相類。傳說《金瓶梅》是嘉靖年間作品[1]，則到底是詞話本作者受到當時流行的短篇話本小說影響，還是短篇話本小說的作者受到《金瓶梅》影響，似乎還很難言。最有意思的還在於比較馮夢龍在《情史》一書卷三用文言文對這個故事的重寫：阮三與陳小姐吟詩作詞，儼然才子佳人，與白話小說裏面的形象又有了區別矣。文言愛情故事比起白話愛情故事，明顯是作家炫耀自家詩詞寫作的媒介，故事反而成了次要的載體，男女主角所作的詩詞才是聚光所在。所以故事本身固然重要，記載故事的文體更從一定程度上決定了故事如何被講述，比如白居易的《長恨歌》與陳鴻的《長恨歌傳》的著重點、主題思想不同就是一例。而故事被講述的方式最終也決定故事的內容（比如說人物形象的刻畫），不應總覺得一定是內容決定形式也。

繡像本雖然沒有這個故事，但是第五十一回中，西門慶見到薛姑子出現在自己家裏時，簡要地把她的來歷向月娘講述了一遍，則二本相同。

又，繡像本此回標題「後庭說事」乃一語雙關：後庭者，言男寵也，但瓶兒內眷，也是「後庭」之人，而瓶兒也喜歡「倒插花」也。

1　按，沈德符《萬曆野獲編》卷二十五記載《金瓶梅》抄本時云「聞此為嘉靖間大名士手筆」，則距《金瓶梅》成書最近的沈德符也不確知也。

【第三十五回】

西門慶為男寵報仇
書童兒作女妝媚客

（西門慶挾恨責平安　書童兒妝旦勸狎客）

一　食

　　此回的聚光燈打在西門慶的男寵書童身上，極寫書童的如日中天。繡像本的卷首詩譏刺孌童得勢，詞話本則長篇大套進行了一番道德說教，勸誡父兄自幼拘束子弟，莫要像車淡等光棍那樣去招惹是非。同時，情節圍繞著「吃」展開，有兩對人物相映相照：第一對是平安與來安；第二對是十兄弟之一的白賚光（詞話本為「白來創」）和應伯爵。

　　書童給來安吃糖，來安便把平安向金蓮告書童一狀的事情盡情講給書童知道。平安沒吃到書童的請才怨恨，而來安是書童讓他吃東西便感激。都不過是為了一點口腹小利而已。一前一後，相互映照。

　　平安守大門，見白賚光來到，便哄騙他說西門慶不在家了。何以騙？因為西門慶囑咐他說：「但有人來，只說還沒來家。」但是另一方面，也因為來人是白賚光，因為平安眼中見到白賚光身上穿一套破衣服也。不過作者偏偏不說這身破衣服是從平安眼中看出來的，偏偏說是從西門慶眼中看出來的。這正是有其主必有其僕，不明說平安勢利，而平安勢利已經可

知了。但是又何以不說平安看見白賚光穿了破衣服，而偏說西門慶看見他穿了一身破衣服乎？因為一定要刺入十兄弟之大哥西門慶的骨髓也。

　　白賚光涎皮賴臉闖進來坐著不走，卻正好碰見西門慶從裏面出來，「坐下，也不叫茶」。西門慶隨即訴說近日如何如何忙，炫耀他交結的上層官吏之多，也是暗示白賚光可該走了罷。「說了半日話，來安兒才拿上茶來」。又偏偏正在這時，玳安報夏提刑來訪。這次不但不說主人不在，反而「只見玳安拿著大紅帖兒往裏飛跑」。夏提刑進來坐下，「不一時，棋童兒拿了兩盞茶來吃了」。說畢話，「又吃了一道茶」，才起身去了。世態人情，歷歷可見。詞話本更寫得諷刺：「棋童兒雲南瑪瑙雕漆方盤拿了兩盞茶來，銀鑲竹絲茶盅，金杏葉茶匙，木犀青豆泡茶吃了。」把「雲南瑪瑙雕漆方盤」放在「拿茶」之前作副詞使用，雖是口語中常見，但寫在此，句勢妙絕。

　　我們讀此回，才愈發知道應伯爵實在「理應白嚼」。無他，只因為伯爵「有眼力架兒」也。他有眼色，識頭勢，知道該在什麼時候說什麼話、做什麼事，洞曉人的心理，所以能夠處處投合主人的歡心。這是一樁本事，就算拚著臉與廉恥不要，也不是人人都可以做得來的。像白賚光這樣的人，便大大落了幫閒的下乘：明明看見主人不歡迎，偏死乞白咧地賴著不走；明明主人來了重要的客人，卻還不知趣離開，只是「躲在西廂房裏面，打簾裏望外張看」。及至客人去了，他「還不去，走到廳上又坐上了」。這樣的客，恐怕任是誰也會厭煩的。又沒話找話對西門慶說：「自從哥這兩個月沒往會裏去，把會來就散了 …… 昨日七月內，玉皇廟打中元醮，連我只三四個人到，沒個人拿出錢來，都打撒手兒 …… 不久還要請哥上會去。」被西門慶一句話便頂了回去，道：「你沒的說，散便散了罷，哪裏得工夫幹此事！…… 隨你們會不會，不消來對我說。」白賚光的話，從側面寫出西門慶自加官之後，由身份變化而來的生活變化：小說開始如此熱鬧的十兄弟會，如今已經風流雲散了，因為成何「官體」乎。只有應伯爵、謝希大，因為會湊趣、會說話，還是照常來吃白食，像白賚

光這樣沒眼色的，便已經指望不上西門慶這個大哥的提攜了矣。

西門慶如此搶白，已經是相當明顯的表示，殊不知這位白老兄居然還是「不去」，於是西門慶只好喚琴童上飯：拿了「四碟小菜，牽葷帶素，一碟煎麵筋，一碟燒肉」。繡像本評點者眉批：「只吃物數種寫出炎涼世態，使人欲涕欲哭。」誠然。不過繡像本評點者以為白賚光講話無趣，是「落運人語言無味者如此」，畢竟還是顛倒了因果關係：是因為語言無味才落運，是因為缺乏眼色才受到如此冷遇也。直到吃喝完畢，「白賚光才起身」。一個「才」字，寫出主人厭煩欲絕、滿肚子不快的情狀。

與此相對照的情景，是兩天之後，西門慶把韓道國送來的酒食「添買了許多菜蔬」，請應伯爵、謝希大與韓道國三人在翡翠軒開宴。喝的是金華酒，吃的是醃螃蟹：比起招待白賚光的飯食，可謂天壤之別。然而應伯爵之識趣會幫閒，也表現得淋漓盡致：他先是要求書童唱曲，又一定要他化成女妝，唱罷極口稱讚：「你看他這喉音，就是一管簫！」書童是西門慶的新寵，這樣的要求與讚美正好可在西門慶的心上，所以雖然笑罵伯爵「專一歪廝纏人」，而心中喜悅正不待言。後來伯爵又要求擲骰子行酒令，制定了一個複雜的令兒，西門慶雖然又罵他「韶刀」，然而又是雖罵而心喜也。

二　衣

除了「食」，此回另一貫穿始終的意象是「衣」。

書童化女妝，向春梅借衣服，被春梅一口回絕，春梅自然如此。金蓮赴宴回來，知道書童化了妝，特意問春梅：「書童那奴才，穿的是誰的衣服？」並囑咐春梅休要借給他。春梅又何消金蓮吩咐？這是春梅和金蓮能夠契合之處，也是春梅與眾丫頭不同處。最後書童終究向玉簫借了一套衣

服：四根銀簪子，一個梳背兒，一雙金鑲假青石頭墜子，大紅對襟絹衫兒，綠重絹裙子，紫銷金籬兒。

金蓮對玉樓誇口：瓶兒怕金蓮講出和書童喝酒一節情事（金蓮甚至暗示瓶兒和書童有私情），定要拿出一套衣服——織金雲絹的大紅衫兒，藍裙——隨金蓮挑選，做吳大舅兒子娶親的賀禮。其實瓶兒手頭大方，而且又一直有意討好金蓮（也是信了金蓮的話，感激金蓮當年勸西門慶娶她），未必是為了堵金蓮的嘴才給她衣服，但是金蓮以己度人，再加上心高氣傲，自然死也不肯承認受了情敵的恩惠，還要說得好像幫了人家一個忙似的。與應伯爵的一番施為有異曲同工之妙：原來應伯爵當初推薦了賁四來做西門慶的管家，覺得賁四賺了錢，就不再把他這個推薦人放在眼裏了，於是在酒席上揪住賁四說錯話的小辮子，把賁四嚇唬得「臉通紅了」。次日一早賁四就送禮給伯爵，求他在西門慶前美言。伯爵對妻子誇口：「老兒不發狠，婆兒沒布裙……我昨日在酒席上，拿言語錯了他錯兒，他慌了，不怕他今日不來求我。送了我三兩銀子，我且買幾匹布，勾孩子們冬衣了。」伯爵的話，與金蓮對玉樓所說的：「如今年世，只怕睜著眼兒的金剛，不怕閉著眼兒的佛。」恰好構成對照。雖然如此，「勾孩子們冬衣了」一語，令人覺得伯爵也只是可憐。

三　月黑、燈籠及其他

作者特從月娘諸人去吳大舅家慶賀吳大舅兒子娶親，寫出「八月二十四日，月黑時分」。特意提出這個日子，是因為要在情節結構上與第二十回形成對應。蓋瓶兒自去年八月二十日娶來，已經整整一年了。當時西門慶「奈何」了她三天，才進她的房，則二人洞房花燭夜正是八月二十三日的晚上也。第二十回一開始，就寫玉樓、金蓮站在瓶兒屋外

偷聽，「此時正是八月二十頭，月色才上來，兩個站立在黑頭裏一處說話」，此情此景，與這一回裏面玉樓和金蓮偷覷西門慶等人開宴、書童唱曲兒一段情節也正好形成對應關係。又由於「月黑」，便引出金蓮斤斤計較打幾個燈籠一段文字，作者文思實在巧奪天工極矣。順帶寫玳安機靈，見瓶兒得寵，便獻殷勤親自去接瓶兒回家 —— 當時眾婦人都在吳大舅家吃酒，瓶兒因孩子哭鬧而率先回來 —— 瓶兒一頂轎子打著兩個燈籠，落後月娘等人四頂轎子打著一個燈籠，金蓮眼尖嘴尖，立刻趁機搬弄唇舌。這一段又正好和上一回接金蓮回家的冷落形成對照。瓶兒盛寵、僕人勢利、其他婦人遭受冷落，從小小燈籠盡情一寫，然則也正無怪眾人嫉妒也。

　　玉樓、金蓮隔著窗子偷看西門慶、應伯爵、謝希大吃酒一節，乃《紅樓夢》第七十五回尤氏偷覷賈珍、薛蟠、傻大舅開宴，幾個小幺兒「打扮得粉妝錦飾」云云。

第三十六回

翟管家寄書尋女子
蔡狀元留飲借盤纏

（翟謙寄書尋女子　西門慶結交蔡狀元）

　　這一回，西門慶結交上了新科狀元。蔡狀元是蔡太師的乾兒子，送給西門慶的見面禮包括「一部書」，未知是何書。此回諷刺官場的污穢，然而最趣的還是嘲諷西門慶初次與狀元讀書人來往，大家彼此之間使用的官場客套斯文言語與這些人淫穢無恥行為這兩層意義切面之間的反差，以及這種反差帶來的諧趣。在繡像本此回卷首，有一首五言詩，最後兩句是：「人生感意氣，黃金何足論！」又以重諾言、講義氣的季布、侯嬴比喻。西門慶、蔡狀元、安進士諸人何以當此，尤其是西門慶，受太師府翟管家委託，尋一個人材出眾的女子做妾，但是西門慶只顧忙著自己的事，轉眼之間，「就把這事忘死了」。五言詩的內容與這些人物行事的不協調給予小說敘事一種強烈的諷刺色彩。再看西門慶和狀元進士們說話，忽然文雅許多，諸如「不棄蝸居，伏乞暫駐文旆；少留一飯，以盡芹獻之情」之類，對比一貫的「小淫婦兒、怪狗材」之言語，頗讓人覺得不習慣。然而最可笑的是三人見面，彼此請教「仙鄉、尊號」，蔡狀元便號「一泉」，安進士便號「鳳山」，等到問西門慶，「詢之再三」而不肯說，最後才道：「賤號四泉。」西門慶何嘗有號哉！第三十回裏，拿二百五十兩銀子買了

趙寡婦家的莊子，裏面有「一眼井，四個井圈打水」，便是四泉的來歷。也是做了官之後為了官場上來往稱呼而現取現賣的，第三十一回中，西門慶甫做官，就有夏提刑派人來「討問字號」一說。第五十一回中，西門慶又和黃主事交換稱號，黃主事「號泰宇，取『履泰定而發天光』之意」，西門慶道：「學生賤號四泉——取小莊有四眼井之說。」兩相對比之下，兩種文字——雅馴與通俗——的參差創造出極為滑稽的效果。

翟管家來信討要女子，西門慶情急，要把瓶兒房裏的繡春送去充數，被月娘以繡春曾被西門慶收用過為理由勸阻。這個細節，預兆了後文翟管家在西門慶死後討要四個家樂的情節，月娘終究送去了玉簫和迎春。又，西門慶託媒婆四處打聽好人家女子，找了「老馮、薛嫂兒並別的媒人」，未提王婆、文嫂，是為後來二人復出做準備，也顯示金蓮疏遠王婆（不願想起在武大家的一段過去）、陳家敗落後西門疏遠文嫂（文嫂為西門大姐、陳敬濟做媒者）。又媒婆名字專門點出「馮、薛」，也是為了在熱鬧頭上透露風雪寒意也，下回開始時西門慶叫馮媽媽為「風媽媽子」即可知。

【第三十七回】

西門慶包佔王六兒
馮媽媽說嫁韓愛姐

（馮媽媽說嫁韓氏女　西門慶包佔王六兒）

　　馮媽媽為東京的翟管家找到韓道國的女兒愛姐做二房，西門慶相看愛姐時，順便看上了道國之妻王六兒，從此結下私情。然而還在相親之前，道國似已和老婆有了默契，只看「婦人與他商議已定，早起往高井上叫了一擔甜水，買了些好細果仁放在家中，還往舖子裏做買賣去了，丟下老婆在家，濃妝豔抹，打扮得喬模喬樣，洗手剔甲」等語，便已露出端倪。都說西門慶貪財好色，仗勢欺人，但是人如韓道國及其妻，何嘗是被動挨欺負者？明明是俗語所謂周瑜打黃蓋是也。

　　西門慶來相看愛姐，卻「且不看他女兒，不轉睛只看婦人」。口中不說，心中暗道：「原來韓道國有這一個婦人在家，怪不得前日那些人鬼混他。」正應了西門慶在三十四回中判案時的斷語：「想必王氏有些姿色，這光棍調戲他不遂，捏成這個圈套。」他的猜度居然一語中的，可見西門慶也是熟悉此道者。西門慶臨走，道：「我去罷。」婦人道：「再坐坐。」西門慶道：「不坐了。」評點者看在眼裏，眉批「我去罷」、「不坐了」二語寫出西門慶「留戀不肯出門之意」。其實何止如此，就是六兒的挽留，也顯得口角低徊、情色曖昧：本來是主人與夥計娘子、相親者與被相者的

家長在談話，這幾句微妙的對白卻把二人的身份變成了客與主、男人與女人的關係。

　　王六兒我們早已知道是王屠夫的妹子，如今又添加上「屬蛇的，二十九歲了」。是屠夫的妹子，所以才如此善於「張致罵人」；屬蛇，又似乎與她的「纖腰拘束、喬模喬樣」相應。描寫六兒時，作者除了說她「把水鬢描寫得長長的」，還說她「淹淹潤潤，不施脂粉，裊裊娉娉，懶染鉛華」。不施脂粉而本色裝束，與她的女兒愛姐正好形成對比：馮媽媽口中所述的「好不筆管兒般直縷的身子，纏得兩隻腳兒一些些，搽得濃濃的臉兒，又一點小小嘴兒」；以及西門慶眼中所見的「烏雲疊鬢，粉黛盈腮，意態幽花閒麗，肌膚嫩玉生香」。兩個女人，兩種描寫：蓋六兒是饒有風情的婦人，愛姐卻是還很稚嫩的十五六歲少女。這裏有趣的是，我們大概以為成年婦人才需要塗脂抹粉、少女才有資本天然裝束，沒想做母親的鉛華不禦、做女兒的反倒粉黛盈腮。何以然？正因為母親是成熟的女人，有風情、有自信而善於打扮，知道如何才能顯露自己的優點、遮掩自己的缺點；王六兒的「紫膛色臉」本不適宜塗脂抹粉，何況成熟婦人自有其不依靠脂粉的特殊魅力，脂粉太濃豔反會掩蓋本色，使得自己在年少的女兒旁邊更顯憔悴。女兒一方面是稚嫩少女，僅有「意態」而沒有風韻，另一方面西門慶來相看的是女兒，而太師府對韓道國一家來說宛如天上，哪怕女兒只是嫁給太師的管家做妾，也強似嫁給一個普通人家為妻，所以愛姐是這一天的主角，自然必須打扮起來，不能被母親奪了聚光燈也。

　　讀到此處，總是不由得想起托爾斯泰小說裏面的兩個女子：安娜・卡列尼娜和吉提。吉提是待嫁的青春少女，安娜是成熟的婦人，吉提對安娜的穿著打扮和風采總是混合著羨慕與嫉妒。一次盛大的宴會，吉提絞盡腦汁要把自己打扮為晚宴上最漂亮的女郎，尤其她知道安娜會來參加晚宴，就更是在衣飾裝扮上費盡心機。那天晚上，她打扮得花枝招展，等她在宴會上見到安娜，卻不由得還是要甘拜下風：安娜沒有穿任何鮮豔的衣服，只是穿了一件黑色天鵝絨的晚禮服，戴了一根珍珠項圈而已。然而這身打

扮豔光四射，越發襯托出她的丰姿 —— 從王六兒想到安娜，似乎離得太遠了，然而魅力的原則卻是古今中外都相同的。

西門慶坐下以後，愛姐在一旁侍立，馮媽媽倒茶來，「婦人用手抹去盞上水漬」，令愛姐遞上。這個細節看似瑣屑，然而與第七回中西門慶相看玉樓時的情節暗合：「小丫頭拿出三盞蜜餞金橙子泡茶來，婦人起身，先取頭一盞，用纖手抹去盞邊水漬，遞與西門慶。」繡像本評點者在「抹去水漬」下評道：「舉止俏甚。」我們不知道這是不是《金瓶梅》作者生活時代的慣例，但我懷疑如果是慣例，比之稍後的繡像本評點者就不會讚美舉止俏甚了。無論如何，愛姐不解抹去水漬，或者王六兒怕其不懂得抹去水漬，都顯示了六兒是成熟婦人而愛姐是嬌憨少女。六兒抹水漬與玉樓遙遙呼應，又暗示了六兒以自己被西門慶本人相看自居也。

在描寫王六兒裝束時，詞話本比繡像本多了「穿著老鴉段子羊皮金雲頭鞋兒」，這雙鞋的款式顏色，與第二十九回玉樓所做的鞋子（玄色緞子羊皮金雲頭）一模一樣。當時玉樓曾對金蓮說：「我比不得你們小後生，花花黎黎，我老人家了，使羊皮金緝的雲頭子罷。」從穿鞋的顏色花樣上，除了寫出西門慶好色，「可可看人家老婆的腳」（十九回西門慶罵蔣竹山語），再次側面摹寫六兒已經年紀不輕：二十九歲是中國舊時計算年齡的方法，按照現代人的計算方式，王六兒只有二十八歲而已。二十八歲在現下固然不算什麼，但是在以十五歲為女子成年期的古中國，可真要算是半老徐娘了。且看即使在二十世紀四十年代，張愛玲在小說《傾城之戀》裏面把少婦白流蘇寫成二十八歲已經怕讀者大眾不能接受，雖然依著她，流蘇應該更老些（〈我看蘇青〉），則我真佩服《金瓶梅》作者的魄力 ——在那樣一個年代，寫一班「久慣牢成」的「中年」婦人，又如此能夠寫出她們的美，她們的魅力。

又，描述王六兒與西門慶偷情的詞用了戰爭的比喻，雖然也是豔情小說所慣用的手法，但是用在王六兒身上，一來見得二人本無情愫，一個好色、一個貪利而已，所以二人做愛毫無溫柔情款可言；二來寫王六兒「勇

「猛」，也是為了給西門慶終於死在這個六兒和家裏的潘六兒手上做鋪墊（對比金蓮、瓶兒初次與西門慶偷情的描寫即可知）。金蓮屬龍，王六兒屬蛇，俗稱小龍，西門慶則被派屬虎，作者有意寫龍虎鬥也。

　　作者特地描寫王六兒家裏擺設，雖則小家子氣，但是擁擠熱鬧，很有低中產階級三口之家過日子的氣氛。前此，金蓮、瓶兒都是有夫之婦，但作者從不寫金蓮、瓶兒家裏的擺設，因為金蓮、瓶兒對她們的丈夫憎厭還來不及，哪裏會一心一計與之過日子呢。六兒雖然和小叔有染，和西門慶通姦，但是二者都是在韓道國的默許甚至鼓勵之下明做（焉知不是因為韓二太窮娶不起妻子，故韓道國甘心分惠），而且六兒疼愛女兒之情如見（「似這般遠離家鄉去了，你教我這心怎麼放的下來？急切要見他見，也不能夠！」）也毫不憎厭韓道國，下一回有更明顯的刻畫。

第三十八回

王六兒棒槌打搗鬼
潘金蓮雪夜弄琵琶

（西門慶夾打二搗鬼　潘金蓮雪夜弄琵琶）

此回上下兩半分寫兩個六姐：王六兒與潘六兒。繡像本的回目把六兒
與金蓮對寫就是此意。

一　王六兒

　　王六兒自從被光棍痞子捉姦之後，似乎一向對韓二冷落了許多。西
門慶上門前，適逢韓二吃醉了酒來搗亂，於是六兒一支棒槌把他打將出
去。二人抬槓一段，令人想起第二回中金蓮雪中戲叔：金蓮見武松來家，
歡喜無限，燙了酒，要「和叔叔自吃三杯」，武松道：「一發等哥來家吃
也不遲。」金蓮道：「那裏等的他！」此回中韓二耍錢輸了，走來哥家問
六兒討酒，張口就說：「嫂，我哥還沒來哩，我和你吃壺燒酒。」被六兒
拒絕後，又看見桌底下放著一罈白泥頭酒，要吃，婦人道：「你趁早兒休
動……你哥還沒見哩，等他來家，有便倒一甌子與你吃。」韓二道：「等

什麼哥！就是皇帝爺的，我也吃一盅兒！」在第二回，金蓮以半盞殘酒挑逗武松，武二「劈手奪過來，潑在地下」，又「把手只一推，爭些兒把婦人推了一交」；此回中，卻是韓二「才待搬泥頭，被婦人劈手一推，奪過酒來，提到屋裏去了，把二搗鬼仰八叉推了一交」。

張竹坡說得對：「棒打搗鬼者，蓋欲撇開搗鬼，以便與西門往來也……此時不一撇去，豈韓二竟忽然拋去舊情，不一旁視乎？故用王六兒以棒槌一鬧，西門慶一打，庶可且收起搗鬼。至拐財遠遁，用他著時，再令其來可也。」同時，我們要注意到描寫六兒打搗鬼一段文字，全與金蓮戲武松一段文字遙遙呼應，相映成趣，武松是英雄，韓二則是潑皮，韓道國一家既是武大一家的鏡像，也形成了尖銳的對比。

這一回中，王六兒見丈夫送親回家，「滿心歡喜，一面接了行李，與他拂了塵土，問他長短，孩子到那裏好麼」。可見不僅惦念著女兒，對丈夫也還是有情，與金蓮對武大、瓶兒對子虛，甚至蕙蓮對來旺都不同。六兒又「如此這般，把西門慶勾搭之事告訴一遍」，又說：「第二的不知高低，氣不憤走來這裏放水，被他撞見了，拿到衙門裏，打了個臭死，至今再不敢來了。」又說：「他到明日，一定與咱多添幾兩銀子，看所好房兒，也是我輸身一場，且落他些好供給穿戴。」韓道國則囑咐六兒：「休要怠慢了他。凡事奉承他些兒。如今好容易賺錢？怎麼趕的這個道路！」六兒笑道：「你倒會吃自在飯兒！你還不知老娘怎樣受苦哩！」然後「兩個又笑了一回，打發他吃了晚飯，夫妻收拾歇下」。這裏，夫妻不僅相互慶幸，好似六兒中了彩票或者得了一份高薪工作，而且居然能夠對此事保持「幽默感」，夫妻之間拿來開玩笑，可見他們對彼此有一種理解與共鳴，這種共鳴是西門慶和王六兒之間永遠不會有的。道德家就會罵沒廉恥，但是《金瓶梅》的作者不是道德家而是菩薩。

西門慶與六兒吃酒，嫌她家裏的酒不好，特意帶來一罈子「內臣送我的竹葉青，裏頭有許多藥味，甚是峻利」。六兒藉機提出住的地段不方便，沒有好酒店，引得西門慶許諾，給他們尋新房子。此回中間，西門慶

送給夏提刑一匹馬，又炫耀他和翟管家的「親戚」關係，夏提刑一方面謝他送馬，一方面因為翟管家的緣故對西門慶另眼相看，所以擺酒單請西門慶，吃他家自造的菊花酒。西門慶回家後對瓶兒說：「還有那葡萄酒，你篩來我吃。今日他家吃的是造的菊花酒，我嫌它毈香毈氣的，沒好生吃。」一回前後，有品酒之細節貫穿始終，既顯得西門慶口味挑剔，也映出《金瓶梅》喜用對應細節或意象的審美趣味。

二　潘六兒

西門慶與瓶兒自從有了官哥兒，越來越像是一夫一妻過日子。看他從夏提刑家赴宴回家，徑直到瓶兒房裏，瓶兒接過外衣，拂去雪霰，西門慶就問：「哥兒睡了不曾？」聽說哥兒睡了，詞話本中多一句：「叫孩兒睡罷，休要沉動著，只怕唬醒他。」寫得家常瑣碎，頗為生動。

金蓮「在那邊屋裏冷清清，獨自一個兒坐在床上，懷抱著琵琶，桌上燈昏燭暗 …… 又是那眈睏，又是寒冷」。與瓶兒與西門慶二人在房裏吃酒，「桌下放著一架小火盆兒」相對比，煞是凄涼難為情。金蓮彈琵琶唱曲抒發相思，聽到房檐上鐵馬丁當，便以為是西門慶敲的門環兒響，燈昏香盡，懶得去剔，也是古典詩詞中常常描寫的佳人深閨相思舉止。然而正如本書序言裏所說，《金瓶梅》的好處在於賦予抒情的詩詞曲以敘事的語境，把詩詞曲中短暫的瞬間鑲嵌在一個流動的上下文裏，這些詩詞曲或者協助書中的人物抒發情感，或者與書中的情事形成富有反諷的對照，或者埋伏下預言和暗示。總的說來，這些詩詞曲因為與一個或幾個具體的、活生生的人物結合在一起而顯得格外生動活潑。尤其是詞曲，就好像如今的流行歌曲一樣，都只歌詠具有普遍性的、類型化的情感和事件（比如相思，比如愛而不得的悲哀），缺乏個性，缺乏面目，這也是文體加給它的

限制，因為倘不如此，就不能贏得廣大的唱者與聽者了。但是小說的好處在於為之添加一個敘事的框架（就好像文言的才子佳人小說尤其喜歡讓才子佳人賦詩相贈一樣），讀者便會覺得這些詩詞曲分外親切。另外，可以想像當時的讀者在這部小說裏看到這些曲子，都是他們平時極為熟悉的「流行歌曲」，卻又被鑲嵌在書中具體的情境裏，那種感覺，是我們這些幾百年後的人所難體會的。

詞話本裏，金蓮彈弄琵琶所唱的曲子比繡像本為長，也更為深情。比如唱詞中穿插「好教我題起來，又是那疼他，又是那恨他」這樣的話。不過金蓮彈琵琶，開始還「低低」地彈，後來卻彈得西門慶在瓶兒屋裏便聽見，一來我們知道金蓮已經不是低聲而是高聲，二來也可見二人住處相隔極近，難怪後來金蓮每每打罵秋菊而嚇得官哥兒大哭。

三　兩月與兩日

此回中，有「過了兩月，乃是十月中旬時分」語。繡像本、詞話本均為「兩月」，齊煙、汝梅校點的繡像本注「吳藏本作兩日」。吳藏本指吳曉鈴先生所藏抄本。按韓道國送女兒去東京是九月初十，上回末尾馮媽媽說：「他連今才去了八日，也待盡頭才得來家。」韓道國回家想在九月底，則不應過「兩月」才到十月中旬也。

第三十九回

寄法名官哥穿道服
散生日敬濟拜冤家

（西門慶玉皇廟打醮　吳月娘聽尼僧說經）

　　正月初九，是金蓮的正生日，西門慶偏偏選在這一天去為官哥兒打醮，在玉皇廟裏通宵不歸。金蓮被冷落，至此為極了。

　　玉皇廟是繡像本第一回中西門慶結拜十兄弟的場所。如今在玉皇廟為官哥兒打醮還願，極力渲染鋪陳許多為官哥兒寄名求福情景，適足以襯托七個月之後官哥兒的夭亡。西門慶與吳道官閒話，提到官哥兒「有些小膽兒，家裏三四個丫鬟連養娘輪流看視，只是害怕，貓狗都不敢到他跟前」。隱隱伏下後文官哥兒被金蓮房裏的貓驚嚇致死。然第三十四回書童去見瓶兒時，瓶兒也曾「在描金炕床上，引著玳瑁貓兒和哥兒耍子」。則一方面金蓮養貓不一定是有意，一方面瓶兒也是一個極為疏忽的母親。

　　那邊西門慶在道家的玉皇廟裏做法事，這邊月娘請了尼姑在家唸經宣寶卷。開始時金蓮和玉樓同尼姑們開玩笑，說既然道士大概有老婆，尼姑莫非有漢子？王姑子答：「道士家，掩上個帽子，哪裏不去了。似俺這僧家，行動就認出來。」則不但不是在否認自己的不清白，倒好像是在埋怨做尼僧的不方便，如果方便，便也要「哪裏都去了」似的。又似乎隱含著對道士不清白的承認，而暗示自己的清白不是因為遵守戒律，而是害怕被

人認出來的結果。

玉樓是有心人，再次從她說話看出。金蓮拿著道士寫的經疏看，見上頭只寫西門慶與妻吳氏、室人瓶兒，心裏就有些不憤，開口抱怨「這上頭只寫著生孩子的」。玉樓便問：「可有大姐姐沒有？」金蓮道：「沒有大姐姐倒好笑。」月娘道：「也罷了。有了一個，也就是一般。莫不你家有一隊伍人也都寫上，惹的道士不笑話麼？」這幾句話，寫得各人神情、心事如見：金蓮以嫉妒發端，玉樓似好奇、似挑撥，金蓮不正面回答「有大姐姐」，而轉著彎兒說「沒有倒好笑」，因為不願承認有（因為不肯以小老婆自居、不肯顯得道士有理），又不能不承認有；月娘的嫉妒心被玉樓挑動起來，自然也急切地等待著金蓮的回答，聽說有，便鬆了一口氣，樂得和稀泥、做好人，替道士解說。

兩個姑子宣卷所講的，是五祖投胎的佛教故事，「懷胎生子」打動月娘心事，所以聽宣卷到四更雞叫，所有的人都困得顛三倒四才罷休。直到睡下，還要問王姑子「後來這五祖長大了，怎生成正果」。張竹坡說：「以上一段特為孝哥作根。」也就是為月娘生的遺腹子孝哥出家作伏筆。其實這一段敘事，何止是為孝哥出家作伏筆，更是西門慶死後眾人風流雲散的寓言：詞話本保留了五祖的全部來歷，我們於是得知他本是「家豪大富」的張員外，娶了八房夫人，「朝朝快樂，日日奢華，貪戀風流，不思善事」，只因一日頓悟，棄了家園富貴，竟到黃梅寺修行。在黃梅寺，四祖見他不凡，收他做了徒弟，命他去轉世投胎。正唱經到此，金蓮已經睏了，率先離開去睡了；又瓶兒房裏丫頭來叫，說哥兒醒了，瓶兒也去了。姑子繼續往下講，及至講到小姐懷胎一段，西門大姐也走了，吳大妗子歪在月娘裏間床上睡著了。楊姑娘也開始打哈欠，於是眾人各自散去，楊姑娘去玉樓處睡，郁大姐和雪娥睡，大師父和李嬌兒睡，月娘自和王姑子睡一炕。張竹坡評：「一路將眾人睡法，敘得錯落之甚。」及至月娘守寡，西門慶夜夜不歸矣，誰想此時卻已預先寫出後來家裏沒有了男子，眾婦人老的老，死的死，嫁人的嫁人，逐漸一一散去的情景。

第四十回

抱孩童瓶兒希寵
裝丫鬟金蓮市愛

（抱孩瓶兒希寵　妝丫鬟金蓮市愛）

　　月娘聽兩個姑子講述五祖投胎故事，輕易地把念頭引到生子一事上。王姑子趁機把薛姑子介紹給月娘，說薛姑子有結子安胎藥，又說薛姑子原先在地藏庵，如今轉到法華庵做首座了，「好不有道行！他好少經典兒，又會講說金剛科儀，各樣因果寶卷，成月說不了。」王姑子只不說出為什麼薛姑子換了寺廟。月娘囑咐王姑子下次帶符藥來，又囑咐她不要對別人說。別人者，西門慶其他的妾也。

　　這種生子符藥需要頭生孩子的胞衣作引子，王姑子建議月娘用官哥兒的，月娘不肯，說：「緣何損別人安自己？我與你銀子，你替我慢慢另尋便了。」據明末清初的文人周亮工在筆記《書影》第四卷裏記載：「江南北皆以胞衣為人所食者，兒多不育，故產蓐之家慎藏之；唯京師不甚論，往往為產媼攜去，價亦不昂。有煎以為膏者。」[1]月娘的話顯然與這種迷信有關。月娘不肯損害官哥兒，從積極的方面講，是存了一念之仁；從消極的方面講，如果她自己無子，則官哥兒的安危也直接關係到她作為嫡母

1　〔清〕周亮工著：《書影》，上海古籍出版社1981年版，第110頁。

的利益。但就算月娘存心「仁慈」，月娘的仁慈也只局限於自家人而已，「損別人安自己」只要發生在自己視線所及之外，也就沒有關係了。正因為月娘意識到尋胞衣是「損人利己」，她的自以為是的虔誠和仁善也就蘊涵了更深的諷刺。

月娘的心理，她的欲望與妒忌，往往在微細處描寫出來。比如這一回裏，金蓮假裝丫頭逗眾人耍子，陳敬濟幫著金蓮哄人，說是西門慶託媒婆薛嫂花了十六兩銀子買來的一個「二十五歲、會彈唱的姐兒」。月娘不由問道：「真個？薛嫂怎不先來對我說？」敬濟答：「他怕你老人家罵他，送轎子到大門首，他就去了。」月娘的驚訝與不悅從一句「真個」裏面流露。敬濟的回答則巧妙而符合情理。下面「大妗子還不言語，楊姑娘道：『官人有這幾房姐姐夠了，又要他來做什麼！』」大妗子是月娘的嫂子，不好意思調唆身為正頭娘子的小姑吃醋，但是楊姑娘年紀大，又是玉樓前夫的姑姑，所以說起話來顧忌少些，道出了所有在場妻妾的心聲。於是月娘忍不住開口了：「好奶奶，你禁的！有錢就買一百個有什麼多？俺每多是老婆當軍，在這屋裏充數罷了。」雖沒有一字兒埋怨，卻已經怨聲宛然了。

金蓮裝丫頭，本來只是「哄月娘眾人耍子」，被瓶兒看見了大笑，說道：「對他們只說他爹又尋了個丫頭，唬他們唬，管定就信了。」繡像本評點者指出：「不曰哄而曰唬，更深一步，可思。」而「管定就信」也妙得很，可見眾人都不以西門慶買丫頭為異也。後來見金蓮所扮的丫頭進來，「慌得孟玉樓、李嬌兒都出來看」，「慌」字也見出二人關心的程度。玉樓聰慧心細，從金蓮磕頭的方式便看出丫頭是假扮的，但玉樓識趣，不肯立即說出而敗興，只等金蓮磕頭之後自己撐不住笑起來，才繃著臉發話道：「好丫頭！不與你主子磕頭，且笑！」直到這時，月娘、李嬌兒才看出來是金蓮。然而楊姑娘又要等到月娘說出是六姐才知道，因為楊姑娘上了年紀，眼神不好，上一回中，甚至分不清盤子裏面是葷菜素菜 —— 在眾多年紀大的女眷中，楊姑娘也是第一個去世的。

金蓮裝彈唱姐兒，似乎毫無來由，只是一時興起，但也未必不是早晨

和瓶兒一起去書房找西門慶時看到書童而得到的靈感。第三十五回中書童借玉簫的衣服扮女子，以四根銀簪子盤了個髮髻，穿的是大紅對襟絹衫、綠重絹裙子、紫銷金箍兒，塗抹了脂粉。當時金蓮、玉樓都曾在外面偷看。如今金蓮扮丫頭，打了個「盤頭叉髻」，戴著兩個金燈籠墜子，貼著三個面花兒，穿著大紅織金襖，翠藍緞子裙，也帶著紫銷金箍兒，「把臉搽得雪白，抹的嘴唇兒鮮紅」。不僅與書童扮的女伶相似，而且也和一年前戴著金燈籠墜子走百病兒的宋蕙蓮相似。如今又臨近元宵佳節，蕙蓮已經煙消雲散，而這也是西門慶家最後一個歡樂慶祝的元宵了也。

　　早晨金蓮與瓶兒去書房找西門慶，西門慶走後，金蓮還不肯就去，四處在書房裏檢視。首先「一屁股就坐在床上正中間，腳蹬著地爐子說道：『這原來是個套炕子！』」又伸手摸摸褥子，說：「倒且是燒的滾熱的炕兒！」再瞧瞧旁邊桌上放著銅絲火爐，隨手取過來，又叫瓶兒遞給她香几上牙盒裏盛的甜香餅，放幾個在火爐（原文作炕，疑是爐之誤）內，又把火爐「夾在襠裏，拿裙子裏的嚴嚴的，且熏燕身上」。直到瓶兒催她，她才離開。這一番動作言語，顯得金蓮彷彿水銀做成的，靈動之極，沒有個安靜的時候。金蓮的「一屁股坐下」，令人想起死去的蕙蓮：比起蕙蓮，金蓮要雅緻許多；但是比起瓶兒，金蓮又粗糙了許多。又聯想到第三十五回，書童也曾「拿炭火爐內燒甜香餅兒」，又「口裏噙著鳳香餅兒」遞到西門慶口裏，而這裏金蓮拿香餅兒放在爐內、「夾在襠裏」，讓人忍俊不禁。

　　金蓮妝丫頭，引動西門慶之心。當晚進她房裏，金蓮與他遞生日酒，說：「年年累你破費，你休抱怨。」隨即又磨西門慶與她做衣服，否則出去赴宴，沒有新衣服穿。金蓮要東西，往往是為了要面子，要強，不肯落在人後，與王六兒之倚色詐財不同。金蓮先一句「年年累你破費」，後一句「我難比他們都有」，又說「我身上你沒與我做什麼大衣裳」，都在提醒讀者金蓮家的貧寒，既不如月娘、玉樓、瓶兒，甚至不如李嬌兒。兩句實情話，不知為什麼特別顯出金蓮的可憐。

做衣服的餘波，直到下回開端方住：春梅見西門慶給妻妾做衣服，便賭氣說正月十四日擺酒，沒有新衣服便不肯出去遞酒，與金蓮的要挾方法如出一轍，然而不肯與其他三個丫頭一樣，偏要多做一件白綾襖，遂與西門大姐而不與玉簫等人同。作者往往於此等處寫春梅與金蓮性格相似處、與眾人不同處。下回結尾處金蓮要打秋菊，教春梅扯了她褲子，春梅不肯，說：「沒的污濁了我的手。」一定要叫來書童替她扯開秋菊褲子。兩處情節前後掩映，顯得春梅心高氣傲，自視不凡。

張竹坡只知道藏春塢雪洞裏面留下的一隻鞋是蕙蓮的餘波，卻不知這一回也處處蕩漾蕙蓮的餘波，因為又到了元宵節，而去年元宵節上出盡風頭的蕙蓮已經不在了。金燈籠墜子固然是一處，金蓮扮丫頭所穿的翠藍緞子裙也是一處（因為蕙蓮得西門慶相贈一匹翠藍兼四季團花喜相逢緞子做裙子，然而至死都沒有機會做來穿），「一屁股坐下」又是一處。而金蓮要西門慶做衣服，說「南邊新治來那衣裳，一家分散幾件子，裁與俺們穿了罷」。南邊，指杭州也，觀下回為春梅等裁衣，必說「杭州絹兒」可知。張竹坡誤批作「來保買來」，其實不是來保買來，而是來旺買來的。

第四十一回

兩孩兒聯姻共笑嬉
二佳人憤深同氣苦

（西門慶與喬大戶結親　潘金蓮共李瓶兒鬥氣）

　　這一回，完全圍繞著結親展開。月娘的侄兒娶了喬大戶娘子的侄女兒鄭三姐，吳、喬兩家成了親家。大節下，正月十二日，喬大戶娘子請月娘等人赴宴，在宴會上，因見到喬大戶的妾新生的女兒長姐和官哥兒躺在一起，愛親作親，結了姻眷。親事實在全是由月娘主張下來的，一半是吃酒吃得高興，眾人攛掇；一半是為了鞏固娘家人與自家的關係。耐人尋味的是瓶兒並不主動，玉樓推著瓶兒問：「李大姐，你怎的說？」瓶兒「只是笑」。又寫道月娘做親之後，「滿心歡喜」，並不提瓶兒──可見月娘對這樁親事是最滿意高興的，至於瓶兒就很難說。然而月娘是妻，瓶兒是妾，妾生的孩子由嫡母做主，妾雖然是生身之母，也是說不上什麼話的，就算不樂意，也由不得瓶兒。比如《紅樓夢》裏面趙姨娘生了探春和賈環，第二十回裏，只為說了賈環兩句，教鳳姐聽見，便斥責趙姨娘：「他現是主子，不好，橫豎有教導他的人，與你什麼相干？」第五十五回中，趙姨娘的兄弟發喪而探春當家，因為分派葬送費不肯破例而與趙姨娘拌嘴，探春說：「誰是我舅舅？我舅舅早升了九省的檢點了！那裏又跑出一個舅舅來？……既這麼說，每日環兒出去，為什麼趙國基又站起來，又

跟他上學，為什麼不拿出舅舅的款來？」賈家是世家大族，士大夫官宦人家，作者極力寫其規矩排場，不像西門家是清河富商，與普通人家更接近，但是從探春、賈環的例子，還是可以看出姨娘沒有什麼地位，而姨娘生的孩子，如果是男孩倒沒什麼，如果是女孩，就像鳳姐背地裏為探春所感嘆的：「將來做親時，如今有一種輕狂人，先要打聽姑娘是正出是庶出，多有為庶出不要的。」這又正符合了西門慶因嫌荊都監的女兒是庶出——「房裏生的」——而不肯與之結親的話。

西門慶的反應卻極為明確：聽說與喬家結親，滿肚子不快活。月娘告訴他之後，他劈頭就問：「今日酒席上有那幾位堂客？」這是關心喬家請客是否有官太太、是否有體面的問題，正應了前面喬大戶娘子推辭月娘的邀請：「家老兒說來，只怕席間不好坐的。」據西門慶的解釋：喬大戶只是個「白衣人」，而西門慶居官，「到明日會親酒席間，他戴著小帽，與俺這官戶怎生相處？甚不雅相」。又把「做親也罷了，只是有些不般配」這句話說了兩遍。又說荊都監要求做親，他還嫌人家女兒不是正出而不肯答應，「不想倒與他家做了親！」勢利、埋怨、不快聲口如聞。本來明明是月娘、玉樓看見長姐、官哥兒躺在一起，覺得孩子們好像「小兩口兒」，適逢吳大妗子進房，才對吳大妗子如此這般說；然而月娘看西門慶不高興，便把事情都推在吳大妗子身上：「倒是俺嫂子，見他家親養的長姐和咱孩子在床炕上睡著，都蓋著被窩兒，你打我一下，我打你一下，恰是小兩口兒一般，才叫了俺們去，說將起來，酒席上就不因不由做了這門親。」——「你打我、我打你」就像小兩口，不知別人怎樣，我只覺得充滿了諷刺。

金蓮的利口雖然尖酸，但往往說破別人不敢或不願說破的真實。西門慶嫌荊都監的女兒是小老婆生的，金蓮立刻接說：「嫌人家是房裏養的，誰家是房外養的？就是喬家這孩子，也是房裏生的。」正觸到眾人的敏感處，惹得西門慶大怒，把金蓮罵得哭了。金蓮的話雖然出於妒忌，卻是一字也不差、一字也難駁回的老實話。然而實話難聽招怨，西門慶固然大

怒，就連主張做親的月娘臉上也下不來，瓶兒心中自然就更不是滋味了。所以金蓮被罵哭，唯有與她地位相同、心情相近的玉樓走去安慰。然而玉樓性格含蓄，喜怒不形於色，明明心中想的和金蓮一模一樣，卻絕對不會衝口說出來。

瓶兒深心苦慮，討好月娘，在西門慶走後，重新與月娘磕頭，說：「今日孩子的事，累姐姐費心。」月娘「笑嘻嘻也倒身還下禮去，說道：『你喜呀。』」李瓶兒道：「與姐姐同喜。」這還是瓶兒嫁過來以後，我們第一次看到她和月娘之間有如此諧和的情景出現。月娘做主與喬家結親，西門慶不悅，金蓮又在一邊把話說得如此直露，這些都夠讓月娘難堪的了，然而瓶兒以數語表示感激，可以讓月娘覺得安慰許多。

瓶兒與月娘吃茶，繡春來請瓶兒回房，說哥兒尋她。瓶兒說：「奶子慌得三不知就抱的屋裏去了。一搭兒去也罷了，只怕孩子沒個燈兒。」月娘道：「頭裏進門，到是我叫他抱的房裏去，恐怕晚了。」月娘的丫頭小玉又解釋說有來安打著燈籠送他。瓶兒說：「這等也罷了。」然而回房後，還是要埋怨奶子如意兒：「你如何不對我說就抱了他來？」如意兒說：「大娘見來安兒打著燈籠，就趁著燈兒來了。」瓶兒對自己的兒子，連這樣一點小事也不能做主，月娘處處越俎代庖。然而瓶兒也只有在這樣的小事上，能夠背著月娘埋怨奶娘一番，像做親這樣的大事，就只好完全聽從月娘的主張了。

金蓮被西門慶搶白之後，又見西門慶去了瓶兒屋裏，便痛打秋菊，藉以出氣。瓶兒聽到金蓮指桑罵槐，氣得雙手冰冷。這便是「二佳人憤深同氣苦」。然而金蓮被西門慶搶白之後在屋裏哭，玉樓來安慰她，兩個人一起在背後嘰嘰咕咕地說小孩子做親的害處。玉樓何嘗心裏不吃醋，只是不像金蓮那樣嘴快得罪人罷了。那麼「二佳人憤深同氣苦」指金蓮、玉樓也得。

次日正月十三，喬家給瓶兒送來了豐盛的生日禮，又是給官哥兒的節禮。此時西門慶已經聽說喬大戶原來有一門親戚是皇親，又見如此厚禮，

對喬家的態度頓時軟化了不少，回來一一告訴給瓶兒。就連瓶兒，本來因為被金蓮氣著了，一直躺在床上不起來，聽到此處，也就「慢慢起來梳頭」了。

第四十二回

逞豪華門前放煙火
賞元宵樓上醉花燈

（豪家攔門玩燈火　貴家高樓醉賞燈）

　　玉漏銅壺且莫催，星橋火樹徹明開。

　　萬般傀儡皆成妄，使得遊人一笑回。

（詞話本元宵詩）

　　自此回起，至四十六回止，是這部書中的第三個元宵。三次元宵裏面，以這一次寫得最為波瀾迭起、鬧熱豪華。還在四十一回，西門慶便已經看著管家賁四叫了花匠來紮縛煙火，在大廳、捲棚張掛燈籠，做出過節的聲勢。直到四十六回「元夜遊行過雪雨」，作者一共花費五回筆墨，因為這是西門慶的全盛之時。七十九回中最後一個元宵節，作者根本沒有作任何描寫，因為那時西門慶已經病重將死了。

　　每一個元宵節，都有一個不同的婦人：瓶兒，蕙蓮，王六兒。每一次元宵節，都在獅子街李瓶兒的房子裏看燈。這次看燈的卻不是女眷們，而是意欲在此和王六兒私會的西門慶。就在西門慶與應伯爵看燈時，無意中瞥見謝希大與祝實念陪著一個戴方巾的走過去，這是當年金蓮被賣身的王招宣府中的王三官兒第一次出現，卻只驚鴻一瞥就消失在人海裏（直到

四十五回，他與桂姐的交情才從應伯爵、謝希大口中泄漏出來）。西門慶問伯爵那人是誰，伯爵機靈地答說道：「那人眼熟，不認得他。」

謝希大被西門慶差玳安悄悄地叫來，上樓見到應伯爵，趕著問伯爵：「你來多大回了？」與此對應的情節是本回開始，李桂姐見吳銀兒比自己早來到西門慶家，就悄悄問月娘：「他多咱來了？」月娘告訴她：「昨日送了禮來，拜認你六娘做乾女兒了。」桂姐聞言，便「一日只和吳銀兒使性子，兩個不說話」。對應第三十二回，桂姐瞞著吳銀兒先來西門慶家、認月娘做乾娘而銀兒吃醋的情節。這些幫閒與妓女，無不爭一個先來後到，似乎誰先來趨奉誰就佔便宜，又相互瞞著不通聲氣，在情節上形成迴環往復的映襯與照應；又顯得伯爵、希大和妓女差不多也。

眾人在獅子街樓上吃消夜，「那應伯爵、謝希大、祝實念、韓道國，每人吃一大深碗八寶攢湯，三個大包子，還零四個桃花燒賣」。詞話本作「每人青花白地吃一大深碗八寶攢湯」，比繡像本更生動，尤其把「青花白地」這一形容碗的詞組放在「吃」字之前，文字絕佳。

曾因為拾了金蓮的鞋而捱打的小鐵棍兒在此回又一次現身，與前文來昭、一丈青一家被派來看守獅子街的房子呼應。西門慶與王六兒行房，從小鐵棍兒的偷看中描寫出來，是為了與鐵棍兒偷看西門慶與金蓮在葡萄架上狂歡的情節做照應，藉此暗示此六兒與彼六兒的對應。小鐵棍兒是和金蓮 —— 潘金蓮與宋蕙蓮（原名金蓮）以及金蓮之沒有蕙蓮小的「金蓮」—— 緊密聯繫在一起的。小說第一次提到小鐵棍兒就是在上個元宵節，那時小鐵棍兒纏著陳敬濟要花炮放，陳敬濟怕他影響自己和金蓮調情，趕緊把他支走。然而很快陳敬濟便把注意力轉移到了蕙蓮身上。那天晚上蕙蓮走百病兒，一會兒說落了花翠，一會兒又說掉了鞋，伏下後文金蓮在葡萄架下掉了鞋被小鐵棍兒撿走、秋菊反而在藏春塢找出蕙蓮的一隻鞋之情節。上一個元宵節仍歷歷在目，而蕙蓮已經香銷玉隕，西門慶也換了新寵王六兒：只有小鐵棍兒的在場和偷窺，彷彿給元宵節的繁華熱鬧帶來了一陣冷風。

　　本回之初，西門慶給喬家送節禮，「叫女婿陳敬濟和賁四穿青衣服押送過去」。青衣服是下人才穿的，俗話「穿青衣、抱黑柱」，就是既然給一個人服務就應該忠心為其辦事的意思。敬濟被派送禮按照傳統禮節已經是很怠慢的了（女婿按說是嬌客，應該待若上賓才對），卻不僅和賁四同去送禮，還穿著青衣，可見他在西門慶家裏的地位和賁四、傅自新、來保等夥計、管家差不了多少。而西門大姐在家裏的地位則和春梅相似甚至不如，從上一回做衣服就可以看出 —— 西門大姐的衣服還是因為春梅提要求才附帶著做的。張竹坡在此批道：「市井人待婿如此。」其實，哪裏是因為市井人不曉得待婿的道理 —— 而是因為陳敬濟在落難之中也。西門慶曾經何等得意與「東京八十萬禁軍楊提督親家陳宅」結親，常常向別人炫耀，但自從陳洪敗落下獄，卻隻字再也不提起了。這裏作者特意寫出「女婿陳敬濟」云云。其實讀到此，哪個讀者不知陳敬濟是女婿呢，只是為了把「女婿」二字與「青衣」連用，使讀者觸目驚心而已。

　　詞話本裏，棋童從家裏來，西門慶問他眾奶奶散了沒有，他開始回答：「還未散哩。」稍後又說：「眾奶奶七八散了，大娘才使小的來了。」前後不一致。繡像本無後一句。然而詞話本也有繡像本所沒有的精彩對白：伯爵問西門慶：「明日喬家那頭幾位人來？」西門慶道：「有他家做皇親家五太太。明日我又不在家，早晨從廟中上元醮，又是府裏周菊軒那裏請吃酒。」一來所答非所問，喬家諸人一概抹倒，只特意提出皇親喬五太太一人；二來又定要透露去周守備家吃酒。總之都是勢利，都是炫耀 —— 在如今的生活中，這樣的腔調又何嘗少聽到呢，而且又何止於市井哉！

第四十三回

爭寵愛金蓮惹氣
賣富貴吳月攀親

（為失金西門慶罵金蓮　因結親吳月娘會喬太太）

　　西門慶把李智、黃四准折利錢的四隻金鐲子拿進瓶兒屋裏，過後丟了一隻，原來是掉在地上，被李嬌兒的丫頭夏花兒偷撿了（與《紅樓夢》五十二回中平兒丟鐲、墜兒拾鐲何其相似）。金蓮乘機諷刺西門慶，說得西門慶急了，把金蓮按在炕上，作勢要打她，被她一番巧言混了過去。這已經是瓶兒生子之後，西門慶第三次罵金蓮。月娘在旁邊笑說：「惡人自有惡人磨，見了惡人沒奈何 …… 六姐，也虧你這個嘴頭子，不然嘴鈍些兒也成不的。」然而西門慶走後，月娘便著實地說了金蓮一頓：「你還不往屋裏勻勻那臉去，揉得恁紅紅的，等往回人來看著，什麼張致！……若不是我在跟前勸著，綁著鬼是也有幾下子打在身上 …… 不見了金子，隨他不見去，尋不尋又不在你，又不在你屋裏不見了，平白扯著脖子和他強怎麼！你也丟了這口兒氣罷。」說得金蓮閉口無言。隨後瓶兒來，月娘又重新告訴一番，並說金蓮與西門慶爭鬧，「吃我勸開了」。其實何嘗是月娘勸開的？月娘一來對西門慶把金子直接拿進瓶兒屋裏感到不快，二來忌妒金蓮有勇氣說出自己不敢說的話，三來也氣西門慶奈何不了金蓮。所以西門慶一走，就發落金蓮一頓，又對著金蓮和瓶兒等人說是自己勸開

的，不過是自欺欺人，挽回受損的面子而已。

讀《金瓶梅》往往要留神看它的前後照應以及人物說話的破綻。比如酒席上，喬五太太問月娘西門慶何在，月娘說去衙門還沒回來，引得五太太問她西門慶現居何官，其實西門慶是去周守備家喝酒罷了。早晨西門慶對應伯爵誇口，說頭天晚上三更才回家，今天一早處理了公事，還要去打上元醮，然後去周守備家赴宴。應伯爵便奉承道：不是面獎，多虧了哥神思旺盛，換了別人根本成不的。然而西門慶終於沒有去打醮，而是委派女婿陳敬濟替他去了。

喬五太太在酒席上自誇侄女是「當今東宮貴妃娘娘」——想到這部書的歷史背景設在北宋末年，我們不由要問：靖康之難徽宗、欽宗被擄的時候，宮中多少後妃、公主、公子王孫都淪落為娼妓、奴僕，就連月娘也準備逃難，則那時的喬貴妃下場如何？喬五太太、喬大戶娘子、吳月娘、西門慶、瓶兒都以皇親為榮，然而別說不出一年官哥兒早夭，瓶兒、西門慶相繼撒手人間，就是喬貴妃也未免隨著戰火而化作一場春夢了。

在一群女眷等待客人的時候，迎春把官哥兒抱出來給大家看，結果官哥兒撲過去要桂姐抱，被桂姐接過去放在膝上。最妙的是桂姐與官哥兒「嘴搵嘴耍子」——桂姐的嘴親過多少男子的嘴，現在月娘、瓶兒卻眼看著她和一個未滿週歲的孩子「嘴搵嘴」而聽之任之。吳大妗子甚至開玩笑說官哥兒這麼小也懂得「愛好」。這種說法本已不當，吳月娘又隨口接上：「他老子是誰？到明日大了，管情也是小嫖頭兒。」聽起來更為不雅。玉樓說：「若做了小嫖頭兒，叫大媽媽就打死了。」這話十分討好月娘，因為明明點出月娘是嫡母，有資格與權力教訓官哥兒，也暗示月娘有嚴格的教子標準。然而既村了在場的四個妓女，也難免令旁邊的瓶兒不悅，於是瓶兒緊接著說道：「小廝，你姐姐抱，只休溺了你姐姐衣服，我就打死了。」「只」字和「我」字值得注意，因為瓶兒的話是對妓女面皮的一種彌縫，同時意謂這也是我的兒子，我也有權管教，而且無論將來做不做嫖頭兒，現在還是一個只會撒尿的孩子而已，如果今天撒尿在妓女身上，我

便打死；若長大之後做嫖頭兒，我倒未必管他了也。許多對話看似普通平淡，然而細品其中滋味，在場眾人便呼之欲出了。

第四十四回

避馬房侍女偷金
下象棋佳人消夜

（吳月娘留宿李桂姐　西門慶醉拶夏花兒）

　　李嬌兒的丫頭夏花偷了金鐲子被發現，西門慶拶了她一頓，說明天要賣掉她。回房後，嬌兒的侄女李桂姐甚是說她：「你原來是個傻孩子！」詞話本作「你原來是個俗孩子！」這裏下「俗」字比下「傻」字好，雖然「俗」與「傻」形狀相近，也可能是手民誤抄，然而「俗」既是意料之中，也是意料之外：偷東西的人品格低下，自然可以當一個「俗」字，讀者乍看會以為桂姐對偷盜之事十分輕蔑，但是再看下去，便發現她認為「不俗」的做法，卻又根本不是不偷東西，只是教夏花兒偷了東西交給嬌兒而已，諷刺意味便格外濃厚。桂姐教唆夏花兒的行徑，與妓院裏面妓女得財交給老鴇子沒有任何不同，倒的確是桂姐的青樓本色。桂姐又說：「不拘拿了什麼，交付與他，也似元宵一般抬舉你！」元宵是嬌兒的另一個丫頭，聽起來似乎已經久慣此道了。

　　夏花沒有被攆出西門慶家，全仗桂姐一人之力。《紅樓夢》第五十二回「俏平兒情掩蝦鬚鐲」，也以丟鐲、拾鐲、晴雯打罵攆出小丫頭墜兒做出一段錦繡文章。晴雯不聽人勸，定要立時攆出小丫頭，正和這裏西門慶終於聽了桂姐勸告不攆夏花兒相映照，乃善讀《金瓶梅》的紅樓主人特意

寫晴雯疾惡如仇、眼中揉不下砂子的性格。奈當時怡紅院眾侍女中排首位的襲人因送母殯不在，回來後得知墜兒被攆，雖然沒說什麼，「只說太性急了」，但心中未免會覺得晴雯沒有等著自己回來再處理而感到不快。月娘在下回中怨西門慶聽了桂姐之言而留下夏花是同樣的道理 —— 不一定是多麼在乎賞罰不明，而是不高興桂姐去求了西門慶，沒有來求自己也。

自瓶兒生子以後，這是第三次寫瓶兒攛掇西門慶去金蓮屋裏歇宿。而自從瓶兒生子，作者再也不肯描寫西門慶與金蓮的做愛情景，只用「上床歇宿不題」、「如被底鴛鴦、帳中鸞鳳」這樣的字眼籠統過去。《金瓶梅》裏面的做愛描寫都是作者有目的有計劃的組織安排，不能視為書中的點綴或者作者媚俗的手段，否則豈可放過西門慶去金蓮屋裏歇宿這樣的機會？作者不過是在表現近日以來，自從瓶兒生子，金蓮屢因出言諷刺而觸西門慶之怒，西門慶對金蓮的感情和興趣不如從前罷了。

此回繡像本卷首引用了周邦彥的詞〈滿江紅〉之上半闋，末句云：「背畫闌，脈脈悄無言，尋棋局。」這半闋詞，全為描寫瓶兒、銀兒下棋消夜而引。詞裏所說的棋局，卻不是象棋，而是彈棋，取彈棋局「心中不平」之意，是南朝樂府常見的諧音雙關手法。瓶兒雖然平時不言不語，但是心中不平久矣，這裏遇到性情比較溫厚的銀兒，便把滿腹不平事盡情傾吐而出。然而瓶兒抱怨歸抱怨，心情基本上還是滿足的，特別是金鐲子找回來，洗白了自己屋裏的奶子丫頭，使背後嚼舌的小人無從置喙，所以瓶兒格外覺得鬆了一口氣。二人下棋消夜，張竹坡認為與金蓮雪夜琵琶作映，這是對的，但這裏雖然西門慶不在，整個氛圍卻溫馨閒適，完全不同於金蓮屋裏的幽怨淒涼。

【第四十五回】

應伯爵勸當銅鑼
李瓶兒解衣銀姐

（桂姐央留夏花兒　月娘含怒罵玳安）

　　在四十三回裏，作者寫喬五太太是皇親，這一回裏，當銅鑼銅鼓、大理石屏風的是白皇親家。「白皇親」三個字，意謂「白做一場皇親國戚」也。西門慶猶豫說：「不知他明日贖不贖。」應伯爵在一邊說：「沒的說，贖什麼？下坡車兒營生。」顯然白皇親家勢已經敗落下來了，這既預兆著喬皇親的未來，也預兆著西門慶的未來。若依謝希大的說法，光是屏風就至少值一百兩銀子，然而連銅鑼銅鼓帶屏風不過當了三十兩而已。及至西門慶死後，月娘同樣賤賣了很多家具，是一樣的道理。

　　這兩回，暗暗插入桂姐接了西門慶在樓上遠遠見到的王三官兒，所以任憑月娘苦留，到底還是回家去了。應伯爵、謝希大彼此通氣，都知道桂姐又在接客，只瞞著西門慶一人。桂姐向月娘撒謊，又用「五姨媽」作為藉口（詞話本作王姨媽，想是訛誤）：二十回裏面，桂姐接丁二官兒，老鴇就是用五姨媽騙西門慶，所以五姨媽簡直成了一個標誌了。

　　桂姐堅持要走，月娘已經不一定樂意，等到畫童告訴她是桂姐勸得西門慶改了主意，不肯賣夏花兒了，二事相激，月娘便惱將起來，遷怒於玳安。玳安向來機靈，但是這一次反被機靈所誤：西門慶本來吩咐他去通知

月娘不要賣夏花兒，畫童替桂姐拿著衣服氈包，玳安知道月娘會惱怒，便自告奮勇地換下畫童，自己送桂姐去了。自以為可以藉此避開一場臭罵，沒想到畫童添油加醋地把這件事學舌給月娘，後來月娘在大妗子家赴宴時，盡力罵了玳安一頓。然而在親戚家做客時當著一酒席的人罵小廝，大不合適。月娘蠢鈍而不善處事從此可以再次看出來。她不敢和西門慶據理力爭，也奈何不了自己的乾女兒桂姐或者李嬌兒，耳朵又和西門慶一樣的軟，畫童一挑撥而立即成功，無論怎麼，只知道開口就罵，把氣撒在一個無辜的小廝身上。這樣的家主婆，也可謂無能之甚了。月娘的確笨，然而我很佩服的《金瓶梅》評論家孫述宇認為「月娘之有德，正因為她笨」，我卻不敢苟同；又說「現代小說家康拉德的一個主題是認為人聰明就啟疑竇，就不忠信，於是成就不了德行；《金瓶梅》的作者也有這種悲觀色彩」[1]，這我也不敢苟同。因為笨而不能作惡，或者有可能；但是笨人不可能具有真正的道德，因為他缺少力。真正的道德，不是僅僅遵守社會的規定，而是需要勇氣的，是有力而能夠深深感動人的。笨人不可能具有這樣的勇氣，因為他缺少智慧。月娘只是一個愚婦而已，她唯一表現出「道德」的地方就是在西門慶死後守貞而已 —— 但是她的守貞不是因為她多麼愛西門慶，而是因為她根本沒有愛的能力。她沒有兒子的時候只知道愛錢，愛虛榮；有了兒子以後，只知道愛錢，愛兒子。所以小說最後，她的兒子出家了，她的家財被玳安繼承，她唯一落下的好處是有壽 —— 作者對她的愚鈍在文字上的一點小小報答和補償。看月娘常常教給西門慶如何做虧心事 —— 讓瓶兒的箱籠打牆上過來是她的主意，翟管家來信催要女子，西門慶還沒有開始找，月娘讓他騙翟管家說已經找到了，因為治嫁妝，所以要耽擱一些時候 —— 月娘何嘗是誠實有德的人，甚至不是一個老實的人。

聰明有很多種，有的人雖然聰明，但是缺乏智慧。比如金蓮是西門慶

1　孫述宇著：《金瓶梅的藝術》，第62頁。

的幾個妻妾裏面最聰明的，而且文化程度也比其他女人都高，但是金蓮聰明反被聰明誤，不能以智慧破解癡心，最後死在武松手裏。孫述宇還忘了一個既聰明又有道德的女子韓愛姐。馮媽媽給她做媒時，稱她「鬼精靈兒似的」，而且讀她寫給陳敬濟的信，文理通達，脈脈有情，又會彈月琴，其聰明可以與金蓮、玉樓比肩。然而她愛上了陳敬濟，決心為他守節，甚至割髮毀目。我們不能因為她愛的對象不值得，就貶低她的感情的價值；也不能因為她先嫁了翟管家，又曾賣身幫父母賺錢就嫌她不純潔：《金瓶梅》的世界裏面沒有完美的純潔，就像現實人類社會裏不存在完美的純潔一樣。我們必須看到愛姐一旦愛上了一個人，就真的能夠誓死不渝，有勇氣，有擔當，比起一段枯木頭似的月娘的守節，愛姐顯然值得讚美多了。

桂姐央留夏花兒　月娘含怒罵玳安

第四十六回

元夜遊行遇雪雨
妻妾戲笑卜龜兒

（元夜遊行遇雪雨　妻妾笑卜龜兒卦）

正月十六夜，月娘帶眾人去吳大妗子家赴宴，西門慶在家和伯爵等人喝酒放煙火。

此回寫春梅與眾不同：她坐在一張椅子上，看到玉簫和書童二人戲狎，碰倒了酒，便揚聲罵玉簫，玉簫嚇得不敢說話就走了；後來賁四嫂來請西門慶寵愛的四個丫頭去家裏赴席，每個人都想去，但又沒有一個人敢去請求西門慶的准許，唯有春梅不為所動，反而罵眾人是「沒見世面的行貨子」。別人都整裝待發，春梅「只顧坐著不動身」，直到得了西門慶的話，才「慢慢往房裏勻施脂粉去了」。後來在賁四家喝酒，平安來叫她們，說西門慶席終了，玉簫、迎春、蘭香「慌得辭也不辭，都一溜煙跑了」，唯有春梅「拜謝了賁四嫂，才慢慢走回來。看見蘭香在後邊脫了鞋趕不上，因罵道：你們都搶棺材奔命哩！」此處詞話本作：「那春梅聽見，和迎春、玉簫等慌的行回不顧將，拜了賁四嫂，辭的一溜煙跑了，只落下蘭香在後邊了，別了鞋，趕不上，罵道：你們都搶棺材奔命哩！」詞話本這一段話，與春梅性格不符：因為春梅向來是不慌不忙的人。

月娘等人在吳大妗子家赴宴，雪娥不去是正常的，但李嬌兒稱腿疼不

去，明明是因為夏花兒偷金之事剛了，或是羞慚，或是賭氣。席上月娘等聽郁大姐唱〈一江風〉，詞話本錄有曲詞，最後兩句作：「謊冤家，你在謝館秦樓，倚翠偎紅，色膽天來大。戌時點上燭，早晚不見他，亥時去卜個龜兒卦。」明明點出了月娘在大門口喚婆子卜龜兒卦的心理源泉：似乎唱詞進入了她的潛意識，算卦的婆子出現在視野裏，自然喚醒了沉睡的意向。

月娘的心理活動，描寫得十分體貼入微。郁大姐唱曲之後，她覺得身上冷，於是派人回家取皮襖，趁勢罵了玳安一頓以出昨日桂姐之氣。身體的冷隱隱寫出心中的孤寒，也是熱盡涼來的不祥預兆。赴宴回家的路上，只是寫夜深，寫雪雨，寫打傘，寫地上濕，寫兩個排軍打燈籠，寫陳敬濟放花炮，不知怎麼的就比去年金蓮、玉樓、蕙蓮等人走百病寂寞暗淡了許多。到家後，月娘便問：「他爹在那裏？」李嬌兒道：「剛才在我那屋裏，我打發他睡了。」嬌兒之得意，幾乎呼之欲出。月娘便「一聲兒沒言語」，月娘之惱，於沉默之中，也呼之欲出。於是又把氣出在幾個丫頭身上，聽說去赴了賁四嫂的宴，又是「半日沒言語」，終於罵出來：「恁成精狗肉們！平白去做什麼？誰教他去來？」見月娘著惱，玉樓等人漸漸都散了。「止落下大師父，和月娘同在一處睡了。那雪霰直下到四更方止。正是：香消燭冷樓台夜，挑菜燒燈掃雪天。」書中三次元宵夜，唯有這一次花費的筆墨最多，結局也寫得最為冷清。一來反映月娘的心境，二來預示著熱鬧高潮過去後的尾聲。

眾人都有貂鼠皮襖，金蓮獨無，再次點染金蓮出身的寒素，伏下後來瓶兒死後金蓮問西門慶要了瓶兒的皮襖、成為與月娘鬥氣吵嘴的根源。席上唯有月娘和玉樓記得金蓮沒有皮襖，而又是玉樓賣乖，率先說出來。月娘開始說把一件人家當的皮襖給金蓮，金蓮不要，說：「人家當的，好也歹也，黃狗皮也似的，穿在身上叫人笑話，也不氣長，久後還贖的去了。」上回白皇親家來當銅鑼銅鼓、屏風，西門慶擔心將來會被贖走，與金蓮說的是同樣的話：西門慶、金蓮只怕人家把當物贖回去，卻從沒想到

自家的東西將來也有當掉的可能。不過月娘後來又改口說：不是當的，是李智少十六兩銀子准折的，當的王招宣府裏的那件皮襖與了李嬌兒穿了。嬌兒雖然沒來，但她的皮襖卻在此現身，既映出月娘惱她家桂姐，也從側面點出王家敗落和王三官兒的不肖。然而可笑處在於王三官兒正在嫖桂姐，他家的皮襖當在西門慶家裏給了嬌兒穿，所當來的錢又花在嬌兒的姪女身上，姑姪二人可謂吃定了王三官兒。

月娘等人從吳大妗子家赴宴回來，陳敬濟、玳安、琴童一路護送，沿路放花炮，與去年元宵夜走百病十分相似。吳銀兒中途告辭回妓院，月娘專門派玳安送她，使她能夠與桂姐對等並肩。陳敬濟則主動要求和玳安一起去，映出去年元宵夜迷戀著宋蕙蓮、不肯去送韓嫂兒。月娘問陳敬濟：「他家在哪裏？」陳敬濟道：「這條胡同內一直進去，中間一座大門樓，就是他家。」敬濟如此熟知妓院門路，可見不老實，月娘卻二話不說便容他去，顯得極為縱容，固然也是為了惱桂姐，所以特意抬舉銀兒，然而也還是糊塗的想頭。

次日早晨，妻妾在大門口卜龜兒卦，在場的只有月娘、玉樓、瓶兒三人。嬌兒以往總是和月娘在一起，如今兩次三番缺席，總是和夏花兒事件有關；金蓮則久已失去了月娘的歡心。卜卦時，生子是玉樓與月娘兩人的一大心事，卻都不好意思自己問，又都有心賣乖做好人，所以彼此互問。算到李瓶兒，老婆子道：「奶奶，你休怪我說：你盡好匹紅羅，只可惜尺頭短了些。」婉轉地暗示瓶兒壽夭，我再沒見到過比這更優美雋永的說法。

第四十七回

苗青貪財害主
西門枉法受贓

（王六兒說事圖財　西門慶受贓枉法）

　　橫空插入這段西門慶受賄放過殺人犯苗青的故事，寫王六兒、西門慶的財色交易。這是韓二事件之後，第二次詳細描寫西門慶如何濫用權力、貪贓枉法，而且又是通過寵愛的小廝和女人：這次是玳安與王六兒，上次是書童和瓶兒。

　　玳安索要「手續費」，又留在王六兒處吃酒，他說：「吃的紅頭紅臉，怕家去爹問，卻怎的回爹？」王六兒道：「怕怎的，你就說在我這裏來。」與三十四回中書童與瓶兒的一段對答如出一轍。

　　王六兒見了苗青託她的鄰居送來的五十兩銀子和兩套妝花衣服，便歡喜得要不得。反照西門慶受賄，胃口極大——因為了解送賄人的財產底細，知道可以多詐出來一些——不叫王六兒受禮，明明流露出嫌少的意思：「兩個船家見供他有二千兩銀貨在身上。拿這些銀子來做什麼？還不快送與他去。」然而受了苗青的一千兩賄賂之後，居然分給夏提刑一半，沒有像應伯爵、書童那樣虛報數目，私自多扣一些，這恐怕也要算是貪官的廉恥了罷！

　　苗員外帶著兩箱金銀、一船貨物去東京投表兄黃通判，求取功名：如

果金銀、貨物不被苗青和船家謀奪，恐怕也要進入某太師、某太尉的私囊了罷。官場之可怕，還不一定最表現在小人之間賣官鬻爵，而表現在「博學廣識」、「頗好詩禮」、「胸中有物」者也還是要憑藉行賄之手段、親戚之關係，才能謀取功名。就連後來曾御史為苗員外雪冤，也必然以黃通判一紙追懷情誼的來書為引子。小人之間講人情，君子之間又何嘗不講人情？無論小人、君子，人情與朋黨則一。任何一個文化都重視人的因素，因為法畢竟是人制定的，但是一旦制定下來，法就應該大於人，法的因素就應該大於人的因素。否則君子儘管可以暫時戰勝小人，真正的弊端卻沒有除去。

第四十八回

走捷徑探歸七件事
弄私情戲贈一枝桃

（曾御史參劾提刑官　蔡太師奏行七件事）

　　上回說貪官的廉恥，這回寫清官的糊塗：狄斯彬「為人剛方不要錢，問事糊塗」，人稱「狄混」。則清官未必就是好官能吏。這樣的人物，正是《老殘遊記》中「強盜的兵器」玉賢的原型。

　　三月初六清明日，西門慶上墳祭祖，然而這一天連連發生一系列不吉利的事情：官哥兒受驚，也恰值西門慶做官生涯的受驚。先是西門慶不聽月娘勸阻，定要帶官哥兒去上墳，結果官哥兒在堂客拜祭時聽到響器鑼鼓受了驚嚇；後來金蓮與敬濟調戲，兩個人把官哥兒當作引子，互相抱過來抱過去，甚至以官哥兒的嘴作為親嘴的媒介，你親一下，我親一下，官哥兒從墳上回去，就驚哭漾奶；月娘請來劉婆子看他，劉婆子道是「著了些驚氣入肚，又路上撞見五道將軍」。劉婆子固然是胡說八道，然則五道將軍者何人？我們不能忘記金蓮曾經兩次與五道將軍聯繫在一起：第二回中，被王婆稱作「五道將軍的女兒」；第十五回中，又被元宵賞燈人稱作「五道將軍的妾」。則官哥兒這次不好，顯然半是因為西門慶、半是因為金蓮。當西門慶終於從墳上回家，夏提刑於黃昏時分來訪，告知因苗青事發，被曾御史彈劾，西門慶這一天的運氣到了倒霉的頂點。

　　西門慶上墳，不但有小優兒扮戲，還有四個歌妓。拜祭之後，金蓮便與玉樓、大姐、李桂姐、吳銀兒打了一回子鞦韆，與第二十五回清明節吳月娘率領眾人打鞦韆遙遙呼應。當時還有蕙蓮在，陳敬濟得了月娘的令，推送金蓮和瓶兒；西門慶則被應伯爵、孫寡嘴邀請到郊外耍子去了。可見西門慶不是每年都去祭祖上墳，而祭祖上墳只是炫耀富貴的手段，和懷念敬奉祖先毫無關係。敬濟、金蓮的亂倫欲望在此回藉一枝桃花傳達春意。本回回目不以祭祖上墳為題，而以私贈一枝桃為題，寓意十分明顯。

　　這一回，預兆了兩年之後，第八十九回中「清明節寡婦上新墳」：此回中的二十四五頂轎子，官客、堂客加上本家、優伶、奴僕不下六七十人；彼時只剩下月娘、玉樓和吳大舅、吳大妗子這屈指可數的四個人而已，加上小玉、玳安、如意、孝哥和吳大舅家的丫頭蘭花也不過九個人，而吳大舅、大妗子因為僱不出轎子，分別騎了兩頭驢子來。

　　西門慶一回家，夏提刑便來訪，帶來了曾御史的劾本，從這一嚴肅的政治文件中，我們從另一個側面，從毫無曲筆諷刺之正面批判角度看到西門慶、夏提刑的醜態。我們第一次得知夏提刑的綽號是「丫頭」和「木偶」，而西門慶攜妓飲於市樓、月娘等人在街巷走百病這些在小說中沒有被作者加以批評的舉動，在大臣的正式奏摺中，在一個新的宏觀的上下文裏面，我們才得以看到它們在當時社會中的意義與評價：「縱妻妾嬉遊街巷而帷薄為之不清，攜樂婦而酣飲市樓，官箴為之有玷。」至於夜收身穿一身青衣的苗青的賄賂，在黃昏的朦朧月色之下，直與暗夜同色，本來我們以為做得何等隱秘，然而曾御史直書：「受苗青夜賂之金。」可見背地做事，世人無不明知，又是何等驚心動魄哉。

　　此回西門慶做官生涯有驚無險，也和官哥兒逐漸痊癒相應。內眷求醫問卜、跳神燒紙，西門慶、夏提刑則整治禮物，打發來保與夏壽上京求告翟管家：兩條情節線索相扣極為緊密。

　　祖墳旁收拾出來的一明兩暗三間房，詞話本多出「或閒常接了妓者在此玩耍」一句，諷刺較繡像本明顯。下句道：「糊得有如雪洞般乾淨，懸

掛的書畫，琴棋蕭灑。」其實已經暗示出這不是什麼清淨之地。蓋西門慶家裏的花園有藏春塢小書房又稱雪洞，是西門慶與蕙蓮偷情處，也是後來與桂姐做愛處（五十二回），也是金蓮與敬濟調情處（同五十二回）。「藏春」固不待言，雪洞之稱，暖中有冷，早已被指出是這部「炎涼書」的重要意象。這裏在祖墳旁邊出現「雪洞」一般的房子，既包含情欲，也暗示情欲與炎勢之不久，都像雪一樣會很快消融。

第四十九回

請巡按屈體求榮
遇胡僧現身施藥

（西門慶迎請宋巡按　永福寺餞行遇胡僧）

此回是第七七四十九回，全書的一個關鍵。上半寫一場虛驚之後，西門慶之政治尊榮在地方上達到頂點：「當時哄動了東平府，大鬧了清河縣，都說巡按老爺也認得西門慶大官人。」下半寫胡僧贈藥，西門慶之性能力也到達頂點。為蔡御史召妓，暗以蔡御史看中的妓女董嬌兒影射西門慶，送走蔡御史後，又立即召來胡僧。政治與性的結合，在此得到天衣無縫的結合。

此回的另一詮釋重心，便是語言（能指）與其代表的事物（所指）之間的表裏參差。其中很重要的一點，從正面說明了序言中提出的一大論斷，也就是《金瓶梅》是對古典詩詞之境界的諷刺摹擬和揭露。

蔡御史便是當年的蔡狀元，這是他第二次見西門慶，已經一回生、二回熟了。他背地裏對西門慶說宋御史「只是今日初會，怎不做些模樣」，也是適用於自己的解說。西門慶對妓女說話，對蔡御史說話，對宋御史說話（宋御史不僅是管轄清河縣所在地面者，而且是蔡京之子蔡攸的舅子），三種不同的人物，用三種不同的語體，語言的正式性和文雅程度次第升高：對宋御史，西門慶用的是最客氣、最正經的官方語言，如「幸蒙

清顧，蓬蓽生光」之類；而且宋御史在時，西門慶「鞠躬展拜，禮客甚謙」，不僅「垂首相陪」，而且「遞酒安席」，行止與書童和兩個妓女無異；而且不敢動問宋御史的號，因為不敢直呼其號，對自己也只是以「僕」自稱，不敢稱「學生」。對蔡御史講話，便熟絡了許多。在宋御史走後，才敢於問蔡御史「宋公祖尊號」，又體己地對蔡御史說：「我觀宋公，為人有些蹺蹊。」所謂有些蹺蹊者，不過是因為宋御史擺了一點架子，稱「還欲到察院中處分些公事」而已，便被蔡御史指為「初次相見要做些模樣」——則如果宋御史真的是勤於職守的官吏，如何能夠在蔡御史、西門慶這樣的同僚之中安身立命呢！讀此，感嘆中國官場之難：如果處處講責任心和良心，只有落得像前回的曾御史那樣流放嶺表而已。而且人情與公務糾纏得至為緊密，如果不能和光同塵，就會成為眾人排擠仇視的對象，所以就連正義也往往需要通過人情，或者通過巧計和謊言，才能得到施行。

再看西門慶叫了兩個妓女答應蔡御史，背後和她們開玩笑：「他南人的營生，好的是南風，你每休要扭手扭腳的。」所謂南風，即是男風，所謂「後庭花」也。說得如此露骨，而且就當著自己妻子的面，就連兩個久慣牢成的妓女都覺得有些不好意思起來。從西門慶和妓女、蔡御史、宋御史一層近似一層的談話方式，我們可以清楚地看到語言不僅為了交流，而且也為了劃分和標誌清晰的社會團體和階級。

蔡御史見到二妓，「欲進不能，欲退不捨」。先問二妓叫什麼名字，又問：「你二人有號沒有？」董嬌兒道：「小的無名娼妓，那討號來？」蔡御史道：「你等休要太謙。」「問至再三，韓金釧方說：『小的號玉卿。』董嬌兒道：『小的賤號薇仙。』蔡御史一聞薇仙二字，心中甚喜，遂留意在懷。」這一段，我們必須對比第三十六回，西門慶第一次見蔡狀元時，安進士問：「敢問賢公尊號？」西門慶道：「在下卑官武職，何得號稱？」「詢之再三，方言：『賤號四泉。』」兩段話如出一轍，則西門慶被喻為何等人物，自不待言。

　　蔡御史不管多麼腐敗而無文，終究還是出身書生。海鹽子弟在酒案上唱曲，蔡御史吩咐唱〈漁家傲〉，詞話本錄有曲詞，其中道：「滿目黃花初綻，怪淵明怎不回還？交人盼得眼睛穿。冤家怎不行方便？」就在唱此曲之前，西門慶問蔡御史到家停留多久，老母安否，蔡氏答以：「老母倒也安，學生在家，不覺荏苒半載。」西門慶問老母不問老父，令我們聯想到這位蔡御史曾拜認了蔡京作乾爹，而他點的曲子，則傳達出他思念美人 —— 不是老母 —— 的心情。可笑處在於陶淵明與冤家並列耳。後來酒宴將終，子弟又唱了一曲〈下山虎〉，尾聲道：「蒼天若肯行方便，早遣情人到枕邊，免使書生獨自眠。」再次將蔡御史的心思點出。正因如此，見到兩個妓女才又驚又喜，感激西門慶不置也。

　　蔡御史對於文字符號的愛好完全統治了他對人物的鑒別，也就是說：表面文章比實際內容更重要。兩個妓女當中，只因為董嬌兒有一個令他喜歡的別號「薇仙」，他便動意於彼，「韓金釧見他一手拉著董嬌兒，知局，就往後邊去了」。蔡御史一直在「與西門慶握手相語」，等讀到他拉著董嬌兒，才知道原來他是一手拉著一個也，西門慶與妓女的對應關係寫得如此明顯，可發一笑。又金釧回到上房裏，月娘問她：「你怎的不陪他睡，來了？」韓金釧笑道：「他留下董嬌兒了，我不來，只管在那裏做什麼？」月娘之愚鈍如見。

　　就寢之前，董嬌兒請蔡御史在她手裏拿著的一把「湘妃竹泥金面扇兒」上題詩，扇子上面「水墨畫著一種湘蘭平溪流水」，湘妃、湘蘭，都令人想到《楚辭》意境，然而此情此景，似乎與楚騷差距甚遠。蔡狀元為嬌兒題詩：「小院閒庭寂不嘩，一池月上浸窗紗。邂逅相逢天未晚，紫薇郎對紫薇花。」最後一句又剝削了白居易〈紫薇花〉詩的最後一句：「獨坐黃昏誰是伴？紫薇花對紫薇郎。」然而白居易寫黃昏獨坐，紫薇花也真是紫薇花，不像蔡御史的紫薇花原是一個號薇仙的清河妓女也。此外，紫薇郎是唐朝時中書舍人的別稱，蔡狀元現做著兩淮巡鹽御史，哪裏是什麼紫薇郎，不過急中生智顛倒古人的詩句來趁韻罷了。此外，在此之前，蔡

御史一直對西門慶說:「夜深了,不勝酒力。」這當然可能是蔡御史急不可待要和嬌兒一起歸寢安歇的託辭,但對照詩中的「天未晚」三字,覺得相當可笑。總之,本回中的一切,無不名不副實,表裏不一。再看蔡狀元為翡翠軒裏面題了一首律詩,是那種極為平常的、打開任何宋元明清詩人的集子都可以找得到的即席應景詩,其中第二聯道:「雨過書童開藥圃,風回仙子步花台。」風雨何在?藥圃何謂?正因為我們熟知書童、董嬌兒、韓金釧、西門慶、蔡御史乃何等人物,翡翠軒是何等所在,我們讀了蔡御史的詩,不免會覺得有些不寒而栗。因為作者要告訴我們:在這首律詩的傳統意象、陳詞濫調之下,掩藏著一個多麼散文化的世界。再比如西門慶和蔡狀元的對話:「與昔日東山之遊,又何異乎?」「恐我不如安石之才,而君有王右軍之高致矣!」—— 把典故的使用與現實中的市井庸俗之間的錯落參差諷刺備至。不過西門慶雖然大字不識幾個(上一回中居然讀不懂來保抄回的邸報),卻知道謝安石攜妓作東山之遊的典故 —— 他的知識很可能來自詞曲戲文,就像應伯爵在第二十回裏面冒出一個「只當孟浩然踏雪尋梅,望他望去」一樣,而《孟浩然踏雪尋梅》是一齣明朝的雜劇。現代人儘管讀書識字,卻很少人能知道謝安石、王右軍了。

　　董嬌兒名字與李嬌兒相同,而次日四月十七日正是王六兒的生日,再次日,便是李嬌兒的生日、蕙蓮的週年忌辰。西門慶到永福寺送蔡御史 —— 永福寺原是周守備營造,金蓮、春梅等人的葬身之地,也是普靜超度一眾冤魂、幻化孝哥之所在。已往每每寫西門慶為官員餞行都在永福寺,因為玉皇廟是熱結,永福寺是冷散。然而以前的送行都是虛寫,只有這次作者帶我們親臨其地:因為西門慶在永福寺遇見一個被漫畫化了的陽物之化身:胡僧。西門慶在此得到胡僧的春藥,正是自己的一劑催命丹。得藥的當天,西門慶便接連兩番嘗試,次日四月十八,又和金蓮足足纏了一夜。蕙蓮之死這層過去的陰影,籠罩著西門慶現下的性狂歡;而胡僧「不可多用,戒之!戒之!」的叮囑,則籠罩了西門慶未來的命運。因此這一回承前啟後,是全書的一大轉折點。

　　六兒生日，派弟弟王經來尋西門慶，不想見到月娘，差點泄漏了消息，多虧被平安遮掩過去，「月娘不言語，回後邊去了」。但是此書每次寫月娘不言語處，都是月娘有心事處。

第五十回

琴童潛聽燕鶯歡
玳安嬉遊蝴蝶巷

（琴童潛聽燕鶯歡　玳安嬉遊蝴蝶巷）

　　全書一百回，至此為半。這一回特地以玳安入回目，暗示了全書的結局；同時又是胡僧贈藥之後的補敘：一、上回寫了陽物化身的胡僧，這回劈頭便寫由王姑子引介來的薛姑子，帶著兩個十四五歲的小姑子妙鳳、妙趣（「風趣妙」也）。薛姑子「剃的青旋旋頭兒，生得魁肥胖大，沼口豚腮，鋪眉苫眼，拿班作勢」，被西門慶罵作「賊胖禿淫婦」；正是她給月娘帶來了生子丸藥，遺腹子孝哥已經在此回隱現。二、上回既寫胡僧贈藥，這回便寫西門慶試藥，第一和王六兒試，第二和瓶兒，第三 —— 到下一回 —— 才輪到金蓮。三人之中，瓶兒終由試藥而死，王六兒和潘金蓮則是西門慶的送死之人。所以初試藥必寫此三人。三、上回寫了蔡御史、西門慶與兩個高級妓女，這回便寫玳安、琴童在蝴蝶巷逛三等妓院，糾纏妓女金兒、賽兒，又仗勢欺人，打走其他嫖客。

　　西門慶給了王六兒一對金壽字簪作生日禮物，這種簪子本是瓶兒的，當年她送給西門慶兩根作為定情之物，西門慶轉送給金蓮，瓶兒又送給西門慶的幾個妻妾每人一對，如今王六兒也得到了，顯見得她作為西門慶的外室，與月、樓、蓮、瓶諸人地位完全相等。又西門慶在她家，命小廝去

買南燒酒，王六兒不知就裏，笑說：「爹老人家別的酒吃厭了，想起來又要吃南燒酒了。」鄭培凱寫過一篇十分精彩的〈金瓶梅詞話與明人飲酒風尚〉，其中提到燒酒即白酒，認為西門慶在此回要喝燒酒是出於「翻新花樣」的心理。鄭氏指出「書中寫喝白酒的場合，都與潘金蓮與王六兒有關」，認為這和角色性格是配合的，「這兩個女人在色欲方面表現的性格，與燒酒之烈，頗有契通之處」。又說「空口喝燒酒，與北方曲巷中的女人經常連在一起，在明代士大夫圈中是視為鄙俗的」。[1]不過鄭氏忽略了一點，就是胡僧特意囑咐西門慶吃春藥須「用燒酒送下」，而這才是西門慶特地叫小廝買南燒酒的原因，而且正因為平時不大喝燒酒，王六兒才會覺得有點稀奇。然而吃春藥用燒酒，似乎又不是胡僧的獨家秘方，因為王六兒發現西門慶吃藥，便說：「怪道你要燒酒吃，原來幹這營生！」可見王六兒諳熟此道，深知吃春藥必用燒酒也。又書中凡提到買燒酒，總是只買一瓶（如此回、五十二回），不像其他酒以一罈論，燒酒性烈之故也。

瓶兒自從來到西門慶家，作者只有兩次具體寫到二人行房，一次在二十七回，一次便在此回，兩次瓶兒都身體不適，勉強承受。這一次，她因為月經在身，本想拒絕西門慶，又說：「我到明日死了，你也只尋我？」成為後來夭亡的讖言。

玳安帶著琴童遊蝴蝶巷，表面看去和上下文似乎沒有什麼關係，但是玳安者何人？玳安就是後來的「西門小員外」也。在這回，他戲弄書童，問他為何今日這等「扭手扭腳」的，與上回西門慶囑咐兩個妓女的話一模一樣；嚇唬馮媽媽，說瓶兒知道她為王六兒作牽頭該如何；引著琴童去看蝴蝶巷新來的「兩個小丫頭子」，吩咐小伴當在此聽門，「等這邊尋，你往小胡同口兒上來叫俺們」。因琴童偷聽西門慶與王六兒做愛，便說：「平白聽他怎的？」心高氣傲的架式不減於春梅。後來又動手打走蝴蝶巷妓家留宿的兩個酒保，威脅他們說：「好不好拿到衙門裏去，交他且試試

1　鄭培凱：〈金瓶梅詞話與明人飲酒風尚〉，徐朔方編選校閱：《金瓶梅西方論文集》，上海古籍出版社1987年版，第69—71頁。

新夾棍著！」又和賽兒換汗巾子。其威風、強硬、喜歡眠花宿柳與享樂之種種行為，和西門慶不差多少。則西門慶雖死，玳安將來又是一個小西門慶。

第五十一回

打貓兒金蓮品玉

鬭葉子敬濟輸金

（月娘聽演金剛科　桂姐躲在西門宅）

　　此回有許多對死亡的冷冷暗示。比如金蓮在月娘前面挑撥離間，說瓶兒的壞話，月娘惱了，道：就是漢子成天在你屋裏不出來，也別想我這心動一動兒，只當守寡，也過的日子。正是所謂的出語成讖。西門大姐又悄悄把金蓮的話告訴給瓶兒，瓶兒氣得手臂發軟，道：「他晝夜算計的，只是俺娘兒兩個，到明日終究吃他算計了一個去才是了當。」又比如西門慶在金蓮處試藥，金蓮對西門慶描述她的做愛感受，說與往常之熱癢不同，「冷森森直撃到心上」，一來是藉金蓮之口，補出前一天晚上西門慶與瓶兒做愛時，瓶兒身體感到的不適，暗示已經種下病根（因為瓶兒經期間，按照中醫的說法不宜受涼）；二來這部炎涼書也是在藉著這一「冷」的出現，預示著西門慶的生涯已經開始下坡。正如張竹坡所說：「此書至五十回以後，便一節節冷了去。」二人瘋狂做愛，金蓮一直說：「今日死在你手裏了。」其實不是金蓮死，倒是西門慶死也。西門慶所講的笑話——某人死後變驢，放還陽間後全身都變回人，唯有陽物未變，遂要回陰間去換，妻子怕他一去不來，說不要去了，還是等我慢慢捱罷——也與死亡有關。這一次與金蓮的做愛描寫，包括金蓮「一連丟了兩次身子」、二人

做愛過程、姿勢、感受等，無不與七十九回中西門慶最後與金蓮的做愛描寫絲絲入扣、針鋒相對，如果放在一起對照參看，方知這一次做愛乃是西門慶之死的預演。又金蓮、西門慶做愛時旁邊蹲著一隻白獅子貓兒用爪子來攝——須知攝的不是別物，而是「那話兒」——電影《秋菊打官司》裏面秋菊所說的那「要命的地方兒」也。這既是後文雪獅子嚇死官哥兒的預演，也在西門慶權力和性能力的頂峰，暗示二者一起冰雪消融，「官」與「那話兒」都受到威脅。又薛姑子宣講《金剛科儀》，「電光易滅，石火難消。落花無返樹之期，逝水絕歸源之路」一段是極好的文字，具道人世無常，是作者在此回佈下死亡陰影的最後力筆。其中「妻孥無百載之歡，黑暗有千重之苦」一句，格外觸目驚心。

寫十兄弟之冷：西門慶派韓道國、來保、崔本去揚州做買賣，然而憑空插入桂姐求情，西門慶遂轉派來保去東京太師府為桂姐說情。桂姐接了王三官，於此終於明寫，而王三官是六黃太尉侄女婿一節也於此點出。應伯爵得知孫寡嘴、祝麻子因幫襯王三官而被解到東京問罪，特意來告訴西門慶，但是對孫、祝二人毫無兔死狐悲之意（因為他們在王三官處幫閒沒有捎帶伯爵也），西門慶也對孫、祝二人的命運毫不關心。西門慶待「熱結」的兄弟皆不如待一個婊頭。

來保行前，去韓道國家告知去東京事，問韓道國將來在揚州何處會合，又和韓道國、王六兒吃酒。這段文字，似乎是閒筆，其實描寫來保與韓道國家通家來往，親熱無比，正是為後文八十一回西門慶死後韓道國兩口子拐帶財物遠遁、連來保一併瞞過做鋪墊，以見人情之涼薄。

兩個姑子唸經，以月娘為首，全家女眷「一個不少」聽她們演誦，然而被平安「慌慌張張」報告宋巡按來送禮打斷，這豈不是《金剛科儀》裏面所說的「賀者才聞——而弔者隨至」？月娘便立刻「慌了」，道：「你爹往夏家吃酒去了，誰人打發他？」聞道卻不能悟道，諷刺意味極濃。幸虧玳安不慌不忙處理了此事，又寫出玳安氣象與眾僕不同。

玳安尋找書童不見，後來書童和陳敬濟「疊騎著騾子才來」，玳安見

了，罵書童：「爹不在，家裏不看，跟著人養老婆去了！」「人」者，陳敬濟也。落後金蓮聽不下去佛曲兒，拉著瓶兒走出來說，「就看看大姐在屋裏做什麼」——哪裏是想去看大姐，是想去看敬濟也，雖然不明寫，而心事如畫。至於疊騎騾子，則暗示陳敬濟和書童一樣，將來淪為男寵，也暗示二人關係曖昧：對比六十八回末尾，玳安去請媒人文嫂，開玩笑說：「你也上馬，咱兩個疊騎著罷！」文嫂道：「怪小短命兒，我又不是你影射的，街上人看著，怪刺刺的！」便可知。

西門大姐和敬濟的關係，這是第二次直接寫到，上次在二十四回。前後兩次都是大姐為吃醋而臭罵陳敬濟，上次罵得有理，這次卻沒理，沒理又不肯認錯，毫無溫柔可言。後來西門慶死後大姐與陳敬濟反目，是陳敬濟多年怨恨一起發作，不是一朝一夕之功。

金蓮出主意叫敬濟、大姐鬪牌，誰輸了錢，誰做東道，「少，便叫你六娘貼些出來，明日等你爹不在，買燒鴨子、白酒咱們吃。」燒鴨子、白酒、等你爹不在等語，直指前日書童買鴨子、金華酒與瓶兒背著西門慶私下吃喝一事。饒著花了瓶兒的錢，還要再次戳其心事，金蓮也真可謂惡毒。

此回說西門大姐與瓶兒交好，因為大姐「常沒針線鞋面」，多虧瓶兒背地與她。張竹坡在此批道：「月娘可殺。」在讀到張竹坡的評語之前，從未注意過這一細節——六個字而已——然而張竹坡是絕對正確的。當年西門大姐和陳敬濟來投奔時，月娘收了他們帶來的許多箱籠在自己房裏。月娘在錢財上的小器，待落難的前妻之女的涼薄，西門慶全無父女之情，都在這六個字裏面寫出了。這的確是史家之筆力，也是中國古典小說的最大特色之一。

第五十二回

應伯爵山洞戲春嬌
潘金蓮花園調愛婿

（應伯爵山洞戲春嬌　潘金蓮花園看莫菇）

　　應伯爵極力索落桂姐接王三官和臨時抱佛腳來求西門慶，「你這回才認得爹了？」是為了討西門慶的歡心，也是因為桂姐對他從來沒有個和氣的態度，不是罵他，就是躲開。吳銀兒便溫柔敦厚許多，因此當桂姐拜月娘為乾娘時，伯爵便指點了銀兒一條計策，要她拜瓶兒為乾娘。然而桂姐在西門慶的酒宴上唱思念之曲，也的確好像是在傳達對王三官的相思，看來這次是和王三官認真了。應伯爵對桂姐的索落，局外人看了覺得句句可笑，當局人如桂姐，便會覺得句句刺心，尤其他唱的那支講述妓女之苦的南曲：「老虔婆只要圖財，小淫婦少不得拽著脖子往前掙。苦似投河，愁如覓井。幾時得把業罐子填完，就變驢變馬也不幹這營生。」竟然把臉皮極厚的桂姐也說得「哭起來了」。試想如果不說在痛處，又何以哭哉？然而就連厚顏無情如桂姐，也有此說不出的苦楚！這是《金瓶梅》的大慈悲之處。

　　西門大姐、陳敬濟、李瓶兒合出分子請月娘等人在花園裏面喝酒、吃鴨子，月娘突然想起來，問道：「今日主人怎倒不來坐坐。」主人便指敬濟而言。月娘常常招引陳敬濟，容他和眾婦人一起飲酒，從不避嫌。「酒

過數巡，各添春色」，語含譏刺。月娘被描寫為治家不嚴的始作俑者，就算是無心，仍然難以推卸在金蓮、敬濟之亂倫中應負的責任，然而這次不僅促成敬濟和金蓮的私情，而且關鍵在於他們的私情導致了黑貓嚇到官哥兒。這裏的描寫，與第十九回在花園中飲酒開宴相呼應。詞話本關於金蓮撲蝶、敬濟調情，有大段重複；繡像本比較細心，不再寫金蓮撲蝶，只寫金蓮摘野紫花。

第十九回中，玉樓遠遠看到金蓮推敬濟，便從玩花樓把金蓮叫走。此回，玉樓從臥雲亭叫瓶兒，瓶兒去和月娘等人說話，金蓮便趁機和敬濟在雪洞裏調情。官哥兒被一個人留在雪洞外，「旁邊一個大黑貓」，把他嚇得大哭。五十一回的白貓引出這只黑貓，雪洞外的黑貓又接引後文號稱「雪獅子」的白貓，然而瓶兒在三十四回裏也曾引逗玳瑁貓和哥兒耍子，三隻貓兒不同，從吉到凶：玳瑁最平和，黑色固然不好，到白色才是孝服的顏色，是冰雪的顏色。

瓶兒性格中，也有和月娘一樣的愚鈍：桂姐來巴結月娘，月娘便立刻忘記了她的一切過惡；瓶兒前幾天剛剛因為金蓮而氣得手臂發軟，對大姐說早晚我母子二人會被她算計去一個，今日已經和金蓮對抹骨牌，後來又居然把孩子丟給金蓮一個人看管。

然而瓶兒之離開，官哥被驚嚇，就像月娘的流產，既是玉樓作俑，月娘也有責任。瓶兒說下面沒人看孩子，玉樓便說：「左右有六姐在那裏，怕怎的。」月娘卻立刻命玉樓去看。月娘深知金蓮嫉妒，所以放心不下，而且上一回中接連兩次嘲諷金蓮，已經明明表示月娘從喜愛金蓮發展為憎惡金蓮矣。至於玉樓和小玉把孩子抱來後月娘問孩子何以哭，一向迴避矛盾的玉樓這次卻毫不為金蓮遮掩，倒不是因為「不如此不足以脫掉干係」[1]，而是因為月娘的丫頭小玉在旁，隱瞞不住也。

1　丁朗著：《〈金瓶梅〉與北京》，北京，中國社會出版社 1996 年版，第 32 頁。

應伯爵、謝希大吃麵，「登時狠了七碗」。「狠」字用得真精彩。謝希大又叫琴童取茶漱口，強調要溫茶，「熱的燙得死蒜臭」，也是極生動的語言。

第五十三回

潘金蓮驚散幽歡
吳月娘拜求子息

（吳月娘承歡求子息　李瓶兒酬願保兒童）

　　明朝文人沈德符《萬曆野獲編》卷二十五記載《金瓶梅》一條下寫道：
「原書實少五十三至五十七回，遍覓不得。有陋儒補以入刻，無論膚淺鄙
俚，時作吳語，即前後血脈亦絕不貫串，一見知其贗作矣。」關於沈德符
的這一段話，《金瓶梅》的研究者眾說紛紜。有意思的是，詞話本與繡像
本的這五回，尤其是五十三至五十五回，非常不同。且無論是否二本之中
這五回都是陋儒補以入刻，先後情節的異同上來說，詞話本漏洞百出，遠
遠不如繡像本精細。

　　詞話本作月娘關心官哥兒，次日一早起來就去看望，聽到金蓮、玉樓
背地說她生不出孩子便巴結官哥兒，心中怨怒，對天長嘆：「若吳氏明日
壬子日，服了薛姑子的藥便得種子，承繼西門香火，不使我作無祀的鬼，
感謝皇天不盡了。」所謂承繼西門香火、不作無祀之鬼，都是相當無理的
說法，因為月娘所關心的，在於有一個自己的兒子，以加強自己的地位，
否則官哥足以承繼香火，而且月娘作為正室，自然會得到尊奉和祭祀，這
兩點都不是問題的所在。此外這裏的敘事未免在時間順序上有所顛倒：西
門慶與應伯爵、謝希大、桂姐等人喝酒，剃頭師傅小周來給官哥兒剃頭，

是四月二十一日的事,當時月娘讓金蓮看曆日,問壬子日是哪一天,金蓮說是後日(四月二十三日)。次日四月二十二日,西門慶去赴安、黃二主事的酒宴。而金蓮、瓶兒等請月娘在花園吃酒,黑貓驚了官哥兒。「睡了一宿,到次早起來」,就應該已經是二十三日了,而月娘在這一天長嘆「明日」云云,便不能落實。

同一天,說金蓮因「昨日」和敬濟在花園雪洞裏面偷情被玉樓衝散而在屋裏悶悶不已,也害得陳敬濟「硬梆梆撐起了一宿」。這一天(二十三日)的黃昏,陳敬濟悄悄到來,終於初次與金蓮得手,而這時恰好西門慶赴宴回來,二人不得盡興而罷。按,西門慶從頭天四月二十二日早起赴安、黃二主事之酒宴,也不應該連吃一天一夜才回來。又說西門慶來家時喝醉了,本要來找金蓮的,結果錯進了月娘的房,月娘為要「明日二十三日」壬子行房,推他出來。言「明日二十三日」者,又似乎還是二十二日,更顯出作者的粗心大意。西門慶走錯房門也不合情理,因月娘、金蓮住處一後一前,相隔甚遠,又不是緊鄰,無論喝醉到何等程度,都不應走錯。

又,應伯爵來找西門慶要許給借李三、黃四的五百兩銀子,西門慶開始故作忘記,後來又賴賬不想借,「應伯爵正色道:『哥,君子一言,快馬一鞭。人而無信,不知其可也。』」完全不符合應伯爵的口吻。此外伯爵為李、黃二人作中人賺錢,是瞞著謝希大的,可是此回卻寫二人一起「分中人錢」,又說「那玳安、琴童都擁住了伯爵,討些使用,買果子吃。應伯爵搖手道:『沒有,沒有。這是我認得的,不帶得來送你這些狗子弟孩兒。』」試想那玳安是何等人物,哪裏會「擁住了伯爵」討錢?伯爵又怎會對玳安說出這樣的話?後文又說西門慶開玩笑問應伯爵「前日中人錢盛麼」,更是胡說。又寫月娘對瓶兒解釋為什麼她會一天沒有來看官哥兒,是因為聽到潘金蓮的閒話,倒好像月娘每天都必去瓶兒房裏看孩子。而瓶兒便對著月娘說:「這樣怪行貨,歪剌骨,可是有槽道的!」完全不像瓶兒嘴裏出來的話,倒好像是金蓮的口氣了。又寫官哥兒不好,先後請了施

灼龜、劉婆子、錢痰火來弄神搗鬼，西門慶本來最不信這一套，現在居然也跟著錢痰火拜神君。總之，這樣的漏洞數不勝數，而且敘事淡而無味，不像原作能夠把一系列的家常瑣事寫得鬚眉飛動。然而也只有看到贗品，才更知道原作者有怎樣的絕世才華。

繡像本無月娘關心孩子、金蓮背後譏刺、月娘怨怒一段。以西門慶二十二日在劉太監莊上和安、黃、劉三人飲酒的情形開始本回，次寫金蓮、敬濟趁西門慶還沒回來而偷情得手，然後西門慶回家，進了月娘的屋裏，月娘為了要和他在壬子日行房，約他次日晚上來，西門慶便進了金蓮的房，摸到金蓮下面，道：「怪小淫婦，你想著誰來？兀那話濕搭搭的。」把金蓮與敬濟的偷情寫得十分驚險，把西門慶寫得十分糊塗，又符合情節發展的時間順序與事物之情理，比詞話本精細了很多。

又，詞話本寫西門慶為官哥兒不好而拜神謝土諸事，繡像本概無，只寫瓶兒自道身子不好，想要「酬酬心願」，西門慶便道：「我叫玳安去接王姑子來，與他商量，做些好事就是了。」繡像本評點者云：「西門慶平日最鄙薄姑子，今日忽曰接來，所謂愚人易惑也。」後來請到王姑子，西門慶親自與她商量如何為官哥兒做功德，又連說：「依你，依你」。雖云「愚人易惑」，然而畢竟與西門慶性格不符。又，二十三日白天，應伯爵一早來訪、安黃二主事來拜一段，平淡乏味，後來也就沒有下落，是完全沒有必要的文字。伯爵在二十一日臨走時說：「李三、黃四那事，我後日會他來罷。」然而二十三日這次來訪，明明有時間，伯爵也沒有提起此事，一直等到次日，才在和常峙節同來時說出。西門慶不但反悔，而且「只顧呆了臉看常峙節」，不知何意。

仔細對比詞話本與繡像本，可以相當有把握地說二者都不出自原作者之手。不過詞話本比繡像本訛誤尤多，而且行文囉唆；繡像本篇幅較小，適足以藏拙。雖然也不能完全藏得乾淨：因為原作者的是大手筆也。

在第三十回，繡像本的無名評點者在月娘為瓶兒生子提供絪接、草紙時寫下一段批語：「月娘好心，直根燒香一脈來。後五十三回為俗筆改

壞，可笑可恨。不得此元本，幾失其本來面目。」這裏所謂的「此元本」，即指他所評點的繡像本；而他所說的俗筆改壞，很有可能即指詞話本這一段。這裏一個非常有趣的問題是：到底這位評點者是像金聖嘆批《水滸傳》、《西廂記》那樣，自改自叫好、戲台上喝彩呢；或者把自己評點的本子（不一定自己動手修改過）視為最佳；或者他竟然真的得到了《金瓶梅》的原作——也就是說：繡像本才代表著《金瓶梅》的原始風貌，而不像一般人們以為的那樣，繡像本是詞話本的後裔。又第四回中，繡像本評點者在王婆嚇唬金蓮一段上眉批道：「此寫生手也。較原本徑庭矣。讀者詳之。」這裏所謂的「原本」，研究者黃霖以為「只能是據以改定而相對簡單的詞話本，而不是內容相同的崇禎本系統的某種先於刻本的『原本』。」但我以為其實可以考慮到另一個可能性，那就是：這裏的「原本」也有可能指這段情節的發源地——《水滸傳》中重合的段落。我傾向於認同黃霖君關於「元本與原本不能相混」的測度，但是黃君誤以為元本當為「據以參校的全抄本」。其實根據上下文語意，我們可以很清楚地看到，「此元本」就是評點者正在批點的這一個版本。而「原本」我則以為有可能指故事的原本《水滸傳》，並不一定必指詞話本。

1　黃霖：〈關於《金瓶梅》崇禎本的若干問題〉，中國金瓶梅學會編：《金瓶梅研究》第一輯，南京，江蘇古籍出版社，第 81 頁。

第五十四回

應伯爵隔花戲金釧
任醫官垂帳診瓶兒

（應伯爵郊園會諸友　任醫官豪家看病症）

　　此回寫應伯爵請客，邀西門慶郊遊，常峙節作陪，韓金釧和兩個歌童伺候。酒宴行令，應伯爵接連講了兩個唐突西門慶的笑話，被常峙節捉住把柄，頗似第三十五回中伯爵挑賁四的漏洞一節。又，金釧小解，伯爵隔花戲之，不防被常峙節一推，撲的摔了一跤，險些不曾濺了一臉的尿。所謂螳螂捕蟬，黃雀在後即是。

　　詞話本寫伯爵得了李三、黃四的中人錢，在家請西門慶及諸弟兄的客，首先來到的是白賚光（詞話本中的白來創），又有常、吳、謝三人，和吳銀兒、韓金釧兩個唱的。吃喝一陣子之後，才來到郊外，在劉太監園上飲酒笑樂。繡像本對於西門慶十兄弟是一一作傳的，所以白賚光在第三十五回中描寫過他的沒有眼色和貧窮落魄之後，就再也不提及了。何況自從西門慶做官後，十兄弟茶會早就冷落了下來，不可能像在詞話本裏那樣歡聚一堂，更不可能在劉太監的園子裏飲酒而西門慶不知會主人。繡像本中，因為下文將有「常峙節得鈔傲妻兒」一段情事，所以專門拈出常峙節，表示常氏小傳自此開始。不言劉太監園子，只稱某個「內相花園」。又寫吳銀兒生病不來，為瓶兒生病伏線。兩個歌童伺候，為「苗員外一諾

送歌童」伏線。本回開頭,西門慶為瓶兒、官哥兒在觀音庵起經,月娘本要陳敬濟去禮拜,陳敬濟惦著和金蓮勾搭,推說舖子裏有買賣事,去不得。於是改派書童 —— 當然要用書童,因為書童是依附瓶兒的。

請任太醫看病一節,詞話本寫西門慶中斷酒宴回家看瓶兒,「兩步做一步走」—— 令人想起繡像本開始時西門慶中斷酒宴回家看卓丟兒。繡像本寫情,從西門慶自己嘴裏道出:「不瞞老先生說,家中雖有幾房,只是這個房下,極與學生契合。」然繡像本與詞話本最不同處,在繡像本揶揄任太醫極似《儒林外史》筆法:任太醫看脈之後,且不說病人得的是什麼病,只是自吹在王吏部家看病如何神效,王家如何厚禮相謝,如何送匾,匾上寫著「儒醫神術」,「寫的是什麼顏體,一個個飛得起的」。直逼得西門慶說出「縱是咱們武職比不得那吏部公,須索也不敢怠慢」。任太醫此時卻偏要說:「老先生這樣相處,小弟一分也不敢望謝。就是那藥本也不敢領。」西門慶自然會意,笑說不敢吃白藥,而任太醫終於還是要追加一句:「老先生既然這等說,學生也止求一個匾兒罷,謝儀斷然不敢、不敢!」越是稱其不敢要謝儀,念念不忘謝儀之神情越發如見。

詞話本稱瓶兒胃疼,頗為莫名其妙。瓶兒之病,明明應該上承在月經期間做愛坐下的病根,而且下接官哥兒死後不久病重夭亡。所以繡像本中瓶兒的病症作「惡路不淨」,也與六十回中「舊病發作,照舊下邊經水淋漓不止」不符。

同一個任太醫,在七十六回又為月娘看病。然則看瓶兒的病,便垂下帳子,瓶兒從帳子裏面先伸出一隻「用帕兒包著」的右手讓太醫把脈,「不一時又把帕兒包著左手捧將出來」,直到看氣色,才揭開帳子,繡像本評點者笑話說:「費了半日工夫遮掩,卻又全體露出,寫藏頭露尾情景真令人噴飯。」等到看月娘的病,月娘卻自己走出來,在對面椅上坐下,把脈之後道了萬福,才抽身回房。一尊貴扭捏如此,一輕易大方如彼,不知是作者不同,故寫法不同、照應不到?還是同一作者的疏忽?還是同一作者的有意安排,以顯得瓶兒尊貴、月娘粗俗?或者是因為西門慶想到當年的

蔣太醫而加倍嚴格防範哉？

　　任太醫看病一節，也被紅樓主人學去：五十一回中胡太醫給晴雯看病，只從帳子裏面伸出一隻手，老婆子還把那兩三寸長的指甲用帕子蓋上；六十九回中給尤二姐看病，二姐從帳子中露出臉來，太醫一見，魂飛天外，哪裏還辨得出氣色？云云。

第五十五回

西門慶兩番慶壽旦
苗員外一諾送歌童

（西門慶東京慶壽旦　苗員外揚州送歌童）

一　又一個假子

西門慶去東京給蔡京上壽，拜了蔡京為乾爹，終於實現宿願。本書一系列假子假女，從三十二回中月娘認桂姐為乾女兒為開始，穿插三十六回中的蔡京之假子蔡御史，四十二回中的銀兒拜瓶兒為乾娘，至此，西門慶自己也做了乾兒子，和蔡御史二人，正好與兩個妓女乾女兒相對映。

西門慶一旦離開清河，來到東京，便渺小了很多。一來「路上相遇的，無非各路文武官員進京慶賀壽旦的，也有進生辰綱的，不計其數」，表示「滔滔者天下皆是也」；二來也顯得西門慶只不過是百千勢利與勢要人中之一而已。西門慶在蔡府，兩次開口問翟管家：「為何今日大事，卻不開中門？」「這裏民居隔絕，哪裏來的鼓樂喧嚷？」翟管家答以中門曾經天子行幸進出，所以平常關閉；後者則是因為蔡京每頓飯都有二十四人的女樂班子奏樂。這兩個問題與回答，寫出了蔡府的氣派與西門慶的「鄉氣」，比一切對於太師府的正面描寫都更好地反映出蔡府的富貴氣象。然而西門慶和翟管家飲酒時，西門慶提出想拜蔡京為乾爹，「也不枉了人生

一世」。翟管家答道：「我們主人雖是朝廷大臣，卻也極好奉承。今日見了這般盛禮，不但拜做乾子定然允從，自然還要升選官爵。」這不僅形容得蔡京不堪，也形容得所謂的朝廷大臣極不堪也。

二　又一個苗員外

在東京，西門慶邂逅一個也來給蔡京上壽的揚州故人苗員外，苗員外送給西門慶兩個歌童，取名春鴻、春燕 —— 雖然西門慶根本沒有把苗員外的承諾當真，離開東京時甚至沒有知會苗員外一聲。詞話本說金蓮喜歡二人生得人材好，但後來西門慶家畢竟還是用不著，都轉送給了蔡太師；繡像本沒有金蓮饞涎一段（因為沒有下稍），只說後來春燕死了，單剩下春鴻，在五十九回以其老實博眾人一笑，後來在西門慶死後，又能夠忠於主人，揭破李三和來爵的險謀（西門慶正好在此回的開始終於把銀子借給李三、黃四）。除此之外，這段插曲後來沒有發展出其他故事，春鴻後來經應伯爵介紹，跟了接替西門慶做提刑的張二官兒。繡像本評點者說：「西門慶施與結交，人人背去，忽劈空幻出一苗員外，認真信義，亦大可笑，不知造化錯綜之妙正在此。當與韓愛姐守節參看。」

有趣的是揚州苗員外正和前文被苗青害死的苗員外同姓。被殺的苗員外叫苗天秀（取秀而不實之意）。詞話本寫送歌童的苗員外派家人苗實、苗秀同去，繡像本無苗秀，只有苗實（苗而有實之謂），也是遊戲筆墨的細心之處，更與後文苗青送歌女楚雲未果相映成趣。此外，繡像本沒有苗員外誇耀西門慶家中富貴、「性格溫柔、吟風弄月」一段話（因歌童不願去，故誇西門慶以勸之），只保留了「人而無信，不知其可也 —— 那孔聖人說的話怎麼違得！」云云，比詞話本簡潔了很多，突出了人物誠信的性格。

　　今人丁朗在《〈金瓶梅〉與北京》一書中，注意到「揚州的員外愛姓苗」，以為這個苗員外應該就是苗青，而不應該是另一個沒頭沒尾的苗員外；原作想必有精彩描寫，但是「這五回」只有題目，缺失內容，被「陋儒」填補壞了。[1] 按，既然韓道國和夥計崔本在四月二十日被派往揚州支鹽，臨行前西門慶交給他們兩封書，一封到揚州馬頭投王伯儒店住宿；一封就去抓尋苗青，「問他的事情下落，快來回報我」（五十一回），然而後文竟沒有著落。因此，丁朗的猜測可備一說。不過依照張竹坡說法，之所以特意又寫一個揚州的苗員外者，是為了「刺西門之心也」。其實，觀上文被害的揚州苗員外，當日也曾帶了「兩箱金銀、一船貨物」去東京謀前程，求功名，則兩個苗員外，實則是一個人：不過因為偶然的機緣，這一個苗員外結了實，而那一個苗員外卻「秀而不實」，如果那一個苗員外不被苗青害死，又焉知他不會成為又一個拜倒在太師門下的人呢。觀繡像本西門慶遇到苗員外時作者一連用了三個「也」字可知。

三　詞話本與繡像本的淵源

　　奇怪的是詞話本這一回與繡像本這一回之間的關係。

　　詞話本上回結尾處，已經交待了任太醫開藥、書童玳安取藥、瓶兒把藥吃下，甚至已經到了次日早晨，連病都好了；此回開頭卻發現任太醫還坐在西門慶家裏，講論瓶兒的病症。而且除了少許字句之外，這一段基本上與繡像本此回開端重合，所以瓶兒在詞話本中本是胃疼，這裏也變成「惡路不淨」了。又說：「且說西門慶送了任醫官去，回來與應伯爵坐地。」按照詞話本的說法，伯爵應該還在劉太監花園裏面飲酒，只有按照繡像本

1　丁朗著：《〈金瓶梅〉與北京》，第 27 — 29 頁。

的寫法，才有回來與伯爵同坐的情節。

在繡像本中，西門慶與伯爵同坐，伯爵再次提到李三、黃四借錢，西門慶終於答應，次日便兌了銀子。正值來保從東京回來，了卻桂姐一事，順便報告說：翟管家要西門慶在蔡京生日去東京走走。詞話本中，卻說西門慶正和伯爵坐著，忽然「想起東京蔡太師壽旦已近」，於是進房來和月娘說知，說畢就走出外來，吩咐玳安等四個小廝「明日跟隨東京走一遭」。應伯爵那一頭完全沒有交待就消失了，而且走得如此匆忙，十分不合情理。

第二處疑問發生在金蓮與敬濟在西門慶走後偷情的一段情節：在詞話本中，寫金蓮與敬濟的私情比繡像本詳細，其中金蓮對敬濟說了一句話：「自從我和你在屋裏，被小玉撞破了去後，如今一向都不得相會。」所謂「小玉撞破」，在詞話本的上文中完全沒有影跡，但在繡像本的五十四回中卻有這麼一個情節：金蓮與敬濟在房裏，金蓮從窗縫瞥見丫頭小玉正向自己的屋子走來，忽然又回身轉去了，金蓮忖道：必是她忘記了什麼東西了，這事不濟了。於是催促敬濟離開。待到小玉進門，金蓮猶自在為剛才的驚險發顫。這段情節，詞話本完全沒有，然而在詞話本的五十五回，金蓮卻提到「小玉撞破」。但有意思的是繡像本卻又沒有這句話，甚至沒有寫金蓮與敬濟會面，只是籠統地說「撞見無人便調戲，親嘴咂舌做一處」而已。

今人丁朗注意到這一處破綻，據此認為：「只有真正的初刻詞話本才是崇禎本所依據的母本 …… 而目前我們見到的這個詞話本也是經過改寫的一個本子，所以說，它同樣也是初刻詞話本的一代後人。初刻詞話本不但是現存崇禎本的生身之母，同時，也是現存詞話本的生身之母；現存於世的兩種刻本原是一奶同胞的親兄弟。」因為我們已經沒有了詞話本的初刻本和繡像本的初刻本，所以，丁君如此斬釘截鐵所下的論斷，客觀地來

1　丁朗著：《〈金瓶梅〉與北京》，第10頁。

講還只是一個假說，不能當成不容置疑的結論。但是，以上指出的關於詞話本的兩點情況還是足以向我們顯示：現存繡像本來自現存詞話本不是一個不爭的事實。

四　留在家裏的婦人

西門慶上京祝壽，送行時唯有瓶兒「閣著淚」。回家後，西門慶單單問瓶兒孩子如何、身體如何，說：「我雖則在東京，一心只吊不下家裏。」吊不下家裏本是概括家裏所有人所有事，但是放在問候孩子與瓶兒身體的話後面出之，便似乎這個吊不下的家裏只是瓶兒與孩子二人而已。

以往每次西門慶數日不在，金蓮都十分想念，兩次委託琴安給西門慶捎去情書一紙，傾訴相思。然而這次西門慶不在，金蓮卻「說也有，笑也有……只想著與陳敬濟勾搭」。小說以金蓮、西門慶火熱的情感作為開始，至此，西門慶固然已經對瓶兒情有獨鍾，金蓮對西門慶的感情也冷淡得多了。

第五十六回

西門慶捐金助朋友
常峙節得鈔傲妻兒

（西門慶周濟常時節　應伯爵舉薦水秀才）

一　春鴻、春燕

　　上回末尾，繡像本寫西門慶為兩個歌童取名春鴻、春燕。此回開頭，「西門慶留下兩個歌童，隨即打發苗家人回書禮物，又賞了些銀錢。苗實領書磕頭謝了出門。後來不多些時，春燕死了，只春鴻一人。正是：千金散盡教歌舞，留與他人樂少年。」詞話本此回開頭，卻道西門慶終究用兩個歌童不著，都送太師府去了，也並未提到給歌童取名，則詞話本後來忽然出現春鴻字樣，頗無來歷。值得注意的是雖然詞話本此回開頭與繡像本不盡相同，引用的兩句詩卻是一樣的。又春燕死，而春鴻獨留，暗示春去秋來：因為燕子總是與春天聯繫在一起，鴻雁雖然也是候鳥，此處又稱春鴻，但中國古典文學中一般是把鴻雁與秋天聯繫在一起的。

二 秋衣帶來的寒意

這一年，從四月下旬詳細描寫西門慶家每日的事件，到六月上旬西門慶到東京給蔡京祝壽，至此已經「新秋時候」，整個夏天只是一筆帶過。又《金瓶梅》描寫的第一個節日是端午節，正是王婆打酒遇大雨的時候，西門慶與金蓮相親相愛度過節日；而最後一次寫端午節，只是在五十一回開始，以瓶兒給孩子做端午戴的絨線符牌及各色紗小粽子並解毒艾虎兒作為節日的側面點綴，旋即被西門大姐一番學舌氣得手臂發軟直掉眼淚，連同頭天西門慶試藥，一起成為病根。此外，《金瓶梅》上半描寫春夏景色極詳細（如二十五至三十五回全是寫春夏），然而自此回至西門慶死，偏重於描寫秋冬。這一回通過對西門慶、常峙節兩家人添加秋冬衣服的對比描寫，在炙手可熱的情形中，透露出了寒冷的消息。

寫常家貧寒的辛酸，不是在沒錢時寫出，而是在得到施捨後夫妻二人歡天喜地時寫出：常二取栲栳去街上買米買羊肉。回家時，老婆在門口接住 —— 可見期盼之殷切 —— 道：「這塊羊肉，又買它做甚？」聽上去好似責備，然而裏面隱含著歡喜。最打眼的是衣服：西門慶家，月娘一個人的秋衣，由兩個小廝抬一隻箱子（可見箱子之沉重）還只抬了一半；常峙節用西門慶施捨的十二兩銀子，給渾家買了五件衣服，「一件青杭絹女襖，一條綠綢裙子，一件月白綢衫兒，一件紅綾襖子，一件白綢裙兒」，自家買了兩件，「一件鵝黃綾襖子，一件丁香綢直身」，再加上幾件「布草衣服」，花了六兩五錢。《金瓶梅》寫衣服寫得盡多，唯有此處色色寫來，「寒酸之氣逼人」。而且月娘衣服是虛寫，只用「一箱」二字形容，卻只覺得富貴豪華；常二買的衣服件件備細寫來，似乎五光十色耀人眼目，卻只覺得寒酸。

常二夫婦「一段柴米夫妻文字」，是從貧寒之家的角度寫「酒色財氣」：常二請應伯爵吃酒，以求得他在西門慶面前的美言；得到周濟之前，被老婆抱怨不休，咒罵不止，常二對著銀子說道：「你早些來時，不受這

淫婦幾場氣了。」常二買回肉與米，老婆說：「又買肉做甚。」常二戲對老婆道：「剛才說了許多辛苦，不爭這一些羊肉？就牛也該宰幾個請你。」老婆笑罵：「狠心的賊，今日便懷恨在心，看你怎的奈何了我！」常二道：「只怕有一日，叫我一萬聲親哥、饒我小淫婦罷，我也只不饒你哩。試試手段看！」老婆便笑的往井邊打水去了。常二的戲言，明明隱含狎媟之意，也是所謂的「飽暖思淫」。

西門慶躊躕半晌，只借給常峙節十二兩銀子，說是去東京花費的多了，這是「那日東京太師府賞封剩下的十二兩，你拿去好雜用」。明明大富人家，「拔一根寒毛比腰還壯」的，卻如此慳吝，又比較三十一回中曾經出手便借給吳典恩一百兩，則一方面因為寫了借據，一方面吳典恩做了官也。《紅樓夢》第六回中劉姥姥告貸，鳳姐說：「可巧昨兒太太給我的丫頭們作衣裳的二十兩銀子還沒動呢，你不嫌少，先拿了去用罷。」又說：「給這孩子們作件冬衣罷。」全影《金瓶梅》此回。

常峙節的妻子在這一回裏用過兩句俗語，從側面影射「秋涼如水」的結局：一是埋怨常二時說：「你平日只認得西門大官人，今日求些周濟，也做了瓶落水。」一是罵常二道：「梧桐葉落——滿身光棍的行貨子！」二語都是熱去寒來的徵兆。瓶落水，是影寫瓶兒；而此回後半，西門慶要找個人掌管文書，應伯爵舉薦水秀才——水秀才者，後來替寫西門慶祭文的人也。

開緣簿千金喜捨
戲雕欄一笑回嗔

（道長老募修永福寺　薛姑子勸捨陀羅經）

　　就是在繡像本補寫的這五回裏面，這也要算最差的一回。繡像本的五十三至五十四回比詞話本的五十三至五十四回精細許多，任太醫一段也寫得有神采。但是總的來說，就和詞話本一樣的平淡，只不過因為詞話本囉唆，不善藏拙，所以更是「言語無味、面目可憎」。見太師、認假子、助朋友、傲妻兒，是富貴和貧窮的兩極，寫得都有可取之處。尤其所謂「柴米夫妻」一段文字，嘲笑之中有辛酸與同情，很打動人。但是這第五十七回卻糟糕之至，似乎純粹是敷衍文字，湊夠篇幅，而且前言不搭後語。凡是描寫我們已熟知的角色，口吻總是不像，而且不僅與全書上下文不盡相合，自身邏輯也有牴牾之處。

　　此回開始，講述永福寺來歷。一個西印度來的道長老，發心重修禪寺，來求西門慶施捨。這個道長老顯然不是四十九回中的道堅長老，而且永福寺雖然「丟得壞了」，但是既然可以屢次藉長老方丈為官員擺酒餞行，則也不可能像此回描寫的那麼「荒煙衰草、寺宇傾頹」。

　　上回送走常二之後，西門慶仍留應伯爵說話，伯爵遂舉薦水秀才；伯爵走後，西門慶進房裏來，「拉著月娘走到李瓶兒房裏來看官哥兒」，三

人說話處，被金蓮聽到，在背後咒罵抱怨，這時偏偏玳安走來尋西門慶，問金蓮「爹在那裏？」金蓮便罵「怎的到我這屋裏來」云云。這裏玳安來金蓮屋裏找西門慶一節明明是學三十四回中畫童兒來金蓮處找西門慶而被春梅罵走一段，但是一來畫童兒不如玳安機靈，二來那時西門慶移寵於瓶兒不久，底下人還不習慣於到瓶兒屋裏找西門慶，所以這一細節在三十四回便極妙，放在此處而且移植在玳安身上便不倫不類。玳安尋西門慶，是因為應伯爵又回來了，西門慶問：「應二爹才送的他去，又做甚？」玳安說：「爹出去便知。」似乎應伯爵有什麼特別事體。但是西門慶走出去，正值募捐的道長老來到，西門慶捐助留齋後，應伯爵仍在，卻畢竟不曾說出為何回來。我們才知道原來玳安不是賣關子，而是就連作者自己也不知道為何把伯爵拉回來也。西門慶又對伯爵說：「我正要差人請你，你來得正好。」與上文聽到伯爵回來時的驚訝口氣也極不類。

再比如西門慶施捨五百兩銀子在永福寺，而且立刻對月娘「備細說了一番」，而到了八十九回，月娘上墳之後來到永福寺歇腳，吳大舅介紹說：「前日姐夫在日，曾捨幾十兩銀子在這寺中，重修佛殿，方是這般新鮮。」五百兩與幾十兩差之太遠，月娘也似乎完全不知道或者不記得西門慶捐錢的事。然而按照月娘性格，是就連借給吳典恩一百兩銀子也一直記著的。再有，西門慶本來極厭惡薛姑子，在衙門裏拶過她，在五十一回裏稱之為「賊胖禿淫婦」，這次居然笑對她說：「姑姑且坐下，細說什麼功果，我便依你。」薛姑子說的《陀羅經》，又本是在五十三回末尾王姑子提到過的。又王薛二姑子，甚至包括吳大妗子這樣的女眷，每次見到西門慶進月娘房裏來，都要慌忙迴避，在此回卻「直闖進來，朝月娘打問訊，又向西門慶拜了拜，說：『老爹，你倒在家裏。』」休說西門慶家深宅大院，怎可能「直闖進來」，更難以想像她們見到西門慶會如此熟絡。又月娘口氣極不類，比如連叫西門慶兩聲「哥」，實在是「聞所未聞」（除了在十三回中曾以諷刺的口氣稱之為「我的哥哥」和在西門慶將死時稱之為「我的哥哥」之外）。又勸西門慶：「哥，你天大的造化，生下孩兒，廣結

善緣，豈不是俺一家兒的福份……哥，你日後那沒來回沒正經養婆娘，沒搭煞貪財好色的事體，少幹幾樁兒，卻不攢下些陰功，與那小孩子也好。」然而月娘對西門慶說話，向來總是開口「火燎腿行貨子」，閉口「沒羞的貨」，就是勸，也往往是連諷帶刺，夾說帶罵，何嘗有一次的溫柔軟款，再比如西門慶答以「你的醋話兒又來了」，更不像是說月娘，倒像是說金蓮。至於姑子們在月娘房裏講話，而金蓮在自己屋裏睡覺時聽見「外邊有人說話，又認是前番光景，便走向前來聽看」，更是胡說之極，因為金蓮住在花園裏，「極是一個幽僻去處」，與月娘所住的上房相隔甚遠，是根本不可能聽到任何動靜的。

最後一個紕漏是西門慶對應伯爵說：「前日往東京，多謝眾親友們與咱把盞，今日安排小酒，與眾人回答，要二哥在此相陪。」此回遂以請來吳大舅、花大舅、謝希大、常峙節等親戚朋友喝酒告終。然第五十八回一開始，便寫道：「卻說當日西門慶陪親友飲酒，吃的酩酊大醉……到次日二十八，乃西門慶正生日。」可見頭天與親友飲酒，不應該是什麼「多謝眾親友與咱把盞」的回席，而是眾親友來給西門慶上壽，觀第十二回寫七月二十七日西門慶從妓院中來家上壽、陪待賓客可知。

潘金蓮打狗傷人
孟玉樓周貧磨鏡

（懷妒忌金蓮打秋菊　乞臘肉磨鏡叟訴冤）

蓮萼菱花共照臨，風吹影動碧沉沉。

一池秋水芙蓉現，好似姮娥傍月陰。

　　這一回，按照張愛玲的說法，是突然「眼前一亮，像鑽出了隧道」的一回。（《紅樓夢魘·自序》）眼前一亮是真的，在我看起來，倒不僅僅是因為從此回開始我們回到了原作，而是因為從一開始的孫雪娥、鄭愛月，到後文的銀獅子、銀香球，到八面被磨得如一汪秋水般明亮的鏡子，一片銀白晶瑩，反射出了冷冷的寒光。

　　從這一回的敘述，可以反照出許多那佚失的五回之中的情事。比如此回開始，西門慶生日當天，「只見韓道國處差胡秀到了門首」，言韓道國在杭州置了一萬兩銀子緞絹貨物，已經抵達臨清鈔關，缺少稅鈔銀兩，未曾裝載進城。西門慶大喜，叫陳敬濟去見鈔關錢老爹，過關時青目一二云云。胡秀何人？其來歷完全未曾交待；錢老爹在此前也沒有提到過。西門慶曾經讓韓道國得到苗青的消息快些報告他，也沒有下文。在漏去的五回

裏，必有一段文字講述韓道國等人在揚州見苗青，胡秀應該就是韓道國在揚州得到的助手。又西門慶生日酒席，點了幾個妓者供唱，唯有鄭愛月遲遲不來，說被王皇親府叫去了。張竹坡以為是指王招宣府，誤。西門慶對應伯爵說：「我倒見他在酒席上說話伶俐，叫他來唱兩日試他，倒這等可惡！」西門慶定下愛月，是在夏提刑家的酒宴上，想來也必有一番描寫。而且夏提刑家的倪秀才推薦溫秀才，也可能是在同一酒宴上。又桂姐、銀兒在西門慶生日這天都在，桂姐道：「我每兩日沒家去了。」則桂姐、銀兒之來與往，也必有交待。五十二回中應伯爵見西門慶為桂姐說人情，趁機要挾著桂姐在事情過去後請他們吃酒，詭稱是給老鴇補生日酒，則佚失的五回中想來也應該提到，因為此書向來極為細緻，幾乎從來沒有伏線之後不聞下落的情況。又任太醫給瓶兒看病，這次來赴西門慶的生日酒宴，見面寒暄道：「昨日韓明川說，才知老先生華誕。」韓明川何人？前文一概沒有交代。然而此前西門慶每請親戚朋友，除了吳大舅、二舅、花大舅，總有一個莫名其妙的沈姨夫，從此之後，比如說五十九回中給官哥弔孝時，便首次出現了一個「門外韓姨夫」。門外即城門外。韓姨夫住在城外，任太醫也住在城外：因為那天生日酒宴之後，「先是任醫官隔門去得早」——隔門，就是隔城門也。去得早，一來城外路遙，二來日暮了，怕關城門。丁朗已指出詞話本任太醫夜裏來給瓶兒看病，是因為「陋儒」不知「城門啟閉有時，夜間根本不可能進城行醫」。[1]至於這個韓姨夫韓明川是何許人也，和王六兒、韓道國有沒有關係，則不可得而知了。

　　玳安深知西門慶性格：定下愛月是在夏提刑宅裏，倘不來，在夏提刑跟前就會覺得丟面子。愛月被玳安帶來，西門慶問她：「我叫你，如何不來？這等可惡！敢量我拿不得你來？」愛月只是笑，既不辯解，也不回答，同眾人一直往後邊去了。落後，眾妓女在陪酒時都有說有笑，唯有愛月不言不語。這種神秘的沉默與微笑，和桂姐出場時的能說會道又不一

1　丁朗著：《〈金瓶梅〉與北京》，第 23 頁。

樣，然而比在夏家酒宴上見面時「說話兒伶俐」，當更使西門慶動心。

此回開始，寫西門慶去雪娥房裏歇宿，並點出「也有一年多沒進他房中來」。一年多，是從去年三四月間，發現雪娥與來旺的私情開始算起的。次日雪娥便對著來供唱的四個妓女自稱「四娘」，引來金蓮和玉樓的一頓嘲笑。我們發現是西門大姐帶著四個唱的去雪娥房裏，而且金蓮、玉樓嘲笑雪娥時在瓶兒處，瓶兒未發一言。金蓮說：「若不是大娘房裏有他大妗子，他二娘房裏有桂姐，你房裏有楊姑奶奶，李大姐有銀姐在這裏，我那屋裏有他潘姥姥，且輪不到往你那屋裏去哩！」我們注意到金蓮在說玉樓時忽然稱「你」，可見金蓮說話的時候是看著玉樓說的，和玉樓關係較親密。後來金蓮又「向桂姐道：『你爹不是俺各房裏有人，等閒不往他後邊去。』」點出「向桂姐」，便是點出「不向銀姐」。銀姐是瓶兒一派，瓶兒又與西門大姐相好，西門大姐是西門慶前陳氏之女，而雪娥是陳氏的陪房也。西門慶家的黨派，在此清清楚楚地顯示出來。又小玉的機靈，也在這一段中寫出 —— 不愧後來成為玳安的妻子，繼承西門慶的家業。不過金蓮的一番巧言終於只是狡辯，因為當日晚上西門慶就在月娘房裏歇了一宿，次日二十九日，楊姑娘走了，西門慶並沒往玉樓處歇；吳銀兒還未走，西門慶倒在李瓶兒處歇了一夜。秀才溫必古來與西門慶作館，詞話本寫他「年紀不上四旬，生的明眸皓齒，三牙鬚，豐姿灑落，舉止飄逸」；繡像本作：「生的端莊質樸，絡腮鬍，儀容謙抑，舉止溫恭」。端莊、質樸、謙抑、溫恭，比豐姿灑落、舉止飄逸好，因為與後文雞姦畫童的行為能夠形成更強烈的反差。絡腮鬍也比明眸皓齒和三牙鬚佳。因為三牙鬚是中年秀才的常態，絡腮鬍則別致，不落俗套，讀至此，一個溫秀才活脫脫從紙上跳出來。

此回下半，講述瓶兒為官哥兒消災，拿著一對銀獅子，叫薛姑子替他印造《陀羅經》。薛姑子拿著就走，玉樓精細，便命夥計賁四跟著她去，「往經舖裏講定個數兒來，每一部經該多少銀子，到幾時有才好」。這一細節有幾個值得注意的地方：一、明明又暴露出補寫的破綻 —— 五十七

回中薛姑子勸得西門慶施捨了三十兩銀子造經，為兒子求福，分明是贅筆；二、不僅是贅筆，西門慶與薛姑子討價還價斤斤計較一節，可能還是從這裏得來的靈感；三、玉樓雖然也和金蓮一樣嫉妒瓶兒，但是卻回護瓶兒的錢財，與金蓮處處要佔個瓶兒的便宜不同，因為玉樓向來手頭有錢，沒受過錢財的苦，用不著妒忌瓶兒之財，又不像月娘那麼貪婪，眼紅瓶兒的財物，又做過數年商人妻，深諳治家之道，商家主婦的精明不自覺就流露出來；四、銀獅子是下回雪獅子的預兆，銀獅子在此被融化成銀子為官哥兒消災，卻沒想到雪獅子驚嚇官哥致死，而雪獅子也終於被西門慶摔死，因為雪不是長久之物也，所以下一回中，西門慶一旦「露陽」，而雪獅子立消矣。又花子虛在獅子街死去，瓶兒從獅子街娶來，武松曾在獅子街酒樓尋西門慶報仇，殺死了李外傳：獅子一出現，就有凶事發生。後來那個致命的夜晚，西門慶也是從王六兒在獅子街的家回來的。

　　玉樓背地裏和金蓮兩個人說，瓶兒施捨銀獅子、銀香球造經是白費了金錢，玉樓更是看不慣瓶兒手頭撒漫、容易被騙。然而正說著，大門口來了一個磨鏡子的老兒，磨完鏡子之後，哭告兒子不成器、妻子臥病，於是玉樓給他一些臘肉、兩個餅錠，金蓮則把潘姥姥帶來的小米量了二升給他，又捎帶兩根醬瓜。金蓮早先打狗、打丫頭驚嚇了官哥兒，潘姥姥來勸阻，被金蓮罵了一頓，回房裏去哭，次日一早便走了。張竹坡評道：「以己母遺之物，贈人之不能養之母，不一反思，直豬狗矣。」張竹坡一意以「苦孝說」解釋這部小說，然而《金瓶梅》比單純的「苦孝」複雜得多。金蓮搶白潘姥姥，潘姥姥誠然可憐，但是潘姥姥也完全不理解金蓮的心情 —— 在一個妻妾滿堂的家庭裏，做一個無子、無錢、又無娘家後台、甚至連丈夫寵愛也失去了的妾是怎樣的艱難。至於磨鏡子的老兒，無論是張竹坡還是繡像本的無名評點者都對一個細節保持緘默：在老兒走後，平安說他是個油嘴的騙子，「他媽媽子是個媒人，昨天打街上走過去，不是常時在家不好來！」金蓮責備他：「早不說，做什麼來！」平安道：「罷了，也是他造化。」平安這一番話，真乎，假乎？我們難以知道。然而這

個突如其來的情節卻把這一簡單的憐貧濟老行為大大地模糊了。不僅用自己被氣走的母親拿來的小米救濟磨鏡叟的金蓮被含蓄地批評，就連自作聰明、認為李瓶兒糊塗撒漫的玉樓也成了嘲諷的對象。

又金蓮、玉樓命來安去自己屋裏叫丫頭取鏡子，來安一共拿回八面鏡子，其中金蓮的四面，玉樓兩面，剩下兩面卻是春梅的，「捎出來也叫磨磨」。玉樓的丫頭蘭香，眼見得就不如春梅，而春梅與金蓮、玉樓比肩可知。許久不見春梅，卻在兩面鏡子裏透出了消息。

又每次西門慶慶壽，必寫一句「喬大戶沒來」。沒來，是因為不是官身，不好排座次也。薛、劉二內相又必點一齣〈韓湘子升仙會〉，影射人世繁華總是虛空。

第五十九回

西門慶露陽驚愛月
李瓶兒睹物哭官哥

〔西門慶摔死雪獅子　李瓶兒痛哭官哥兒〕

此回上半，西門慶嫖鄭愛月，妻妾盤問小廝春鴻西門慶的行蹤，被操一口吳語的春鴻之天真逗得大笑；下半變化陡起，急轉直入，寫雪獅子嚇死了官哥兒，西門慶摔死雪獅子。

一　借花春起早，愛月夜眠遲

愛月與桂姐都是妓女，但是兩個人十分不同：桂姐出場時雖然頗扭捏了一陣子，但是與愛月相比，便顯得相當粗枝大葉，缺少神秘感。愛月在西門慶的生日酒宴上一直沉默不語，果然產生了預期的效果。還沒過三天，在八月初一，西門慶便來「請」她了。鄭家鴇子聽見西門老爹來請她家姐兒，如天上落下來的一般：明顯寫出那天愛月以王皇親為藉口是所謂的欲擒故縱，而她的策略也的確見效。西門慶一來，就問老鴇子：「怎的他那日不言不語，不做歡喜，端的是怎的說？」可見西門慶從那天愛月不

來，便已經留意於彼；而愛月一毫不辯，只是不語微笑，令西門慶更是心惑神迷，覺得碰到了一個需要征服的對象。問老鴇子的一席話，憨直而傻氣，完全已經入了圈套。鴇子則簡直把愛月描述為一個嬌生慣養的深閨少女：「他從小是恁不出語，嬌養慣了，你看，恁時候才起來！老身催促了幾遍，說老爹今日來，你早些起來收拾了罷，他不依，還睡到這咱晚！」這種形象，是霍小玉的形象，是花魁娘子的形象，是名妓的一種傳統類型，來自於現實，被詩詞、小說所反映和加強，再反過來影響現實，幫助現實中的人們塑造自己的形象，就好像電影中的人物形象、價值觀念本是現實生活的反映，但是又被千萬觀眾自覺或不自覺地模仿一樣。

西門慶的所謂市井氣，其實只是缺乏纖細、敏感與精緻的情愫而已。西門慶生活在一個一切都極端表面化的世界，他不能理解或欣賞任何含蓄和曲折：蓮子他嫌澀，因為他不知道蓮子乃是「憐子」——是一個浪漫的符號，而不僅僅是食物（第十九回）。酒也不吃，茶也不吃，一心只要趕快上床交歡。張竹坡評他「俗態可掬」——雖然這俗態也有其可愛之處，因為直爽天真也。正因為如此，一個小妓女略施手段，便足以令他目眩神迷。愛月房間裏面，休說「瑤窗繡幕，錦褥華裀，異香襲人，極其清雅」，單是楷書「愛月軒」三個字就已經抬出相當的身份，遑論愛月又使其「坐了半日」才出來，更遑論用那灑金扇兒掩著粉臉了。又不肯初次見面便品簫：「慌怎的，往後日子多如樹葉兒，今日初會，人生面不熟，再來等我替你品。」也是能夠拿住西門慶之處。

然而一個被形容得猶如絕世美人的愛月兒，在小廝春鴻眼中，不過是一個「年小娘娘，不戴假殼，生的瓜子面，搽得嘴唇紅紅的」而已。

二　官哥兒之死

　　官哥兒受驚風搐，劉婆子被請來看病，提出給孩子灸艾火。當時西門慶不在，月娘不肯擔責任，其他人更是緘口不言。瓶兒道：「若是他爹罵，等我來承當就是了。」於是給官哥兒灸了五處艾火。劉婆子是愚昧而固執的月娘所最為信賴的，西門慶一向主張有病應該請小兒科太醫。這次作者明言：「不料被艾火把風氣反於內，變為慢風。」這是在強調官哥之送命，雖然金蓮的貓肇其端，但是既有月娘的責任，也有瓶兒自己的責任。

　　送喪之後，瓶兒回到空房，見到官哥兒的小壽星撥浪鼓，不禁痛哭不止，這一細節極為感人。繡像本的評點者道：「記瓶兒初進門時，何等冷落，尚歡喜忍耐。今雖子死，而無減於舊，遂淒涼痛苦如此，何人心之不能平耶！」甚矣，中國之君子明於知禮義而陋於知人心！不能平之處其實十分明顯：不在於「減」了什麼，卻只在於多了這個小撥浪鼓而已。

　　在古代社會，嬰兒死亡率極高，但是在中國敘事文學裏，這是第一次看到詳細地描寫一個嬰兒從病到死的全過程。官哥臨斷氣時，月娘及眾人都在房裏瞧著孩子在娘懷裏搐氣兒，「西門慶不忍看他，走到明間椅子上坐著，只長吁短嘆」；官哥死後，瓶兒哭昏過去，及至醒來，又哭著不叫小廝抬他走，說：「慌抬他出去怎麼的！大媽媽，你伸手摸摸，他身上還熱哩！」西門慶在這時卻能夠勸解瓶兒，處理後事，在眾婦人之先想到請陰陽先生來看，這些都極生動地寫出母親與父親、女人與男人在嬰兒死去時的不同反應。

三　不將辛苦意，難得世間財

　　韓道國從揚州回來，王六兒吩咐兩個丫頭預備好茶飯，見面「各訴離情」。韓道國細細講述買賣如何得意，六兒「滿心歡喜」，道：「常言不將辛苦意，難得世間財。」這句俗語，概括了夫妻兩個的生活態度：對於他們來說，王六兒與西門慶的通姦也不過就是用「辛苦意」牟取「世間財」而已。歸根結底，他們只希望建設一種豐裕的物質生活。蓋房子、買丫頭，他們把自己的小日子安排得井井有條，而這種日子屬韓道國和王六兒，不屬王六兒和西門慶。韓道國深知這一點，所以他和王六兒之間有奇異的默契和理解。是夜，夫妻二人「歡娛無度」—— 各自都在自己的「事業」上獲得成功，心情舒暢，性事便格外美滿，「這也就是愛情了」（《海上花譯後記》）。

　　在此回，我們從月娘口中得知王六兒和西門慶的私情已經公開化了。後來在第六十一回中，金蓮說：西門慶生日時王六兒曾來赴宴，頭上戴著金壽字簪，全家大小都曾親眼看見。則他們的私情應該就是那時被西門慶妻妾發現的，在缺失的第五十七回中應該有所描寫。

第六十回

李瓶兒病纏死孽
西門慶官作生涯
（李瓶兒因暗氣惹病　西門慶立段舖開張）

　　八月二十七日，官哥下葬；九月初四，西門慶的緞子（斷子）舖開張。開張之日大擺酒宴，鼓樂齊鳴。西門慶更是「穿大紅，冠帶著燒紙」，張羅慶祝。死亡帶來的悲哀冷落完全不影響生之熱中，然而生之熱中卻畢竟被死亡的悲哀冷落——尤其是本回開始時描寫瓶兒驚夢、哭到天明的段落——籠罩上了一層陰影。瓶兒兩次夢見花子虛，與瓶兒死後西門慶兩次夢見瓶兒遙遙對應。時值九月初旬，「天氣淒涼，金風淅淅」。這是《金瓶梅》開始時的季節，也是《金瓶梅》結束時的季節。從此回開始，作者便開始寫瓶兒之死。

　　緞子舖開張的當晚，西門慶與眾人飲酒行令，歡樂無度。席上所行酒令，詞話本裏複雜，而繡像本相當簡潔。西門慶擲骰子擲了個六點，說了一句「六擲滿天星，星辰冷落碧潭水」。從滿天星到星辰冷落，尤其是「六」的讖語（六房妻妾即將以排行第六的瓶兒為首開始風流雲散），都是充滿預言和暗示的文字遊戲——這些都被紅樓主人學到了家。

　　九月初五，李三、黃四來還銀子。西門慶主動記起常峙節在官哥兒病重時來借錢買房的事，出手相贈五十兩銀子——三十五兩買房，「剩

下的，叫常二哥門面開個小舖，月間賺幾錢銀子，就夠他兩口兒盤攪了」——不僅心細，也是難得的慷慨大方。在《金瓶梅》裏，很少扁平的人物。

又此回提到「來保南京貨船又到了，使了後生王顯上來取車稅銀兩，西門慶這裏寫書，差榮海拿一百兩銀子，又具羊酒金段禮物謝主事」云云。來保本來在東京替桂姐說情之後就應該去揚州和韓道國會合，如今卻從南京回來，又有王顯、榮海兩個陌生的人名，可見這些事情應該都是那失去的五回所描寫的內容。

第六十一回

西門慶乘醉燒陰戶
李瓶兒帶病宴重陽

（韓道國筵請西門慶　李瓶兒苦痛宴重陽）

　　在這一回裏，《金瓶梅》的作者初次給我們顯示出「罪與罰」的震撼力。他的筆，一直透入到罪惡與墮落最深的深處，同時，他給我們看到這些罪人盲目地受苦，掙扎，可憐。

　　和一般人所想的不同，《金瓶梅》不是沒有情，只有淫。把《金瓶梅》裏面的「淫」視為「淫」的讀者，並不理解《金瓶梅》。這一回中，西門慶與王六兒、潘金蓮的狂淫，既預兆了七十九回中他的死，而且無不被中間穿插的關於瓶兒的文字塗抹上了一層奇異的悲哀。

　　人們也許會覺得，在西門慶與王六兒、潘六兒的兩番極其不堪的放浪雲雨之間，夾寫他和心愛之人瓶兒的一段對話，格外暴露了這個人物的麻木無情。然而，我卻以為這是作者對西門慶的罪孽描寫得極為深刻，同時也是最對他感嘆悲憫的地方。與其說西門慶麻木和無情，不如說他只是太自私，太軟弱，不能抗拒享樂的誘惑：因為自私，所以粗心和盲目，而他的盲目與粗心加速了他所愛之人的死亡。正是因此，他的罪孽同時也就構成了對他的懲罰。

　　我們看他這一天晚上，從外面回來後進了瓶兒的房。瓶兒問他在誰家

吃酒來，他答道：「在韓道國家。見我丟了孩子，與我釋悶。」一個月前，韓道國的妻子王六兒頭上戴著西門慶贈她的金壽字簪子來給西門慶慶賀生日，全家大小無不知道了西門慶和她的私情；而金壽字簪子，本是瓶兒給西門慶的定情物，瓶兒看在眼裏，怎能不觸目驚心？至於以「丟了孩子」為藉口——孩子不正是瓶兒的心肝寶貝，孩子的死不正是瓶兒心頭最大的傷痕麼？然而丈夫的情婦以自己孩子的死為藉口把丈夫請去為他「釋悶」，這樣的情境，委實是難堪的。

如今西門慶要與瓶兒睡，瓶兒道：「你往別人屋裏睡去罷。你看著我成日好模樣罷了，只有一口遊氣在這裏，又來纏我起來。」從前以往，每次瓶兒推西門慶走，總是特意要他趨就潘金蓮，今天卻只是朦朧叫他「往別人屋裏」去睡——在金蓮的貓嚇死了瓶兒的孩子之後，金蓮已是瓶兒的仇人了。然而西門慶坐了一回，偏偏說道：「罷，罷，你不留我，等我往潘六兒那邊睡去罷。」自從西門慶娶了瓶兒，每當西門慶稱呼金蓮，總是按照她在幾個妾裏面的排行以「五兒」呼之，此時偏偏以其娘家的排行「六兒」呼之，不僅無意中以金蓮代替了對瓶兒的稱呼，也彷彿是潛意識裏和王六兒糾纏不清的餘波。兩個「六兒」加在一起，何啻戳在瓶兒心上的利刃。於是瓶兒說了她來西門慶家之後唯一一句含酸的怨語：「原來你去，省得屈著你那心腸兒。他那裏正等得你火裏火發，你不去，卻忙惚兒來我這屋裏纏。」西門慶聞言道：「你恁說，我又不去了。」李瓶兒微笑道：「我哄你哩，你去罷。」然而打發西門慶去後，一邊吃藥，一邊卻又終於不免落下淚來。

這一段文字，是《金瓶梅》中寫瓶兒最感人的一段。而作者最了不起的地方，是居然有魄力把它放在西門慶和兩個「六兒」狂淫的描寫中間。這樣一來，西門慶和兩個女人的雲雨之情，被瓶兒將死的病痛與無限的深悲變得暗淡無光，令人難以卒讀。本來，無論如何顛狂地做愛，都並無「孽」可言——即便是西門慶和王六兒的關係，雖然是通姦，但因為丈夫韓道國的鼎力贊成和王六兒詐財利家的動機而大大減輕了西門慶的罪孽。

然而，在這裏，因為有瓶兒的微笑、嘆息和落淚，我們恍然覺得那赤裸的描寫——尤其是繡像本那毫無含蓄與體面可言的題目——彷彿一種地獄變相，一支在情欲的火焰中搖曳的金蓮。

很多論者都注意到，繡像本的回目雖然往往比詞話本工整，但是也往往更色情。我則認為，這種詞語的赤裸並非人們所想的那樣，是「招徠讀者」的手段，而是出於小說的內部敘事需要，在小說結構方面具有重要性。在這一回的回目中，「燒陰戶」固然是「宴重陽」的充滿諷刺的好對，而西門慶之「醉」對照李瓶兒之「病」，也別有深意。西門慶的「醉」，不僅是肉體的，也是精神的和感情的。他醉於情欲的熱烈，而盲目於情人的痛苦；於是他不加控制的淫欲成為對瓶兒——書中另一個罪人——的處罰，也成為最終導致了自己的痛苦的間接媒介。瓶兒的「微笑」，包含著許多的寬容，許多的無奈與傷心。在她死後，當西門慶抱著她的遺體大哭「是我坑陷了你」的時候，她那天晚上的溫柔微笑未始不是深深鑴刻在西門慶黑暗心靈中的一道電光，抽打著他沒有完全泯滅的良知。西門慶思念瓶兒，他那份持久而深刻的悲哀是讀者始料未及的。正是這份悲哀，而不是他的早死，是西門慶快心暢意的一生中最大的懲罰。

在幾天之後的重陽節家宴上，瓶兒強支病體坐在席上，被眾人迫不過，點了一支曲子：〈折腰一枝花·紫陌紅塵〉。曲牌固然暗含機關（花枝摧折，預兆瓶兒之不久），曲詞更是道盡了瓶兒的心事，可以說是自來西門慶家之後，一直不言不語、守口如瓶的瓶兒借歌女之口，唯一一次也是最後一次宣泄了她心中的感情：

> 榴如火，簇紅巾，
> 有焰無煙燒碎我心。
> 懷羞向前卻待要摘一朵，
> 觸觸拈拈不敢戴，
> 怕奴家花貌不似舊時容⋯⋯

梧葉兒飄，金風動，

漸漸害相思，落入深深井，

一日一日夜長，夜長難捱孤枕，

懶上危樓，望我情人……

　　瓶落深井，正是俗語所謂的一去無消息。這裏，繡像本沒有給出曲詞，未免可惜（雖然對於明朝的讀者，只要給出曲牌名字和曲詞的第一行，就足以使他們聯想到全曲的內容了）。但是最可惜的是應伯爵、常峙節恰好在此時來訪，於是，最善於「聽曲察意」的西門慶便出去應酬應、常二人了。瓶兒的傷心與深情，終於不落西門慶之耳。在一群充滿嫉妒、各懷鬼胎的妻妾之中，這支傷心的曲子，竟成了瓶兒的死前獨白。

　　後半回，隨著瓶兒病勢加重，西門慶在倉皇之中，接連請來四個醫生。其中有一個趙太醫號「搗鬼」，在這一沉重的章節中插科打諢，以一個丑角的過場暫時緩和了緊張壓抑的氣氛，好像莎士比亞筆下的福斯塔夫。這也是中國戲劇 —— 尤其是篇幅較長的明傳奇中常見的結構手法：舞台上的「眾聲喧嘩」不僅酷似我們的現實生活，而且能夠為一部藝術作品增加立體感與厚度。《金瓶梅》之前的《水滸傳》與《三國演義》，氛圍、情境都比較單一，在這種意義上，《金瓶梅》是我們的文學傳統中第一部多維的長篇小說：它的諷世不排除抒情，而它的抒情也不排除鬧劇的低俗。有時，多元的敘事正好可以構成富於反諷和張力的對比或對照，就像上面所談到的以西門慶的兩次放浪作為對瓶兒的抒情性描寫的框架：一幅畫正要如此，才不至潑灑出去，被頭腦簡單的傷感情緒所控制。

　　有些論者以為這段滑稽文字和瓶兒病重的悲哀氣氛太不協調，減低了小說內在的統一性，然而這種逼似現實生活的摹寫手法正是《金瓶梅》複雜與寬廣之所在。在「呵呵」笑過趙太醫之後，讀者當然還是可以同情消瘦得「體似銀條」的瓶兒，可以同情因為瓶兒的重病而心煩意亂的西門慶，不然，也就未免太狹隘和單純了。

第六十二回

潘道士法遣黃巾士
西門慶大哭李瓶兒

（潘道士解禳祭燈法　西門慶大哭李瓶兒）

　　生離死別之際，最難描寫。寫得太超然了，不能夠感動人；寫得太捲入了，又好像英語中說的「催淚彈」（tear-jerker）。在《金瓶梅》之前的中國敘事文學裏，從未有過如此生動而深刻地刻畫情人之間死別之悲者。然而，最令我們目眩神迷的，是看作者如何以生來寫死：他給我們看那將死的人，緩慢而無可挽回地，向黑暗的深淵滑落，而圍繞在她身邊的人們，沒有一個可以分擔她的恐懼，沒有一個真心同情她的哀傷，個個自私而冷漠地陷在自己小小的煩惱利害圈子裏面，甚至暗自期盼著她的速死，以便奪寵或者奪財；就連她所愛的男人，也沉溺於一己的貪欲，局限於淺薄的性格，不能給她帶來任何安慰。在瓶兒對生的無窮依戀之中，實在有著無限的孤獨。

　　瓶兒從重病到死，唯一的知己女友 —— 拜認為乾女兒的吳銀兒一次也沒有來看望過她；王姑子被她視為茫茫苦海中靈魂得救的宗教導引，然而，王姑子在見到她之後，卻只顧得對她說薛姑子的壞話；從小的奶娘馮媽媽，不僅早就背著她成了王六兒和西門慶之間的牽頭，而且眼看瓶兒形容憔悴到如此模樣，卻只顧得講述自己在家裏腌鹹菜忙不開。在這裏，我

們看到人世最大的悲哀又豈止在於生離死別？更在於那眼看著熱鬧的紅塵世界依然旋轉、自己卻即將撒手而去、無人存問關懷的巨大的孤獨。古人云：「死生亦大矣。」然而馮媽媽只在瓶兒與她銀子和衣服做臨終留念時才下拜哭泣：「老身沒造化了。有你老人家在一日，與老身做一日主兒。你老人家若有些好歹，那裏歸著？」其說的、想的，全是從「老身」自己出發。吳銀兒在瓶兒死後也曾下淚，但還是在看到瓶兒給她留下的遺物時，才「哭得淚如雨點相似」。繡像本的評點者斷言：「下愚不及情。」其實人人有情，所謂的「下愚」又何嘗不及情呢，只是要看是什麼樣的情罷了。多數人只知道切身的利害，只能關懷自己和自己的骨肉，不容易對沒有血肉關連的他人產生深厚的同情，於是人而與草木同一頑感，同樣孤獨地生長，孤獨地凋零。很少人能夠深深體驗與自己毫不相干的人的悲痛，至於那能夠在死生存亡之際，省悟宇宙長存而人生短暫，從而產生形而上的深悲的人，未免就更少了。

順便想到，在我們的幾部最著名的古典長篇小說裏，書中人物產生這樣的形而上的感悟的，只有兩個：一個是賈寶玉，另一個是孫悟空。作為一隻「心猿」——人的心靈的象徵，孫悟空在《西遊記》的第一回中因為意識到了生命的短促而煩惱墮淚，這份突如其來的悲哀中斷了花果山的「天真」狀態，被一隻老猴子讚許為「道心開發」。然而《西遊記》畢竟是一部象徵主義的神魔小說，不貼近現實人生。除此之外，《水滸傳》、《三國演義》，一則是英雄好漢，一則是帝王將相，也都是離我們很遙遠的童話，而且書中描寫的幻想世界更是層次單一的空間。唯一讓人覺得有現實感的，就是《金瓶梅》與《紅樓夢》了，雖然它們所刻畫的生活，也並不就是所謂「每個人」（everyman）或者普通人的日常生活。《金瓶梅》之中的人物，雖然沒有一個能夠跳出現下的物質生活，醒悟到死亡的切近，感到宇宙人生的大悲，但是，整部小說本身，卻是對人之生死的一個極大的反省。倘若看了以後不能對書中人物感慨嘆息的話，未免套用《紅樓夢》中警幻仙子對寶玉在夢中的評價，說一聲「癡兒未悟」罷了。

開始，西門慶並不太把瓶兒的病放在心上，只覺得慢慢會好起來的，因為他不相信瓶兒或者自己會死，這是一般人都有的心理，總覺得病痛死亡災禍是發生在他人身上的事，似乎自己，或者自己親愛的人，可以長生不老。但是隨著瓶兒病重，連床都下不來，每天都必須在身子下面墊著草紙，不斷地流血，房間裏的惡穢氣味必須靠不斷地燻香才能略為消除，西門慶也越來越憂慮，越來越傷心，直到最後所有的醫生都束手無策，就連潘道士的祭禳也宣告失敗，才不得不相信命運的安排，抱著瓶兒放聲大哭。潘道士囑咐西門慶不可往病人屋裏去，「恐禍及汝身」。然而潘道士走後，西門慶獨自一人坐在書房內，「掌著一根蠟燭，心中哀痛，口裏只長吁氣」。我們可以想見那孤獨、昏暗、陰慘的氛圍。西門慶尋思道：「法官教我休往房裏去，我怎生忍得！寧可我死了也罷，須廝守著和他說句話兒。」於是徑直走進瓶兒房中。我們真是沒有想到，這個貪婪好色、淺薄庸俗的市井之徒，會如此癡情，又有如此的勇氣，會被發生在他眼前的情人之死提升到這樣的高度：這是西門慶自私盲目的一生中最感人的瞬間。

瓶兒死了，西門慶痛哭不止，不肯吃飯 —— 這在講究注重飲食描寫的《金瓶梅》世界裏，真是極大的斷裂。應伯爵勸解西門慶：「《孝經》上不說的：『教民無以死傷生，毀不滅性。』死的自死了，存者還要過日子。」西門慶的悲哀是情理之中的悲哀，伯爵的排解也是情理之中的排解，總之都在人性人情的範疇之內，並沒有任何對死與生本身的感慨與反思。從這種意義上說，《金瓶梅》自是一部「人間之書」，除了小說的敘述者之外，沒有一個書中角色通過死來看待生，思索這最終指向死亡的生命到底是為了什麼。在下面的幾回中，我們將會看得更加清楚：書中人物是如何努力地集中注意力在他們眼前的人生之熱鬧 —— 哪怕這熱鬧是出喪時吹打的鼓樂、敲動的鑼鈸。然而，這部小說遠遠超越了它所刻畫的人物，它給我們讀者看到這些人物所一心逃避而又終於不能逃避的東西 —— 痛苦、罪惡與死亡的黑暗深淵。

第六十三回

韓畫士傳真作遺愛
西門慶觀戲動深悲

（親朋祭奠開筵宴　西門慶觀戲感瓶兒）

　　對比繡像本和詞話本的回目，後者強調本回的整體內容，而前者特意拈出「畫遺像」這個小小事件，並把畫遺像稱為「傳真」。這一番「真」的「傳真」，又映射「假」的「傳真」：因為在後來搬演的戲文《玉環記》裏，有一折「傳真容」，戲中的女主角玉簫在臨死前畫下自己的肖像，寄給遠方的情人韋臯。作者借用戲裏的「傳真」，暗示韓畫師為瓶兒「傳真」也不過是假，與《玉環記》中的「傳真」沒有任何區別。然而西門慶，這個「假」的人物，卻深深地沉溺於「假中之假」：當他看到瓶兒的畫像極為逼真，便不由得「滿心歡喜」——這種歡喜，頗令人感到啼笑皆非；而當《玉環記》中的女主角唱到「今生難會面，因此上寄丹青」的時候，西門慶則情不自禁地落下淚來。

　　張竹坡說：「瓶兒之生，何莫非戲？乃於戲中動悲，其癡情纏綿，即至再世，猶必沉淪欲海。」西門慶是小說人物，小說人物而為小說中搬演的戲文所感動，可以說是虛空之虛空，雙層的虛妄而無謂。然而小說中的人物自不知其為小說人物，這是作者藉以提醒讀者的關節。繡像本比起詞話本來，少了很多儒家道德說教，多了佛家思想中的「萬物皆空」，或者

道家思想中的「方其夢也，不知其夢也，夢之中又占其夢焉」（《莊子‧齊物論》）。

然而此書人物何止西門慶一人如此？我們看李桂姐來弔喪，看到吳銀兒，便問：「你幾時來的？怎的也不會我會兒？原來只顧你！」——死亡，尤其是一個正當青春妙年的美麗女人的悲慘死亡，對於桂姐絲毫沒有任何觸動，只把弔孝當成和同儕拔尖鬥氣的機會。應伯爵與西門慶爭執旌銘上瓶兒的名份（稱恭人還是室人），我們也許會覺得詫異：何以小人如伯爵，卻突然守起禮來？但實際上伯爵為的不是死者，而是生者：瓶兒已是死了，正室吳月娘還在，月娘的哥哥吳大舅還在，怎好為了已死的瓶兒而得罪健在的吳月娘、居官的吳大舅？至於月娘見到妓女鄭愛月「抬了八盤餅、三牲湯飯來祭奠，連忙討了一匹整絹孝裙與他」，則活生生地畫出月娘小心翼翼、斤斤計較的氣質，然而月娘的小家子氣不是表現在別處，而是表現在對奠儀的答謝上，蘊涵了更大的諷刺性。

款待眾弔客看戲，搬演的是描寫韋皋、玉簫兩世姻緣的《玉環記》——玉簫為相思而死，轉世投胎做人，再次追隨韋皋。西門慶一貫喜歡應伯爵的插科打諢，這是書中唯一的一次他對伯爵的貧嘴表示不耐：「看戲罷，且說什麼。再言語，罰一大杯酒！」而這也是全書中唯一的一次，圓融練達的伯爵沒有能夠揣摩到西門慶的心思，或者，在接連幾天的勞碌中，一時忘形，和桂姐調笑，泄露了他對瓶兒之死的淡漠。也許是為了彌補，過後伯爵幫西門慶攔住眾來客不叫散：在這種時刻，對於西門慶來說，只有異乎尋常的熱鬧才可以減輕一點寂寞與悲傷。那種又害怕孤獨、又希望在觀戲時留下一些感情空間以思念瓶兒的心理，被極好地描畫出來。

本來要離開的眾人再次坐下之後，西門慶特地吩咐戲子們「揀著熱鬧處唱」，又說不管唱哪段，「只要熱鬧」。戲文本是西門慶——還有一切看戲的生者——為了逃避和忘卻死亡而做的努力，卻又正因為它內容的背景和它的熱鬧，襯托出物在人亡的孤寂冷清。西門慶的眼淚是值得憐憫

的，然而落在金蓮、玉樓、月娘等人的旁觀冷眼裏，無非是嫉妒吃醋的緣由。則浪子的悲哀，因為無人能夠分擔而顯得越發可憐。這一段「觀戲動深悲」的描寫，在熱鬧的鑼鼓聲中寫出來，格外清冷感人。西門慶一生喜歡熱鬧，喜歡女人，這是他第一次被一個女人遺棄，落入死亡所帶來的寂寞。權勢、富貴，什麼也不能夠救助，什麼也不能夠挽回。

瓶兒死後，似乎反而比生前更加活躍於西門慶的生活中。從第六十二回到七十九回，她的存在以各種方式 —— 聽曲、唱戲、遺像、夢寐、靈位、乃至如意兒的得寵、金蓮的吃醋、皮襖風波 —— 幽靈一般反覆出現在西門府，一直到西門慶自己死去，瓶兒才算真正消逝。

而在韓畫師口裏，我們再次得見瓶兒的白皙與美麗：「此位老夫人，前者五月初一曾在岳廟裏燒香，親見一面，可是否？」岳廟燒香的婦女，何止成百上千？五月一日到九月十八，已經過去四個多月，偏偏還記得這麼清楚，一方面我們看到宮廷畫師的眼力，一方面也可以想見瓶兒容顏的出眾。對於我們讀者，作者這細細的一筆，宛似畫師所作的遺像：在死亡的黑暗中陡然劃過一道流星的軌跡，照亮了已成文字之朽的佳人的「真容」。

第六十四回

玉簫跪受三章約
書童私掛一帆風

（玉簫跪央潘金蓮　合衛官祭富室娘）

　　在這一回裏面，我們清楚地看到國在如何一點點地破，家在如何一點點地亡。而究其原因，總是因為人各為己，眾心不齊。

　　來弔孝的薛、劉二太監，一邊飲酒，一邊議論腐敗不堪的朝政，薛太監講述了朝廷上發生的一系列災異之象。北宋將亡，天下將亂，金兵壓境，君臣無能：這些軍國大事在弔喪時一一道出──其時書童已經從西門慶家攜財潛逃──從家到國，都已呈現敗落的徵象。劉太監卻說：「你我如今出來在外做土官，那朝事也不干咱每。俗話道，咱過了一日是一日，便塌了天，還有四個大漢⋯⋯王十九，咱每只吃酒。」隨即點了一曲「李白好貪杯」。那醉生夢死、逃避躲閃責任的情景，宛在目前。

　　二太監走後，西門慶極為不悅：不悅，是因為薛太監一口一聲地按照瓶兒的真正身份稱之為「如夫人」，而沒有像所有其他的弔喪客人那樣呼瓶兒為「夫人」；對西門慶所引以為自豪的海鹽戲子，薛太監直言表示不耐煩──「那蠻聲哈喇，誰曉得他唱的是什麼！」在和劉太監議論朝政時，直呼蔡京為「老賊」，既不在乎蔡京的勢要，也不管西門慶剛剛「認賊作父」，蔡府是西門慶的政治靠山。薛太監性格爽直，頗有真情真性，

在一幫趨奉勢利的官吏裏面，顯得十分可愛。

瓶兒死了，金蓮心中之暢快，只用一句話便表現出來：那便是所有人都因為頭天夜裏著了辛苦，直到紅日三竿還未起，唯有「潘金蓮起得早」；也正因此，她才會撞破書童和玉簫的私情。俗話說人逢喜事精神爽者，金蓮之謂也。「貪、嗔、癡」三毒，金蓮佔了其中之二。

此回金蓮發現玉簫和書童的私情，手裏捏住了玉簫的把柄，藉此要挾玉簫，命她必須把月娘房裏大小事兒都來告訴給自己。書童見勢不妙，捲財潛逃回蘇州老家了。玉簫後來的告密，引發了數件大事，包括金蓮與月娘的撒潑大吵。至於書童，當然「不去也不妨」（繡像本評點者語），但作者安排書童逃走，蓋有深意在焉。按，書童從何而來？書童原是第三十一回裏，西門慶生子加官之後，李知縣送給他的門子，原名小張松。書童的命運和瓶兒的命運有著千絲萬縷的聯繫：一來他是在瓶兒生子後不久薦來的；二來他和瓶兒一樣，受到西門慶的寵愛，曾被金蓮罵道：二人一個在裏，一個在外，佔據了西門慶的全部心思（三十五回）；三來他攀附瓶兒，請瓶兒幫忙，替韓道國說情，因此甚至被金蓮誣為與瓶兒有曖昧勾當（三十四回）。如今官哥兒、瓶兒相繼而死，書童旋即逃去，則西門慶家道的零落分散已經開始了，並不等到他死後才發生也。

此回伊始，玳安和傅夥計閒話，品評西門慶的幾個妻妾（好似《紅樓夢》裏面興兒對著尤氏姐妹品評鳳姐與賈府的幾位姑娘），主要從她們對下人是否謙柔和花錢是否慷慨上著眼，瓶兒當然最得好評，因為性情最和氣、使錢最大方。玳安為了強調瓶兒多麼有錢，竟然說：「為甚俺爹心裏疼？不是疼人，是疼錢。」這倒令人聯想到前回，不但西門慶哭，玳安在旁「亦哭的言不得語不得」：一方面玳安是像繡像本評點者說的那樣，效伯爵、希大之顰，為了討好主子而哭；另一方面，玳安猜度西門慶的話倒好像夫子自道：他哭瓶兒，便正是疼錢 —— 因為每次瓶兒差他買東西，他都可以撈到很多外快，瓶兒死了，他便少了一個收入的來源了。

第六十五回

願同穴一時喪禮盛
守孤靈半夜口脂香

（吳道官迎殯頒真容　宋御史結豪請六黃）

　　這一回，又是我們的《金瓶梅》作者顯現他的大手筆的一回了。這個橫空出世的才子，中國小說的莎士比亞，在這一回裏，他以聲色娛我們的耳目，以人性的深不可測再次震撼我們的心靈。他給我們把人世盡情地看一個飽 —— 先是一個妙齡佳人的污穢的病與暗淡的死，這裏卻又寫她輝煌的出喪。至於她的情人，她為之出賣和害死了一個丈夫、趕逐了另一個丈夫，忍受了他的馬鞭子、冷遇和侮辱，他一方面在她的靈前和他們死去的孩子的奶媽做愛，一方面每天嗚咽流淚，恨不得和她一起死去。如果按照這部小說之繡像本的佛學思想背景，說這些都只不過是人生的幻象，那麼它們真是強有力的幻象，因為一不小心，我們就會被它們昏眩了眼目：我們將看不到真正的感情可以和自私的欲望並存，而那似乎是淫蕩的，只不過是軟弱而已。

　　瓶兒的喪禮，極一時之盛。光是本家親眷轎子就有百十餘頂，就是三院鴇子粉頭的小轎也有數十，「車馬喧呼，填街塞巷」，街道兩邊觀看出殯的「人山人海」。迎喪神會者表演武藝、雜耍，看得「人人喝彩，個個爭誇」。死本是最孤獨寂寞之事，卻演變成一個公眾盛典，而在這鼓樂喧

天的公眾盛典當中，人們可以經歷一場集體的心理治療與安慰，忘記死的悲痛、恐怖與淒涼。

瓶兒出殯之後，搭彩棚的工匠準備拆棚，西門慶道：「棚且不消拆，亦發過了你宋老爹擺酒日子來拆罷。」宋老爹擺酒，是為了請東京來的六黃太尉。同一彩棚，分為二用：一者事死，一者事生，然而二者又都是炫耀與鋪張。把這兩件「盛事」並排放在一起，我們可以更清楚地看到它們共有的虛幻。在喪禮和酒宴之間，有一段淒清的文字，銜接起兩件「盛事」。西門慶來到瓶兒屋裏，物在人亡，而床下依然放著她的一雙小小金蓮。西門慶「令迎春就在對面炕上搭舖，到半夜，對著孤燈，半窗斜月，反覆無寐，長吁短嘆，思想佳人。有詩為證：

> 短吁長嘆對瑣窗，舞鸞孤影寸心傷。
> 蘭枯楚畹三秋雨，楓落吳江一夜霜。
> 夙世已違連理願，此生難覓返魂香。
> 九泉果有精靈在，地下人間兩斷腸。

白日間供養茶飯，西門慶俱親看著丫鬟擺下，他便對面和他同吃，舉起箸兒道：『你請些飯兒。』行如在之禮。丫鬟養娘都忍不住掩淚而哭。」

然而，緊接著這一段傷心的文字，我們便看到這一天夜半西門慶與奶媽如意兒的初次偷情：「兩個摟在被窩裏，不勝歡娛。」次日，西門慶打開被吳月娘鎖起來的瓶兒床房門，尋出李瓶兒的四根簪兒賞她，「老婆磕頭謝了」。

唉，《金瓶梅》的作者是怎樣的一個人，才能有膽力、有胸懷面對這樣複雜的人間世，才能寫出這樣巨力的文字！這樣的文字，又怎麼允許以輕薄的、淺陋的、淫邪的、狹隘的、道貌岸然的、自以為是的眼光讀它看它！有感情的人，往往流於感傷，極力地描寫悼亡深情之後，斷不許夾雜情色欲望；又或者那對世界充滿諷刺的人，便只能看到一切都是假，一切

都是破敗，於是又會放手描寫情色欲望，譏刺西門慶的庸俗、勢利、淺薄。然而《金瓶梅》的作者，他深深知道這個世界不存在純粹單一的東西：如果我們只看到西門慶對瓶兒的眷戀，或者我們只看到他屈服於情欲的軟弱，都是不了解西門慶這個人物，也辜負了作者的心。從官哥兒誕生而招如意兒為奶娘，西門慶見如意兒何止千百次，但從來沒有動過心，從來沒有一言調戲。唯有現在，瓶兒這裏人去樓空，他雖有心為瓶兒守靈，但是他是這樣一個軟弱的、自私的、以自我為中心的人，向來不能為愛一個人而犧牲任何個人樂趣的，如何能夠忍受這種孤獨寂寞哪怕只有幾天幾夜？喝醉了，走進瓶兒屋裏，「到夜間要茶吃，叫迎春不應，如意兒便來遞茶，因見被拖下炕來，接過茶盞，用手扶被」。就是這麼一點點對他的注意和關心，便足以令西門慶心動。這種屈服，不讓人覺得他可鄙，只覺得他是一個人，一個軟弱的、完全被感情與情欲的旋風所支配操縱的人罷了。然而，《金瓶梅》中的人物，又有哪個不是如此？他們沉淪於欲望的苦海，被貪欲、嗔怒、嫉妒、癡情的巨浪所拋擲，明明就要沉溺於死亡的旋渦，卻還在斤斤計較眼前的利害，既看不清楚自己的處境，也對其他的沉淪者毫無同情，只有相互嫉恨和猜疑。

　　一個年輕美麗而有錢的女人，短短一個月便痛苦而污穢地死去，死前，豐腴的肉體瘦得只剩下一把骨頭，屋裏充盈著污血的臭氣。這真是吳道官在喪禮上的文誥中宣讀的：「苦，苦，苦！」然而，這樣的苦 —— 不僅是感情的，更是肉體的 —— 也還是喚不醒這些充滿怨毒的靈魂，只是在喪禮的熱鬧中，在新鮮肉體的溫暖中，掙扎，躲閃，逃避。《金瓶梅》最偉大的地方之一，就是能放筆寫出人生的複雜與多元，能在一塊破爛抹布的骯髒褶皺中看到它的靈魂，能夠寫西門慶這樣的人也有真誠的感情，也值得悲憫，寫真情與色欲並存，寫色欲不只是簡單的肉體的飢渴，而是隱藏著複雜心理動機的生理活動，寫充滿了矛盾的人心。

　　在喪禮描寫之間，穿插眾官員借西門府第在十月十八日宴請六黃太尉：太尉被寫得勢焰熏天，派頭十足，「名下執事人役跟隨無數，皆駿騎

咆哮，如萬花之燦錦」。巡按、巡撫以及山東一省官員都來參拜陪坐。然
而究其來頭，不過是一個奉命迎取花石綱的太監而已。在極力描寫太尉勢
要、宴席豐盛、眾官供伺、鼓樂鬧熱之後，我們看到太尉率先離去，眾官
員謝過西門慶，便也一同離開，作者緊接著下了八個字：「各項人役，一
鬨而散」。收場冷雋，妙極。

眾人散去之後，西門慶留下幾個親戚朋友飲酒 —— 我們讀到這裏，
情不自禁地微笑：西門慶宴請黃太尉，花錢費力，都是不得已的應酬趨
奉，根本談不上個人樂趣，只有在應伯爵、吳大舅、傅夥計、韓道國這些
人當中，他才能「如魚得水」，享受到一些快樂。這班人以應伯爵為首，
紛紛回味黃太尉多麼歡喜，巡撫、巡按兩個大員多麼「知感不盡」—— 重
溫方才的光榮，延續了已如煙花一般消失的熱鬧，為主人帶來新的滿足。
應伯爵說：「哥就賠了幾兩銀子，咱山東一省也響出名去了！」西門慶這
一席酒，何止要花費上千兩銀子？他是做買賣起家的人，怎麼能不心疼？
伯爵的話，偏偏撫慰在他的痛處，伯爵真是千古清客之聖！而酒宴上這種
種情景，不知怎的，令人覺得像西門慶這樣的人，就算巴結上了，還是
可憐。

在酒宴上，正當酣暢快樂之際，西門慶命小優兒唱了一支〈普天樂·
洛陽花〉：「洛陽花，梁園月，好花須買，皓月須賒。花倚欄杆看爛熳開；
月曾把酒問團圞夜。月有盈虧，花有開謝，想人生最苦離別。花謝了，三
春近也；月缺了，中秋到也；人去了，何日來也？」

這真是一支極傷感的曲子，西門慶聽得「眼裏酸酸的」，被伯爵看
見，一口道破：「哥教唱此曲，莫非想起過世嫂子來？」又勸：「你心間疼
不過，便是這等說。恐一時冷淡了別的嫂子們心。」先說破心事，再軟款
勸慰，伯爵的確是「可人」！偏偏被潘金蓮在軟壁後面聽到西門慶與應伯
爵的對話，回來告訴吳月娘，妻妾由此議論起瓶兒的丫頭養娘，特別是如
意兒被「收用」之後發生的變化：「狂得有些樣兒？」金蓮最擔心的，是
如意兒得寵生子，則好容易去了一個李瓶兒和官哥兒，又來一個李瓶兒和

官哥兒；月娘最擔心的，是西門慶把瓶兒的兩對簪子賞了如意兒，則月娘一直覬覦的瓶兒之財，不免要和如意兒分惠，於是各自暗懷心事，不做歡喜。

這一回之中，我們必須注意作者下筆的次第：看他寫一層勢利熱鬧，寫一層孤寂淒涼，再寫一層情色欲望；又一層勢利熱鬧，又一層酸心慘目，又一層嫉妒煩難。層層疊疊的意義，並不相互排斥，而是相互滲透，相互依託。死亡的利齒，何嘗能夠解開這難解的生命之密結？

繡像本此回回目，完全把六黃太尉略去，只是強調「死願同穴」的癡情與「半夜口脂香」的淫樂之間的對比與張力，強調「孤靈」與「喪禮盛」之間的對比與張力，強調「一時」。

第六十六回

翟管家寄書致賻
黃真人發牒薦亡

（翟管家寄書致賻　黃真人煉度薦亡）

西門慶收到蔡京太師府翟管家來書，預報自己即將升遷提刑之喜；在同一封信中，也報告說「楊老爺九月二十九日卒於獄」。這簡短的一行字，被我們的作者放在書信正文之外的「又及」中提到，相當冷雋有味。這個楊老爺是誰？就是曾經被西門慶引以為榮的政治後台，在第十七回中被宇文虛中參倒、牽連了西門慶親家陳洪的那個楊提督。勢利的描寫和道士超度亡魂的經文交織在一起，格外描寫出書中人物沉迷不醒的暗昧。

黃真人為瓶兒唸誦的經文中有道是：「人處塵凡，月縈俗務，不知有死，唯欲貪生。鮮能種於善根，多隨入於惡趣。昏迷弗省，恣欲貪嗔。將謂自己長存，豈信無常易到！一朝傾逝，萬事皆空。」這簡直便是對西門慶們所下的評語。在《金瓶梅》中，作者每每諷刺僧尼道士，然而這些佛道之徒所唸誦的經卷偈語，卻又每每蘊涵著作者深意。不管是薛、王二尼所宣講的《金剛科儀》，還是吳道官、黃真人的偈文，都是如此。作者所鞭撻的，何嘗是教義本身呢。

黃真人的偈文，是為了點醒小說的讀者，至於小說內部，則完全無人醒悟。道士們做完功德，西門慶便與眾人「猜拳行令，品竹彈絲，直吃到

二更時分」。當我們看到「吳大舅把盞，伯爵執壺，謝希大捧菜，一齊跪下」這樣的話，本來在《金瓶梅》裏面也是十分平常的勢利可笑場面，但是在此處，與黃真人的偈語一口氣讀下來，便格外令人感慨繫之。

詞話本此回，存有黃真人救拔十類孤魂時唸誦的經文，於是，我們得以看到種種不同類型的死亡與受苦：「好兒好女，與人為奴婢，暮打朝喝，衣不蔽身體。逐趕出門，纏臥長街內。飢死孤魂，來受甘露味！坐賈行商，僧道雲遊士，動歲經年，在外尋衣食。病疾臨身，旅店無依倚。客死孤魂，來受甘露味！」這些樸素的言語，與第一百回中普靜和尚超拔冤魂所唸誦的偈語，有著同樣強大的震撼力。同時，我們不能不意識到：黃真人所超度的十類孤魂中，也有像楊提督這樣不堪「枷鎖囹圄」之煎熬而監死的囚徒。若問：楊提督是什麼樣的一個人？答曰：楊提督是一個結黨營私的貪官。又問：何以這樣行為無恥、罪有應得的人，你也說是在被超度的魂魄之內？答曰：不如此，就真是辜負了一部《金瓶梅》。

第六十七回

西門慶書房賞雪
李瓶兒夢訴幽情

（西門慶書房賞雪　李瓶兒夢訴幽情）

一　雪的傳奇

> 殘雪初晴照紙窗，地爐灰燼冷侵床。
>
> 個中邂逅相思夢，風撲梅花鬥帳香。

　　這一回的主題，是雪。《金瓶梅》這部書的天氣，漸漸寒冷下來。十月二十一日，落了這年冬天的第一場雪。此回甫一開始，西門慶還沒起床，丫環玉簫便已報告：「天氣好不陰得重！」四月二十一日來為官哥兒剃頭的小周兒再次出現，再次為西門慶做按摩、推拿。西門慶向伯爵抱怨，近來「身上常發酸起來，腰背疼痛」。隨著西門慶死期臨近，這樣的暗示開始越來越多。

　　此回場景佈局，好似戲劇。以西門慶「筆硯瓶梅、琴書蕭灑」的藏春閣書房為舞台背景，發生了一系列事件：第一個出場的人物，是剃頭師父小周兒；此後便是應伯爵，「頭戴氈帽，身穿綠絨襖子，腳穿一雙舊皂靴棕套」，報告說外邊飄雪花兒了，好不寒冷。韓道國第三個來，談說十月

二十四日起身去外地做買賣事宜。接著請來了溫秀才，溫秀才「峨冠博帶而至」。這時，小周兒已是賞了錢，吃了點心，打發去了（第一個走）；西門慶則梳了頭，換了衣服，重新上場，頭戴白絨忠靖冠，身披絨裘。第五個來到的，是被逼著做了「孝子」的陳敬濟，「頭戴孝巾，身穿白道袍」。陳敬濟自己的父母雙雙健在，為瓶兒做孝子、穿孝服是很不吉利的。吃了粥之後，韓道國起身去了（第二個走）。溫秀才則把寫給翟管家的回信拿給西門慶看。這時，「雪下得大了」。

第六個上場的人，且不現身，先在暖簾外探頭，等西門慶叫才進來，原來是鄭愛月的兄弟鄭春，被愛月派來送茶食。其中一味酥油泡螺，是一種西門慶特別喜愛、整治起來十分麻煩、以前只有瓶兒會做的精緻小吃。愛月善勾情，伯爵會解趣，書房賞雪一幕，漸漸熱鬧起來。正喝酒時，玳安來報：外面李三、黃四送銀子來了。因在大廳中穿插一段黃四為岳父向西門慶求情。黃四說完走了。西門慶回到書房，覷那門外下雪越發大了，「紛紛揚揚，猶如風飄柳絮，亂舞梨花相似」。這時，天已向晚 —— 何以知道？因為西門慶派琴童差事，琴童道：「今日晚了，小的明早去罷。」

書房裏，這時有西門慶、應伯爵、溫秀才、陳敬濟、兩個小廝春鴻、王經伺候，還有鄭愛月的兄弟鄭春。最後的高潮，是眾人飲酒行令。溫秀才要求每人說一句，無論詩詞歌賦，都帶個「雪」字。伯爵想半天，說不出，好容易說出一句，又不通，很像《紅樓夢》裏薛蟠的作風。及至吃一種稀罕的糖食衣梅，伯爵半天猜不出究係何物，西門慶解釋給他衣梅的製造方法和效用，伯爵便要包回家兩個，給老婆嚐鮮，則又分明是二進賈府的劉姥姥了。從行令，唱曲，小吃，到書房中懸掛的對聯，處處透露「梅」的消息。

陳敬濟看西門慶和伯爵說笑近褻，便起身走了（第三個走）。於是席上只剩下了西門慶、應伯爵、溫秀才。溫秀才終於不勝酒力，西門慶著畫童送他走，溫秀才「得不的一聲，作別去了」（第四個走）。書房中如今只有西門慶和應伯爵。飲勾多時，伯爵告辭，因見天陰地下滑，要了一

支燈籠，和鄭春作伴而去（第五、第六個走）。至此，席終人散，走得精光，而雪也停矣。走馬燈式的人物上場下場，伴隨著雪的由無到小，由小變大，再由大變小，由小變無，完全是傳奇劇的寫法，除了偶爾穿插大廳、儀門、月娘房裏之外，佈景始終只是西門慶的書房。

然而書房的戲還沒有完全結束：三兩日之後，殘雪未消，西門慶在書房獨眠，夢見瓶兒，二人抱頭痛哭。西門慶「從睡夢中直哭醒來，看見簾影射入，正當日午，由不得心中痛切」。情人入夢，是極為抒情的事件，而簾影日照的射入，把生與死兩個世界在夢中的交叉寫得恍恍惚惚，尤傳白晝夢回之神。作者引用的七言詩「殘雪初晴照紙窗」是點睛之筆，因為這的確是一個詩意的境界。我們可以設想，當一個明朝或者清朝的文人讀者在讀到這一段描寫時，必然會聯想到古典詩詞中無數夢中相思、夢醒空餘惆悵的情景：因為這正是李商隱的〈燕台四首·春〉中所歌詠的，「醉起微陽若初曙，映簾夢斷聞殘語」的境界。而下面的「愁將鐵網罥珊瑚，海闊天翻迷處所」，難道不可以描寫雖然只不過是一個西門慶心中的那份慘痛情感嗎。

但是，如果我們細看夢的內容，卻是瓶兒訴說被前夫花子虛告狀，關在陰間的牢獄裏，血水淋漓，與污穢做一處受苦，多虧黃真人超拔，才得脫免，將去投生；又警告西門慶說子虛早晚要來報仇。這一席話，不但完全沒有七言絕句所描繪的優美氛圍，而且十分陰森淒慘。這是《金瓶梅》常用的手法：當讀者驀然看到抒情詩的上下敘事語境，才會意識到在這「詩意境界」背後，那毫無浪漫詩意可言的可怖現實。

然而情人入夢之後，緊接著就描寫金蓮來到書房，一眼看出西門慶哭過，用半是認真、半是嘲戲的口氣說了一番醋話：「李瓶兒是心上的，奶子是心下的，俺們是心外的人，入不上數……到明日死了，苦惱，也沒那人想念！」在金蓮面前，西門慶不能不感到慚愧，因為在一個女人面前回憶另一個女人總是尷尬的，何況當初他們曾是多麼熱烈的情人，這一點，在《金瓶梅》讀到後來的時候很容易忘記：西門慶對金蓮其實是負心

的，因為金蓮要的，不是娶進門來而已，而是如膠似漆、誓共生死的情意。慚愧之餘，西門慶開始用身體的親熱來彌補，而金蓮嬌豔、熱情、充滿生命的肉體，遂把西門慶完全拉回了現實人生。很多讀者看到下文西門慶教金蓮「品簫」，一定會覺得西門慶毫無心肝：怎麼可以把相思夢和品簫連在一起？然而，這正是《金瓶梅》一書的深厚之處：它寫的，不是那經過了理想化和浪漫誇張的感情，而是人生的本來面目。這個本來面目，也不像人們所想像的那樣淫蕩無情：西門慶為瓶兒而流的眼淚是真實的，金蓮的吃醋是真實的，西門慶對金蓮的慚愧也是真實的，企圖用做愛來安撫金蓮，同時填補內心因失去瓶兒感到的空虛，也還是真實的。前文西門慶對瓶兒的養娘如意兒愛屋及烏——「我摟著你，就如和他睡一般」——也是同樣道理。這些都是感情，都是人世所實有的，真實而複雜的感情。

西門慶和金蓮在書房裏，聽到應伯爵來訪，來安請伯爵且閃閃，伯爵便走到松牆旁邊，看雪塢竹子，金蓮急忙趁機離開：「正是雪隱鷺鷥飛始見，柳藏鸚鵡語方知。」雪的意象在這裏再次出現，至此，才算真正完成「雪」在本回中的意象結構。

二 伯爵一家

伯爵的妾春花給他生了個兒子，伯爵來向西門慶告貸。張竹坡云：「伯爵生兒，特刺西門之心，又為孝哥作映。」然而西門慶還是拿了五十兩銀子周濟他。回到月娘屋裏，月娘便問：「頭裏你要那封銀子與誰？」張竹坡評：「月娘亦狠，無微不至。」西門慶和伯爵開玩笑：「好歹把春花那奴才收拾起來，牽了來我瞧瞧。」伯爵回答：「你春姨他說來：有了兒子，不用著你了。」張竹坡評：「明說孝哥。」因孝哥生之日，正是西門慶死之時。

　　應伯爵在談話中提到第二個女兒，「交年便是十三歲」，昨日媒人來討帖子，被伯爵回以「早哩，你且去著」，與九十七回中春梅為陳敬濟娶親、媒人來說伯爵第二個女兒遙遙相應。彼時伯爵已死，春梅嫌他的女兒在「大爺手內聘嫁，沒甚陪送」，於是親事未成。正應了伯爵在這回中說：「家兄那裏是不管的。」又說，大女兒的陪送還是多虧了西門慶的資助。讀此書，極有人世滄桑之感，《紅樓夢》的後半，便缺少這一種回味。

第六十八回

應伯爵戲啣玉臂
玳安兒密訪蜂媒

（鄭月兒賣俏透密意　玳安殷勤尋文嫂）

一　愛月

　　黃四為了酬謝西門慶救免他的岳父，在鄭愛月處擺酒請客，這一段寫得「生、旦、丑、淨一齊搬出」（繡像本評點者語），極為花枝招展：應伯爵勸酒、罰跪、打嘴，穿插著吳銀兒溫柔低語，和西門慶講起過世的瓶兒；愛月和西門慶半路逃席，在房中私語、做愛，應伯爵半路闖入，咬了一口愛月的手腕而去，筆墨熱鬧而省淨。

　　在西門慶梳籠桂姐之後，作者著力刻畫另一個妓女鄭愛月的形象。她背後告訴西門慶，桂姐兒還在瞞著他與王三官兒來往，又教導西門慶如何報復王三官兒：勾引他的母親林太太與他年輕漂亮的妻子 —— 六黃太尉的侄女兒。桂姐善於撒謊，這本是妓女故伎；愛月卻更上一層樓，不僅會撒謊，而且善於陷人 —— 桂姐、林太太是不消說的，而三官兒的幫閒們，其中包括西門慶的兩個結拜兄弟，還有三官兒的妻子，全都落入彀中。騙人和瞞人，一層套一層：桂姐欺騙西門慶，沒想到愛月會背地裏揭穿她的伎倆；愛月教西門慶勾引林太太，再三囑咐西門慶「休教一人知

道，就是應花子也休對他提」，臨行還要叮囑「法不傳六耳」。眾人臨行時，愛月特意囑咐吳銀兒：「銀姐，見了那個流人兒，好歹休要說！」「流人兒」指誰？評點者說就是桂姐兒，然而又安知不是愛月所接的其他什麼客人、甚至王三官兒本人呢。妓者之間互相隱語，我們在三十二回已經領教過了。然而到了後來，桂姐終於還是知道「我這篇是非就是他氣不憤架的」（七十四回），是桂姐以己度人忖出來的？還是銀兒走漏了消息乎？套用溫秀才的聲口，真是「不可得而知也」。

西門慶在愛月處盤桓，幾個青衣圓社走來探頭探腦，被西門慶喝散，與十五回在桂姐處與青衣圓社踢皮球兩相對照，顯示出西門慶的身份與社會地位大為不同：以前是有錢的商人而已，現在已經進入官員士大夫階層，必須照顧「官體」了。

我們又從愛月嘴裏得知張二官兒的長相：「那張楺德兒，好合的貨，麻著個臉蛋子，眯逢兩個眼，可不砢磣殺我罷了！」張二官兒，是當初買金蓮為使女的張大戶的侄兒。他第一次出現在三十二回，幾個妓女相互談論這些嫖客，愛香說她的妹妹愛月剛剛被一個南人梳弄，張二官兒要見她一面而不得，「那張小二官兒好不有錢，騎著大白馬，四五個小廝跟隨，坐在俺每堂屋裏只顧不去」。極力形容張二官兒的威風，固然是「讚語」，「也是垂涎」（繡像本評點），同時也是為愛月作聲價，也是我們小說的作者為將來準備下的一支伏兵：西門慶一死，應伯爵便投靠了張二官兒——清河地方的第二個西門慶——慫恿他娶了李嬌兒作二房，幾乎還娶了潘金蓮。張二官便代替西門慶做了清河縣的提刑。層層疊疊的伏筆，宛如雲霧中神光一現的遊龍一般夭矯。

二　大悲庵

本書數個媒婆 —— 王婆、馮媽媽、薛嫂 —— 這裏又出現一個當初為西門大姐說媒的文嫂兒。西門慶派玳安尋文嫂以勾引林太太，玳安不認得去文嫂家的路徑，向陳敬濟打聽。下面便是一段花團錦簇的文字：

> 敬濟道：「出了東大街，一直往南去，過了同仁橋牌坊轉過往東，打王家巷進去，半中腰裏有個發放巡捕的廳兒，對門有個石橋兒，轉過石橋兒，緊靠著個姑姑庵兒，旁邊有個小胡同兒，進小胡同往西走，第三家豆腐鋪隔壁上坡兒，有雙扇紅對門的就是他家。你只叫文嫂，他就出來答應你。」玳安聽了說道：「再沒有小爐匠跟著行香的走 —— 瑣碎 —— 浪湯。你再說一遍我聽，只怕我忘了。」那陳敬濟又說了一遍，玳安道：「好近路兒！等我騎了馬去。」一面牽出大白馬來騎上，打了一鞭，那馬咆哮跳躍，一直去了。出了東大街徑往南，過同仁橋牌坊，繇王家巷進去，果然中間有個巡捕廳兒，對門亦是座破石橋兒，裏首半截紅牆是大悲庵兒，往西小胡同，上坡挑著個豆腐牌兒，門首只見一個媽媽曬馬糞。玳安在馬上就問：「老媽媽，這裏有個說媒的文嫂兒？」那媽媽道：「這隔壁對門兒就是。」玳安到他家門首，果然是兩扇紅對門兒，連忙跳下馬來，拿鞭兒敲著門叫道：「文媽在家不在？」

這一番描述，有形有影，有聲有色，實在不能割愛，抄錄在此。試問這一段穿插，於情節的發展有什麼要緊？如果只說玳安打聽來了路徑，騎馬而去，「出了東大街」云云，省略掉陳敬濟的一番描述 —— 這番描述畢竟與下文路徑的描寫基本上是一模一樣的 —— 於小說情節的發展又有何害？然而加入這段話，我們不嫌其贅，反而覺得妙趣橫生。為什麼？是因為小說對現實的摹擬在這裏臻於極致？是因為這段路徑指示的虛寫與下面

一段路徑行走的實寫形成優美的映照？或者無他，只是因為我們的作者對
文字如此愛戀，寫將下來，左看右看，只是喜歡？

　　而敬濟口中的石橋兒，在玳安眼中遂變成了破石橋兒；姑姑庵原來是
一座有著半截紅牆的大悲庵；豆腐舖則挑出了一面豆腐牌兒，門首又有一
個老媽媽曬馬糞。敬濟口中沒有感情色彩的路徑描述，在玳安的眼中一樣
樣落到實處，一樣樣眉目生動起來。四百年來，依舊栩栩如生。我們似乎
能夠親眼看到那破敗的石頭橋，那小小的豆腐舖，那油彩剝落的紅牆，甚
至聞得那馬糞的氣味，也聽得見玳安的一問，老媽媽子的一答。尼姑庵名
大悲，而這平凡的地方，骯髒的勾當，門口曬馬糞的老媽媽，文嫂院子裏
餵著草料的驢子，不知為什麼，的確蘊涵著一種廣大的悲哀。

第六十九回

招宣府初調林太太
麗春院驚走王三官

（文嫂通情林太太　王三官中詐求姦）

一　「表裏不一」的諷刺

此回諷刺林氏、西門慶、文嫂諸人，主要手法是運用「表裏不一」的語言。也就是說，語言表面上的冠冕堂皇，掩藏了內裏的骯髒污穢。然而語言的表面越是彬彬有禮，就越發襯托出這些人物動機和行為的無恥，整個修辭效果也就愈發滑稽可笑。

文嫂引動林太太一段，應該和王婆設計勾引金蓮、馮媽媽說合王六兒一段參看。金蓮本來已經見過西門慶，早就有意了，而本性好強，所以得到王婆、西門慶大灌米湯，便立即軟化。王六兒也是早就懷著勾引西門慶的心思，當時正值女兒出嫁、丈夫送親、獨居不慣，馮媽媽以解除寂寞、得到利益兩件事加以打動，正合在她的心上，一說便成。唯有林太太，身處富貴，結交的情人也不少，所以文嫂著意要把西門慶的家業、勢力、相貌、性情說得花團錦簇，但是首先從她喜歡嫖妓的兒子王三官入手，既開始了一個難以驟然開始的話題，又提供一個初會的藉口：「昨日（西門慶）聞知太太貴誕在近，又四海納賢，也一心要來與太太拜　。小媳婦便道：

初會，怎好驟然請見的？待小的達知老太太，討個示下，來請老爹相見。今老太太不但結識他往來相交，只央挽他把這干人（即三官的幫閒們）斷開了，須玷辱不了咱家門戶。」一席話，巧妙含蓄，只是難為她如何想出「四海納賢」的妙語！

王招宣府是何等地方？是金蓮九歲被賣入、學習彈唱的地方。金蓮在這裏，「不過十二三，就會描眉畫眼，傅粉施朱 …… 做張做致，喬模喬裝」。這些伎倆從何學來？我們可以想像。前回愛月兒對西門慶描述林太太：「今年不上四十歲，生的好不喬模喬樣，描眉畫眼，打扮得狐狸也似。」金蓮十五歲的時候，王招宣死了，金蓮才被母親潘媽媽以三十兩銀子轉賣到張大戶家。第一回中就已埋伏下的筆墨，至此始見著落。

西門慶去招宣府，從後門進入，偷偷摸摸，暗暗悄悄，何等詭秘。然而一旦進入後堂，裏面忽然「燈燭熒煌」，正面供養著王三官兒的祖爺、功臣王景崇的圖像，「穿著大紅團袖，蟒衣玉帶，虎皮交椅坐著觀看兵書，有若關王之像，只是髭鬚短些」。迎門朱紅匾上，寫著「節義堂」三個大字，兩壁隸書對聯道：「傳家節操同松竹，報國勳功並斗山。」這段描寫，與林太太、王三官兒寡廉鮮恥的行為形成了絕妙對比。而西門慶眼中看到的畫像與對聯，正與林氏從簾子裏偷看到的西門慶映照。這段描寫，彷彿是上文王景崇像贊的下聯：「見西門慶身材凜凜，一表人物，頭戴白段忠靖冠，貂鼠暖耳，身穿紫羊絨鶴氅，腳下粉底皂靴，就是個：富而多詐奸邪輩，壓善欺良酒色徒。」下接：「林氏一見，滿心歡喜。」妙絕。

然而作者到此，兀自不肯住手，下文描寫二人入港，更是曲盡嘲諷之至。值得注意的是，作者全然不描寫林氏的相貌。無論愛月、文嫂，都沒有具體地談到過林氏容貌如何，一個只說「今年屬豬三十五歲，端的上等婦人，百伶百俐，只好像三十歲的」，另一個又只說「生的好不喬模喬樣」。此處在西門慶眼中，也只看到她的衣飾而已：「頭上戴著金絲翠葉冠兒，身穿白綾寬襖，沉香色遍地金妝花段子鶴氅，大紅宮錦寬襟裙子，老鸛白綾高底子鞋兒。」並加上兩句匪夷所思的絕妙讚語：「就是個綺閣

中好色的嬌娘，深閨內施屄的菩薩。」那麼，西門慶勾搭林氏，其實最主要的是為了報復王三官兒與桂姐，是為了三官兒十九歲花枝般的妻子（別忘了她還是聲勢顯赫的六黃太尉的侄女兒），也是為了藉著征服林太太，征服招宣府「世代簪纓、先朝將相」的高貴社會地位 —— 這種世家地位，無論西門慶結交多少權貴，家業多麼豪富，都是望塵莫及的。

作者曲折的諷刺，都在林氏、西門慶與文嫂的對話中摹寫出來。二人見面，禮數越是周到，語言越是正經，就越是覺得不倫。比如林氏託言請西門慶斷開那些勾引王三官嫖妓的幫閒（其中包括西門慶的兩個結拜兄弟老孫、祝麻子），林氏道：「幾次欲待要往公門中訴狀，誠恐拋頭露面，有失先夫名節。」虧她說得出「先夫名節」四字。這也從側面映襯後來吳月娘拋頭露面到公門告陳敬濟，可見這在公卿士大夫眼中是不合適、不雅相的。

在做愛描寫之後，作者敘述二人如何起來整衣，西門慶如何告辭回家，基本上全用四字一斷的對稱短句，以簡省的社交語言傳達入骨三分的諷刺：「三杯之後，西門慶告辭起身。婦人挽留不已，叮嚀頻囑，西門慶躬身領諾，謝擾不盡。」「謝擾不盡」四字，可圈可點。

正因為作者是以傳統的賓主相別的客氣話作結，才使得諷刺的味道更濃烈。最後，西門慶來到街上，「街上已喝號提鈴，更深夜靜；但見一天霜氣，萬籟無聲。西門慶回家，一宿無話」。以優美而清冷的景語結束這場男女苟合，極盡幽冷之至。

此回下半，寫西門慶派人從麗春院抓走五個幫閒（只勾了老孫、祝麻子、桂姐兒和秦玉芝的名字），略弄手腳，終於迫使一向高傲的貴冑公子王三官兒親自來家向他求情，可謂大大地出了一口氣。在公堂上，西門慶以冠冕堂皇的語言責罵了那些幫閒子弟。所責罵之處，其實沒有一點不對的地方，然而諷刺的是西門慶這番正大光明的語言下面所隱藏的私心。作者一直寫到西門慶回家，把責罰幫閒的前後過程備細說與月娘，大義凜然地補上幾句：「人家倒運，偏生這樣不肖子弟出來 …… 家中丟著花枝般媳

婦不去理論，白日黑夜只跟著這夥光棍在院裏嫖弄，今年不上二十歲，年小小兒的，通不成器！」西門慶似乎太投入這個正義的角色，既忘了自己的行藏舉止，也忘了他整治王三官兒的自私動機。這時妙在被月娘一口說破：「『你乳老鴉笑話豬足兒，原來燈檯不照自！你自道成器的？你也吃這井裏水，無所不為，清潔了些什麼兒？還要禁人！』幾句說得西門慶不言語了。」沒有月娘的話，讀者本也能夠看破這一層，然而有了月娘的幾句話，更照亮西門慶對著妻子侃侃而談仁義道德的可笑。

就在此時，忽報應伯爵來訪。應二等了「良久」，西門慶才出來。見面後，一個追問西門慶是否責罰了王三官兒的幫閒，一個矢口抵賴。繡像本評點者在這裏評道：「混賴得奇。恐傷應二之心。」這個傷心，如繡像本評點者所說，便是兔死狐悲、物傷其類之意。但是說西門慶怕傷應二之心，倒不如說是西門慶還有一些兒殘存的自覺為更恰當：西門慶面皮再厚，聽了月娘一番話，也難免要覺得有些內愧，何況應伯爵不就是陪同西門慶嫖妓的幫閒？前兩天不還在愛月處陪著西門慶吃酒玩樂？這和老孫、祝麻子幫閒王三官兒有何不同？難怪西門慶「良久」才肯出來見伯爵。

聰明的應伯爵，一番話把事情的來龍去脈說得八九不離十：「哥，你是個人，連我也瞞著起來？今日他告我說，我就知哥的情。怎的祝麻子、老孫走了？一個緝捕衙門，有個走脫了人的？此是哥打著綿羊駒驢戰，使李桂兒家中害怕，知道哥的手段。若都拿到衙門去，彼此絕了情意，都沒趣了。事情許一不許二。如今就是老孫、祝麻子見哥也有幾分慚愧，此是哥明修棧道、暗度陳倉的計策。休怪我說，哥這一著做的絕了，這一個叫做真人不露相，露相不真人。若明逞了臉，就不是乖人兒了。還是哥智謀大，見得多。」繡像本評點者眉批道：「一味諛奉，微帶三分譏刺。」這是此回之中，最後一層有表有裏的語言——表面上一味奉承，實際上含著深深的辛辣與不滿。

二　三官的俄狄浦斯情結？

此回三官兒見幫閑來家纏他，向母親求救，「直到至急之處，林氏方才說道：『文嫂他只認得提刑西門官府家，昔年曾與他女兒說媒來，在他宅中走的熟。』王三官道：『就認得西門提刑也罷，快使小廝請他來。』林氏道：『他自從你前番說了他，使性兒一向不來走動，怎好又請他。他也不肯來。』」所謂「前番說了文嫂」者，想來一定是三官發現文嫂給他的母親做牽頭，這才發了一通話，使得林氏羞恥，文嫂不敢公開地上門。那麼，如今林氏、西門慶串通做這一番手腳，不僅是他們二人偷情的藉口，又斷絕了這個不肖子的嫖妓門路，同時也為自己出了一口氣，使得三官兒從此以後，再不敢說文嫂，再不敢管束自己母親與人偷情，更不敢管束她與西門慶偷情了。

兒子管束寡母與人私情，除了怕「出醜」之外，聽起來頗有俄狄浦斯情結。唐朝張鷟《朝野僉載》卷五記載一事，後來被凌濛初改編成白話小說，收在《初刻拍案驚奇》中，即卷十八《西山觀設籙度亡魂　開封府備棺追活命》，就是講述某寡婦在開封府尹李傑處告獨生兒子不孝，必求將其打死，其子不能自理，但云：得罪於母，死所甘分。府尹勸告不從，遂命其買棺來收兒屍。寡婦既出，謂一道士：「事了矣。」被府尹派人尾隨，看在眼中。次日，收道士、寡婦，一訊承伏姦情，「苦兒所制，故欲除之」。李傑釋放兒子，杖殺道士與寡婦，同棺盛之。劉餗的《隋唐嘉話》也記錄了這段故事，但我們須注意其不同處：一、兒子在法庭上的反應，不是「不能自理」，而是「涕泣，不自辯明，但言：得罪於母，死甘分」。比「不能自理」要主動 —— 暗示不是不能辯，而是不想辯 —— 也更感人。二、「杖母及道士殺，便以向棺載母喪以歸」，並沒有把寡婦與道士放在一個棺材裏面。

到了南宋署名皇都風月主人所著的《綠窗新話》，在〈王尹判道士犯姦〉條下，開封府尹改姓王，而寡婦、兒子、道士都有了姓名，寡婦與道

士的偷情被安排在道士為寡婦的亡夫所做的超度儀式上，使得他們的私情更加得不到讀者同情。兒子的形象被削弱，我們看不到他在法庭上的反應，只有寡婦的「忿怒」，以及她對道士說「事了」時的歡喜鼓舞（「笑謂道士」云云），這也是為了把寡婦描繪得更加冷酷無情。最後，卻只說「重治道士於法」，沒有談到對寡婦的處置。似乎覺得杖殺寡婦未免太殘忍，最主要的是有損兒子的形象。

凌濛初的白話小說更是別開生面，把寡婦、道士偷情，以及兒子對他們的百般間阻，刻畫得淋漓盡致。寡婦與道士的佳期一次次被兒子弄手段破壞，欲望的阻撓和期待完成一方面成為敘事發展的推動力，一方面又成為誘惑讀者看下去的主要因素。小說人物難以滿足的欲望挑動著讀者閱讀的欲望，使得這篇小說的敘事結構，就好像那個十數歲情竇初開的兒子，很有一種「性虐狂」的扭曲感。讀到最後，讀者簡直不由得要可憐那一次次被間阻的道士與寡婦。也許是因為作者顧慮到讀者對寡婦和道士的同情，於是特地安排兩個原來的故事中所沒有的年輕道童做道士的男寵，其一還與寡婦通姦，以此來顯示寡婦與道士之間本無愛情，只是情欲；又寫兒子在法庭上堅決為母親辯護，在府尹下令責打寡婦時，趴在母親身上大哭，要求代打，母親也終於「醒悟」，和兒子抱頭痛哭。最後府尹只把道士當著寡婦的面活活杖殺，赦免了寡婦，然而寡婦終於鬱鬱病死，與她有私情的那個道童也死了，另一個道童還俗娶妻，兒子則得到美滿生活云云。作者這樣的改寫，當然旨在加強讀者對兒子的同情，也突出了道德宗旨，給不同的人物安排「適得其分」的報應。但是，與《拍案驚奇》中的其他小說不同的是，在這篇小說結尾，作者一連用了數首詩歌詠小說中所有的人物，給他們每人再度下一個「定論」，而這正說明這個故事不能以「黑白分明」的道德標準來定義的複雜性，以及作者心中對這些人物的矛盾態度。

在南朝樂府民歌裏，有「寧斷嬌兒乳，不斷郎殷勤」的歌詞。這分明詠唱的是一個有夫之婦或者寡婦的私情，表示為了情郎，連懷中哺乳的嬌

兒都可以捨棄 —— 世上盡有這樣的感情，這樣的女人。這兩句歌詞，堪為上述的故事做一個注腳。我想，我們還是不要把「封建社會的婦女追求個性解放與自由愛情」太浪漫化了，應該睜開眼，看到人世間複雜的、充滿矛盾與張力的、不能僅用一種意識形態或道德標準來簡單定論的真實。

第七十回

老太監引酌朝房
二提刑庭參太尉

（西門慶工完升級　群寮庭參朱太尉）

　　此回講述西門慶與夏提刑因年終官職升遷，上京參朝謝恩。極寫朝廷腐敗、太監弄權、官員貪贓枉法、私相授受官爵的勾當，為國家政治畫像作贊。《金瓶梅》不僅僅是一部閨房私情之書，而是社會生活的宏觀寫照。

　　西門慶從貼刑副千戶升為提刑正千戶，原來的提刑夏延齡則升為指揮，轉任京官。夏提刑極是不快，因為地方官大有油水，非京官之冷缺可比。何太監則託了宮妃劉娘娘，派自己「不上二十歲」的侄兒接任西門慶原來的職位。翟管家埋怨西門慶泄漏消息，致使夏提刑四處託人活動，希望繼續留在山東掌管提刑所，「教老爺好不作難」。這番話上應第六十六回翟管家致書，下應第七十六回畫童告發溫秀才把西門慶的書信透露給夏提刑的文書倪秀才。

　　翟管家指點給西門慶許多辦手續的訣竅，何太監的侄兒，一個乍出茅廬的年輕人，又來拜望西門慶，向他諮詢行事路數，層層寫來，見出各人的資歷與經驗。何太監把侄兒囑託給西門慶時說：「常言：學到老，不會到老。天下事如牛毛，孔夫子也只識得一腿。恐有不到處，大人好歹說與

他。」端的是妙語。本書凡寫三個太監即薛太監、劉太監、何太監，性情各各不同，盡皆眉目生動。

第七十一回

提刑官引奏朝儀
李瓶兒何家托夢

（李瓶兒何千戶家托夢　提刑官引奏朝儀）

　　關於這一回，張竹坡卷首總評有一段話說得很好，姑引在此：「自前回至此回，寫太尉，寫眾官，寫太監，寫朝房，寫朝儀，至篇末，忽一筆折入斜陽古道，野寺荒碑，轉盼有興衰之感。」張竹坡沒有說出來的，是「寫女鬼，寫皇帝」。女鬼即瓶兒，是所謂至幽至冥的「陰人」；皇帝，則是陽氣之最盛，至崇至尊。雖然劉太監糊塗地以為「天塌下來，自有四個大漢」，但是國家的命運本是由無數個人建造而成的，而這些個人又反過來無不受到國家命運的影響。在此回，西門慶個人的幽冥私情與腐敗的政治生活糾結在一起，使這一回的內容豐富而深廣；最後以黃龍寺一陣搖動了大地乾坤的狂風作結，預示即將來到的戰爭與毀滅，不僅對於宋王室是一場摧枯拉朽的風暴，而且也震撼了所有與國家共呼吸、同命運的個人的生活。

　　西門慶和夏提刑一道上京，下榻在夏提刑的親戚崔中書家。何太監的侄兒何天泉如今接替了西門慶的位置，何太監指望西門慶對他多加關照，一力主張西門慶搬到何家來住。西門慶推辭說：誠恐夏公見怪。何太監道：「如今時年，早辰不做官，晚夕不唱喏。衙門是恁偶戲衙門。雖故當

初與他同僚，今日前官已去，後官接管承行，與他就無干。他若這等說，他就是個不知道理的人了。」此書中的太監，往往被描寫為說話憨直、帶有村氣，即如何太監，一口道破世情，而且理直氣壯，雖然粗莽，倒比滿口之乎者也而又假仁假義的士大夫輩至少率真一些。

西門慶住在何家，夜裏夢見瓶兒，這段描寫，又與書房晝夢有所不同，夢與真難解難分，摹寫極為傳神。「睡在枕畔，見滿窗月色，翻來覆去，良久，只聞夜漏沉沉，花陰寂寂，寒風吹得那窗紙有聲，正要呼王經進來陪他睡，忽聽得窗外有婦人語聲甚低 ……」寫得魂夢通幽，鬼氣森森。及至「恍然驚覺，乃是南柯一夢，但見月影橫窗、花枝倒影矣」，與前次白晝做夢醒來，看到日影隔簾，時當正午，既有相似之處，又是另一般情境與寫法。客遊做夢，情人入夢，都是古典詩詞常常描寫的境界，然而在夢中與瓶兒雲雨，醒來時發現「精流滿蓆，餘香在被，殘唾猶甜」，這種對「夢遺」的實寫，是此書常常混雜抒情與諷刺的一例，決不墮入小市民的傷感惡趣。比起這部小說來，《聊齋誌異》的故事都太過甜膩了 —— 倒還不是描寫狐鬼才使得它「不現實」的。又或有人認為這種抒情的「不純」是敗筆，那麼試問在莎士比亞的悲劇裏面，時時出現插科打諢搞笑的小丑，在其浪漫愛情劇中，時時出現色情雙關語，又有誰指責莎翁不照顧感情描寫的一致性呢？這種寫法只會使一部作品變得更加豐富與複雜。

在離開京城回清河的路上，西門慶一行人在黃龍古剎避風歇宿。此寺荒涼破敗，「數株疏柳，半堵橫牆」，幾個和尚在那裏坐禪，房舍毀壞，又無燈火，長老吹火煮茶，伐草根餵馬，為西門慶等人爨了一鍋豆粥。這種情景，與前面宮廷盛典、人喧馬嘶的莊嚴宏偉氣象，也與何太監家的富貴、何千戶書院的幽雅形成了鮮明對比。在一番尊榮繁華之後，描寫一座破敗的古剎，是全書的縮影，也是結局的預兆。

第七十二回

潘金蓮摳打如意兒
王三官義拜西門慶

（王三官拜西門為義父　應伯爵替李銘釋冤）

一　金蓮與如意

　　一向都是瓶兒的文字，金蓮已是久違了。自從上回瓶兒托夢，告訴西門慶已在袁指揮家投胎轉世，瓶兒漸漸淡出，而金蓮再度進入鏡頭之中。

　　金蓮在枕上與西門慶訴別後相思之情，卻追溯到蕙蓮與瓶兒，又講到現下的奶子如意兒。蕙蓮與瓶兒都曾是金蓮的勁敵，雖然其中穿插了桂姐、愛月、王六兒、林太太，但是她們都不能威脅到金蓮在家中的地位，只有蕙蓮與瓶兒 —— 一個美麗活潑，爭強好勝，腳比金蓮還小，處處存心和金蓮比試，不僅佔據了西門慶的心思，而且還幾乎勾引到陳敬濟；另一個富貴、白皙、有子 —— 才是金蓮勢均力敵甚至更強一籌的對手，難怪金蓮時時不能去懷。此書寫到七十二回，我們恐怕早就忘了金蓮與西門慶當初相親相愛的熱戀情景。回顧當初，西門慶曾經發誓決不負心，否則便如武大一般。然則把金蓮娶進門來，從梳籠桂姐開始，經過了蕙蓮、瓶兒，「險些不把我打到贅字號去了」。西門慶既然負心，金蓮便不可能專意，因為在情欲方面，二人乃是一枚硬幣的兩面，是對手，是彼此的化

身，都是充滿能量與熱情的人。

金蓮之恨如意，固然因她是瓶兒的舊人，又怕生子、又怕填了瓶兒的空當，但是細觀此回文意，如意似乎還曾經抓住過金蓮的什麼破綻。繡像本此回開始，言西門慶進京，月娘在家防範甚嚴，「見家中婦女多，恐惹是非，吩咐平安無事關好大門，後邊儀門夜夜上鎖，姊妹們都不出來，各自在房做針指。若敬濟要往後樓上尋衣裳，月娘必使春鴻或來安兒跟出跟入，常時查門戶，凡事都嚴緊了。這潘金蓮因此不得和敬濟勾搭，只賴奶子如意備了舌，逐日只和如意兒合氣。」這裏「賴如意備舌」一句話，沒有上文，令人莫名其妙。參照詞話本此回開頭，無「見家中婦女多，恐惹是非」句，然而多出幾句莫名其妙的話，道：「單表吳月娘在家，因西門慶上東京，在金蓮房飲酒，被奶子如意兒看見，西門慶來家，反受其殃，架了月娘一篇是非，合了那氣。這遭西門慶不在，月娘通不招應。就是他哥嫂來看，也不留，即就打發。」又下文作「只賴奶子如意備了舌在月娘處」。詞話本此處似乎在追溯夏天西門慶進京為蔡京祝壽時發生的事件，想必在缺失的五回中原有。而如意備舌，則似乎與月娘、金蓮、陳敬濟都有關。

二　四泉與三泉

西門慶從京城回來，去王三官兒家赴宴，這回明公正道、明目張膽走了前門。至此，方補敘招宣府正廳情景，「大廳正面欽賜牌額，金字題曰世忠堂，兩邊門對寫著：喬木風霜古，山河嶙峋新」。與第六十九回中後堂對聯遙遙相應。我們注意到作者對招宣府的諷刺一直以室內裝飾為針線，從頭到尾貫穿一氣，最後一環是三官兒的書房：

獨獨的三間小軒裏面，花竹掩映，文物蕭灑，正面懸著一個金粉箋區，曰：三泉詩舫。四壁掛四軸古畫。西門慶便問：「三泉是何人？」王三官只顧隱避，不敢回答，半日才說：「是兒子的賤號。」西門慶便一聲兒沒言語。

《金瓶梅》作者對於文字的把握真是臻於化境，看他只從一個別號，便做出如許的錦繡文章！第三十六回中，宋御史松泉與蔡御史一泉引出了西門四泉，四泉又引出一個尚兩泉（即當初想娶孟玉樓的尚舉人，見六十五回），尚兩泉引出何太監的侄兒何天泉，如今卻又冒出來一個王三泉——泉的餘波，環環不休。三官號三泉，原沒有什麼不妥，西門慶問他三泉是何人，如果三官心中無鬼，何必不大大方方地回答？但是看他躲躲閃閃的樣子，便知道他這個別號，當初必然是衝著西門慶的「四泉」而來的。三官兒既與桂姐打得火熱，桂姐又是西門慶梳籠的婊子，三官想必一向立志勝過西門四泉罷。西門慶固然明言看不起三官（五十二回），三官這個世家子弟又何嘗把暴發戶新貴西門慶放在眼裏。號三泉者，明明是要壓四泉一頭也。

三　伯爵兒子的滿月酒

十一月二十六日這天，應伯爵來下帖，請西門慶的五個妻妾十一月二十八日去吃新生兒的滿月酒，西門慶推托不肯：「管情後日去不成。實和你說，明日是你三娘生日，家中又是安郎中擺酒，二十八他又要看夏大人娘子去，如何去的成？」然而前文我們明明從西門慶和月娘的對話中知道：夏提刑託西門慶照看家裏，月娘說：「他娘子出月初二日生日，就一事兒去罷。」則西門慶關於二十八日去看夏大人娘子的話明是撒謊了。

後來見月娘收下請帖，應伯爵笑了道：「哥，你就哄我起來。」然則西門慶何必要哄伯爵？恐怕還是滿月酒觸動了西門慶的心事，想到早夭的官哥兒而心傷之故。抒寫極為細膩，幾至落筆無痕，然而脈絡又絲絲可尋。《金瓶梅》的作者誠然是大手筆也。

又應伯爵請溫秀才寫請帖，詞話本中有一段對溫秀才書房的描寫為繡像本所無：「掛著一幅《莊子惜寸陰》圖……左右一聯，書著：瓶梅香筆硯，窗雪冷琴書。」莊子惜寸陰，聽來大可發一笑。與三官兒書房「四壁掛四軸古畫」之俗相映成趣。對聯也不見高明，雖然，「瓶梅」對「窗雪」，以及「冷」、「香」二字，都點出本書旨意。

第七十三回

潘金蓮不憤憶吹簫
西門慶新試白綾帶

（潘金蓮不憤憶吹簫　郁大姐夜唱鬧五更）

一　「憶吹簫，玉人何處也？」

　　玉樓生日酒席上，月娘點了一支曲子「比翼成連理」，西門慶偏偏吩咐小優兒改唱「憶吹簫，玉人何處也」，藉以傳達他對瓶兒的思念之情。席上何止金蓮一人不憤？然而月娘深心，玉樓機靈：月娘既不高興西門慶點唱此曲，又看不上金蓮在酒席上和西門慶二人拌嘴——因為當眾拌嘴也是親密的一種表現——於是抽空便把金蓮打發走了；玉樓則十分明白瓶兒和金蓮在西門慶心中的分量，基本上已經和現實妥協，更兼秉性含蓄，所以雖然不快，也不肯表現出來，然而從此已經開始病源。只有金蓮，熱烈而外向，敢於公開揶揄西門慶。只可憐玉樓在生日宴席上打扮得「粉妝玉琢」，更兼與西門慶小別重逢，而西門慶自從東京來家，還一直沒有去她屋中宿歇過一次，就連她的生日也無例外。金蓮向來與玉樓相好，但在這種利害攸關的時候便完全不想到「讓賢」。倘是瓶兒，必不如此。然而此時玉樓、月娘、金蓮，又有哪個記得瓶兒的這種好處？早就已經只剩下吃醋了。

過後眾人在月娘屋裏說話，姐妹們的醋意各以各的方式表達出來，夾雜著楊姑娘、吳大妗子、王姑子等人插科打諢，煞是熱鬧好看。雖然眾聲喧嘩，但各人口氣分毫不差。比如金蓮嗔西門慶叫給瓶兒戴孝，「他又不是婆婆，胡亂戴過斷七罷了！」大妗子便說：「好快，斷七過了，這一向又早百日來了。」和西門慶家較大妗子為疏、年紀較大、較糊塗的楊姑娘便問幾時是瓶兒的百日，月娘答道：「早哩，臘月二十六日。」王姑子立刻見縫插針：「少不的唸個經兒。」因為唸經便是王姑子的賺錢機會到了。月娘說：「挨年近節，唸什麼經！」月娘對西門慶追思瓶兒的一腔不滿，全在一句話中流露出來，但旋即意識到自己不免還是要隨順西門慶，遂又加上一句：「他爹只好過年唸罷了。」雖然後來畢竟還是在臘月二十六日那天請來玉皇廟十二道士唸了經（第七十八回），可以想見月娘心中的不悅。玉樓則冷而韻，見楊姑娘勸金蓮：「你隨官人教他唱罷了，又搶白他怎的？」玉樓便道：「好奶奶，若是我每，誰嗔他唱！俺這六姐姐，平昔曉得曲子裏滋味……」月娘立刻響應：「他什麼曲兒不知道！」則月娘不僅醋瓶兒，也醋金蓮的聰明。按，以唱曲暗傳機鋒，又回應第二十一回「掃雪烹茶」時，金蓮藉點曲諷刺月娘。

在玉樓的生日酒席上聽曲時，繡像本較詞話本多了一句：「那西門慶只顧低著頭留心細聽。」只這一句，便活畫出西門慶專注傾聽的神情。然而，因為低頭而看不見「粉妝玉琢」的玉樓，西門慶也正是所謂的不能「憐取眼前人」也。他在玉樓生日前後對玉樓的冷淡最終導致玉樓生病便是證明。

金蓮對於西門慶請黃太尉，不記得場面盛大、官吏勢要，單只記得西門慶在那天抱怨自從瓶兒死了，連一口好菜都沒得吃。繡像本評點者眉評：「六黃太尉何等勢焰？金蓮『黃內官』三字說得冰冷。可見真正情婦人、淫婦人胸中原無富貴。」金蓮的確不在乎富貴，只在乎人。這是金蓮可愛處，不得以「淫」字埋沒之。

在詞話本中，月娘後來命郁大姐唱〈鬧五更〉，曲詞全是相思難眠、

情人負心之意。月娘心事也每每藉唱曲寫出，不可因月娘自言不曉得曲子滋味就放過伊。

二 「不知東方之既白」

西門慶和金蓮試驗白綾帶之後，「當下雲散雨收，兩個並肩交股，相與枕藉於床上，不知東方之既白」。繡像本評點者眉批：「用得好蘇文！」蘇東坡〈前赤壁賦〉末句，寫蘇子與客人「相與枕藉乎舟中，不知東方之既白」，被移來此處，作者可謂錦心繡口、調侃西門慶與金蓮之甚也。然而，若沒有前面一大段描寫二人瘋狂做愛的文字，這最後二句「蘇文」的引用也不可能達到如此幽默的效果。《金瓶梅》中關於做愛的文字，誰能說是贅疣、是不必要的呢。作者往往於此際刻畫人物，或者推助情節的發展。西門慶與不同的婦人做愛，其中蘊涵的情愫都不同，做愛的動機、心情、風格、後果也不同。如果讀者只能從中看到「淫」，那麼這是讀者自己的問題。

有趣的是此回稍前，月娘等人聚集在上房聽薛姑子講說佛法，薛姑子宣講的，正是五戒禪師破戒戲紅蓮之後和好友明悟和尚相繼坐化、轉世為蘇東坡與佛印禪師的故事。這個故事，一方面是以「幻化」來喚醒讀者、預兆結局（須知後來西門慶的遺腹子孝哥，也是西門慶的轉世托生，出家後法名就叫作明悟），一方面又與回末引用蘇東坡〈前赤壁賦〉巧合。作者真是才子：雖然一字一句，也必不隨意放過。

洪楩《清平山堂話本》中有〈五戒禪師私紅蓮記〉，馮夢龍〈古今小說〉第三十卷有〈明悟禪師趕五戒〉。又有明中葉陳汝元所作雜劇〈紅蓮債〉，有萬曆函三館刊本，收在明末沈泰編《盛明雜劇》二集中。

第七十四回

潘金蓮香腮偎玉
薛姑子佛口談經
（宋御史索求八仙鼎　吳月娘聽宣黃氏卷）

一　皮襖與八仙鼎

　　此回開始，已是十一月二十七日清晨。金蓮為西門慶品簫，趁機提出明日去應伯爵家吃滿月酒，要瓶兒的皮襖穿。繡像本評點者眉批：「以金蓮之索取一物，但乘歡樂之際開口，可悲可嘆。」這話是對的，但也應該看到，金蓮索取的不是普通的物件，而是瓶兒的衣服 —— 一件價值六十兩銀子的貂鼠皮襖。第四十六回中，月娘和玉樓、金蓮、瓶兒於元宵夜前往吳大妗子家赴宴，曾經由皮襖引發出來一場小小風波，至此，皮襖一物又續上線索。當時眾人之中，唯有金蓮沒有皮襖，月娘命取一件李智准折的青厢皮襖給金蓮穿。金蓮不唯不感謝，還一直嫌不好，這樣的舉止，當然會讓月娘不悅。然則眾人都穿著自己的貂鼠皮襖，以金蓮如此好勝，卻只落得一件青厢，這種時候也真是難為她。如今曾幾何時，瓶兒已逝，瓶兒的皮襖，終於被金蓮軟硬兼施地索取到手了。繡像本評點者引《詩經‧唐風‧山有樞》：「詩曰：『子有衣裳，弗曳弗婁。宛其死矣，他人是愉。』千古傷心，似屬此作。」是極。

然而皮襖的風波，第四十六回還只是一個開始。瓶兒剛剛嚥氣，月娘便鎖上了瓶兒的床房門，瓶兒之財物，遂為月娘掌握。如今見西門慶要鑰匙開門，拿皮襖給金蓮，月娘便順勢數落西門慶一番。中間又穿插如意兒趁機要了瓶兒一套衣裳，金蓮對如意兒說：「你這衣服，少不得還對你大娘說聲。」可見丫鬟、養娘、家人媳婦得到賞賜，必然要告知女主人。然而後文月娘怒金蓮得皮襖不來對自己說一聲，金蓮又以為是漢子作主給了我，你不是婆婆，我不必告訴你，又可見丈夫給妾衣物，妾是否應該告訴正室，規矩則比較模糊，在可告可不告之間。月娘貪財，錙銖必較，又以瓶兒之物為己有，所以對這件皮襖懷恨極深，觀後文相罵、做夢，都源於此。如意問迎春：你去向大娘要鑰匙開床房門，大娘怎的說？迎春道：「大娘問：『你爹要鑰匙做什麼？』我也沒說拿皮襖與五娘，只說我不知道，大娘沒言語。」凡寫月娘「不言語」處，都是月娘有心事處。

金蓮索取皮襖只是引子，下面又引發出了另一索取：宋御史看上了西門慶的八仙鼎，於是極口稱讚，當時西門慶也沒有怎麼理會，但是居然暗自留心，在下一回中，就差玳安把八仙鼎送給宋御史了。西門慶大是可兒，專門在此用心，其升官發財，固有其道，不是一味好玩的繡花枕頭子弟。

詞話本此回回目作「宋御史索求八仙鼎」，繡像本則作「潘金蓮香腮偎玉」。然而金蓮偎玉之時，正是索取瓶兒皮襖之時也。繡像本作者對宋御史諷刺得極毒，妙在含蓄出之。

又十一月三十日，宋御史要借西門慶家請巡撫侯石泉——上文本來有了一泉、兩泉、三泉、四泉、松泉、天泉，沒想到此處又變出一個石泉（十全——水滿則溢、月圓則虧的暗示），「泉」何其多也！作者就是在這種小地方，文心也如此玲瓏。

二　月娘心事

此回有一處細節寫月娘十分耐琢磨，前邊客散，「月娘只說西門慶進來，把申二姐、李桂姐、郁大姐都打發往李嬌兒房內去了。問來安道：『你爹來沒有？』來安道：『爹在五娘房裏，不耐煩了。』月娘聽了，心內就有些惱，因向玉樓道：『你看恁沒來頭的行貨子！我說他今日進來往你房裏去，如何三不知又摸到他屋裏去了？』」然而如果月娘真的以為西門慶會去玉樓的屋裏，又為何要把幾個唱的從自己屋裏打發走呢？張竹坡以為月娘「意欲俟西門來上房，自做人情，送入玉樓房中，是月娘一生為人關目……乃忽為金蓮邀去，故又向玉樓說明人情也。」但是我們也不能排除一種可能，就是月娘以為西門慶會來自己房裏歇宿，現在見其不來，便對玉樓說「你看」云云，以為遮羞。玉樓聰明，能忍耐，只說「隨他纏去」，「他爹心中所欲，你我管的他」。但是玉樓一次次心中被刺，月娘拿她遮羞，金蓮吃醋也拿玉樓作伐，在不憤「憶吹簫」時說道：「就是今日孟三姐好日子，也不該唱這離別之詞。」玉樓再能忍耐，也不免含酸，不免抱病了。

見西門慶不來，月娘又把三個姑子都請來宣講佛經，宣罷，三個唱的輪番唱曲，為了誰先唱，也爭執一回，畢竟還是桂姐爭在第一個唱了，而王六兒推薦來的申二姐又搶到了郁大姐前頭，從這番爭執，可以看出幾人性格，又為下文申二姐與春梅合氣伏筆。月娘在此點的曲子是「更深夜悄」，詞話本錄有曲詞，道是在閨中等待尋花問柳的情人回家：「更深夜悄，把被兒熏了看看等到月上花梢，靜悄悄全無音耗……疏狂忒煞，薄情無奈，兩三夜不見你回來。」月娘何嘗不吃醋，只是月娘心事往往以冷筆寫出而已。

三 賁四嫂

　　此回西門慶看到來給玉樓做生日的眾夥計娘子中，賁四的妻子長得「一似鄭愛香模樣」，開始注意留神。西門慶往往愛屋及烏：喜歡如意兒，是因為瓶兒；喜歡賁四嫂，是因為愛香，而喜歡愛香，又終究是因為愛月。以前又不是沒有見過賁四嫂，何以如今一見留心？不過因為以前不認識愛月，沒有和愛月相好罷了。

第七十五回

因抱恙玉姐含酸
為護短金蓮潑醋

（春梅毀罵申二姐　玉簫訴言潘金蓮）

　　新年將至，此回有兩個官員給西門慶送曆日：一是胡府尹送了一百本，一是宋御史，也送了一百本。這一百本曆日，是一百回小說的寫照，也在預告西門慶生命將終。從此回開始，西門慶家幾乎每一天的活動都有詳細的交待，的確是數著日子過生活。張竹坡評道：「雖一日作兩日過，君其如死何哉。」

　　上一回卷末，月娘和玉樓都只知道西門慶去了金蓮屋裏，沒想到西門慶和如意兒宿了一宵。西門慶對如意兒，完全是愛屋及烏，把她當成瓶兒的替身，不是對於如意兒本人有什麼吸引和感情。因此，明明在第六十七回西門慶已經問過如意兒的年紀，在這一回裏，他對如意兒說：「我只要忘了你今年多少年紀，你姓什麼，排行幾姐？」在第六十七回，西門慶聽說如意兒的年紀，道：「你原來還小我一歲。」在本回，他聽說如意兒的年紀，道：「我原來還大你一歲。」兩相對比，可發一笑。

　　次日，十一月二十八日，月娘妻妾五人去應伯爵家吃滿月酒。雖然頭天晚上和如意兒雲雨了一夜，西門慶起床後卻沒有忘記「正事」──早上首先就差玳安把昨天宋御史看中的八仙鼎給他送去。隨後荊都監來拜西門

慶，因年終考核將到，求西門慶在宋御史面前美言，送了二百石白米作為酬謝，荊都監走後，西門慶去回拜蔡九知府。而家裏的正文好戲才剛剛開場。

玉簫通風報信，告訴金蓮月娘的不滿：「昨日三娘生日，就不放他往屋裏去，把攔得爹恁緊。」此處月娘發的話，和五十回中李嬌兒生日而西門慶徑直進了瓶兒的房是一樣的：當時金蓮過舌，大姐傳話，把瓶兒氣得手臂發軟，坐下病根。這一回，玉簫的學舌則成為月娘與金蓮鬥氣的又一契機。如果說《金瓶梅》是一部關於報應的小說，那麼唯一的報應便在此等處；但是這種報應和「上天的旨意」沒有關係，完全是個人性格所導致的。

春梅在家裏叫申二姐唱曲，申二姐不肯來，春梅覺得自己失了面子，攆走了她，又因為此書到最後全是春梅文字，所以極寫春梅。然而春梅、申二姐這一插曲的重要性，還在於它是月娘、金蓮鬥氣的另一導火索。月娘回家得知此事之後極為不悅，金蓮、西門慶又個個回護春梅，這件事，與金蓮近日盛寵、要走瓶兒皮襖聯繫在一起，使得月娘對金蓮的惱怒已經到了一觸即發的程度。

月娘嫉妒金蓮，卻藉著為玉樓說話而寫出。對西門慶說：「從東京來，通影邊兒不進後邊歇一夜兒，教人怎麼不惱？……我便罷了，不和你一般見識，別人他肯讓得過？口兒裏雖故不言語，好殺他心兒裏也有幾分惱。」繡像本評點者指出這是「夫子自道」。又說：「今日孟三姐在應二嫂那裏，通一日沒吃什麼兒，不知掉了口冷氣，只害心淒噁心。來家應二嫂遞了兩鐘酒，都吐了。你還不往屋裏瞧他一瞧去？」然而在這之前，也曾「坐著與西門慶說話」，也曾眼看著西門慶「只顧吃酒」，也曾陪在旁邊「良久」，也曾脫衣裳摘頭，叫玉簫收荊都監送來的銀子，其間，玉樓早已回房去了，月娘卻一直等到金蓮走來叫西門慶，才發出剛才那一番話，告知玉樓的不舒服。如果金蓮不來叫，西門慶不答應「就來」，月娘趁勢便把西門慶留在自己屋裏過夜也很難說。

西門慶在妻妾之間調停，正像繡像本評點者說，也可謂相當辛苦。瓶兒死了，西門慶在妻妾五人中最愛的，還是金蓮，如今卻不但委屈自己的心上人，連自己的欲望也不得不委屈著：七十五、七十六兩回，都在盡情摹寫妻妾多的難處。西門慶命五個妻妾都去應伯爵家吃滿月酒，「賣弄諸姬人物」（繡像本眉批）。嘲笑應二的妾春花如何黑醜，聽小廝說應二隔著窗子偷看月娘諸人，心中得意不置。但是一來妻妾成群有妻妾成群的苦惱，二來西門慶剛死，應伯爵便改投了張二官，在張二官面前極力誇耀金蓮的相貌，又勸得張二官娶了李嬌兒：則西門慶今日一番賣弄，適足以成為日後妻妾落入他人之手的根由。

十一月二十九日，西門府的大事，便是月娘和金蓮吵架。真是「兩下蓄心已久」（繡像本眉批），電光火石，一觸即發。然而吵架的形式，和金蓮初來時與雪娥拌嘴何其相似：都是春梅先使氣，然後金蓮在月娘屋外偷聽，偷聽到的內容，也無非都是金蓮把攔漢子、嬌慣春梅。金蓮聽到半路，突然走進房中，率先開口發難。兩次金蓮為春梅辯護，都稱其「不是我的丫頭」（原先是月娘的丫頭）。當初雪娥對月娘說：「你看他嘴似淮洪也一般，隨問誰也辯他不過！」如今月娘對眾人、後來又對西門慶說：「你看他嘴頭子就相淮洪一般。」金蓮每次也都用「等他來家與我休書」這樣的話撒潑。後來月娘對大妗子所說的話：「在前頭幹的那無所不為的事，人幹不出來的，你幹出來」，「行說的話兒，就不承認了」，妙在和當年雪娥說金蓮的話一模一樣：「背地幹的那齣兒，人幹不出，他幹出來」，「明在漢子跟前截舌兒，轉過眼就不認了」（第十一回）。

雪娥、金蓮吵架，月娘只是坐在一旁不言不語——因為那時偏向金蓮與春梅，且有坐山觀虎鬥的意思。如今，金蓮、春梅卻嚴重地侵佔到了月娘作為正室娘子的利益：這次吵架，多了皮襖的心結，多了申二姐的心結，還多了一個如意兒的心結。月娘並不在乎西門慶是否多收用一個丫頭或養娘，一是自知管不住，二也好像《紅樓夢》裏面的邢夫人對賈赦，一味只知「奉承夫主以自保」。難怪當金蓮暗示她縱容如意兒其實是「浪了

圖漢子喜歡」，月娘便正「吃他這兩句觸在心上」。但是月娘心心念念的是財帛，是經濟上的佔有權、支配權：她有一句話說得好，「就是孤老院裏也有個甲頭！」做甲頭，是月娘其人平生最大的願望 —— 而後來夫亡子去，她也終於真的做了孤老院的甲頭 —— 但是一件皮襖不問她就悄悄落入金蓮之手，申二姐沒經過她的同意，甚至沒有拜辭她，就被春梅撞走，試問月娘的甲頭還怎麼做？無怪其不能忍受了也。至於金蓮，她最在乎的，卻是別的婦人是否會搶奪西門慶對自己的寵愛。然而經過了瓶兒，金蓮才意識到容貌不是最關鍵的，聰明也不是最關鍵的，陪嫁的豐富更不是最關鍵的，關鍵是：要想在這樣一個大家庭裏以妾的身份擁有一個牢固的位置，不被打入冷宮，受眾人欺負，最重要的便是生一個兒子。因此，金蓮對如意兒的嫉妒不僅僅是情色方面的吃醋；何況月娘已結胎而金蓮尚無子，所以萬一如意兒受孕，最受影響的不是月娘而是金蓮。月娘與金蓮的吵架，不是簡單的老婆舌頭，而是一場對權力的角逐。

　　西門府彼時金蓮和雪娥吵架，雪娥落了下風；此時和身懷有孕的正頭娘子月娘吵架，金蓮卻要吃虧了。只因為月娘有孕在身，西門慶便不得不首先安撫月娘，為之請醫看病，晚上又在上房歇宿，不敢去看望金蓮，次日，哪怕心裏多麼牽掛著金蓮、春梅，也只得聽了月娘的話，在嬌兒屋裏歇宿一宵。在妻妾的權力鬥爭中，丈夫成為犧牲品，因為他失去了行為的自由。娶妾本是為了自己的樂趣，但是作者極寫妻妾成群帶來的煩惱，以及一個男子如何因為妻妾成群而喪失自由。誰說在父權社會男子的地位必定至高無上，可以隨心所欲，而女人只是可憐的、被支配的奴隸？權力的行使有無窮多的方式：有明顯的，也有隱秘的；有直接的，也有曲折的。也許最終男性的性別是權力的來源，但是女人卻能夠以她腹中所懷的男性胎兒挾制丈夫，限制他的行動，剝奪他的意志自由。雖然娶妾制度是男性滿足一己欲望、增加一己財產（妾有陪嫁）的手段，但我們從本書所描寫的情景可以看出：男人也很容易成為這種制度的犧牲品 —— 難道瓶兒和官哥兒的兩條性命，不是喪於這種制度麼？

月娘控制家財之嚴密，又在西門慶赴宴回來後描寫一筆：一再問西門慶「喬親家請你做什麼？」「喬親家再沒和你說什麼話？」直到西門慶告訴她：「喬親家如今要趁著新例，上三十兩銀子，納個義官。」月娘還要最後緊逼一步：「你沒拿他銀子來？」如果我們開始注意這樣的細節，就會發現月娘自始至終對銀子的關注、對經濟權的把握、對財物的貪心。

西門慶請來任太醫為月娘看病，處處與診瓶兒對照：瓶兒在帳子裏，月娘卻自己直走出來，「望上道萬福」，「在對面椅上坐下」，診脈之後，「又道個萬福，抽身回房去了」。寫月娘，總是寫她缺乏風韻、氣派，有一種粗俗的氣質。西門慶對任太醫稱月娘為「大賤內」：賤內已經是對正妻的稱呼了，加一個「大」字，反而顯得月娘只是眾妻妾其中之一，不過排行最大而已，除此之外，沒有任何特殊的地方。這也是暗寫西門慶對月娘並無感情，也不把她作為正妻看待（瓶兒才是他心目中的妻子），一切都只是看在她懷孕的面子上罷了。

又，《紅樓夢》專門在王太醫、胡太醫給晴雯、尤二姐、賈母看病時是否垂帳上作文章，全從此處學來。

第七十六回

春梅姐嬌撒西門慶
畫童兒哭躲溫葵軒

（孟玉樓解慍吳月娘　西門慶斥逐溫葵軒）

　　結局臨近，此回處處埋伏讖言，或明或暗地交待眾人的歸宿。

　　到了十一月三十日，一面西門慶在前面擺酒請侯巡撫，一面孟玉樓在後面錦心繡口，勸了月娘又勸金蓮。兩下裏勸說的時候，最關鍵的一句話便是：「教他爹兩下裏不作難？就行走也不方便。」月娘雖然不願同金蓮和解，但是畢竟還是不想得罪了西門慶；金蓮也深知如果不同月娘和解，西門慶不敢往她屋裏來。所以玉樓此言一拍即合。然而當天晚上，月娘畢竟不許西門慶去看金蓮，也不許去找如意兒，一定讓他去嬌兒屋裏。西門慶「無法可處，只得往李嬌兒房裏歇了一夜」。錦繡叢中，一如戰場。前邊，男人的世界裏，行賄、逢迎、為親朋謀求職位，一團勢利熱鬧；後面，是私生活的空間，女人的天下，同樣爾虞我詐，費盡心機。月娘、玉樓、金蓮的世界，表面上圍繞著一個西門慶旋轉，但西門慶是她們抽彩的獎品，也是妻妾爭鬥的犧牲品，西門慶本人卻並非得利的漁翁。在過去，一個中上層階級的大家庭裏，爭寵、生子、和家人相處、保住自己的地位，也就是一個女人的畢生事業了。

　　十二月初一，西門慶終於可以來看金蓮了。金蓮在西門慶前哭訴，若

按照過去的說法，便是所謂以「妾婦之道」蠱惑其夫。然而金蓮固然有其委屈之處：明明是西門慶心愛的人，但是到此際，卻不得不忍氣吞聲。金蓮一語道破癥結：「他如今見替你懷著孩子，俺每一根草兒，拿什麼比他？」想當初西門慶為了瓶兒與金蓮，和月娘吵架不講話達數月之久，就可以看出西門慶對月娘本無情意，如今的確只是因為月娘懷有身孕，也是因為官哥兒、瓶兒之死投下的陰影，唯恐再發生這樣的悲劇。瓶兒臨死前囑咐西門慶，月娘有孕在身，不要虧待了她，也在西門慶心中留下了深刻的印象。不過金蓮雖然可憐，但如果懷孕的是她，也可以想見家中其他女人的命運。

十二月初二，王婆許久不見，忽然出現，來替當初殮武大的團頭何九說事。王婆、何九的短暫照面，彷彿明亮白日中的一道黑影，使小說開頭時的種種情事再次閃現，預兆了西門慶、金蓮二人結局在即。金蓮待王婆，極為疏遠冷淡，不稱乾媽，只稱老王。王婆奉承她說：「娘子，你這般受福夠了。」金蓮卻絕對不願意承認自己在「受福」，因為一承認，便意味著要感謝王婆當初的撮合。而金蓮固然像大多數人那樣，不願意被人提醒自己現在的好日子多虧了某某人，不願意表示感謝，尤其好像許多輕薄鄙俗的人那樣，不願在富貴時看到貧賤之交，更因為曾經和王婆共同害死了前夫，就越發不願意想到自己那段黑暗而不堪回首的過去。再說前兩天剛剛在大娘子手下受羞辱，一心只在後悔「做小老婆不氣長」，哪裏肯在這時候接受王婆的祝賀，承認自己在「受福」？於是一口把王婆回倒：「什麼夠了，不惹氣便好。成日嘔氣不了在這裏！」又只叫秋菊倒茶，不使喚春梅，也是因為覺得王婆不配享受春梅的伺候。誰知數月之後，自己會再度落在王婆手裏？而王婆又會因為金蓮此日對她的冷淡而深深懷恨、藉機報復？這兩個分別被財、色所迷，變得盲目的女人，更是怎麼也沒有想到，她們會死在一起。

當天晚上，西門慶「瞞著春梅」，使琴童送一兩銀子、一盒點心給申二姐。凡事需要瞞著某人做的，不意味著這個某人如何被騙，而意味著這

個某人多麼有權力，意味著做事的人實際上多麼害怕這個某人 —— 即使只是怕傷她的心。

十二月初三，西門慶處理完公事回家，一方面告訴金蓮放了何九的兄弟，一方面彷彿講閒話一般提到某女婿與丈母通姦事，「後因為責使女，被使女傳於兩鄰，才首告官 …… 兩個都是絞罪」。金蓮便責備「學舌的奴才」，月娘便責備丈母 —— 妙在無人責備那個女婿。而西門慶在杖責這些人犯時，萬萬沒有想到這一切都將很快發生在自己家中。關於女婿與丈母通姦事，繡像本敘述簡略，詞話本多一段話：「那女婿年小，不上三十多歲，名喚宋得，原與這家是養老不歸宗女婿。落後親丈母死了，娶了個後丈母周氏，不上一年，把丈人死了。這周氏年小，守不得，就與他這女婿常時言笑自若，漸漸在家嚷的人知道，住不牢。一日，道他這丈母往鄉里娘家去，周氏便向宋得說：你我本沒事，枉耽其名，今日在此山野空地，咱兩個成其夫妻罷。」云云。如果說這段故事是潘金蓮與陳敬濟通姦的剪影（金蓮也不是敬濟的親丈母，敬濟的親丈母陳氏也早死了，敬濟遭家難，在西門慶家也算是「養老不歸宗」的女婿，而敬濟也死了丈人），那麼二人在丈人死後才成姦，前此只是「言笑自若」而「枉耽其名」這段話值得重視。觀金蓮與敬濟的姦情，只有在他人補入的五回之中有所描繪，而凡屬原作的章回之中卻只寫其打情罵俏、擁抱親吻這樣缺乏「實質」的勾搭調情。而且自補入的五回之後，直到西門慶之死，無一筆寫及金蓮與敬濟之間的關係，只有在第七十二回卷首，提到西門慶上東京之後月娘防閒，致使金蓮與敬濟無機可乘。月娘向來都信賴這個女婿，而且把敬濟引入內宅全是月娘所為，倘若沒有蛛絲馬跡落在月娘眼裏，恐怕也不會想到要把敬濟看管得如此嚴緊。因此，遺失的五回之中，西門慶初次上京期間，想必有關於敬濟、金蓮、月娘的描寫，可惜我們看不到了。又，繡像本中女婿「不上二十多歲」，詞話本「不上三十多歲」，前者與陳敬濟年紀相距更近。繡像本作：「名喚宋得原，與這家是養老不歸宗女婿」；詞話本則作「名喚宋得，原與這家是養老不歸家女婿」。詞話本後來數次

稱女婿為「宋得」，可見不是標點錯誤。繡像本中女婿名字則只出現了一次，張竹坡抓住這個名字大作文章，認為宋得原是「送得遠」的諧音，以比喻陳敬濟送金蓮到永福寺中埋葬云云。這一處「歪打正著」頗有意思，但手頭缺乏金瓶諸版本，難以考校了。

十二月初四，西門慶在家請客，當初結拜的十兄弟之一雲理守新襲了官職，冠冕著來拜，「西門慶見他居官，就待他不同，安他與吳二舅一桌坐了」。繡像本第一回中，西門慶熱結的十兄弟已經一一作了小傳：應、謝二人不消說；花子虛放在瓶兒傳裏結案；孫寡嘴、祝實念與桂姐、王三官相終始；白賚光、常峙節也都已寫過，唯一剩下吳典恩、雲理守，前者沾西門慶的光做了個官，曾借了西門慶一百兩銀子，後者的女兒將與孝哥結親，然二人都要等到西門慶死後才顯出真面目。雲理守更是第一百回裏月娘的「夢中人」。

十二月初五，西門慶去拜新上任的雲指揮，家裏便有畫童兒小廝嚎啕大哭躲避溫秀才，被月娘、金蓮盤問出底細。金蓮說溫秀才：「哪個上蘆帝的肯幹這營生？冷舖睡的花子才這般所為。」一方面就像繡像本評點者所說，金蓮自己便曾和西門慶幹過「這營生」（五十二回）；另一方面，後來又正是月娘得意的女婿、金蓮的情郎陳敬濟落魄潦倒，淪為冷舖中的討飯花子（九十三回）。

十二月初六，夥計賁四護送夏提刑的家眷上京，溫秀才也被掃地出門了。至此，夏已盡去，「溫氣全無」矣。

第七十七回

西門慶踏雪訪愛月
賁四嫂帶水戰情郎

（西門慶踏雪訪愛月　賁四嫂倚牖盼佳期）

　　十二月初七，何九買了禮物，來感謝西門慶釋放他的兄弟何十。何九的出現，令人想出武二：何九知道為了兄弟奔忙、感恩，當初何以不能理解武二為武大的一片拳拳心意？人大都不能將心比心，所以在《論語》裏面，孔子強調「恕」——也就是「以己度人」的意思。但凡是《論語》裏提倡的德行，沒有一樣是容易做到的。世人都說中國文化是「儒家文化」，卻沒有想到，儒家所提倡的道德規範，不過是我們的理想，不是我們的現實。

　　西門慶待何九十分熱情，口口聲聲稱其為「舊人」，一見何九，便「一把手扯在廳上來」，何九倒身磕頭，西門慶不肯受，拉他起來。何九不敢坐，西門慶便也「站著，陪吃了一盞茶」。處處對比得那天金蓮待王婆的冷淡不客氣，令人難堪。

　　當天晚上，西門慶踏雪訪愛月兒，在她床邊的錦屏風上看見一軸《愛月美人圖》，上面題著一首歪詩，「有美人兮迥出群」云云，下署「三泉主人醉筆」。西門慶問起，慌得愛月連忙遮掩，說：「這還是王三官兒舊時寫下的，他如今不號三泉了，號小軒了。他告人說，學爹說：『我號四

泉,他怎的號三泉?」他恐怕爹惱,因此改了號小軒。」愛月一面說,「一面走向前,取筆過來,把那『三』字就抹了」。又道:「我聽見他對一個人說來,我才曉得,說他去世的父親號逸軒,他故此改號小軒。」試問愛月如何得知此事?「舊時」是何時?三官兒對「一個人」說,那個人又是誰?愛月如何聽見?西門慶聞說三官兒改號,只顧「滿心歡喜」,根本不去想其中曲折,可謂愛令智昏。

　　愛月再三教唆西門慶勾引三官娘子。關於六黃太尉的這個侄女兒,我們第一次聽說她,是應伯爵在五十一回中誇讚其生得好看,第二次,是愛月在六十八回中稱其「上畫般標致」,這裏愛月又讚其「風流妖豔」。西門慶勾搭林太太,固然是為了報復王三官請了桂姐,另一方面也是為了放長線釣大魚。愛月身為妓女,對三官娘子這樣身處富貴的良家女子滿懷嫉妒,一定要拖之下水而後快。作者對愛月,比對桂姐還要深惡痛絕之,觀其一口一聲稱之為「粉頭」可知。又此回西門慶令愛月品簫,愛月便已不再推辭。

　　十二月初九,三個官員借西門慶家請客。雖說眾人湊了分子,但是少不得西門慶墊錢進去。近日許多官吏都來借西門慶家請客,因為看準了西門慶是大富商,藉機會吃他喝他,變相榨取好處。西門慶也難免要發兩句牢騷,頭一天曾對應伯爵說:「相處分上,又不可回他的。通身只三兩分資!」然而究其根源,恐怕還是因為被請的客是杭州知府而新升京堂大理寺丞,是那三個請客的官員原來的「本府父母官」(都是浙江人),既和西門慶沒有直接關係,而且大理寺丞也遠遠不如太尉、巡撫聲勢顯赫,所以西門慶才會抱怨,否則,賠錢也是心甘情願的。三位官員,擺五席酒,只出三兩銀子的份子,簡直是開玩笑,也虧得他們好意思。但其中雷兵備臨走,特意提起前日因西門慶人情,寬免了黃四的小舅子(六十七回)。應伯爵道:「你說他不仔細?如今還記著!折准擺這席酒才罷了。」繡像本評點者批道:「肯折准的,還算清廉官。」

　　臘月裏發生的大事,有楊姑娘病逝,用的正是西門慶為她準備下的

壽材 —— 應了第七回中，西門慶為娶孟玉樓而答應下來的條件。此書至此，又已了結一人。西門慶看著毛襖匠人為月娘做貂鼠圍脖，第一個做好的，卻派玳安送給院中鄭月兒，眼見得正妻不如娼妓，月娘與月兒兩相對比，諷刺宛然。崔本治了二千兩湖州綢絹貨物，湖州那位後來成為王六兒、韓道國歸宿的何官人，在此躍躍欲出。根據崔本的報告，他和韓道國、來保在揚州時，都在苗青處下榻 —— 苗青顯然已經按照他原來的計劃，謀死了苗員外的病妻，侵佔了苗員外的萬貫家財（四十七回）。這件事，應該在失落的五回中有所交待。崔本又說，苗青為西門慶買了「揚州衛一個千戶家女子，十六歲，名喚楚雲」，待開春，韓道國和來保將把她帶回來。必言「千戶家女子」，是為西門慶死後他所寵愛的四個會彈唱的丫鬟風流雲散作伏筆。張竹坡評道：「即用千戶女，可傷西門之心。」然而《金瓶梅》中人物所最缺乏的，便是自省的能力：所有的人物，都深深地沉溺於紅塵世界的喜怒哀樂，沒有一個有能力反觀自身。作者唯一寄予希望的，就是讀者或能做到這一點。這和《紅樓夢》中甄士隱、賈寶玉兩個書中角色的「醒悟」十分不同。

本回以監察御史宋喬年的奏本結束：這是全書最後的一個奏本。其中保舉了吳月娘的哥哥吳大舅，稱其「以練達之才，得衛守之法，驅兵以搗中堅，靡攻不克」。我們每日只見吳大舅在西門慶家吃飯飲酒，不知搗了些什麼樣的中堅，真是惶恐煞人。然而西門慶的八仙鼎送著了。

又，自十一月三十日起，金蓮當家管理銀錢，接替玉樓。玉樓當初管理銀錢是接替李嬌兒。觀二十一回月娘掃雪烹茶時，還是嬌兒當家；一年多之後，到了四十六回卜龜兒卦時，已經是玉樓當家。玉樓把賬簿交給金蓮，是因為賭氣，不願意再受累；然則嬌兒何以不再當家？想必是從夏花兒偷金起卸任的。

　　本回敘述臘月末到正月西門慶家發生的大小事件，從除夕開始，幾乎每天都有交待。蓋西門慶將死，當真是數著日子過生活，正要寫他每天的活動，才更見得人對死到臨頭的茫然不知是多麼可悲，以及大變突然降臨的觸目驚心。

　　初六，西門慶去林太太家赴約，而月娘去何千戶家赴宴，回來便誇讚何千戶娘子藍氏「生的燈上人兒也似，一表人物」。西門慶道：「他是內府生活所藍太監侄女兒，嫁與他，陪了好少錢兒。」這番議論，極似第十回中芙蓉亭家宴上，夫妻二人議論瓶兒。藍氏與三官兒娘子黃氏，是西門慶終於沒有來得及勾引上手的兩個婦人。藍氏僅僅驚鴻一瞥，黃氏卻始終未曾露面。《金瓶梅》中描寫的財色世界，並不隨著西門慶的生命結束，我們知道後來張二官不僅接替了西門慶的職位，與何千戶同僚，而且娶了李嬌兒為妾。則西門慶雖死，他的生活樣範，還會由他人繼續下去。

　　西門慶與林太太做愛，全用韻語，以傳統的戰爭意象描述。一方面就像張竹坡所言，是「極力一醜招宣」——招宣祖上是大將，因為戰功卓著而封郡王，後堂懸掛的祖宗畫像就正是圖寫其坐在虎皮交椅上「觀看兵

書」；另一方面是為了暗示這一男一女之間，全無浪漫情意：西門慶是為了報復三官，更是為了圖謀他的漂亮妻子，也是為了藉著征服林太太，征服王府世代簪纓的社會地位。西門慶初次與王六兒做愛，也同樣用了戰爭的比喻。試比較作者對西門慶和潘金蓮、李瓶兒初次雲雨的描寫，就知道滋味完全不同。

當天晚上，月娘和西門慶商量是否明日去雲理守家赴宴，月娘說：「我明日不往雲家去罷。懷著個臨月身子，只管往人家撞來撞去的，交人家唇齒。」在旁邊慫惥月娘赴席的，不是別人，卻是孟玉樓。按，當初月娘去對門喬大戶家看房子，便是因為玉樓的提議，結果月娘在樓梯上滑倒，導致流產。這次去雲理守家赴宴，與雲理守娘子指腹為婚，埋伏下後來雲理守負心的根芽，而孝哥由此出家。雖然玉樓並不是安心害人，但是無意之中，兩度耽誤了西門慶的後嗣。

正月初八，金蓮上壽。早晨起來，看玳安和琴童在大廳裏面掛燈，金蓮對著玳安，揭破西門慶和賁四娘子的私情，玳安是牽頭，又是賁四娘子的姘頭，心中有病，便一直和金蓮辯白。玳安口中說出的話，和西門慶如出一轍：「一個夥計家，那裏有此事！」直對第六十一回中，金蓮指責西門慶和韓道國老婆有染，西門慶矢口否認：「夥計家，那裏有這道理！」就連金蓮回答他們的話也極為相似。玳安巧言分辯，連用了一串歇後語，口角凌厲，不亞於金蓮本人。玳安是未來的西門小員外，西門慶雖死，後繼有人。

潘姥姥來看金蓮，金蓮不肯拿出轎子錢來，還是玉樓拿出一錢銀子來打發了轎夫。潘姥姥被金蓮抱怨一頓：「指望我要錢，我那裏討個錢兒與你？……驢糞球兒面前光，卻不知裏面受棲遑。」當天晚上，潘姥姥對著迎春、如意兒，讚美瓶兒慷慨大方，怨恨金蓮小氣刻薄，自己回憶：「想著你七歲沒了老子，我怎的守你到如今，從小兒交你做針指，往余秀才家上女學去……你天生就是這等聰明伶俐？」雖然並不提起金蓮九歲賣入招宣府一節。又說金蓮從七歲起上女學上了三年，學會讀書寫字，然

而在繡像本第一回中,作者卻交待說金蓮是在王招宣府「習學彈唱,閒常又教他讀書寫字」(詞話本無「閒常又教他讀書寫字」一句)。不知這一紕漏,是繡像本作者有意所為,以摹寫潘姥姥的誇嘴居功,還是無意的疏忽?

之後金蓮和西門慶睡下,春梅準備了各色菜蔬下飯,來到瓶兒房裏看望潘姥姥。春梅此來,是為了安撫傷心的潘姥姥,為了替金蓮彌補過失,順便為金蓮辯護:「姥姥,罷,你老人家只知其一,不知其二。俺娘是爭強不伏弱的性兒,比不得六娘,銀錢自有,他本等手裏沒有。……想俺爹雖是有的銀子放在屋裏,俺娘正眼兒也不看他的。若遇著買花兒東西,明公正義問他要。」雖然這是春梅替金蓮遮掩,但也的確道出金蓮心病。金蓮最爭強好勝,然而比起西門慶其他幾個妻妾,金蓮除了自身的才貌之外一無所有,既無陪嫁,又無娘家勢力,又無子,若不是憑著自己的姿色與聰明維持西門慶對她時冷時熱的感情,她在家中的地位便會落得和孫雪娥一樣。潘姥姥喜歡貪小便宜,只從誰待她好出發來衡量一切,似乎完全不體諒自己女兒的處境和心情。這使讀者一方面覺得潘金蓮刻薄狠心,潘姥姥孤苦無依,一方面卻也難以毫不留情地譴責金蓮。歸根結底,金蓮與潘姥姥,都是可憐的人,有局限的人。作者並不要求讀者高高在上地做出道德判斷,而要求讀者對兩個人都能夠寄予同情。他安排春梅帶著酒食菜蔬看望潘姥姥,講出一番為金蓮辯護的話,難道讀者可以當作等閒筆墨看過?春梅既然是金蓮的知己,「你和我是一個人」(八十三回),則她的所作所為,其實反映的是金蓮心情的另一面。須知書中沒有一個角色說出來的話,沒有一個角色的價值觀念,我們可以「偏聽偏信的」。必須把一切人、事作為總體看待,做出獨立的判斷,因為《金瓶梅》一書描寫的,沒有一個是沒有局限的人 —— 也許,除了最後出現的那個普靜和尚之外。張竹坡同情潘姥姥固然是,但是痛詆金蓮不孝,看不見金蓮的可憐之處,這種道德上的狹隘與嚴厲也不能使我們百分之百地贊同。八十二回潘姥姥去世那一段描寫,便是《金瓶梅》作者分明要我們看到金蓮對母親不是沒

有感情的，只是自己生活中的艱難與不如意使她變得越來越狠心和刻薄。
此回這一大段文字，寫潘姥姥、寫金蓮、寫春梅都極好。作者極為摹寫人
心的複雜之處，探入「人性深不可測的地方」，這正是《金瓶梅》作者的
一貫手法。但是能夠不僅體會到父母的用心，也體會到女兒的委屈與複
雜，並不像張竹坡那樣一味只知道強調「苦孝」，這是金瓶作者極了不起
的地方。

　　正月初十，下帖子請眾官娘子十二日吃燈酒，月娘也要請上孟玉樓的
姐姐和自己的姐姐，「省得教他知道惱，請人不請他」。金蓮在旁「聽著
多心」，便攛掇自己母親起身去了。過後對李嬌兒說：「他明日請他有錢
的大姨來看燈吃酒，一個老行貨子，觀眉觀眼的，不打發去了，平白交他
在屋裏做什麼？待要說是客人，沒好衣服穿；待要說是燒火的媽媽子，又
不像。」然而金蓮的「多心」，也未必就沒有道理，未必就定如張竹坡所
批評的那樣，是「小人」的表現。何況如果金蓮是小人，月娘就更是小
人，其勢利處還要遠遠勝過金蓮。又，金蓮不對著別人，專門對著李嬌兒
說，是因為嬌兒和金蓮在這件事上處境相同：嬌兒的女性親戚乃是鴇子與
妓女，自然不可能在被邀之列 —— 除了桂姐被叫來供唱之外。

　　十二日的酒宴，林太太食言，沒有帶三官娘子同來。西門慶問起，林
太太便說：「小兒不在，家中沒人。」我們可以想見西門慶的失望，就連
讀者也跟著失望，因為前文對三官娘子渲染盡夠了，大家都想一睹真容。
林氏的解釋明顯是託辭，因為初六西門慶在枕席之間發邀請時，林氏已知
三官要過了元宵才能從東京回來，何以彼時「滿口應承都去」而不一推託
乎？三官娘子本次不來，或是因為林太太心裏知道西門慶意在三官娘子，
不願意滿足他的願望（為嫉妒，不是為名節）；或是因為三官娘子聽到了
什麼風聲，拒絕與婆婆同往。

　　然而一個太監的侄女兒黃氏未來，另一個太監的侄女兒藍氏卻來
了。西門慶一見，便迷戀上了她的美貌。此時恰好撞見新來的家人媳婦
惠元 ——「雖然不及來旺妻宋氏風流，也頗充得過第二」—— 於是順手牽

羊,拿她解饞,次日又照樣派玉簫做牽頭（見下回）。一時間,西門慶的風流豔史,似乎即將全部重演:夥計賁四的妻子葉五兒好像韓道國之妻王六兒,惠元彷彿蕙蓮,藍氏恰似瓶兒。然而,西門慶從來沒有像現在這樣倦怠過,還沒到起更時分,居然在酒席上睡著了。這個細節,使我們知道西門慶生活中這種似乎無休無止的循環,即將被突然來到的結局所中斷了。

第七十九回

西門慶貪欲喪命
吳月娘喪偶生兒

（西門慶貪欲得病　吳月娘墓生產子）

　　西門慶之死，是全書從熱到冷的轉折點。

　　西門慶之死，與兩個六兒 —— 王六兒、潘六兒 —— 直接聯繫在一起：先在王六兒處盤桓到三更，吃得酩酊大醉，回家後又被金蓮灌了三丸胡僧藥，於是病情發作，以至於死。小說裏，作者對王六兒與潘金蓮，處處進行對照與對比。第七十三回中，金蓮為西門慶製作了一條白綾帶，以為行房之助。本回開始，王六兒差兄弟王經送來一條錦帶，並用自己的頭髮和五色絨線纏就了一個同心結托兒，比金蓮所做的白綾帶還要精細香豔，勾引得西門慶動了心，前去獅子街看望她，和她瘋狂做愛，直到夜深。獅子街，正是當初武松追殺西門慶、打死李外傳之處，也是花子虛搬家後病死之處。此次西門慶與王六兒行房，完全是第二十七回中與金蓮在葡萄架下做愛的重寫：比如西門慶以王六兒的裹腳帶子將她的兩隻腳吊起來，一如金蓮的雙腿被吊在葡萄架上。其時元宵佳節臨近，獅子街「車馬轟雷，遊人如蟻」，然而等到西門慶離開王六兒家，卻已「三更天氣，陰雲密佈，月色朦朧，街市上人煙寂寂，閭巷內犬吠盈盈」。是所謂的煙消火散之時了。

金蓮給西門慶吃藥的一段描寫，繡像本評點者眉批指出與當初灌武大砒霜不差毫厘。當初西門慶曾經對金蓮發誓絕不相負，否則便如武大一般，成為此夜的讖言。

而第二十七回在全書結構中的重要性，再次在西門慶、金蓮最後的做愛中顯示出來。這一回二人做愛的描寫，處處回應二十七回，然而彼時樂趣屬西門慶，這一次，樂趣卻完全屬金蓮。上次金蓮昏迷過去，醒來後對西門慶說：「我如今頭目森森然，不知所以。」這次卻是西門慶昏迷過去，醒來後對金蓮說了同樣的話。作者在提醒讀者：金蓮對西門慶所做的一切，也無不是在「回報」西門慶而已。金蓮與西門慶的相似也最後一次得到具體的表現。西門慶與金蓮，其實是同一個人，一枚硬幣的正反兩面。

正月二十一日，西門慶去世。人們都知道對比西門慶的喪禮與瓶兒的喪禮，從兩個喪禮的冷暖來看人世的炎涼；但實際上，更刺目的對比在於二人死前周圍眾人的反應。瓶兒死前，丫鬟、養娘、王姑子、馮媽媽諸人，依次臨終告別，對人人都有一番特別的囑咐，人人也都對瓶兒有一番傾訴，又個個哭得「言語都說不出來」。西門慶將死，卻只對金蓮、月娘、敬濟有所囑咐，其他三個妾——嬌兒、玉樓、雪娥，一個女兒西門大姐，都無一言及之（而且此書從頭至尾，未見西門慶與西門大姐之間有哪怕一句直接的對話）。對金蓮，明言心中捨她不得。對月娘的遺言是：「你若生下一男半女，你姊妹好好待著，一處居住，休要失散了，惹人家笑話。」又指著金蓮說：「六兒從前的事，你擔待他罷。」也就是在西門慶說完此話之後，月娘才「不覺桃花臉上滾下珍珠來，放聲大哭，悲痛不止」。月娘的悲痛，相當曖昧，其中當有傷心嫉妒西門慶對金蓮之情意的成分。張竹坡評道：「絕無一言，其恨可知，蓋愈囑而月娘愈醋矣。」至於囑咐陳敬濟之後，西門慶「哽哽咽咽的哭了」，陳敬濟卻不過說了一句：「爹囑咐，兒子都知道了。」沒有一滴眼淚，沒有一句依戀之言。又

瓶兒死前，月娘極力主張西門慶為她備棺材，說萬一病好了，還可以再施捨給別人，但萬一過世，不至於臨時慌亂；然而西門慶病了數日，直到咽氣，「棺材尚未曾預備」。月娘何以對瓶兒如彼而對西門慶如此？是期待著瓶兒死？是癡心以為西門慶能病癒？而瓶兒的棺材板花了三百二十兩銀子，賁四、吳二舅為西門慶買棺材，月娘卻只給他們二百兩。月娘生子的同時西門慶斷氣，月娘清醒過來之後第一件事，就是大罵玉簫不鎖箱子，對西門慶的死沒有表示絲毫傷心。瓶兒從重陽節病重到九月十七日去世，一共只有八天而已；西門慶正月十三夜裏得病，正月二十一嚥氣，其間也是八天。這之間，也有許多人來看望他，像應伯爵、謝希大、桂姐、愛月、同僚、眾夥計。也亂哄哄請了許多醫生，也跳神、也占卜，但還是覺得比瓶兒從病到死的過程要潦草和冷清：這並不在於排場，而在於周圍人對他的態度反應，比瓶兒死前諸人的態度還更膚淺表面、流於虛套。瓶兒死後，西門慶全家也忙亂成一團，但是因為有真正的、深厚的悲哀作襯底，所以那些排場儀式也都有了根基，雖奢侈過分，卻不顯得空虛；西門慶死，本來排場儀式都已較瓶兒為少，但主要還是因為家中完全沒有哀悼的氣氛 —— 只有月娘罵人、嬌兒偷東西、玉樓多心、金蓮與陳敬濟調笑成姦 —— 所以生前死後，都覺得西門慶的下場是冷落難堪。然而，西門慶本人生命的結局，卻又是「熱」到極點的：他的一生，充滿了勢利與熱鬧，酒席與女色，音樂與鑼鼓，如今就是他的病，他的死，也是聲色並茂、喧囂浮躁的：「面容發紅」，「虛火上炎」，「在床上睡著，只是急燥沒好氣」，直到後來「相火燒身，變出風來，聲若牛吼一般，喘息了半夜」，才斷氣身亡。

　　西門慶死了。瓶兒之死，使我們感到哀憐；金蓮之死，令我們震動；但是對西門慶這麼一個人，我們雖然沒有什麼深刻的同情，卻也並沒有一般在電影小說中看到一個壞人死掉而感到的痛快。因為他的死，就像瓶兒的死一樣，是痛苦而穢惡的，而且，就像孫述宇所說的那樣，西門慶這個

人有太多的人情味。[1] 他的不道德，沒有一點是超凡脫俗的，沒有一點是魔鬼般的、非人的。他的惡德，是貪欲、自私與軟弱，而所有這些，都是人性中最常見的瑕疵。

1　孫述宇著：《金瓶梅的藝術》，第 106 頁。

第八十回

潘金蓮售色赴東床
李嬌兒盜財歸麗院

〔陳經濟竊玉偷香　李嬌兒盜財歸麗院〕

　　西門慶死之前，吳月娘做了一個預言性的夢，夢中，西門慶從瓶兒箱子裏尋出一件大紅袍給了月娘，被金蓮劈手奪走，月娘便道：「他的皮襖，你要的去穿了罷了，這件袍兒你又奪！」金蓮使性把袍子扯了一個大口子，月娘於是「大吆喝」嚷罵起來，就醒了。這是因為在酒席上看到林太太穿了一件大紅袍而心存羨慕（預言了後來月娘就像林太太一樣做寡婦的命運），而夢中紅袍又是瓶兒皮襖的轉型。月娘貪瓶兒之財，不憤金蓮要走皮襖，一片斤斤計較的心腸，全在這個夢裏顯示出來。初讀這部小說，不會強烈地覺得月娘不好，因為表現得並不明顯；但越是熟讀《金瓶梅》，越是仔細品味吳月娘這個人物，就越是討厭她的粗鄙、淺薄、蠢鈍、貪婪。又沒有任何溫柔嫵媚、嬌俏動人的丰姿來彌補這些缺陷，動輒張口罵人，而就連罵人，也不像金蓮冰雪聰明、伶牙俐齒，令人又恨又愛，只是硬梆梆、直通通，毫無魅力可言。張竹坡痛恨月娘，認為她陰險邪惡。其實月娘並不是邪惡，只是自私、淺薄和愚蠢而已，然而這些特點，有時卻比直截了當的邪惡還要令人厭惡。月娘實在是一部《金瓶梅》裏面最缺乏吸引力的女性。西門慶生前，月娘還比較低調，所以不至於明

顯暴露醜態；西門慶死後，月娘「脫穎而出」，成了一家之主，她的一系列所作所為，都使得我們對這個人物看得更加清楚了。

我們看到月娘平昔不言不語，然而深埋在心中的怨恨與嫉妒，在她當家作主之後一一盡情發泄出來。月娘所做的第一件事，是打發走了西門慶的小廝王經——王六兒的弟弟。西門慶首七那天，王六兒來弔孝，來安進去報告，月娘不僅破口大罵王六兒，而且兼及報信的來安。後來，過了良久，經大舅一番勸解，只派玉樓出去待了一盞茶。二月初三，是西門慶二七，唸經送亡，當晚，月娘「分付把李瓶兒靈床連影抬出去，一把火燒了，將箱籠搬到上房內堆放，奶子如意兒並迎春收在後邊答應，把繡春與了李嬌兒房內使喚，將李瓶兒那邊房門一把鎖鎖了」。這是月娘早就想做，但是一直被西門慶阻攔的事情。當時西門慶請來宮廷韓畫師為瓶兒精心所作的畫像至此煙消雲散，正應了當時西門慶對瓶兒所說的「我在一日，供養你一日」。這裏作者一連用了兩個「一把」——一把火燒了，一把鎖鎖了，寫出月娘深切的痛快。不知為什麼，我們不覺得這說明月娘對瓶兒的嫉妒懷恨，卻只覺得這說明了月娘對西門慶之死感到的某種快意：好像是說，現在我總算可以為所欲為了！雖然一把火燒掉的只是瓶兒的畫像，一把鎖鎖住的只是瓶兒的房門，但是這舉動卻有呂后在漢高祖劉邦死後把戚夫人打入永巷舂米，又殘害其四肢五官，把她變成「人彘」的殘忍決絕。

蔡御史來拜見，得知西門慶病故，把昔日西門慶借貸給他的一百兩銀子還了五十兩，附帶一些微禮作為奠儀。其實那筆銀子，西門慶本來就是看在翟管家面子上奉送的，觀他臨死囑咐陳敬濟，提到數筆官吏債，卻根本沒有言及給蔡御史的銀子即可知。若是蔡御史心黑皮厚一些，也就索性昧下了，如今居然奉還五十兩，雖然只是一半而已，在書中眾小人的對比陪襯之下，竟然也就很值得讚嘆了！月娘「得了這五十兩銀子，心中又是那歡喜，又是那慘凄，想有他在時，似這樣官員來到，肯空放去了？又不知吃酒到多咱晚。今日他伸著腳子，空有家私，眼看著就無人陪侍」。這

時我們才知道：寫蔡御史還銀子，其實竟不是寫蔡御史，而是寫月娘。試看西門慶死後，月娘何嘗一毫掛懷？但不過只是區區五十兩銀子，便引發了心中的「歡喜」與「慘凄」，而由此追憶西門慶在世的好處。懷念西門慶，又不過只是因為西門慶在，勢利熱鬧便在而已。然而就連這也還是需要五十兩銀子作引子才會百感交集。

第八十一回

韓道國拐財遠遁
湯來保欺主背恩

（韓道國拐財倚勢　湯來保欺主背恩）

　　此回接著上一回，繼續寫背叛，寫分離。聚焦點在韓道國、湯來保這兩家人。

　　韓道國與來保親厚，在五十一回裏寫得相當淋漓盡致。但此時韓道國在途中聽說西門慶死了，瞞著來保不說，後次聽從王六兒主張，拐帶了一千兩銀子去東京蔡太師府投靠了親家翟管家。則韓道國不僅背叛了西門慶，也背叛了來保。

　　在七十九回中，王六兒和西門慶做愛時的一番說話相當值得注意。彼時西門慶滿心只想的是何千戶的妻子藍氏，因此「欲情如火」。但是他偏偏要問王六兒：「你想我不想？」六兒自然答說：「我怎麼不想達達？」妙在下文接以：「就想死罷了，敢和誰說？有誰知道？就是俺那王八來家，我也不和他說 —— 想他怎在外邊做買賣，有錢他不會養老婆的？他肯掛念我？」這番話，對西門慶似親實疏，對韓道國卻似疏實近：不敢對人說，不敢讓人知道，固然可以理解，因為和西門慶是偷情，當然不能對人言講；但「就是俺那王八來家，我也不和他說」相當奇特：本來背夫偷情，最不能告訴的人就是丈夫，可六兒的話，倒好像韓道國是唯一可以告訴的

人，唯一可以對之傾訴對情夫之相思的人了。當然了，韓道國是金蓮所謂的「明王八」，因此，對外人不能言說，對韓道國反而可以，只是對著韓道國說「你不知老娘如何受苦」這樣的話，我們可以想像，對著韓道國說想念西門慶，卻似乎也太難為了。無怪乎六兒「就是俺那王八來家，我也不和他說」。「就是」和「也」這樣的句型，分明是以否定的方式表現出了對韓道國一向的開誠佈公 —— 而坦誠直白，是親密的一種表現，就好比金蓮每每炫耀西門慶什麼話都必告訴她，而月娘也極不憤此點一樣。

如果到此還只是六兒對西門慶的甜言蜜語，那麼下面一句話更是不小心泄漏了六兒對韓道國相當濃厚的感情，雖然這感情是以抱怨的口氣表現出來的：「想他恁在外邊做買賣，有錢他不會養老婆的？他肯掛念我？」這種怨恨與猜疑，是六兒實際心情的反映，卻正說明了六兒對韓道國的關心。否則根本不會計較此節，不會有這樣幽怨吃醋的口氣。此外，也似乎是六兒說這樣的話來安慰自己難免負疚的良心：這種負疚，倒不是因為和西門慶通姦（六兒本來視此為一件工作，一條「賺錢的道路」，並不以為恥辱的），大概還是因為對西門慶有所想念，或者只是說出這種情話，而覺得對道國微微負疚吧。

在七十九回中，作者還描摹了王六兒奇異的自尊心，為八十回中因弔孝受辱而在此回慫恿韓道國拐財潛逃、背叛西門慶家做了鋪墊。從西門慶和六兒的對話裏，我們知道六兒兩次被邀請去西門慶家赴席，六兒都沒去，而沒去的原因，是沒有收到月娘的帖子：「娘若賞個帖兒來，怎敢不去？」更因為日前春梅罵走了六兒推薦的申二姐，所以六兒十分覺得沒面子，這才接連兩次「推故不去」。然而我們知道六兒十分想去西門家赴席，聽說正月十二請眾官娘子看燈吃酒，便說：「看燈酒兒，只請要緊的，就不請俺每請兒了。」一路閒閒說來，六兒的複雜心情與需求，雖然不著一句心理描寫，卻被傳達得十分清楚。這一點，是中國小說美學最大的特色之一。

第八十回中，王六兒「備了張祭桌，喬素打扮，坐轎子來與西門慶燒

紙」，結果站了半日，無人管待，來安進去稟報，被月娘大罵一頓——月娘知道西門慶得病之夜曾在六兒家裏吃酒，因此把一腔怨氣都出在六兒身上。六兒大受羞辱，這才慫恿韓道國背叛西門慶。本來我們看到韓道國還想把一千兩銀子給西門家送去一半，自己昧下一半，被老婆道：「呸！你這傻奴才料，這遭再休要傻了！」張竹坡評道：「前番不傻待如何？」我們不能確知六兒的所指，但是否在說：前番使美人計，險些真的丟了自己的老婆呢？回想七十九回，西門慶對六兒說：「你若一心在我身上，等他來家，我爽利替他另娶一個，你只長遠等著我便了。」西門慶不能許諾六兒真的娶她，只有模糊地說：「你只長遠等著我便了。」但是替韓道國另娶一個，何嘗是如此與韓道國一家一計過日子的王六兒的初衷？六兒回答西門慶：「等他來家，好歹替他另娶一個罷！」繡像本評點者在此說：「六兒之言不知果真心否？」這樣的懷疑，正是因為王六兒並不像如意兒之一心一意要待在西門慶家裏。王六兒與韓道國之間的關係，一直是相當和睦而互相理解的關係——觀第五十九回，韓道國出差回家，「夫婦二人飲了幾杯闊別之酒，收拾就寢，是夜歡娛無度」，就知道他們不是彼此冷淡仇視的夫妻；第六十回，夫妻二人商量著如何給剛剛喪子的西門慶消愁釋悶，而商量的時間、情境是「睡到半夜」——但是這不可能是夫妻半夜醒來忽然講起的閒話，必定是夫妻做愛之後的聊天。繡像本評點者以為六兒「替他另娶」云云的信誓旦旦是「以其所不愛易其所愛」。西門慶固然可以成為六兒之所愛，但韓道國是六兒之「所不愛」卻未必。第七十九回中六兒與西門慶一番對話，其實標誌了二人關係的某種深化，以及六兒對久久在外不歸的韓道國的猜疑怨恨，如果發展下去，則六兒真的移情於西門慶也未可知。

第八十二回

陳敬濟弄一得雙
潘金蓮熱心冷面

（潘金蓮月夜偷期　陳經濟畫樓雙美）

　　此書寫聚用了七十九回，寫散用了二十一回，越寫得短促匆忙，越顯得淒涼難耐。這後二十一回照樣寫得好，但是讀者多不愛看，抱怨說沒有以前那麼好了，恐怕也是因為耐不得那一股蒼涼之氣而已。

　　寫聚難，寫分散又何嘗容易？但看西門慶死了之後，無數在前文活躍非常、使文字生色的人物如應伯爵、李桂姐之類全都揚長而去，就可想而知把這部大書在冷氣襲人之中繼續進行下去的困難。

　　作者寫散、寫冷，只消一句「原來西門慶死了，沒人客來往，等閒大廳儀門只是關閉不開」，便勝過千言萬語，描寫出人情勢利，家宅淒涼。但是在分散中，偏偏又寫一段相聚，在冷寂中，偏偏又寫一段情熱。但因為是偷歡，是零散的相聚、壓抑的情熱，反而越發襯托出分散與冷落。在本書的後二十一回中，只有關於玉樓的章節有真正的喜氣，因為只有玉樓的愛情是具有合法性的圓滿，是夫妻之間的相愛相知。不像春梅：雖然嫁得好，做了夫人，受寵，但是她對周守備沒有什麼愛情，在感情上只有陳敬濟一人，敬濟卻又慘死。周守備雖然寵愛她，但是國家不寧，戰亂頻仍，周守備常常遠出征戰，就是在家時也公務繁忙，因此春梅只有依靠偷

歡來滿足自己的情欲要求。比較有趣的是，李嬌兒反而有一個安穩的結局，做了張二官的二房，和以前在西門慶家沒有任何兩樣。不過嬌兒是那種「全無心肝」的人，既無大悲，也無大喜，渾噩終世而已。

六月初一，潘姥姥去世。金蓮去燒了紙，但月娘不許去出殯 —— 月娘十分不近人情，而且在不必防範處偏偏防範得嚴緊可笑。六月初三早晨，金蓮約會下敬濟，道：「有話和你說。」是夜，「朱戶無聲，玉繩低轉，牽牛、織女隔在天河兩岸，又忽聞一陣花香，幾點螢火。」金蓮在天井裏，鋪著涼蓆衾枕納涼，等待敬濟。這段悄悄冥冥的描寫，正是第二十七回中，六月初一日，西門慶在葡萄架下和金蓮狂歡的對照 —— 彼時，金蓮也曾在葡萄架下鋪著涼蓆衾枕納涼，然而同樣炎熱的夏夜，到此卻顯得安靜寂寞了許多。

二人雲雨之後，金蓮拿出五兩碎銀子交給敬濟，道：「明日出殯，你大娘不放我去，說你爹多熱孝在身，只見出門。這五兩銀子交與你，發送發送你潘姥姥，打發抬錢，看著下土內你來家，就同我去一般。」在月黑星密的夏夜裏，一向喧囂熱鬧的金蓮對著情郎說出的這一段話，卻只覺得十分靜悄婉轉，既有著對於大娘子不叫去的順從與接受，也有著對於敬濟的溫存信賴；既寫出金蓮與敬濟的親密，也再次寫出金蓮對那個不理解也不關心她的喜怒哀樂的、糊塗鄉愚的母親的複雜感情，以及對於自己從前所作所為的無言愧疚：在世時，不肯給一錢銀子的轎子錢，死後反而拿出五兩銀子發送出殯 —— 讀者儘可以自己去想，這裏蘊涵的是一種怎樣的心理。次日，敬濟來回話，又從昭化寺替金蓮帶回兩支茉莉花。「婦人聽見他娘入土，落下淚來……由是，越發與這小夥兒日親日近」。金蓮何嘗無情哉！金蓮只是一個可憐人耳。這是全書之中，關於潘金蓮最令人哀傷的描寫之一。

七月的一天，敬濟因醉酒，負了金蓮之約，金蓮又發現他袖子裏有一根玉樓的簪子 —— 就是第八回中，金蓮於七月末的一天從西門慶頭上拔下來的那根簪子。金蓮惱怒回房，後來敬濟前去央告金蓮，「急得賭神發

咒，繼之以哭」，求告了整整一夜，金蓮到底沒有原諒他。敬濟跪在地上央求金蓮時溫存軟語，說簪子是他在花園裏面撿的，這樣的光景與當初金蓮和小廝琴童偷情時，金蓮一直說她的香囊是小廝在花園裏撿的，西門慶鞭打折辱金蓮的情景極為相似，不過金蓮是撒謊，敬濟倒的確是在說實話。金蓮騙人慣了，因此才難以相信敬濟的真話。此外又從敬濟作為情人之軟款，見出西門慶之強硬，可以想見繡像本開始時，寫其「秉性剛強」之妙：整部小說，在對西門慶的描寫上，沒有過一次破綻和絲毫的不統一、不和諧之處。

又，此回開始，言「潘金蓮與陳敬濟自從在廂房裏得手之後，兩個人嚐著甜頭兒，日逐白日偷寒、黃昏送暖」。體味語意，則補寫的五回中敘述金蓮與敬濟偷情得手，似乎是補寫者明顯的失誤了。何況第八十回中，敬濟與金蓮偷情有一篇韻語進行描述 —— 這種韻語在《金瓶梅》中往往被用來摹寫兩個情人初次做愛的情景，如西門慶與金蓮、與瓶兒、與王六兒（只有林太太除外）—— 第一句便是：「二載相逢，一朝配偶；數年姻眷，一旦和諧。」明顯是對初次得手的形容。

第八十三回

秋菊含恨泄幽情
春梅寄柬諧佳會

（秋菊含恨泄幽情　春梅寄柬諧佳會）

　　金、瓶、梅這三人中，春梅的性格，和其他兩個女主角 —— 金蓮、瓶兒 —— 十分不同：春梅是一個獨立於愛情的女性。瓶兒癡情，對西門慶可謂死心塌地地愛戀，花子虛、蔣竹山都不曾拴縛住她的身心，最終還是以西門慶為醫她的藥。金蓮的感情需要更是強烈，人們只看見她淫的一面，其實性的要求往往遮掩的是心理上依賴男人的要求。金蓮表面潑辣，但實際上不能離開男人而存在，她的潑辣和強硬也都是倚仗著男人對她的寵愛，但看西門慶死後，她就已經完全受制於月娘。春梅的潑辣雖然看起來與金蓮一模一樣，但是春梅其實相當獨立堅強。她對男人，除了性的要求之外，似乎一概沒有什麼特別的、生死難拆的感情，也就是說，她從來沒有真的愛上過什麼人，如金蓮、瓶兒那樣的。她和西門慶、陳敬濟的關係，都是因為金蓮的中介才開始的。後來，她心心念念牽掛著陳敬濟，其實在很大程度上是出於對金蓮的懷念，而不是因為她愛上了敬濟，像韓愛姐那樣。我們試看她做了夫人之後遊舊家池館，對當初待她極為無情的月娘不念舊惡，都是出於懷舊情緒，既不是什麼「衣錦還鄉」的淺薄炫耀，更不是說她骨子裏多麼有「奴才性」，如有些評論家所批評的那樣。

對潘金蓮的深厚情誼，與她的懷舊情緒，是春梅唯一的感情需要，唯一多愁善感的地方。對男人，她基本上抱有的是「享樂主義」態度：有呢，便供我追歡取樂；沒有呢，我也絕不為相思所縛。看西門慶在時，如果去和如意兒睡覺，臨行時，金蓮便百般叮囑，百般吃醋，春梅卻說：「由他去，你管他怎的？……倒沒的教人與你為冤結仇，誤了咱娘兒兩個下棋。」（七十五回）上一回中，在那個炎熱的夏夜，春梅對金蓮說：「娘不知，今日是頭伏，你不要些鳳仙花染指甲？我替你尋些來。」金蓮問她：「你那裏尋去？」春梅道：「我直往那邊大院子裏才有。娘叫秋菊尋下杵臼，搗下蒜。」這段小小對話，似乎無關緊要，但是卻揭示了數事：一、令我們看到春梅的性情。繡像本評點者批道：「春梅頗有情興。」這種情興，是一種與取媚於男人全不相干的生活情趣，是精神上獨立自足的表現。二、我們看到金蓮與春梅的不同：金蓮不僅不知今日是頭伏，而且也不知道哪裏才能找到鳳仙花。金蓮生活中的一切，都是圍繞著男人，都必須和一個男人互相生發才顯出她活潑潑的美與生命：在這部書裏，我們看到過多少次她掐花、簪花、贈花 —— 瑞香花，石榴花，玫瑰花，桃花，還有珠寶之花如翠梅花鈿兒 —— 但無不是為了取悅於一個男子，無不是發生在一個男子面前。當真好像古詩裏說的：「自伯之東，首如飛蓬；豈無膏沐，誰適為容？」梳洗打扮，全都是為了給一個男子看見。春梅卻不同：金蓮不知道今日是頭伏，她知道，可見西門慶雖死，日月對春梅來說並不就此變得模糊一片；金蓮不知道哪裏有鳳仙花，她知道，可見春梅留心已久，眼裏看得到花光春色，不是只看得到男人。

這段對話，還如張竹坡所說，揭示了「瓶兒之院，荒蕪久矣，閒中點出淒涼」—— 但是更顯示出瓶兒之院雖已荒蕪，春梅卻曾光顧，否則何以知道那邊有鳳仙花開？春梅又何以光顧瓶兒荒蕪的院落？是否將來遊舊家池館的預演？春梅感懷憑弔往事的體現？春梅的確不俗，而我們也可以知道，為什麼她有「人生在世，且風流了一日是一日」的人生哲學（八十五回）：因為春梅清楚地看到了盛衰無憑，看到了一個美色佳人從受辱（別

忘了西門慶在瓶兒房裏的第一夜一直用春梅伺候）到受寵、到死亡、到喪禮盛大、到庭院荒蕪的全部過程。因為沒有個人的利益糾纏在裏面，像金蓮對瓶兒受寵的吃醋，對瓶兒之死感到的痛快，所以春梅看瓶兒的生與死，可以得到更深刻的教訓。金蓮完全沉浸於眼前的悲歡，而金蓮眼前的悲歡又都決定於一個男子的情愛，比如此回，春梅為金蓮和敬濟穿針引線，金蓮對春梅感激涕零。春梅答道：「娘說的是那裏話，你和我是一個人。爹又沒了，你明日往前進，我情願跟娘去，咱兩個還在一處。」從這段對話，我們分明看到金蓮只知和敬濟偷情，卻從未想過將來是否要「往前進」嫁人。春梅數語，不僅顯示了對金蓮的一腔深情厚意，最主要的是給我們看到她早就考慮過對未來的打算安排，不像金蓮只知道沉溺於眼前的恩愛得失。但春梅真正的「氣象」，卻在於她隱隱地看破了人生的短暫，榮華的虛浮，情愛的不可依恃 —— 雖然她的對策，也只能是「且風流了一日是一日」這樣及時行樂的人生哲學。

從吳神仙的相面，我們知道春梅是一個從小無父無母又無親人的孤兒。她在做月娘的丫鬟時很不得意，連雪娥都可以在灶上把刀背打她；後來給了金蓮，金蓮對她很好，「以國士待之」，而春梅便「以國士相報」，成為金蓮平生第一知己 —— 比如她攜帶酒食來看望安撫潘姥姥，又對潘姥姥講出一番話來替金蓮辯解，我們便知道她既深深地了解和同情金蓮，又能夠理解和同情潘姥姥的委屈。再轉過來看金蓮，我們便知道金蓮對春梅的相知遠遠不如春梅對金蓮相知之深。比如金蓮和敬濟偷情，開始還要瞞著春梅 —— 不僅小量了春梅的聰明機靈，也小量了春梅對她的理解、容恕與忠誠。

詞話本此回，寫春梅以紅娘自任時，金蓮表示感激，有一句「我的病兒好了，替你做雙滿臉花鞋兒」。繡像本無。這樣的話，未免太低估了春梅，也低估了金蓮。何況「滿臉花鞋兒」更是不倫不類 —— 這是謝秋菊的禮，豈是謝春梅的禮乎。

又，春梅走到印子舖叫門，喚敬濟赴約，繡像本比詞話本多出「悄

「悄」和「低聲」四字，寫出行蹤之隱秘小心。繡像本作：敬濟剛躺下，聽見有人叫門，「聲音像是春梅，連忙開門」。詞話本作：「忽見有人叫門，問是哪個，春梅道：『是你前世娘，散相思五瘟使。』」兩相比較，繡像本好得多：敬濟的機靈 —— 聽出是春梅的聲音 —— 又因為「低聲」而聽不清楚，都寫了出來；詞話本不合常識，哪裏有私下傳信而隔門如此問答、不怕別人聽見看見嗎？何況春梅的答話輕薄油滑，完全不像是春梅的口氣。

詞話本作金蓮託春梅傳簡，敬濟看了之後向春梅深深唱喏，說道：「我並不知他不好，沒曾去看的，你娘兒們休怪。」繡像本無書簡，只是口信，更沒有上面這兩句話。蓋敬濟與金蓮間阻，明明是因為月娘防範嚴緊，而敬濟此話倒好像可以自由來往；金蓮相思病，明明是因為敬濟不能來才得的，這裏敬濟的話完全因果顛倒。詞話本常常有小節上的邏輯不通、前後不一致處，這種地方只會顯得作者粗陋，往往用一些傳統俗套情節和語言來隨手應付，不顧上下文銜接，很影響小說的藝術性。繡像本則除了補入的五回之外，基本上沒有這樣的邏輯破綻。

【第八十四回】

吳月娘大鬧碧霞宮
普靜師化緣雪澗洞

（吳月娘大鬧碧霞宮　宋公明義釋清風寨）

　　月娘進香，按照小說的情節邏輯來說，是為了還願 —— 雖然月娘的願還得有些莫名其妙：西門慶病重時，月娘許下的願心明明是「兒夫好了，要往泰安州頂上與娘娘進香掛袍三年」，那麼如今西門慶死了，何以也一定要去還願乎？不過，月娘還願又是勢在必然：因為從小說結構來看，此舉主要是為了引出普靜禪師，以免禪師最後的出現顯得過於突兀。此外，也是從側面諷刺月娘責人嚴而律己寬。金蓮的母親死了，月娘以熱孝在身為由，不許她去送殯，可是自己卻不惜拋頭露面，百里迢迢前去泰山進香。另外，正如繡像本評點者所指出的：「託家緣弱子與一班異心之人而遠出燒香，月娘殊亦愚而多事。」張竹坡更是藉此痛責月娘，自不待言。

　　普靜和尚坐禪的山洞叫作雪澗洞，普靜又被稱為雪洞禪師。雪洞者，本是西門慶花園裏一個山洞的名字，我們知道藏春塢書房就設在此處。雪洞是西門慶與宋蕙蓮做愛的地方，也是西門慶與桂姐雲雨的地方，更是金蓮與敬濟調情的地方。山洞這個意象的性象徵固然十分明顯，更兼幽暗隱蔽，是不合法的偷情發生的場所。洞以雪名，更增加了陰冷的氣氛。當初

西門慶與蕙蓮偷情時，就極力渲染洞中的寒冷；蕙蓮曾笑道：「冷鋪中捨冰，把你賊受罪不濟的老花子，就沒本事尋個地方兒，走在這寒冰地獄裏來了！口裏銜著條繩子，凍死了往外拉。」雪洞意象的反覆出現，在西門慶的勢力蒸蒸日上、炙手可熱時，是這部炎涼書中的不祥預兆 —— 雪又是易融化之物 —— 更埋伏下了雪洞禪師度化孝哥的根子。

　　詞話本比繡像本多出宋江在清風寨義釋吳月娘一段，這是《水滸傳》第三十一回宋江在清風寨義釋劉高之妻一段故事的影子，但是與《金瓶梅》後文情節發展毫無瓜葛。繡像本則突出了「雪洞禪師」一段，因為這裏隱藏著小說的大結局，而且，在繡像本裏，雪洞和尚度孝哥，對繡像本作者而言決不僅僅只是一種給小說收尾的傳統俗套，也不僅僅是令西門慶絕嗣以顯示天道報應的手段，而是繡像本作者意識形態的具體體現，也就是佛家思想框架佔據了主導地位。對比繡像本和詞話本的開頭，我們分明看到繡像本作者是特意在第一回敘述者的「入話」中就強調和顯示了結局的。

第八十五回

吳月娘識破姦情
春梅姐不垂別淚

（月娘識破金蓮姦情　薛嫂月夜賣春梅）

　　這一回，作者大筆摹寫春梅內在的剛強，金蓮內在的軟弱，月娘內在的狠心。月娘找來薛嫂發賣春梅，臨行時，不肯讓她帶出任何衣物，派丫鬟小玉來看著，而且囑咐薛嫂，只要原價。春梅當初是薛嫂領來的，我們在第七回中西門慶相看玉樓時，從薛嫂嘴裏得知這一點，然而，春梅的身價，我們到現在才知道是十六兩銀子。至此，我們才知道作者一路上描寫薛嫂、馮媽媽買賣丫鬟往往標出身價的奇妙：小玉當初是五兩銀子買來，秋菊六兩，夏花兒七兩五錢，第六十回中以五兩銀子買了丫鬟翠兒給孫雪娥，唯有第四十回中，金蓮扮成丫鬟，敬濟幫著金蓮哄月娘眾人，張口便說：「娘，你看爸爸平白裏叫薛嫂兒使了十六兩銀子，買了人家一個二十五歲會彈唱的姐兒，剛才拿轎子送了來了。」沒想到如今應在此處。薛嫂對月娘之一定要原價十分不滿，認為春梅既然被西門慶收用過，如何還能要原價。然而，作者隨即寫周守備見到春梅，歡喜不盡，出手便給了薛嫂一錠元寶 —— 一錠元寶，便是五十兩銀子。則春梅不僅身價未減，反而增加，而且必寫一錠元寶，是因為迎春、玉簫到了東京太師府，翟管戶出手便是兩錠元寶。後來月娘賣秋菊，則只賣了五兩銀子。書中從未寫

秋菊被西門慶收用，用薛嫂的話來說，是沒有潑灑過一滴的一碗清水，偏寫其「減價」：這正好像秋菊在理論上本是值得可憐的「被壓迫者」，然而作者既寫金蓮、春梅之善虐秋菊，又偏偏寫出其粗糙、蠢笨、貪嘴偷吃一樣。這等犀利的寫法，方是《金瓶梅》。

　　春梅不垂別淚，這個別淚，是指離別舊地、面對茫茫不可知未來的眼淚，不是指離別金蓮的眼淚。因此，春梅「聽見打發他，一點眼淚也沒有」，因為春梅從來就沒有覺得會長遠在西門慶家做奴才，此時出門，是投向新的生活與自由。但拜辭金蓮時，還是「灑淚而別」，這個灑淚，正是對金蓮的留戀之淚，但畢竟對未來抱有希望，因此還是有節制。後來，春梅在守備府，聽說金蓮也被打發出來了，每天「晚夕啼啼哭哭」，磨著守備把金蓮買來，這種啼啼哭哭，多是做出來哄守備的眼淚；直到後來，知道金蓮身死，「整哭了兩三日，茶飯都不吃」。在永福寺祭金蓮，「放聲大哭不已」。這才是完全絕望之後至深至痛的眼淚。

　　金蓮聽說月娘要賣春梅，「就睜了眼，半日說不出話來，不覺滿眼落淚，叫道：『薛嫂，你看我娘兒兩個沒有漢子的，好苦也。』」金蓮是只有依靠男人才能激發其內在生命能量的女人，看似潑辣，實則軟弱。春梅才是真正有獨立精神者。古時女人最大的職業便是嫁人，最輝煌最要緊的事業便是嫁一個好男人、生一個好兒子，所以顯不出春梅的獨立與堅強。如果生活在現代社會，像春梅這樣的女人便可以從事某種職業，進而獨當一面；像金蓮，便仍然只好尋覓一個男人而已。

　　春梅臨去，金蓮又要春梅拜辭月娘眾人，「只見小玉搖手兒」，意謂沒有必要去討沒趣也。金蓮回房，「往常有春梅，娘兒兩個相親相熱，說知心話兒，今日他去了，丟得屋裏冷冷落落，甚是孤凄，不覺放聲大哭」。張竹坡評：「西門死無此痛哭，潘姥姥死又無此痛哭。」張竹坡頗有微詞，但是金蓮的感情很容易理解：春梅不僅是金蓮的知己，而且是孤寂中的知己，只有在春梅走了之後，金蓮才真正一無所有。春梅固然當得起金蓮的這一番放聲大哭也。

第八十六回

雪娥唆打陳敬濟
金蓮解渴王潮兒

（雪娥唆打陳經濟　王婆售利嫁金蓮）

　　此回，月娘逐出金蓮，「把秋菊叫到後邊來，一把鎖就把房門鎖了」。與前面把李瓶兒的房門「一把鎖鎖了」，兩兩相對，西門慶的心愛之人，也是月娘的心腹之患，至此全部剷除了。

　　月娘自從識破姦情，便極為冷淡敬濟，「每日飯食，晌午還不拿出來」。敬濟每天去舅舅家吃飯，「月娘也不追問」。反而是金蓮教薛嫂對敬濟說：「休要使性兒往他母舅張家那裏吃飯，惹他張舅唇齒，說你在丈人家做買賣，卻來我家吃飯，顯得俺們都是沒生活的一般，叫他張舅怪。或是未有飯吃，叫他舖子裏拿錢買些點心和夥計吃便了。」這樣的話，在這樣的時候，從金蓮嘴裏說出來，簡直是「出人意表」。張竹坡評道，金蓮「猶以丈母自居」，評得十分精確，但這種以丈母自居的口氣，如果我們細細一想，就會覺得十分奇特。金蓮和敬濟是情人，是「亂倫」的情人，金蓮與敬濟偷情，全家盡人皆知，但是金蓮偏偏還是要維護西門慶家在外的名聲體面 —— 不要讓張團練覺得「俺們都是沒生活的」。試問「俺們」是誰？自然是指西門慶留下的這些寡婦。則金蓮的意思，竟是說「俺們」在家裏如何偷情，畢竟偷的是「自家」女婿，沒曾偷了外人！而這種

看似荒唐的想頭，最終表現出來的，卻是金蓮肯以西門家為「自家」的心態。觀金蓮看到王婆後的震驚，觀其因為不肯出門而受到勒逼的情景，觀其拜辭西門慶的靈位時放聲大哭，觀其眼看春梅被賣、敬濟被趕而從未生出離開的念頭，觀其從不像李嬌兒那樣大鬧著要離門離戶，則如果金蓮不被逐，竟似乎是會一直留在西門慶家的。如果我們再從此處對比月娘與金蓮，我們會覺得：竟是這個與「女婿」偷情的金蓮，雖然自己在「家中大小」面前出醜，卻比月娘更顧及西門慶家在外的名聲與體面似的。

然而當初引敬濟入內和眾婦人相識的，一天到晚惦記著「怎麼不請姐夫來」的，豈不都是月娘。丫鬟裏面和小廝偷情的，也總是月娘的丫鬟。命小玉來監視著春梅、不叫帶走衣物的，也是月娘，而月娘也居然從來不知道小玉和春梅要好。月娘的糊塗、蠢笨，都在這些地方寫出。聰明銳利之人，自然能一眼看透。

此書在寫人時，從來不專門認定一人為純善或純惡。如寫月娘之狠心，也必寫敬濟荒唐不懂事之有以招致災禍者；寫敬濟之荒唐，也必寫月娘貪財心重、又冷淡不情之所以招致敬濟仇恨者。敬濟數次提起寄存在西門慶家的箱籠，按，第十七回中寫敬濟與西門大姐來西門慶家裏避禍時，確曾把箱籠細軟都放在月娘上房。然而月娘先吞沒了瓶兒財物，又吞沒了女婿財物。又從來只對別人誇說自家如何恩養女婿，全不提到女婿的財物如何沒入自家。月娘對物質利益充滿貪婪，張竹坡稱其「勢利場中人」並沒錯。

玉樓生日那天，玉樓要把酒飯拿出來給敬濟吃，連這樣一個小小善意的做法也受到月娘攔阻，月娘分明是在逐客了。敬濟與金蓮通姦自然可恨，然而月娘又何獨不看在西門大姐的份上至少給敬濟一個改過的機會呢？觀敬濟所言，本來也是不想離開西門慶家的：「會事的，把俺女婿收籠著，照舊看待，還是大家便宜。」然而月娘一心只想把敬濟冷走：「他不是材料，休要理他！」「休要理那潑材料，如臭屎一般丟著他！」在這種時候，就可以分明看出月娘是後母了。西門慶臨死，囑咐月娘與敬濟的事

情：「你姊妹好好待著，一處過日子，休要失散了，惹人家笑話。」「好歹一家一計，幫扶著你娘兒每過日子，休要教人笑話。」至此全部化為雲煙。

金蓮臨行，只有玉樓和小玉送到門口。在月娘打發金蓮時，玉樓並無一言相勸，因為玉樓是明哲保身的乖人，知道無可勸解，而且玉樓以己意度人，並不以金蓮出門為不幸。正如繡像本評點者所說，玉樓「雖是安慰金蓮，然隱隱情見乎詞矣」。

金蓮在王婆家待聘，與王婆的兒子王潮兒偷情：這樣的地方，傳統讀者看了，會覺得金蓮無疑只是一個淫婦，不能片刻無男人；但是我們總是忍不住回想在本書開始的時候，西門慶將近兩月沒有來看金蓮，何以金蓮「不來一月，奴繡鴛衾曠了三十夜」？何以作者不在那時順手填入某個男人，以示金蓮之淫？我們讀《金瓶梅》，必須看到金蓮的變化與越來越深的沉淪。金蓮始終只喜歡兩個男人 —— 武松與西門慶，其他的都不過是「填空」而已。與王潮兒偷情，繡像本回目題為「解渴」，是情欲之渴，但也是心靈之渴。在這種孤苦無依、命運掌握在一個狠毒老奸又毫無同情心的王婆手裏的時候，只有與男人偷情，在一個男人結實的肉體擁抱之下，庶幾才能填補金蓮心中、眼裏的一片空虛。前面說過，金蓮不像春梅獨立自主，而且春梅雖然在西門慶家受寵，卻始終只是丫鬟，在打發出門的時候，春梅不過只是十八九歲而已，生活對於春梅來說才剛剛開始，但是對金蓮來說，就是完全不同的一番情形：她與西門慶的婚姻，雖說充滿起伏，但是在花園裏面獨門獨院住著三間房，「白日間人跡罕到」，不和月娘、嬌兒、玉樓等人在一起者，是為了突出那種「一夫一妻」的幻覺，這個花園之中的幽居，雖然被心中嫉妒的月娘稱之為「隔二偏三」的去處，但是金蓮在此，吃穿用度、風流奢侈，宛如經過了一生一世，現在被打發出來，重新回到王婆家裏，回到昔日身穿毛青布大袖衫站立的「簾下」，再次完全落在王婆的掌握之中。在西門慶家的一番富貴榮華、恩愛情欲，彷彿做了一場春夢，如今南柯夢醒，黃粱未熟，金蓮如果有詩人的自省力，焉知不會有「明日隔山岳，世事兩茫茫」的感覺？倘若是歐洲小

說，不知要加上多少心理描寫在這裏 —— 寫這個「淫婦」搖曳不安的心思，宛如電閃的恍惚空虛。然而我們的金瓶作者，只是如此寫道：

> 這潘金蓮，次日依舊打扮喬眉喬眼在簾下看人，無事坐在炕上，不是描眉畫眼，就是彈弄琵琶，王婆不在，就和王潮兒鬥葉兒、下棋。

看到此處，我們不由得要感嘆：《金瓶梅》的確是中國的小說！一個「依舊」二字，一個「簾下看人」四字，借用張竹坡的話來說，真是「何等筆力」—— 卻蘊涵在不動聲色之間。這等論起來，《金瓶梅》自然是一部文人小說，不是通俗小說；自然是一部沉重哀矜的小說，不是輕飄歡樂的小說；自然是一部給那有慧根的人閱讀的小說，不是給那沉浸紅塵不能自拔的人閱讀的小說。因為我們讀者，必須從這「依舊」二字之中，看出一部《金瓶梅》至此八十八回、數十萬字，看出潘金蓮這個婦人從毛青布大袖衫到貂鼠皮襖到月娘夢中所見的「大紅絨袍兒」再到臨行前月娘容她帶走的「四套衣服、幾件簪梳釵環」之間的全部歷程。我們又必須從那「簾下看人」四字，看「這潘金蓮」，這依舊在看人的癡心婦人，雖然被造化如此播弄，但是依然不能從夢中驚醒，依然深深地沉溺於紅塵，沒有自省，沒有覺悟，被貪、嗔、癡、愛所糾纏。

敬濟來王婆家裏看望金蓮，到了門首，只見「婆子正在門前掃驢子的糞」。何如第六十八回中，敬濟指給玳安路徑，玳安來到豆腐舖找尋文嫂為西門慶款通林太太，看到豆腐舖門首，一個老媽媽曬馬糞？我們讀者又必須記得：在豆腐舖的左邊，出了小胡同往東，那個姑姑庵兒的名字，喚作「大悲庵」。

敬濟去薛嫂家看春梅，「笑嘻嘻袖中拿出一兩銀子」；如今已經被月娘攆出家門，來王婆家看金蓮，則「笑向腰裏解下兩吊銅錢」。王婆之狠毒厲害、老奸巨猾，自然勝過薛嫂，但是就在這一個見面錢上，敬濟已見出今昔之感。雖然想要學西門慶那樣偷娶金蓮，奈陳敬濟並非西門慶何。

第八十七回

王婆子貪財忘禍
武都頭殺嫂祭兄

（王婆子貪財受報　武都頭殺嫂祭兄）

　　一部潘金蓮傳，至此回收結。本回一開始，就把金蓮的生平 —— 其美麗、聰明、熱情以及因為這熱情而犯下的罪孽 —— 都藉著他人之口再次一一描出：「生的標致，會一手琵琶，百家詞曲，雙陸象棋，無不通曉，又會寫字。」「怎的好模樣兒，諸家詞曲都會，又會彈琵琶，聰明俊俏，百伶百俐，屬龍的，今才三十二歲兒。」「往王婆家相看，果然生的好個出色的婦人。」「張二官聽見春鴻說：婦人在家養著女婿，方打發出來。又聽見李嬌兒說：當初用毒藥擺死了漢子，被西門慶佔將來家，又偷小廝，把第六個娘子娘兒兩個，生生吃他害殺了。」

　　從上回到此回，關於金蓮的身價，經歷了無數周折。圍繞著金蓮的討價還價，固然是為了安排金蓮死於武松之手而不得不如此寫，但也從側面使得我們看到金蓮的可憐：此時，金蓮的命運再次完全操縱在王婆手裏，而王婆「假推他大娘子不肯，不轉口兒要一百兩」。金蓮失去人身自由，再次淪為商品 —— 我們想到當初潘姥姥把九歲的金蓮賣入王招宣府，十五歲時又以三十兩銀子轉賣與張大戶。如今，十七年之後，潘金蓮這一「生的好個出色的婦人」再次待價而沽，而她的「價值」，不過才只是

一百兩銀子耳。所謂「任人宰割」，正不必等到武松拿刀來殺金蓮才開始。

　　金蓮當年在大雪中等待武松，就是立在簾兒下面；與西門慶的遇合，也發生在簾兒下面；今天又立在簾兒下面遠遠望見了武松。武松來和王婆商議要娶金蓮，金蓮更是一直立在裏屋的簾子後偷聽，及至聽到此處，便「等不得王婆叫她，自己出來」。繡像本評點：「此時置敬濟於何地？」然而我們須知全書之中只有兩個金蓮一見鍾情的男子，第一便是武松，第二便是西門慶。此時的金蓮，第一是「聽見武松言語，要娶他看管迎兒」，特別是武松下面所說的一句話──「一家一計過日子」──尤其令金蓮怦然心動；第二是「舊心不改」，仍然念及舊情。湖州何官人、提刑張二官，都不能令金蓮自思：「我這段姻緣還落在他手裏。」因為金蓮自始至終，都不曾在乎過金錢與勢利：她私心最想的，是嫁給一個般配的男人，一夫一妻好好度日而已。但金蓮之癡，使她始終不能認清武松的性格；王婆之貪，使她盲目。從這一點說來，這一回中最殘忍的人，卻不是武松，而是吳月娘：她從王婆處得知金蓮將嫁武松，明明以旁觀者清的身份識破「往後死在她小叔子手裏罷了！」卻只是「暗中跌腳」，只是「與孟玉樓說」，卻不肯一言提醒王婆。

　　本書的兩個六兒──王六兒和潘六兒──似乎是彼此的鏡像：王六兒之私通西門慶以養家，其實與金蓮當初嫁給武大但仍然做張大戶的外室沒有區別，而武大也安然地享受著這一私情帶來的利益，住著張大戶家不要租金的房子，還常常受到張大戶的補貼。王六兒與小叔韓二舊有私情，金蓮則喜歡小叔武二，但被武二嚴厲拒絕，於是間接導致了金蓮與西門慶的遇合。王六兒的丈夫韓道國終其天年之後，王六兒嫁給小叔，二人在湖州「一家一計過日子」；金蓮卻落入西門慶與王婆聯合成就的圈套，謀殺了丈夫，終於又被小叔殺死。兩個六兒的相似經歷與不同結局向我們顯示：對於作者來說，不是偷情者最後一定都要受到報應，一切都要看人的性格、行事動機與遭遇的機緣──也就是人們俗話常常說的，不可抗拒的「命運」的洪流。金蓮不幸，成為自己的激情和他人之貪欲的犧牲品；

王六兒所得到的，正是金蓮失去的那種生活。

王六兒與西門慶的私情，是她的丈夫韓道國所明知和贊成的，夫妻二人一心一計圖謀西門慶的錢財，六兒對西門慶原無情愫可言，只是富有機心與成心的勾引與利用。與王六兒相比，金蓮對西門慶懷有的卻是不摻雜任何勢利要求的激情：當初，還不知道西門慶是何許人也，她便已經迷上了他的「風流浮浪，語言甜淨」。如果說王六兒是社會的人，是一個被錢財勢利所俘虜的人，那麼金蓮是一個被自己的激情所俘虜的人。在這一點上，金蓮遠比王六兒、吳月娘、李嬌兒甚至李瓶兒可愛與可敬。然而，也正因為這一點，王六兒最終得到的，是與她的性格搭配的、平實無華的生活：與韓二搗鬼「成其夫婦，請受何官人家業田地」。潘六兒卻血染新房，終於完成了本書第一回中武松身穿「血腥衲襖」的暴力意象。

武大與前妻所生的女兒迎兒，是《水滸傳》中沒有而被金瓶作者增添的角色：於小說情節的發展，迎兒似乎沒有任何幫助，然而迎兒最大的作用，在於使得韓道國一家與武大一家的對照和對比更加突出。韓道國有女，武大也有女，然而作者用韓愛姐和韓二，襯托出武松在待迎兒方面顯示出來的殘忍和不近人情。又，王六兒與韓道國所生的女兒不僅聰明漂亮，而且有情有義，武大與其前妻所生之女迎兒卻粗蠢異常，似乎更從側面襯托出武大的愚拙。愛姐的結局卻又陪襯出迎兒的結局，更是王六兒與潘金蓮之間差異的反照：愛姐的激情使得她因為所愛的人死去而毀目割髮，出家為尼；迎兒卻終於嫁為人妻，庸碌而平穩地度過餘生。作者似乎在說：一個性格有強力的人，一個情感之深刻與暴烈超出了常人的人，便自然會有不平凡的生與死。這種不平凡，也許可以是惡的極致，也許可以是美德的光輝，只是不管是惡行還是德行，都需要一種力，也需要極度的聰明。

孫述宇以為，有時會嫌金蓮「稍欠真實感」，「她欠自然之處，在於

她的妒忌怨恨與害人之心種種，都超人一等，而且強度從不稍減」。[1]正因為我極為喜愛和贊同孫君評論《金瓶梅》的文字，所以，但凡有一點點我不能同意之處，都忍不住要挑出來加以辨析：孫君所謂的「欠自然」，是以更加平庸的人物出發來判斷的，其實，金蓮只是一個最自然不過的充滿了激情的女人而已。在過去，一個富有激情的男人，可以做出一番事業，也可以選擇做一個專一的情種；但是，一個女人，她的事業只是嫁一個好男人、相夫教子而已，那麼，設若是一夫一妻過日子，夫妻又般配，就可以相當幸福，她的激情也可以流瀉在創造美滿幸福生活上，成為一種積極的力；但如果不幸愛上了一個浪子，那麼在一個一夫多妻制的社會，一個太富有激情的女人就只有忍受無窮無盡的嫉妒的折磨——而且，就連這種由愛而生的嫉妒，也被社會視為惡德。潘金蓮希望佔有西門慶的感情，佔有他的身體，這在現代社會，會被視為十分正常的要求——如果一個人對自己的愛人，可以忍受與其他的人平分秋色，這才是奇怪的現象。但是在過去，像金蓮這樣太充滿激情，又毫不勢利的女人，除非十分幸運，否則結果往往比那些聰明美麗不如她，但是更加平庸勢利的人落得更加悲慘。試想如果潘金蓮能夠渾渾噩噩像那個李嬌兒，沒有任何感情與欲望的要求，只知道教唆丫鬟，偷盜一點小東小西，那麼儘可以嫁一個男人又嫁一個男人，始終平穩安寧度日，又何必落得這樣血腥的結局？也許正是因此，作者特意告訴我們：湖州的何官人只肯出七十兩娶金蓮，最後卻把家庭拱手送給王六兒；張二官寧肯花三百兩銀子娶那個「額尖鼻小、肉重身肥」、缺乏感情、毫不聰明又專會偷盜的李嬌兒，卻只肯出八十兩銀子買金蓮。這是金蓮的不幸，也是作者的寓言。

武松殺死金蓮一段，作者寫得至為詳細，血腥暴力之味撲鼻。《金瓶梅》是一部感性的書，不僅描寫性愛、服飾、酒食這些物質享受是如此，在寫死亡時，也是如此。也許正是因此，這段對殺人的描寫才如此的震撼

1　孫述宇著：《金瓶梅的藝術》，第 85 — 86 頁。

人心。如孫述宇所說：「我們讀水滸時不大反對殺人，是由於在這誇張的英雄故事的天地間，我們不大認真，只是在一種半沉醉的狀態中欣賞那些英雄；但金瓶梅是個真實的天地，要求讀者很認真，一旦認真，殺人就不能只是一件痛快的事。被殺的潘金蓮，無論怎麼壞，無論怎樣死有餘辜，這個拖著一段歷史與一個惡名而把自己的生活弄得一團糟的女人，我們是這麼熟悉，她吃刀子時，我們要顫慄的。」瓶兒、西門慶之死，已經十分血腥污穢，痛苦不堪，但是這個生命力最為強盛的女人潘金蓮，她的死卻是最慘不忍睹的。觀武松把金蓮「旋剝淨了」，香灰塞口，揪翻在地，「先用油靴只顧踢他肋肢，後用兩隻腳踏他兩隻胳膊」——張竹坡一直評道：「直對打虎」——直到「用手去攤開他胸脯，說時遲，那時快，把刀子去婦人白馥馥心窩內之一剜，剜了個血窟窿，那鮮血就冒出來，那婦人就星眸半閃，兩隻腳只顧登踏」。整個過程慘烈之極，使用的都是潛藏著性意象的暴力語言。金蓮心中愛上的第一個男子，便是如此與金蓮度過了新婚之夜。繡像本眉批：「讀至此，不敢生悲，不忍稱快，然而心實惻惻難言哉！」就連作者寫到此處，也情不自禁地感嘆：「武松這漢子，端的好狠也！」

然而，這豈不也是作者對自己的感嘆？我們應該說：作者端的好狠也！因為我們知道，正是作者把金蓮之死描寫得如此狂暴、淒慘、鮮血淋漓。金蓮與西門慶，是書中兩個欲望最強橫、生命最旺盛的人物，他們的結局也都能夠配得上他們的性格。然而西門慶之死，雖然帶來很多肉體的痛苦，卻不是悲劇，因為作者認為西門慶的下場是自作自受，故此以其結拜兄弟的一篇祭文，增加了許多諷刺喜劇色彩，暗示西門慶本是一個「鳥人」而已。潘金蓮之死，卻是悲劇性的，因為金蓮固然造下了罪孽，但金蓮本人也一直是命運的犧牲品，是許多不由她控制的因素的犧牲品，因此，當她結局的血腥與慘烈遠遠超出了書中的任何一個人物——甚至包括得到了復仇的武大本人時，就產生了強烈的悲劇氣息。

有些評論者認為，武松假裝與金蓮結親，騙得金蓮、王婆來家，然

後關上門殺死二人，這種做法不符合《水滸傳》中武松的「英雄性格」。
然而，第一，《金瓶梅》對武松的塑造，是脫離了《水滸傳》而另起爐灶
的，我們不能把《金瓶梅》的武松視為《水滸傳》武松的延續。第二，就
算是以《水滸傳》中武松之性格而論，他在大路十字坡張青、孫二娘所開
的黑店裏，看破孫二娘不是好人時，故意說風話挑逗孫二娘，後來又假裝
被蒙汗藥迷倒，趁機抱住孫二娘、將其壓在身下等描寫，都是非常「流氓
惡毒」的做法，其中「性」趣盎然，怎可認為此處騙婚是不符合《水滸
傳》武松性格的做法？武大以為自己的兄弟「從來老實」，是想當然耳，
武大才是從來老實，因此以己度人，賣炊餅的這個大哥，怎麼能了解自己
在江湖上闖蕩多年的兄弟的真性格？在本書之中，安排金蓮死於和武松的
「新婚之夜」，以「剝淨」金蓮的衣服代替新婚夜的寬衣解帶，以其被殺
的鮮血代替處女在新婚之夜所流的鮮血，都是以暴力意象來喚起和代替性
愛的意象，極好地寫出武松與金蓮之間的曖昧而充滿張力的關係，以及武
松的潛意識中對金蓮的性暴力衝動。性與死本來就是一對有著千絲萬縷聯
繫的概念，這裏，金蓮所夢寐以求的與武松的結合，便在這死亡當中得以
完成。

第八十八回

陳敬濟感舊祭金蓮
龐大姐埋屍托張勝
（潘金蓮托夢守備府　吳月娘佈福募緣僧）

　　西門慶死了一年以後，「一日二月初旬，天氣融和」，月娘等人在門口站立，看到一個胖大和尚，月娘便施捨財物，丫鬟小玉便說那和尚的「賊眼」一直在打量她，又講些尼姑既是佛爺女兒，是否有女婿的玩笑話。玉樓逗小玉道：「他看你，想必認得你，要度脫你去。」小玉道：「他若度我，我就去。」這一番對答，頗為透露「眾婦女」在融和的二月天氣裏面隱隱懷春的消息。玉樓和小玉的對話與第三十九回金蓮生日那天，金蓮、玉樓一番關於道士是否有老婆、尼姑是否有漢子的玩笑話遙遙相對，更預兆了丫鬟繡春的出家，孝哥兒的幻化。小玉的聰明機靈，與她對待春梅、金蓮的仁厚心腸，也為將來以小玉配玳安、繼承西門慶家產做了引子。空與色，這部書的兩大主題，在這些與和尚尼姑的遇合中奇異地結合在一起，而且結合得天衣無縫。雖然《金瓶梅》裏的道士僧尼，常常是些不爭氣的道士僧尼，但是他們所傳達的宗教精義，卻不因這些傳教人的不爭氣而埋沒。

　　和尚過去之後，便看到媒人薛嫂。從薛嫂嘴裏，我們得知不少清河縣的新聞，然而同時也見出月娘的閉塞：西門慶死後，交遊減少到沒有。從

薛嫂嘴裏，且活靈活現描繪出春梅在守備府受寵的情形及懷孕的消息。月娘、雪娥聽了之後「都不言語」，心中之憤憤不平可想而知。薛嫂走後，二人嘀嘀咕咕，一心只希望春梅的生活不像薛嫂形容得那麼好，唯有玉樓自始至終不發一語。此書往往用沉默來描寫一個人的態度。每當屋裏有數人在一起說話而有一人始終沒有發言者，或者每當作者提到某人「不言語」者，都是在寫此人的心事。後來在永福寺，與「發跡變泰」的春梅相見之後，月娘回到家裏又津津樂道，以結識春梅為光榮。彼時玉樓，因問出春梅的懷孕，冷冷地補上一句：「薛嫂說的倒不差。」既委婉地駁倒了月娘、雪娥當初對春梅有孕的猜疑，也更說明當月娘、雪娥嘀咕懷疑時，唯獨玉樓一語不發，是因為玉樓對月娘、雪娥的不以為然。

金蓮死後，春梅為之收葬在永福寺，敬濟為之上祭。從四十九回中西門慶在永福寺遇到胡僧，永福寺的陰影就越來越突出了。本回既突出春梅對金蓮的情意、敬濟對金蓮的癡心，也順帶以後來的《儒林外史》所常用的白描手法小小地諷刺敬濟：父親陳洪與情人金蓮先後而死，敬濟滿心「痛苦不了」的是金蓮，夢中見到的是金蓮；父親的靈柩和金蓮的葬地都在永福寺，敬濟「且不參見他父親靈柩，先拿錢紙張祭物至於金蓮墳上，與他祭了」。祭金蓮時，便落淚與祝禱；祭父親時，「燒紙」而已。傳統的中國人念念不忘養兒防老，但是金瓶作者給我們看：養兒子不過如此耳。

【第八十九回】

清明節寡婦上新墳
永福寺夫人逢故主

（清明節寡婦上新墳　吳月娘誤入永福寺）

　　詞話本此回回目，重點仍舊放在月娘身上。繡像本作「夫人逢故主」，極為春梅吐氣；其實為春梅吐氣還不僅僅是寫春梅，而是為了寒磣勢利而吝嗇的吳月娘。

　　這是書中十分重要的一回，也是西門慶死後的淒涼世界中，寫得十分精彩的一回。清明，上墳，皆是用春天景物的繁華，生命的橫蠻與美麗，來襯托黃土墳塋的淒涼，死亡的強力與悲哀。上墳凡二處：一處是西門慶，一處是潘金蓮 —— 書中兩個欲望最強烈、生命最旺盛的人物。在《金瓶梅》之前，大概還沒有哪部小說如此恣肆地暢寫清明節：不是像很多古典白話小說那樣，把清明郊遊用作情節發生的時空背景、推動故事發展的手段而已，而是實際具體地描寫死者與生者的複雜關係，更何況兩個死者都是我們如此熟悉的主要人物。換句話說，《金瓶梅》裏面的清明節不僅僅是一個背景，而是情節本身的一個重要組成部分，是一個有重要象徵意義的意象。

　　這部書中，寫得最多最細緻的兩個節日是元宵與清明：一個在熱鬧中蘊涵著冷落消散，一個在冷落消散中蘊涵著熱鬧，那麼作者選擇這兩個

節日施以濃筆重彩並非偶然。本書凡三次寫清明，一次在二十五回，「吳月娘春晝鞦韆」，當時西門慶去郊外玩耍，月娘帶領眾姐妹在後花園打鞦韆，當時，還有李嬌兒、潘金蓮、李瓶兒、宋蕙蓮、春梅、玉簫以及「萬紅叢中一點綠」的陳敬濟。如今不過三年，這些人已經或死或散，當時富於詩意的春晝鞦韆，既標誌了名分地位的混雜，也有月娘囑咐敬濟推送鞦韆的放縱。因此，本回一開始，就寫薛嫂奉月娘之命，送西門大姐回陳家，為陳敬濟死的父親上祭，兩次被陳敬濟逐回。

月娘自從抓住敬濟與金蓮姦情，便趁勢趕走敬濟，與之隔絕，而且把西門大姐留在宅裏，這分明是要和陳家斷絕關係的意思。如今聽說陳洪死了，又值天下大赦，陳洪的妻子從東京避難所回來，便送西門大姐回來，偏又不肯把大姐的陪嫁以及陳敬濟當初帶來而寄存在月娘上房的箱籠一起送來。如果我們回顧第十七回，就會注意到：那時分明數次提到敬濟與大姐來時帶了「許多箱籠床帳傢伙」，「都收拾月娘上房來」。因此敬濟見到大姐便罵道：「你家收著俺許多箱籠，因起這大產業。」這樣的話，提醒了我們西門慶豪富的來由：不僅因為吞沒了女婿的家財，也是因為玉樓、瓶兒每人帶來一筆豐厚的陪嫁，這份陪嫁，其實是布商楊宗錫、內府花太監的畢生積蓄。西門慶何得不成為富豪？如果僅僅靠著他的生藥舖，則不管西門慶如何會做生意，畢竟「算不得十分富貴」，只能是清河縣一個「殷實的人家」而已。

吳月娘見敬濟不收大姐，便「氣得一個發昏，說道：『恁個沒天理的短命囚根子！當初你家為了官事，躲來丈人家居住，養活了這幾年，今日反恩將仇報起來了。只恨死鬼攢得好貨在家裏，弄出事來，到今日教我做臭老鼠，叫他這等放屁辣臊！』」金瓶作者寫月娘到後來，變得越來越粗魯，越來越自以為是，毫無自省的能力。一來隻字不提起收了敬濟家的東西；二來對去世的丈夫滿懷怨恨，完全沒有夫妻一體之感，更不覺得自己是主動引敬濟入室的人；三來「只恨死鬼」云云，難道當初陳家遭難，自己可以坐視不管不成？又流露後悔與陳家結親之意，何不想到當初西門慶

何等炫耀自己與「提督楊老爺」是四門親家？我們又必須知道：大姐的親事，是西門慶的先頭妻子陳氏在世時許下的，則月娘此處所罵的死鬼，不僅有西門慶在，還有大姐的母親陳氏在。月娘為人，實在勢利、刻薄、貪婪而暗昧。下面又對大姐說：「你活是他家人，死是他家鬼，我家裏也難以留你。」這樣的話極為生冷無情，而且既然如此，在當初趕走陳敬濟時，何不即送西門大姐與丈夫在一起，而留大姐至今？似乎是覺得當初陳敬濟一無所有，不給大姐帶任何陪嫁箱籠，自己也難以說得過去；如今天下大赦，敬濟母親攜家產回來，大姐便可以罄身送去，而大姐的陪嫁箱籠也可以沒入上房，永不提起了。

本書第二次寫清明，在第四十八回，那是西門慶的全盛時期，生子、加官，大修祖宗墳墓，帶領全家前來祭祀，官客、堂客，一共五六十人，「裏外也有二十四五頂轎子」，加外四個小優兒、四個唱的妓者，聲勢極其煊赫。彼時金蓮與敬濟調情，以一支桃花做了一個圈兒，套在敬濟的帽子上，兩人之間的默契，比起前一年又已進了一步。這一回中清明的場面極為鋪張熱鬧，專門為了和本回寡婦上墳的淒涼對照，本回清明節來陪祭者，只有吳大舅和吳大妗子，又來得極晚，因為僱不出轎子來，最後僱了兩頭驢兒騎將來。這種冷清寂寞，在花紅柳綠的春天景物陪襯下，越發顯得蕭條不堪。

月娘並不帶西門大姐來給西門慶的前妻陳氏上墳，只和孝哥、玉樓來拜祭西門慶一人。張竹坡以為「不題瓶兒，短甚」，其實不令大姐祭掃陳氏之墳，禮數更短，更不近人情。

月娘等人來永福寺歇腳觀光，正值春梅來永福寺祭拜金蓮。春梅的出現，一句便寫得有聲有色：「只見一簇青衣人，圍著一乘大轎，從東雲飛般來，轎夫走的個個汗流滿面，衣衫皆濕。」在最能打消勢利念頭的一個節日，又面對潘金蓮與西門慶的墳墓，我們卻還是不能擺脫勢利的侵襲：春梅的到來，從兩個青衣漢子「走得氣喘吁吁，暴雷也一般報與長老」，長老的慌張與殷勤——一邊請月娘等人迴避，一邊吩咐小沙彌「快看好

茶」，鳴起鐘鼓，遠遠恭候——渲染得極為煊赫。比較和尚對月娘一行的管待，雖則也很客氣，便冷落簡單得多了。

月娘對春梅，曾經滿心厭煩與蔑視，春梅走時，月娘吩咐衣服釵環一件不給，連拜辭都免了；可是如今看到春梅的氣派、排場，又見春梅不念前嫌，給了孝哥兒一對銀簪，禮貌周全，款待茶飯，便歡喜得要不得，對春梅一口一個稱呼「姐姐」，以「奴」自稱，又道：「怎敢起動你？容一日，奴去看姐姐去。」春梅不計前嫌，自是大量，月娘前踞後恭，未免更落入下乘。因為前踞雖然顯示月娘的刻薄，但還不至於傷害她為人的尊嚴——何況春梅那時幫助金蓮與陳敬濟偷情，也是值得責罰的。但是如今相見，只因春梅富貴，便如此卑躬屈膝，則月娘既缺乏待人的寬恕厚道，又缺乏為人的尊嚴，月娘實在是一個既乏味又平庸的女人。因此，永福寺春梅與月娘相遇，雖然是作者讚春梅，卻實在是作者醜月娘。

有些現代評論者從階級的觀點出發，認為春梅當初對本階級受壓迫的姐妹如秋菊缺乏同情，對主子如金蓮忠心耿耿，如今見了月娘又堅持磕下頭去，說「尊卑上下，自然之理」，是典型的奴才聲口。我想這樣的解讀實在是一種缺乏歷史觀念的表現，也誤解了作者安排春梅這樣一個角色的用意。而且春梅與金蓮名為主僕，情同手足，一如《紅樓夢》中紫鵑之於黛玉。這樣的論點，也沒有看到「權力」與「壓迫」的運作之複雜性。

玉樓祭金蓮而大哭，是兔死狐悲，也是惺惺惜惺惺。月娘則明知金蓮的墳墓在此，毫無一絲去看看的意思，月娘嫉恨金蓮可謂深矣。繡像本評點者十分奇怪，提出：「金蓮未嘗傷及月娘，月娘何絕之深？」卻不知月娘對金蓮的仇恨與嫉妒，從瓶兒之娶、蕙蓮之死開始積累到後來的皮襖事件，不是一朝一夕之功。此外，月娘與金蓮無論從哪一個方面來說都不是同類，而「人以群分」這樣的話是一點不錯的。所謂人以群分，不是看一個人所泛泛交往者，一定要看一個人所親密者：但看月娘所親密或聽信者，先是李嬌兒，後是孫雪娥。何故？只因為二人都是粗蠢、勢利、缺乏情感之人，都不是錦心繡口的美人。我們只看這一回中，月娘的不敏悟，

說得好聽一點是老實，說得難聽一點就是愚笨。比如聽說守備府小夫人來到，月娘問小和尚，小和尚說：「這寺後有小奶奶的一個姐姐，新近葬下。」玉樓道：「怕不就是春梅來了，也不見得。」月娘便道：「他那得個姐來死了葬在此處！」月娘、玉樓，眼見得不是同類：玉樓是聰明人，她能立刻想到春梅收葬金蓮，既反映了玉樓對春梅的了解，也反映了玉樓本人的宅心仁厚，所以才能夠想像春梅不忘舊恩。月娘一來不能也不肯相信這麼一個聲勢煊赫的小夫人就是春梅；二來絕不會想到春梅會收葬金蓮的遺體，因為月娘自己是勢利涼薄之人，不是感恩念舊之人；三來月娘愚蠢，對人從來缺乏了解，因此自己的兩個丫鬟與小廝偷情，月娘一毫不知，對小玉與春梅相好也一毫不知，對陳敬濟的為人一直不能看透，對敬濟與金蓮的偷情更是如在夢中，直到秋菊第四次告狀，才終於「識破」姦情。再看後來，春梅說：「俺娘她老人家新埋葬在這寺後，奴在她手裏一場，她又無親無故。」月娘道：「我記得你娘沒了好幾年，不知葬在這裏。」一直要等玉樓說破是潘六姐，月娘才「不言語了」。反不如大妗子能夠對答上來一句：「誰似姐姐這等有恩，不肯忘舊。」月娘既勢利、刻薄，又缺乏社交場上應對的機智。西門慶有這樣一個妻子，不知應該說是佳配，還是應該說報應。

金蓮的墳墓，在永福寺後邊的一棵空心白楊樹下。敬濟曾來祭拜，春梅也來祭拜，我們但知是「白楊樹下，金蓮墳上」，卻不知墳墓的情形究竟如何。直到玉樓聽說金蓮墳墓在此，起身前去給金蓮燒紙，我們才從玉樓眼中，看到那「三尺墳堆，一堆黃土，數縷青蒿」。金蓮的一段聰明美貌、爭強好勝，只落得這樣一個野地孤墳，遠比早夭的瓶兒更加凄慘。荒涼之狀，如在目前。作者的一片惋惜、同情，盡在繡像本此回開始的一曲〈翠樓吟·佳人命薄〉中寫出，比詞話本開始的那一首不痛不癢的七言律詩要好得多了。如果說金蓮代表了書中豐盛歡悅的青春、性欲、愛情與物質生活中一切值得留戀的東西，則她死後在一座禪寺中的墳墓 —— 黃土青蒿 —— 則代表了這些物質生活（統稱為色，但不限於色欲）的短暫與

夢幻性質。色與空的對比，在此十分具體地表現出來。但是金瓶作者並非藉此否定「色」，作者是深深地愛著他筆下的色之世界的，他的批評與諷刺，遠遠沒有這種情不自禁的愛悅那麼強大有力。歸根結底，作者只是在寫色的無奈、色的悲哀而已。正像那所謂勸誘大於諷喻的漢賦，金瓶作者無法逃脫對色的愛戀，也無法避免正視色的短暫空無，於是，這部作品才如此充滿感情與思想的張力，才自始至終──尤其是繡像本──充滿了這樣廣大的憐憫與悲哀。

第九十回

來旺盜拐孫雪娥
雪娥受辱守備府

（來旺盜拐孫雪娥　雪娥官賣守備府）

　　月娘上墳，留下孫雪娥與西門大姐看家。二人在門口站立，看到一個搖驚閨葉的小販過來，遂使平安叫住。第五十八回中，玉樓和金蓮在大門口站立，曾使平安叫住過一個搖驚閨葉磨鏡子的老叟，臨了施捨財物，與此回情景遙遙相照，做下伏筆。然而此回的小販卻是來旺。來旺的出現，使這一清明與三年前的清明更加形成宛如鏡像的對照：在第二十五回的那個清明，來旺媳婦蕙蓮和月娘眾人都在後花園打鞦韆，當時來旺從杭州採買回來，進家之後見到的第一個人便是孫雪娥。當時以雪娥「滿面微笑」的描寫，把二人私情朦朧寫出。如今前後不過三年而已，雪娥卻已認不出來旺。繡像本評點者批道：「蠢甚。」雪娥的這種蠢笨，堪與上一回中月娘的蠢笨匹敵。比起金蓮在王婆家發賣，遠遠看見武松過來而即刻一眼認出，不啻天上地下。我們也可以知道，為什麼月娘能夠對雪娥言聽計從，而終究不會喜歡金蓮。月娘上墳回家，兩方面各自敘述白天的經歷：月娘極力炫耀與春梅的相遇，而吳大妗子也跟著誇說：「那時在咱家時，我見他比眾丫鬟行事正大，說話沉穩，就是個材料。」對比七十五回中，因春梅大罵申二姐，大妗子埋怨春梅「衝言衝語」、「言語粗魯」，這裏的馬後

炮十分可笑。這是後來的《儒林外史》裏面胡屠戶自誇早就看出女婿范進是文曲星下凡的那一類諷刺筆法。

月娘看到來旺，熱情鼓勵他上門走動，導致來旺與雪娥有機會重溫舊情，盜財私奔。月娘難道忘記了來旺當初與雪娥偷情的醜聞嗎？月娘見到來旺，只知極力詆毀金蓮，一口把蕙蓮之死全部推到金蓮頭上，難道月娘獨獨忘了雪娥在蕙蓮之死中的直接作用嗎？彼時正是因為雪娥與蕙蓮吵架，蕙蓮才上吊自殺，而雪娥怕西門慶來家責罰她，「在上房打旋磨兒跪著求月娘，教休提出和他嚷鬧來」（二十六回）。月娘又稱蕙蓮為「好媳婦兒」，難道也忘了蕙蓮和西門慶偷情，盡人皆知的醜事嗎？來旺說：「要來，不好來的。」月娘立刻回答道：「舊兒女人家，怕怎的？你爹又沒了。」前半句話，和雪娥見到來旺時所說的話如出一轍，再次說明吳月娘和孫雪娥相差無幾；後半句，則明顯是說當初都是西門慶主張趕走來旺，我和他完全不同，現在他已死而我當家矣。這樣的話，分明暴露了月娘對西門慶的強烈不滿，即使在奴僕面前，也不肯絲毫維護西門慶。月娘怨恨西門慶、金蓮，都可謂到了極點，而西門慶死後，自己為所欲為的一番痛快，也可謂到了極點。後來月娘引來旺進儀門吃飯，用招待來旺的熱誠，來報復西門慶與金蓮，然而沒想到雪娥已經抓住機會，與來旺私語定約矣。敘述者評道：「正是不著家神，弄不得家鬼。」雪娥固然是家神，月娘更是家神。處處寫月娘治家不嚴的責任，簡直與西門慶的罪孽不相上下。當初，玉樓非常厭煩蕙蓮的風騷輕佻，也曾一力攛掇金蓮把來旺背後對西門慶、金蓮的威脅報告給西門慶。如今在來旺拜見月娘、玉樓的全過程中，玉樓再次不發一語，明明寫出玉樓冷眼旁觀和不贊成的態度。

雪娥與來旺跳牆偷情，又隔牆私遞財物，誠如張竹坡所說，和當初西門慶、瓶兒的所作所為十分相似。然而雪娥與來旺終究不能成其夫婦。被發現後，來旺准徒五年；雪娥官賣，只要八兩銀子，賣入守備府中。雪娥小視春梅，然而兩個月不到，便淪為春梅的奴婢，「孫雪娥到此地步，只

得摘了髻兒，換了豔服，滿臉悲慟，往廚下去了」。這實在是十分悲哀的
句子——即使那遭受不幸的人粗陋如雪娥，也正因為這遭受不幸的人即
是粗陋如雪娥。

第九十一回

孟玉樓愛嫁李衙內
李衙內怒打玉簪兒

（孟玉樓愛嫁李衙內　李衙內怒打玉簪兒）

　　這一回，把敬濟與大姐的惡姻緣，與孟玉樓、李衙內的好姻緣兩兩對照寫出，因為第七、八回中，西門慶先娶玉樓而隨即嫁出大姐，前後相隔不過十天（娶玉樓在六月初二，嫁大姐在六月十二日）。當時因為時間緊迫，造不出床來，還把玉樓的一張南京描金彩漆拔步床陪了大姐。玉樓的姻緣與大姐的姻緣實相終始。

　　作者怕讀者忘記，又特意在此回開始交待月娘終於把大姐與其陪嫁箱籠都抬到陳家，然而到底不肯交還陳家當初寄存在西門慶家的箱籠。敬濟向月娘索要丫鬟元宵，月娘不給，打發來另一個丫鬟中秋，說：原是買來服侍大姐的。然而既是如此，何不在送大姐的時候一並令中秋跟來？作者處處給我們看月娘的粗鄙吝嗇，能留住一點是一點。敬濟必要元宵，是因為後來寫元宵隨著敬濟，窮苦而死，則此書凡三寫元宵佳節的鬧熱繁華，必然要收結於使女元宵之病死也。中秋則自然屬月娘：所謂月圓人不圓，月娘的名字，固然是對月娘命運的隱隱諷喻。我們但看此回，玉樓嫁人，月娘赴喜宴之後，獨自一人回到宅內，群妾散盡，靜悄悄無一人接應，不由一陣傷心，放聲大哭，作者引用詩詞道：「平生心事無人識，只有穿窗

皓月知。」此情此景，是明月照空林，正合月娘命名深意。

　　直到這一回，我們才知道清明節那天在郊外，原來不是李衙內對玉樓產生了單方面的相思，而是彼此一見鍾情，心許目成。陶媽媽來說媒，對看管大門的來照張口便道：「奉衙內小老爹鈞語，分付說咱宅內有位奶奶要嫁人，敬來說親。」這樣的話，實在唐突得好笑，然而卻正從側面說明衙內與玉樓還沒有相見相親，只從「四目都有意」便如此心照不宣，兩情相諧，是上上婚姻的佳兆。作者猶恐讀者忽略，又安排月娘問陶媽媽：「俺家這位娘子嫁人，又沒曾傳出去，你家衙內怎得知道？」陶媽媽答以清明那天在郊外親見，印證二人未交一語卻已經發生的默契。

　　玉樓所最關心的，是衙內「未知有妻子無妻子」，又對陶媽媽說：「保山，你休怪我叮嚀盤問，你這媒人們說謊的極多，奴也吃人哄怕了。」繡像本、竹坡本兩位評點者都注意到這句話，指出「一語見血」，因玉樓當初嫁西門慶，完全沒想到作妾，一心以為填房耳。陶媽媽講述李衙內情況：「沒有大娘子二年光景，房內只有一個從嫁使女答應，又不出眾，要尋個娘子當家。」句句切實具體，自與薛嫂的朦朧其辭十分不同。如果我們對比玉樓和陶媽媽的對話，我們還會發現玉樓的變化。陶媽媽張口一串恭維：「果然話不虛傳，人材出眾，蓋世無雙，堪可與俺衙內老爹做個正頭娘子。」玉樓笑道：「媽媽休得亂說。且說你衙內今年多大年紀，原娶過妻小沒有，房中有人也無，姓甚名誰？有官身無官身？從實說來，休要搗謊。」玉樓的笑容，是因為聽到保山的恭維——無論是什麼婦人，都難以在聽了這樣的甜言蜜語之後不還出一個微笑，何況是玉樓這樣年紀的婦人——但最重要的，卻還是保山的最後一句「堪可與俺衙內老爹做個正頭娘子」使玉樓心花怒放，因為這是玉樓嫁給西門慶作妾最大的不得意，最大的心病。

　　但玉樓並不因為陶媽媽灌米湯便頭暈，下面提出的一連串問題，語鋒凌厲，把玉樓最關心的兩個問題——「原娶過妻小沒有，房中有人也無」——夾在年紀、姓氏與官身之間一氣問出。然而因為帶笑說來，所

以既有威嚴，又不顯得潑辣粗鄙。待陶媽媽回答之後，玉樓又問：「你衙內有兒女沒有？原籍那裏人氏？」直到全部問題都得到滿意的回答，才「喚蘭香放桌兒，看茶食點心與保山吃」。層次分明。陶媽媽回答玉樓的話——「清自清，渾自渾」——與玉樓以前對金蓮、後來對敬濟所說的話如出一轍，意謂：他人自淫放，我自賢良，為人儘可出污泥而不染耳。只是玉樓是所謂的「自了漢」，只關心維護自己的清白，並無救世之意，所以從前有事，必慫動金蓮出頭，後來明知來旺不妥，也不一言勸誡月娘也。

　　玉樓對衙內滿意，取了一匹大紅緞子，把生辰八字交付陶媽媽。一段對於清明上墳的摹寫，直到此回方才結束。寡婦因上新墳而遇合李衙內，其中微含諷刺，含蓄而綿長。清明雖是上墳祭拜的節日，卻又充滿無限生機，正與春天的背景相合。一匹大紅緞子，是玉樓從今而後，否極泰來的象徵。

　　玉樓嫁李衙內，處處與嫁西門慶前後過程對寫，以為玉樓一吐數年鬱鬱不平之氣。玉樓兩次再醮，都是情動於中：當初嫁給西門慶，是看上他「人物風流」；如今同意嫁給李衙內，又是看上他「一表人物、風流博浪」。這種感情的結合，與書中許多為圖財謀利而成為西門慶情婦的女人不同，自然使人的身份抬高一等。又，玉樓比西門慶大兩歲，比李衙內大六歲，陶媽媽的確老實，只知道擔心衙內知道了不喜歡，卻不知道該怎麼辦，薛嫂出主意說：「咱拿了這婚帖兒，交個過路的先生，算看年命妨礙不妨礙。若是不對，咱瞞他幾歲兒，也不算說謊。」薛嫂兩次搗鬼，第一次害了玉樓，第二次卻成就了玉樓，作者的態度十分複雜。下面緊接卜卦先生為玉樓算命，似乎是在說人各有命，雖然有許多人為的機心陰謀，卻無不成為命運的工具。因此，薛嫂的說謊，包括她前後兩次分別對西門慶和李衙內所引用的俗語——「女大兩，黃金日日長；女大三，黃金積如山」，都導致了十分不同的結果。

　　玉樓嫁人，在西門慶死後第二年的四月十五日。至此，西門慶的五個

妾都已分散乾淨。這五人之中，屬玉樓的命運最好。玉樓的後半生再次從算命先生的預言裏說出：「丈夫寵愛，享受榮華，長壽而有子。」在《金瓶梅》所有的女性裏面，這實在是上上籤了。玉樓的這次婚姻，是《金瓶梅》這部極其黑暗而悲哀的小說裏面最快樂的一件事。為了寫足這份快樂，作者特意以兩件不甚快樂的事陪襯，既從側面寫出李衙內與玉樓的情投意合，也符合「好事多磨」的俗語。這兩件事，一是下一回中陳敬濟在嚴州對玉樓的騷擾，一是此回之中，衙內為了玉樓而賣掉原來的通房丫頭玉簪。這個通房丫頭，也就是陶媽媽所說的「只有一個從嫁使女答應，又不出眾」者，怪模怪樣，相當富有喜劇效果。這麼一個富於喜劇性的丫頭，是為了輕鬆一下本書後二十回荒涼沉重的氣氛，但主要是為了襯托出玉樓婚姻的幸福。這個丫頭，是衙內先頭娘子留下的，長相醜陋，為人怪誕，對新娶的玉樓吃醋不已，每天指桑罵槐，最後自己求去，於是被衙內賣掉。張竹坡別出心裁，認為作者寫這麼一個人物，是以玉簪象徵「浮名」：因為玉樓鐫名於簪，則簪於玉樓是一名字。玉簪兒的名字，確是別有深意，但以玉簪象徵抽象的浮名則未必是作者本心。觀玉樓在娘家時，排行三姐，並沒有這麼一個名字「玉樓」，是到了西門慶家之後，才「號玉樓」，而玉樓送給西門慶的簪子上面，的確鐫著「玉樓人醉杏花天」的詩句，則玉樓之號，由此而得。如今衙內怒打玉簪和趕走玉簪，都是一個具有諷喻性的手勢：玉樓在西門慶家所受的鬱悶不平之氣，全都隨著「玉簪」之去而煙消雲散了。使女玉簪又是衙內先妻留下來的，又時時提起李衙內、甚至玉樓從前以往的一段不快遭遇，那麼玉簪的被賣，使得衙內與玉樓都能夠完全擺脫舊日生活的陰影，可以一起無牽無掛地開始新生。

玉樓的床曾被西門慶陪送給了大姐，至此，月娘便把金蓮的螺鈿床陪了玉樓。這張床，在第二十九回「潘金蓮蘭湯邀午戰」中細細地描繪過，當時盛夏時節，金蓮在床上午睡，西門慶來了，兩人「同浴蘭湯，共效魚水之歡」。這一段話，在此回末尾，衙內囑咐玉簪燒水要和玉樓洗浴一段，幾乎一字不差地再現：我們才知道金蓮與西門慶二人熱情似火的做愛

描寫，其實一半是為了玉樓。作者若云：玉樓與李衙內之相親相愛，恰似當初西門慶與潘金蓮，但是因為是夫婦的情愛，是沒有造下罪孽的情愛，是專一的情愛，更是勝似當初的西門慶與潘金蓮也。

然而金瓶作者最可人之處，在於全不把李公子浪漫化：我們看到他在書房因讀書而睡著，也看到他從前收用的丫頭是如此醜陋可笑的角色。《金瓶梅》是成年人的書，因為它寫現實，沒有一點夢幻和自欺，非常清醒，非常尖銳，然而對這個悲哀的人世，卻也非常地留情。

人多因作者寫玉樓有幾個白麻子而視玉樓為姿陋，這是不了解美人有一點白玉微瑕才更加動人。我們看作者當初描寫玉樓的丰姿時，特別寫她身材修長苗條，「行過處花香細生，坐下時淹然百媚」，儼然是一個富有魅力的、端莊而嫵媚的女子。但是作者最了不起的地方，是寫玉樓嫁給李衙內時已經三十七歲 —— 在以女子十五歲為成年的時代，居然有一個男性作者公然寫他筆下的美人是三十七歲，這不能不視為一個革命 —— 也說明作者是一個真正懂得女人與女人好處的人。

　　這一回，仍然雙線進行：講述陳敬濟夫妻與李衙內夫妻的故事，既收束玉樓和西門大姐，也把陳敬濟和李衙內兩個富貴人家的子弟做一個對照。此回開始時，敬濟從臨清娶回來一個供唱的妓女馮金寶，這正是第七十九回裏面，西門慶在何千戶家看到之後準備叫來供唱的那一個。許多未完的故事留下的線索，在後二十回都被一一接續起來。書中原來的一些人物，像陳敬濟，像月娘，有西門慶在時，他們似乎在暗處，現在西門慶死了，好像窗子上的一層布簾子被揭開了似的，突然陽光射入，這些人物的面目都清楚地從黑暗中凸現了出來。

　　敬濟是一種典型的有錢人家子弟，以前在西門慶的羽翼之下，在躲避家難、寄人籬下的時節，似乎也很勤謹能幹，現在沒有了西門慶的庇佑與約束，讀者才突然發現他既混帳不曉事，又缺乏心機與能力。拿著在花園裏拾撿到的簪子，打算藉機訛詐玉樓。結果意欲害人，反而害己，吃了一場官司，被夥計拐走貨物，罄身討飯來家。玉樓美滿婚姻生活中還有一小劫，偏偏又與她失落的簪子有關。這支簪子，就像瓶兒的金壽字簪那樣貫穿全書，至此才隨著玉樓的故事得到結束。再回想到瓶兒死而西門慶夢六

根簪子斷折了一根，我們應該知道紅樓主人「十二金釵」的意象來自何處。此回作者藉著嚴州一段插曲，寫出玉樓不為敬濟動心，衙內寧死也不捨棄玉樓，果然是一對恩愛夫妻。而自從陳敬濟歸還了玉樓的簪子，玉樓與西門慶的最後一點聯繫也告消失，自此之後，便和衙內雙雙回到原籍老家，享受幸福的新生活了。

李衙內和陳敬濟相比，是另一種有錢人家子弟：「一生風流博浪，懶習詩書，專好鷹犬走馬，打毬蹴踘，常在三瓦兩巷中走。」這也是富貴子弟常態，倒並沒有什麼特別嚴重的惡德如敬濟之不孝和混帳敗家。作者常常提到這位衙內在書房讀書，每次都帶出隱隱的諷刺，比如上回寫他在書房睡著了。此回之中，李衙內的父親李通判因為兒子與媳婦的緣故受到同僚的譏諷批評，回家後勃然大怒，不由分說把兒子叫來，並喝令左右：「拿大板子來，氣殺我也！」要用大板子打死，口口聲聲道：「我要你這不肖子何用！」把李衙內打了三十大板，打得皮開肉綻，鮮血迸流，夫人在旁哭泣勸解，說：「你做官一場，年紀五十餘歲，也只落得這點骨血，不爭為這婦人你囚死他，往後你年老休官，依靠何人？」李通判道：「他在這裏，須帶累我受人氣。」於是定要衙內休了玉樓：「即時與我把婦人打發出門，令他任意改嫁，免惹是非，全我名節。」衙內心中不捨，在父母前哀告：「寧把兒子打死爹爹跟前，並捨不得婦人。」玉樓在後面「掩淚潛聽」——我們要知道：這是玉樓在全書之中唯一一次流淚。每讀到此節，總是想到《紅樓夢》第三十三回中賈政在忠順王府長官與賈環告狀之後痛打寶玉的場景。賈政先罵寶玉：「你在家不讀書也罷了，怎麼又做出這些無法無天的事來 …… 如今禍及於我！」命小廝「著實打死！」王夫人來勸解，抱著寶玉大哭，口口聲聲道：「我如今已五十餘歲的人，只有這個孽障。」又說寶玉：「這會子你若有個好歹，丟下我，叫我靠哪一個？」眾金釵中，先是襲人「滿心委屈」，寶釵心疼，黛玉又哭得哽咽難言。寶玉則說：「我便為這些人死了，也是情願的。」此外，處處寫李衙內書房看書（注意，是看書不是讀書），最終又奉父命帶著玉樓「歸棄強

縣家裏攻書去了」，又處處寫他不是讀書種子，則李衙內李拱璧之不喜讀書處，鍾情婦人處，作為獨子深受父母溺愛處（比如說他娶玉樓完全是自己做主，不是父母之命，也從側面說明他在家裏的地位），都無不像極了賈寶玉。玉樓失而復得的簪子，因為上面刻字（嵌著玉樓名字）而成為小說的重要「道具」，也令人難免想到寶玉的玉，寶釵的金鎖。每當讀《金瓶梅》到此等處，都不免懷疑《紅樓夢》不僅只是「受到《金瓶梅》的影響」而已。不過，紅樓此回，是主角寶玉的重頭戲，人物眾多，作者都用了千鈞之力來摹寫，不比李衙內與李通判，只是書中小小配角，而這場打，全都是為了玉樓，是為了結束作者特別偏愛的玉樓入棗強縣李家也。

玉樓平生從未設計害人，唯一一次作假騙人，又是敬濟啟釁，就遭此小劫。作者明書處世之險，雖以玉樓一向的正大光明、機智聰明、乖巧圓熟，都還是難以避免於西門慶處受騙、於陳敬濟處受辱，那麼可以想見等而下之之人了。作者雖然許給玉樓一個美滿幸福的歸宿，終於還是不肯把世界寫成玫瑰顏色。此次敬濟企圖以其金簪拖其落水，這是以歪門邪道自取禍患，但是彼以邪道誘之，玉樓也以邪道還之，通常以毒攻毒總是可以克敵制勝的，誰想人事以變為常，從沒有什麼道理可以戰無不勝，結果差點被敬濟斷送了好姻緣。玉樓當初曾經一步走錯，結果淪為西門慶的妾侍輩；如今又一步走錯，卻幸虧遇到的是李衙內。從玉樓的遭遇，我們再次看到一個人的命運不僅與自身的為人有關，也與遭際的機緣和人物有關：如果不是李衙內能夠誓死不渝，又對她懷有充分的信任，不因為敬濟的間言而疑心玉樓，那麼玉樓難免受辱被逐。作者通過玉樓的命運告訴讀者：為人處世，德行、智慧缺一不可，但最後歸宿還是要看緣分，看機會，因為人所不能控制與扭轉的一種力，叫作偶然。

與玉樓的美滿結局相對應的，是西門大姐的悲慘結局：八月二十三日晚上三更時分，西門大姐挨打受氣不過，上吊自殺。西門慶當初叫馮金寶來供唱，完全沒想到她將成為置自己女兒死地的人物之一。而西門大姐自殺的日期，也就是當年官哥兒喪命的日期，西門慶第一次與瓶兒同房、瓶

兒挨打的日期。清晨，丫頭重喜兒從窗眼內往裏張看，道：「他起來了，且在房裏打鞦韆耍子兒哩。」一語直接「吳月娘春畫鞦韆」、「弄私情戲贈一枝桃」兩回，而大姐之死的慘狀均已寫出。然而正如兩位評點者所指出的，大姐從前常常罵陳敬濟「在我家雌飯」，對陳敬濟毫無半點溫柔。雖然大姐上吊自殺令人憐憫，但是《金瓶梅》作者看待人世之清楚，委實令人覺得內心震動。

月娘得到消息，親自來陳家大鬧一通，但最重要的是把剛剛還來的箱籠又重新席捲而去：「率領家人小廝、丫鬟媳婦七八口，見了大姐屍首吊得直挺挺的，哭喊起來，將敬濟揪住，揪採亂打，渾身錐子眼兒也不計數，唱的馮金寶躲在床底下，採出來也打了個臭死。把門窗戶壁都打得七零八落，房中床帳、妝奩都還搬得去了。」這的確如張竹坡所言是「市井惡套」。這一幕情景，實在是月娘最醜陋的一番表現。讀月娘，每每想到紅樓第四十五回中李紈戲說鳳姐的一段話：「真真泥腿市俗，專會打細算盤、分斤掰兩的，你這個東西虧了還託生在詩書大宦人家做小姐又是這麼，出了嫁還是這麼著，若生在小門小戶人家做了小子丫頭，還不知怎麼下作呢。天下人都被你算計了去！」鳳姐之伶牙俐齒固然是金蓮的做派，但後來鳳姐大鬧寧國府，撒潑、哭鬧，很得月娘此番大鬧之神理。

但有趣的是，此回回目並不說月娘大鬧陳家，而說「大鬧授官廳」：月娘聽了吳大舅、二舅的主意，親自上法庭狀告敬濟，以求徹底與敬濟斷絕關係。不僅出庭、下跪，而且又因不服判決而至於「再三跪門哀告」，令人回想起當初林太太為維護先夫體面不肯出庭的遁辭。雖然林太太是一派胡說，但是至少使讀者知道：那時出庭對婦女而言不是一件光榮而有體面的事。以月娘的「命官娘子」身份而出庭投訴，本來就已經足夠丟醜了，何況「再三跪門哀告」乎。西門慶如有知又當氣死。因此本回回目實在是作者的春秋筆法。想來此幕情景在作者心目中應該是十分富有鬧劇性的，西門慶的妻子吳月娘成了丑角，在官廳上大撒其潑，就像西門慶的「鳥人」祭文一般，都具有荒唐的喜劇色彩。

　　敬濟固然有罪，但月娘的狀子說當初因為敬濟「平日吃酒行兇」才趕
逐出門，又說敬濟縊死大姐，還揚言持刀殺害月娘，則都是不實之辭。後
來又因不滿知縣的判決，「再三跪門哀告」，則月娘必欲假藉知縣與法律
之手，置敬濟於死地也。月娘不過是害怕以後敬濟上門糾纏而已，卻不惜
為此除掉敬濟的性命，是極端的自私使之變得冷酷。知縣本來判敬濟絞
罪，因受了敬濟一百兩銀子的賄賂才改了招卷，只判了他五年徒刑。知縣
受賄之後的招卷和裁決才正是符合事實的公平判斷。公道雖然畢竟得以施
行，卻一定要通過「一百兩銀子」的中介。敬濟變得一貧如洗，一多半是
自作孽，一小半卻也是因為夥計的背叛和官場的腐敗。

第九十三回

王杏庵義恤貧兒
金道士孿淫少弟

（王杏庵仗義賙貧　任道士因財惹禍）

一　九「了」

此回一開始，有一連串的「了」字句寫得極好：「話說陳敬濟，自從西門大姐死了，被吳月娘告了一狀，打了一場官司出來，唱的馮金寶又歸院中去了，剛刮剌出個命兒來，房兒也賣了，本錢兒也沒了，頭面也使了，傢伙也沒了，又說陳定在外邊打發人，克落了錢，把陳定也攆去了。」幾乎一句一「了」，凡九個「了」字寫出有錢人家不肖子弟的敗落之狀，歷歷如見，淒涼之中，又有黑色幽默。每讀至此，便想起《紅樓夢》第五十七回「慧紫鵑情辭試莽玉」中襲人所說的：「不知紫鵑姑奶奶說了些什麼話，那個呆子眼也直了，手腳也冷了，話也不說了，李媽媽掐著也不痛了，已死了大半個了，連媽媽都說不中用了，那裏放聲大哭，只怕這會子都死了！」也是一共九個「了」字，與《金瓶梅》此處的九「了」針鋒相對，一字不差。嗚呼，紅樓主人也是讀《金瓶梅》至微至細用心者，也有如金瓶作者一模一樣的錦心繡口之才情，只因為《紅樓夢》自始至終寫得「溫柔敦厚」，從來都在人生最淒慘最醜惡的情景上遮一層輕

紗，所以能夠迎合大多數讀者，尤其是小兒女的浪漫傷感口味，而《金瓶梅》卻銳利清晰，於大千世界無所不包，無所不見，更把人生之鮮血淋漓、醜陋可怕之處一一揭示給人看，難怪多數人皆掩面而去。讀《金瓶梅》，必須大智大勇，才能盡得此書之好處，又不至於走火入魔，否則便會如力量不夠者欲使大兵器，反而傷了自己。然而正無怪《金瓶梅》不能如《紅樓夢》一般取悅眾生。

看陳敬濟的下場，作者只消寥寥幾筆，便把富家公子哥兒窮途末路、走下坡路之快、沉淪之淒慘寫盡：

> 不消幾時，把大房賣了，找了七十兩銀子，典了一所小房，在僻巷內居住。落後，兩個丫頭，賣了一個重喜兒，只留著元宵兒和他同鋪歇。又過了不上半月，把小房倒騰了，卻去賃房居住。陳安也走了，家中沒營運，元宵兒也死了，只是單身獨自。傢伙桌椅都變賣了，只落得一貧如洗。未幾，房錢不給，鑽入冷舖內存身。花子見他是個富家勤兒，生的清俊，叫他在熱炕上睡，與他燒餅兒吃。有當夜的過來，叫他頂火夫，打梆子搖鈴。那時正值臘月，殘冬時分，天降大雪，吊起風來，十分嚴寒。這陳敬濟打了回梆子，打發當夜的兵牌過去，不免又提鈴串了幾條街巷。又是風雪地下，又踏著那寒冰，凍得聳肩縮背，戰戰兢兢。

這部書寫到此處，實在是徹骨的寒冷。難怪看官們要棄《金瓶梅》而就《紅樓夢》：《紅樓夢》後四十回續書寫賈府敗落，總是不肯寫其一敗塗地，總是要留下「蘭桂齊芳」的一線希望，就是寶玉出家，雖然在大雪之中光頭赤足，也還是披著大紅猩猩氈斗篷，何等浪漫富貴，哪裏像陳敬濟，凍得乞乞縮縮，還吃巡邏的當土賊拶打一頓，「落了一屁股瘡」乎。

二 杜子春的寓言

敬濟在此回，兩次得到一個善心的老人王杏庵幫助，但每次都把王老人給他的錢財揮霍得精光。第三次來見老人，老人送他去臨清的晏公廟做了道士。這段情節，似從杜子春故事脫胎而來。杜子春故事載於《太平廣記》卷十六，子春「少落拓，不事家產」，後來資財蕩盡，冬天衣破腹空，步行於長安市中，兩次受到一位無名老人的周濟──不過老人出手闊氣，第一次給了他三百萬錢，被子春揮霍乾淨；第二次給了他一千萬，「不一二年，貧過舊日」；又遇到老人，「子春不勝其愧，掩面而走」，而老人拉住他，這次送給他三千萬，並約他明年在華山雲台峰老君祠雙檜樹下相見。杜子春這一回徹底改過，治理家業，第二年前往赴約，老人原是道士，要借子春之力煉丹，子春經歷了重重考驗，終因七情裏面「愛」欲難除而失敗。

對比敬濟故事，我們可以看到對杜子春故事的借用與顛覆：敬濟也是在寒冬臘月「凍得乞乞縮縮」之際遇到老人；老人「身穿水合道服」；老人因後園中有兩株杏樹而號「杏庵」，與杜子春故事中兩棵檜樹相應；又薦敬濟做了道士。不過，杜子春是無意遇到道士，揮霍掉老人的贈金之後，頗有羞恥之心，見到老人掩面而走，不像陳敬濟這樣，自己主動走來磕頭，花光了老人的錢，居然還厚著面皮一次次來。王老人雖然「在梵宮呼經，琳宮講道」，又自號「杏庵居士」，畢竟是凡人，出手當然不像杜子春故事裏的道士那樣闊綽──雖然對陳敬濟沒有任何利用的企圖，比道士要單純和真實得多。老人第一次送敬濟一件青布道袍，一頂氈帽，一雙鞋襪，一兩銀子和五百銅錢；第二次是一條褲子，一領布衫，一雙裹腳，一吊銅錢，一斗米──比第一次少了很多，而且給米不給銀子，大概是怕陳敬濟再花掉；第三次，明明看到陳敬濟，卻不主動叫他，還是陳敬濟自己「到跟前，扒在地下磕頭」，與杜子春故事裏的道士正好相反。

敬濟在王老人的介紹下，到臨清晏公廟做了道士──沒有什麼升仙

的機會，只是十分平凡地做收香火費之類的「道士業務」而已，與杜子春的經歷相比，毫無浪漫可言。然而敬濟不但不能根除愛欲，七情六欲全都沒有丟掉。成為老道的大徒弟金宗明的變童之後，便好似當初金蓮之要挾西門慶、要挾玉簫一樣，和道士約法三章，第一件居然是「不許你再和那兩個徒弟睡」——這是儼然以妾婦自居了。第二件便是掌握大小房間鑰匙，第三件是隨他往哪裏去。於是得以拿著道士的錢財，在臨清謝家酒樓和馮金寶續上舊情。後來任道士因此氣死，想是善心的王杏庵始料未及的：天下盡有一心為好反而落歹的人與事，但只能說杏庵不識人，任道士更不識人，卻不能因噎廢食，非議一心行善濟人者，或者杜絕行善濟人之心。善心雖難得，但心善又有智慧更難得，倘若二者得全，才能真正濟世，否則徒然增加一個氣死的任道士而已。

作者在寫金寶與敬濟相見時，特用「情人見情人不覺淚下」為言，但描寫金寶，全為下文的韓愛姐陪襯，讀者不可被瞞過。馮金寶待敬濟——「昨日聽見陳三兒說你在這裏開錢舖，要見你一見」——無非是圖錢財，但就像孟玉樓、陶媽媽常說的，清自清，渾自渾，雖然同是賣身，卻一有情而一無情也。

金寶自言：住在橋西酒店劉二那裏。劉二者，周守備府親隨張勝的小舅子。一句話，已經埋伏下了後來的故事，敬濟的結局。然則敬濟處處規模不如子春，敗於愛欲則一。

杜子春故事被清人胡介祉改編為《廣陵仙》。安排杜子春為太宰之子，曾娶相國之女袁氏為妻。子春手頭撒漫，耗盡萬金家財，丈母愛女婿，卻遭到相國兒子的嫉妒。相國奉命征海寇，家政由兒子主持，於是拒子春於門外，不復顧惜。子春窘迫，受到太上老君本人化成的老人贈金相助，第一次被相國兒子引誘賭博，全部花光；第二次子春出海經商，被海盜打劫；第三次，乃遍行善事，隨後入山修道，遇魔障而不迷，終成正果云云。杜子春先是被丈母娘寵愛，後來遭讒被趕逐，以及他和相國之子在利益上的衝突，我們都在陳敬濟的遭遇上窺見一些隱隱的重合。

《金瓶梅》喜歡「引文」（而且引自各種各樣的文體）和善於「引文」已經是很多學者研究的對象，各人之間存在認同，也存在一些分歧。比如說，韓南認為《金瓶梅》作者依賴文學背景勝於自己對生活的觀察。徐朔方則認為「引文」雖多，卻都不構成《金瓶梅》的主體部分。誠然。此外，我們應該看到，雖然在分析者來說，似乎把「引文」適當地穿插在小說裏是相當吃力的工作，但是對於一個極為熟悉當時的戲曲、說唱、通俗小說文化的作者說來，只不過是「隨手拈來」而已，而且正因為這些引文不構成《金瓶梅》的主體，所以隨手拈來還是要比自造更現成。比如陳敬濟故事是對杜子春故事的回聲，也順便給知道杜子春故事的讀者造成一種對比：因為敬濟比子春要厚顏得多，也不知感恩得多。

浦安迪覺得作者的「引文」好像是高明的古代詩人之寫詩用典：又是繼承，又其實是與上下文相互生發的再創造，而不是被動機械地「拿來」。這個比喻十分恰當。這一點從作者「玩弄」杜子春故事就可以看出。我們可以想像，一個聽說過杜子春故事的讀者在看到陳敬濟遭遇時，會發出怎樣會心的微笑，又會怎樣地為其智慧地改寫感到驚喜。使用現成的戲曲、說唱、詞曲、小說，是《金瓶梅》一個十分獨特的藝術手段（比如用點唱曲子來描寫人物的心理和潛意識，傳情，預言結局，等等），也是具有開創性的藝術手段，在探討《金瓶梅》的主要藝術成就時，這一點應該考慮在內。此外，《金瓶梅》使用資料來源時的靈活性、創造性應該得到更多的注意：比如說上述和杜子春故事的重疊與顛覆就是一例。這種創造性給讀者帶來的樂趣與滿足感是雙重的：既熟悉，又新奇。熟悉感是快感的重要源頭，而一切創新又都需要「舊」來墊底。《金瓶梅》很好地做到了這一點，有足夠的舊，更有大量的新，於是使得舊也變成了新。《紅樓夢》就更是以《金瓶梅》為來源，成就驚人。熟讀金瓶之後，會發現紅樓全是由金瓶脫化而來。

三　潑皮、道士、娼妓、呆後生

　　本回有許多小像，寥寥幾筆，寫得極為生動。晏公廟的任道士「年老赤鼻，身體魁偉，聲音洪亮，一部髭鬚，能談善飲」。拐走敬濟財物的鐵指甲楊大郎的弟弟楊二風，「胳膊上紫肉橫生，胸前上黃毛亂長，是一條直率光棍」。馮金寶見到敬濟，訴說相思，張口便道：「昨日聽見陳三兒說你在這裏開錢舖，要見你一見。」敬濟則掏出手絹給金寶拭淚，說道：「我的姐姐，休要煩惱，我如今又好了。」此時敬濟在晏公廟做道士，每天晚上給金師兄做殺火的孌童，卻取出袖中帕子為娼妓擦淚，一句「我如今又好了」，只覺得真是可憐的混人，醉生夢死地過日子，說呆話，把自己的生活，與周圍人的生活，與真心愛他護他者的生活，都弄得亂七八糟。而這樣人的可憐，正是魯迅在小說〈藥〉裏面寫的「可憐可憐」——被可憐的人，反倒說「我如今又好了」，說不定反而覺得那可憐他的人是發了瘋呢。

四　詞話本與繡像本這兩回的差異

　　詞話本有很多插科打諢的誇張描寫，繡像本一概無，因此繡像本顯得比詞話本更加寫實。如上一回中，在描寫拐帶陳敬濟貨物的夥計楊大郎時，詞話本道：「他祖貫係沒州脫空縣拐帶村無底鄉人氏，他父親叫楊不來，母親白氏。他兄弟叫楊二風，他師父是崆峒山拖不洞火龍庵精光道人，那裏學的謊。他渾家是沒驚著小姐，生生吃他謊唬死了。」這一長串描述，借諧音做戲，以人名寓言，既有《西遊記》、《西遊補》風味，又開《何典》的先河。但是楊大郎其人，卻因此變成明顯的寓言人物，不如沒有這段描寫更為實在。此回中，詞話本在描寫陳敬濟如何假作「老實」以騙取任道士信任時，用了一個在民間流行的傳統笑話，繡像本則無。

第九十四回

大酒樓劉二撒潑
酒家店雪娥為娼

（劉二醉毆陳經濟　酒家店雪娥為娼）

　　綽號「坐地虎」的劉二在謝家酒樓毆打陳敬濟，並導致敬濟被帶到守備府動刑，此時已經生子的春梅，從大堂屏風後面認出了敬濟，謊對守備說敬濟是自己的姑表兄弟。詞話本寫春梅本來要請敬濟相見，「忽然想起一件事來，口中不言，內心暗道：『剗去眼前瘡，安上心頭肉。眼前瘡不去，心頭肉如何安得上？』於是分付張勝：『你且叫那人去著，等我慢慢再叫他。』」這段話繡像本作「忽然沉吟想了一想，便又分付張勝」云云。繡像本此處比詞話本含蓄了許多，留給讀者一個謎團，直到下文春梅想方設法找雪娥麻煩，方漸漸揭破原來不見敬濟是為趕走雪娥，而趕走雪娥正是為了給將來安插敬濟造成條件，以免敬濟被雪娥識破。繡像本評點者在這裏加上一句：「滿腔幽情冷思，欲行又止，任慧心人一時索解不來。」更使得讀者意識到詞話本的直露。

　　雪娥落在守備府仇人春梅的手上，已經不可謂不慘了，但是誰想到春梅定要把她賣入娼門。薛嫂行好心，把她賣給一個棉花客人做填房，奈何此人「姓潘排行第五」，讀者一聞姓名便應知不祥，因為潘五兒者正是雪娥宿敵潘金蓮的化身：金蓮有瓶兒在時，在西門慶家的妾侍中排行第五，

被西門慶稱為「潘五兒」也。這個棉花客人實則在臨清開妓院，雪娥到底陰差陽錯地落入娼門。雪娥落入娼門，不可謂不慘了，但誰想到又碰到守備府的親隨張勝，受到張勝的寵愛，在臨清碼頭所有妓院酒樓稱霸的坐地虎劉二遂連房錢也不向雪娥要。雪娥的命運似乎藉助張勝之力得到一線生機，但誰又想到這終於成為雪娥上吊自殺的契機。雪娥命運的起伏跌宕，禍福相倚，與敬濟幾番起落極為相似。

雪娥善烹調，因此每次倒運都與烹調有關，所謂瓦罐不離井上破、將軍難免陣上亡者是也。又每次倒運都與春梅有關：雪娥此回的下場，在第十一回中已經伏下預兆。彼時西門慶早飯想吃荷花餅、銀絲酢湯，金蓮派春梅去廚房催，雪娥大怒，罵道：「預備下熬的粥兒又不吃，忽剌八新興出來要烙餅做湯！」春梅回去學舌，加上金蓮的挑撥，激得西門慶打了雪娥一頓。這次春梅裝病，又是不肯喝下已經熬下的粥，要雪娥做酸筍雞尖湯——「雛雞脯翅的尖兒碎切」，加椒料、葱花、芫荽、酸筍、油醬之類做成湯。第一次做好，春梅嫌淡，雪娥只好重做，春梅又嫌鹹：顯然是有意找茬，的確是從魯提轄拳打鎮關西化來。於是終於逼得雪娥悄悄說了一句春梅等待已久的話：「姐姐，幾時這般大了，就抖摟起人來。」雪娥固然難逃此劫，但直接導火線還是這句不審時度勢而說出的話。觀此書每次有雪娥的文字，總是有喪亡敗亂事情，必用雪娥與蕙蓮爭吵直接導致其上吊自殺，必用雪娥挑唆月娘發賣潘金蓮。因為作者一直以鮮花比喻書中一干女子，其中唯獨月娘是月，雪娥是雪，瓶兒是瓶，不入群芳之數。但月與花可以相配，瓶更是盛花之物，只有雪與花卻決然不容，雖然雪與梅應該相得，無如是「春梅」何。抓住人物的姓名大做文章，以各色花朵比喻美人，以季節更換暗示炎涼，以唱曲、酒令寓人物心情、命運，這些文字的花巧，紅樓主人自然也盡得真傳。

張竹坡以為春梅之於雪娥，皆金蓮成其仇，其實不然。第十一回中雪娥向月娘說：「那頃，這丫頭在娘房裏，著緊不聽手，俺沒曾在灶上把刀背打他？娘尚且不言語。可今日輪到他手裏，便驕貴的這等的了！」春梅

一生，恐怕只挨過雪娥一個人的打，自然刻骨銘心。

雪娥被潘五買去，領到臨清酒家店，進入一個門戶，半間房子，裏面炕上坐著一個五六十歲的老鴇子，炕沿上一個十七八歲的妓女彈弄琵琶：乍看似乎金蓮轉世，更哪堪這個妓女名喚潘金兒。

第九十五回

玳安兒竊玉成婚
吳典恩負心被辱

（平安偷盜假當物　薛嫂喬計說人情）

　　此回對寫兩個小廝、兩個夥計、兩副頭面：平安竊金頭面被抓起來；玳安竊小玉，卻適得其所。然而玳安不竊玉，就不會有平安的竊金。一個舊日的夥計吳典恩不忘恩負義，就不會有另外一個舊日的夥計傅自新得病而死。當舖失去一副金頭面，而春梅正從薛嫂處買了一副金頭面：是一支九鳳甸兒，每個鳳嘴銜一溜珠子。這樣的九鳳甸兒，是第二十回中瓶兒剛進門時打的第一件首飾，西門慶去銀匠家時被金蓮攔住，一定要照著瓶兒所要的樣子，用瓶兒的金子，給自己也打一支九鳳甸兒。當時瓶兒讓西門慶拿她重九兩的金絲髻打一件九鳳甸兒，一件玉觀音滿池嬌分心。金蓮道：「一件九鳳甸兒，滿破使了三兩五六錢金子夠了。」想來春梅也心儀此物久矣，今天才如願以償。

　　吳典恩的恩將仇報，又和春梅的不念舊惡兩相映照。許久不見西門慶熱結的兄弟，此時吳典恩突然出現，而十兄弟忘恩負義的面目絲毫不改。小廝平安昔日為放進了白賚光而挨打，如今又為碰到了吳典恩而挨打，總是拜結義兄弟之賜。

　　丫環繡春出家為尼，頗為意外：在我們印象中，她還是那個頭髮齊

眉、生得乖覺的小女兒，在第十回中被瓶兒差來，給西門慶、月娘送一盒朝廷上用的果餡椒鹽金餅，一盒鮮玉簪花兒。瓶兒有兩個丫環，一名迎春，一名繡春：迎者春之初，繡者春之盛。如今繡春出家，正如《紅樓夢》中的惜春出家，都是三春已盡、生角出家的前兆。因此繡春出家必在西門慶眾妾四散之後，孝哥出家之前；惜春出家也必在大觀園分崩離析之後，寶玉出家之前。

繡春的性格模樣，在小說裏面很少描寫，但我們應該記得瓶兒臨死前囑咐繡春出嫁，並說：「我死了，你服侍別人，還像在我手裏那等撒嬌撒癡，好也罷，歹也罷了？誰人容得你？」繡春跪下哭道：「我娘，我就死也不出這個門兒。」瓶兒道：「你看傻丫頭，我死了，你在這屋裏服侍誰？」繡春道：「我守著娘的靈。」瓶兒道：「就是我的靈，供養不久，也有個燒的日子，你少不的還出去。」繡春道：「我和迎春都答應大娘。」瓶兒道：「這個也罷了。」又寫「這繡春還不知什麼，那迎春聽見瓶兒囑咐他，接了首飾，一面哭得言語都說不出來」。這一番對話，既寫出繡春年紀小，還不完全懂得死別的深悲，也見得瓶兒向來寬厚待人，所以繡春雖是婢子，卻的確十分嬌癡，與瓶兒一問一答，如聞一個「撒嬌撒癡」的小女兒之聲。

後來繡春給了李嬌兒，李嬌兒回妓院時，一定要帶走元宵、繡春兩丫環，分明是為妓院招兵買馬，月娘死生不與，繡春才藉此逃過「色」劫。另一方面，我們要記得，後來東京翟管家來信索要西門慶的四個彈唱女子，迎春是「情願要去」的一個，繡春則「要看哥兒，不出門」。月娘賣春梅、賣金蓮，都使繡春去叫，可見送春消息。第九十二回，玉樓出嫁之前，要留下小鸞給月娘看哥兒，月娘推辭道：「有中秋兒、奶子和繡春也夠了。」這是最後一次提到繡春名字。可見迎春、繡春，實在是書中始終群芳之人。到了繡春，春光將逝，只好試圖以「繡」留住。把花朵刺繡在錦緞上，以為庶幾可以長久了，但如今竟然一總歸於古寺緇衣，繡衣又成何用哉。

書中寫瓶兒與西門慶初次雲雨，迎春偷窺；西門慶與奶子如意兒偷情，次日又寫「迎春知收用了他，兩個打成一路」。迎春、如意兒都是財色世界中人，每有酒色、索要東西、鬧氣之事，總是和這兩個相關，繡春從不在數內。無怪迎春求去，如意兒嫁了來興，繡春獨獨出家：想這個嬌癡的小女兒別有慧根，長大後並不貪戀紅塵。

繡春跟了王姑子出家，沒有跟薛姑子：王、薛二尼相比，王姑子還算厚道一些，而且薛姑子有兩個徒弟妙鳳、妙趣，繡春非其同儕。

繡春出家之後，月娘手下的使女只剩下中秋和小玉。中秋是月亮最圓滿之時，小玉暗喻月之削弱，中秋過後的自然趨勢。因此此回一起頭，即寫八月十五月娘生日，寫叫中秋兒倒茶不應，寫月娘親自走來找，卻看見玳安與小玉正「幹得好」。

薛嫂為月娘說項，月娘本來許給薛嫂五兩銀子，後來只給三兩；然而同回之內，西門慶當初借給吳典恩一百兩銀子，明明連文書也沒收他的，月娘偏偏記得一清二楚。這些地方，處處看出月娘為人。

【第九十六回】

春梅姐遊舊家池館
楊光彥作當面豺狼

（春梅遊玩舊家池館　守備使張勝尋經濟）

一　鬼王頭，菩薩面

　　此回借春梅故地重遊，悼亡感舊，寫出西門慶花園的荒涼景象。花園者，是金、瓶、梅三人的棲身之地，是西門慶、金蓮、瓶兒、蕙蓮、桂姐、春梅、如意雲雨歡會的所在。難怪春梅與月娘一席感嘆興亡盛衰的談話，重點集中在「床」上：床是雲雨之所在，也是豔情的象徵。金蓮的床、瓶兒的床，都在第二十九回中寫出：彼時吳神仙剛剛相面完畢，春梅相得好，心中歡喜，西門慶扶著她的肩膀來找金蓮，金蓮正在那張新床上午睡。如今已經人去樓空。金蓮的床陪送給了玉樓，可以想見玉樓與李衙內的春光旖旎。至此，第二十九回的預言已全部應驗。

　　春梅來看園子，先走到李瓶兒這邊，後來到金蓮這邊：料想金蓮的房裏必然野草荒涼，傷心慘目，所以似乎可以在瓶兒處先做一番心理準備；而越是到了跟前，越是心裏有些畏懼，越是要想辦法延宕一番。所謂近鄉情更怯，不敢問來人，就是這個意思。

　　這樣銷盡人世炎涼念頭的今昔對比，還是不能阻礙月娘「遞酒安

席」、「安春梅上座」的舉動。園子的荒涼固然是十分悲哀的景象，但是庭院的荒蕪與月娘炎涼舉動之間的對比，還有春梅的「一朝得意」，其實比人去樓空的「千古傷心」更加令人覺得可哀。

此回花園一賦，與十九回花園剛剛建成時的一賦對比。眾多地名，必定要特特點出臥雲亭、藏春閣：藏春閣雪洞書房固然是一個重要的地點，臥雲亭也是眾妻妾常常下棋之處，又特與春梅相關：二十七回中，金蓮在葡萄架下與西門慶雲雨，春梅遠遠看見，便走到假山頂上臥雲亭那里弄棋子耍子，映出少女的一腔不快。而西門慶大踏步去把春梅擒了回來，輕輕抱到葡萄架下，後來春梅直待西門慶睡著，才悄悄從藏春閣雪洞走開。如今，卻都成為狐狸與黃鼠往來的去處了。然而十九回中的花園一賦以「芍藥展開菩薩面，荔枝擎出鬼王頭」二句結尾，似乎可以用作《金瓶梅》尤其是繡像本《金瓶梅》的小結：蓋萬紫千紅之中，無不埋伏著鬼王的陰影，作者要求於讀者的卻不是菩薩面（如果是菩薩面，則作者在二十八回明言金蓮打扮得猶如活觀音一般），而是菩薩心。

敬濟再次淪落，虧得一個「精著兩條腿，靸著蒲鞋，生的阿兜眼，掃帚眉，料綽口，三鬚鬍子，面上紫肉橫生，手腕橫筋競起，吃的楞楞睜睜」名喚「飛天鬼侯林兒」的人物救濟，安排在城南水月庵做土工，起蓋迦藍殿。敬濟所做的工程，所遭遇的人物，正是菩薩、鬼王餘意。

侯林兒直把敬濟作為老婆相待：「我外邊賃著一間廈子，晚夕咱兩個就在那裏歇，做些飯打發咱的人吃。把門你一把鎖鎖了，家當都交與你，好不好？」敬濟立刻答說：「若是哥哥這般下顧兄弟，可知好哩！」到這個地步，敬濟只憂慮這工程做得長遠不長遠，唯恐哪一天工程做完了，又該流落街頭了。而侯林兒把一間破廈子裏的東西稱為「家當」，鄭重其事地把鑰匙交給敬濟掌管；又寫在舖子裏吃飯，侯林兒問陳敬濟吃麵還是吃飯，「麵是溫淘，飯是白米飯」。敬濟答曰我吃麵，遂叫了兩碗麵上來。這真是像繡像本評點者說的，窮話富說，說得可笑。而越是窮話富說，越顯得徹骨地貧窮。

　　此書自始至終寫吃酒，直到在這個小酒店裏，量了兩大壺「時興橄欖酒」，兩個說話之間，你一盅，我一盞，把兩大壺都吃了。第三十八回中，西門慶在夏提刑家吃酒，嫌他家自造的菊花酒瀬香瀬氣的，沒大好生吃，來到李瓶兒房裏，特意命取葡萄酒來。同回又寫在王六兒家，嫌她打來的酒不上口，特意帶來一罈竹葉青。哪裏想到昔日每餐陪侍的女婿，如今在小酒店吃橄欖酒乎。鄭培凱在〈金瓶梅詞話與明人飲酒風尚〉一文中考證《金瓶梅》飲酒種類極詳審，可惜未談到此處的橄欖酒。侯林兒只吃了一碗麵，敬濟倒吃兩碗，正照第五十二回中，西門慶請應伯爵、謝希大吃麵，兩人登時狠了七碗，而西門慶兩碗還吃不了的情形。善於效仿的《紅樓夢》特意寫出一個劉姥姥，正是為了藉劉姥姥陪襯寧榮二府的豪華氣象 —— 每寫賈母、寶玉、姐姐妹妹們吃飯，必以「油膩膩的，誰吃這個！」或「只用湯泡飯，吃半碗就不吃了」出之，而劉姥姥則動輒吃去半盤子。

　　水月庵頭陀葉道為陳敬濟相面，不僅補足以前只有陳敬濟不曾被相過面的漏洞，而且再次與第二十九回相照應，造成結構上的和諧。

二　金八吉祥兒

　　春梅給孝哥兒一副金八吉祥兒做生日禮物。金八吉祥兒是佛家八種寶物，過去常常被當作織物上的花紋圖案，取其吉祥之意。這八種器物分別是法輪、盤長（百結）、舍利壺、蓮花、天蓋、寶傘、金魚和法螺。法螺喚醒眾生，提醒信徒禱告；金魚取其「有餘」；寶傘與天蓋都寓言保護；蓮花出污泥而不染，也是西方淨土供佛的花；舍利壺或淨瓶象徵純潔或生命之雨露；盤長（百結）意謂長生不老，佛對人連綿不絕的關愛慈悲……這種金八吉祥，想必是用金做成的八種小飾物結在一起，佩戴在小孩子身

上以求吉避邪。月娘好佛，這種飾物可謂投其所好，是春梅穎悟的地方（因為除了金八吉祥，還有普通的八寶或者道家的吉利物八仙可以給），但是也預兆了孝哥出家的命運。

本書最後一回，寫孝哥實則是西門慶轉世，每讀至此，回味孝哥兩次見到春梅，月娘要他唱喏便唱喏；如意兒抱他去金蓮墳上看望，回來就發熱發燒；在印子舖裏見到敬濟，便「哇哇的只管哭」：種種反應，都不由得讓人好笑起來。

第九十七回

假弟妹暗續鸞膠
真夫婦明諧花燭
（經濟守御府用事　薛嫂賣花說姻親）

一　真與假

　　春梅認敬濟為姑表兄弟，瞞過丈夫周守備，這個情節在繡像本裏面有特殊的意義。因為繡像本以真假兄弟開頭全書，寫到結尾，再次大書特書「真假」二字，喚醒我們注意人與人關係裏面的真與假。而如果按照儒家思想來說的話，這一回又是對「正名」的翻案：春梅與敬濟，無姐弟之實，而有姐弟之名，有姐弟之名，而行夫婦之實。繡像本回目以假弟妹對真夫婦，自然是暗斥敬濟、春梅乃假夫婦耳。對照敬濟光明正大、名正言順地娶葛小姐，夫婦名實相符，實在有天壤之別。玉樓再嫁、三嫁，都是光明磊落，從來沒有失去過尊嚴，特別為作者所讚許；雪娥嫁來旺本身並無罪過可言，其作孽處在於採取了偷雞摸狗的手段而已。

　　正如張竹坡所言：「夫一回熱結之假，冷遇之真，直貫至一百回內。」此書有假兄弟（繡像本之十兄弟是也），假父子（蔡京與西門慶，西門慶與王三官是也），假母女（月娘與桂姐，瓶兒與銀兒），假夫婦（所有通姦偷情者），假姐妹（眾妾呼月娘為大姐姐），此回再加上一個假姐弟，

則眾「假」一時俱足。

姐弟關係的對面就是兄弟關係：春梅與敬濟認假弟妹，為《金瓶梅》這部對「兄弟」關係的寓言再次加上一筆。《金瓶梅》之前的小說如《水滸傳》、《三國演義》甚至《西遊記》，無不圍繞「兄弟」關係展開，因為兄弟既是五倫之一，而且兄弟關係泛指男人與男人之間的關係，除了君臣、父子之外，是一個父權社會裏社會政治經濟關係最主要的組成部分之一。但是，如果《水滸傳》、《三國演義》、《西遊記》都是從正面論述兄弟情誼，那麼《金瓶梅》便是對這種正面論述的顛覆。因此，借著敬濟娶真妻子，帶出西門慶假兄弟中最主要的一個應伯爵的結局：薛嫂為敬濟說媒，提到「應伯爵第二個女兒，年二十二歲」，春梅嫌應伯爵死了，其女在大伯手裏聘嫁，沒有什麼陪嫁，不答應。按，第六十七回中應伯爵生子向西門慶告貸，順便說出大女兒是依靠西門慶的幫助才嫁出去的，「眼見的這第二個孩兒又大了，交年便是十三歲，昨日媒人來討帖兒，我說早哩，你且去著」。又說，「家兄那裏是不管的」。這處伏筆至此有了下落。

二　應伯爵次女的年齡與此書日期的寓言性

春梅為敬濟說親，在西門慶死後第四年，這個女兒在西門慶死的那年才交十三歲，不可能長得這麼快。正如張竹坡所說，此書在日期方面極細，在年代方面粗疏。然而這是小說，不是史書：此書最後結愛姐入「湖州」，湖州者，胡謅也。因此，凡年號、干支、時間錯誤處，應視為作者有意做作，不一定是謬誤，更不能就把這個當成「累積型」寫作過程的最好證明。不然，何以作者於此書前後細節，連一個小小的人名如劉學官都念念不忘，俾其遙相呼應，唯有對於有明顯記號的年代卻如此糊塗？對伯爵自稱「家兄是不管的」這樣的話，作者還注意照應，交待說伯爵的次女

在大伯手裏聘嫁，沒有什麼陪送，何以唯獨對於「交年便十三歲」這樣的話卻有失照顧？張竹坡所謂「特特錯其年譜」，《金瓶梅》正應作如是讀。蓋故意把人物年紀、生辰、年代寫得模糊混亂，以突出這部書的「寓言」與虛構性質也。

三　繡像本詞話之別

繡像本與詞話本比較，繡像本此回有一大段話一百一十三字，解釋周守備既然當初與西門慶相交，何以不認識陳敬濟，詞話本無。像這樣的地方，如果不提，很多讀者可能都不會注意，但解釋一番，合情合理，一來見得繡像本細緻，注意上下文邏輯，更有寫實作風；二來也可以使得繡像本比詞話本簡潔是因為商業原因的說法不攻自破：我們知道繡像本並不是處處都比詞話本簡潔，而且，也不是只為了簡潔而簡潔耳。

又，此回開始，春梅見到敬濟，道：「有雪娥那賤人在這裏，不好安插你的，所以放你去了。落後打發了那賤人，才使張勝到處尋你不著。」對於詞話本而言，這話並無要緊；對於繡像本而言，卻到此處才從春梅嘴裏揭破攛走雪娥的動機。

四　端午節

這一回，是全書最後一次詳寫過節。讀者應該記得，這部書所寫的第一個節日便是端午節，那麼此書最後一個節日是端午，固其宜也。想那第一個端午，金蓮與潘媽媽（彼時還不叫潘姥姥）在家裏吃酒。西門慶來看

她，從岳廟上為她買來珠翠首飾衣服。王婆為他們打酒買菜，被一場大雨澆了個透。金蓮第一次為西門慶彈琵琶，先微笑自謙：「奴自幼粗學一兩句，不十分好，官人休要笑恥。」真是千般溫柔，萬種嬌媚；隨後低低唱了一支曲子，把西門慶喜歡得「沒入腳處」。我若是男子，也早已經心動神移！

如今，卻只有春梅，在西書院花亭置了一桌酒席，和孫二娘、敬濟吃雄黃酒，解粽歡娛——這也是此部寫了十數種酒的書裏，最後一次明寫出酒的名目。當下，「直吃到炎光西墜、微雨生涼的時分，春梅拿起大金荷花杯來相勸」。我喜愛「炎光西墜、微雨生涼」這八個字，然而微雨比起第六回中的傾盆大雨，已是少了多少的氣勢；至於大荷花杯，完全是為金蓮生發的——金蓮卻又在哪裏呢？作者唯恐讀者忘記了金蓮，特意再寫端午（當然也是為了襯托愛姐的出現），寫大金荷花杯，但讀者又怎麼能夠忘記金蓮呢。

《金瓶梅》，只是一部書而已。一部書，只是文字而已。然而讀到後來，竟有過了一生一世的感覺。

第九十八回

陳敬濟臨清逢舊識
韓愛姐翠館遇情郎

（陳經濟臨清開大店　韓愛姐翠館遇情郎）

一　秉義

　　敬濟見到昔日朋友陸秉義，二人吃酒說話。陸秉義先是問敬濟：「哥怎的一向不見？」這分明是當初應伯爵在街上看見一向在家避禍的西門慶，問他如何一直不見的「裝不知道」的口氣。敬濟也與他稱兄道弟，完全是西門慶當年對待結義兄弟的口氣。敬濟與其狐朋狗友宛然是「小結義」，只不過敬濟沒有西門慶的能力，所以一直不成氣候而已。

　　敬濟告訴陸秉義自己一船貨物被楊光彥拐去，落得一貧如洗：「我如今又好了，幸得我姐姐嫁在守備府中。」這句「我如今又好了」，可憐和九十三回中對馮金寶所說的話一模一樣。敬濟生涯幾次大起大落，兩次陷入牢獄，兩次做要飯花子，一次做道士，但是無論如何不能醒悟，只是一個「我如今又好了」說過數次，其中有多少癡迷！

　　陸秉義告訴陳敬濟，楊光彥拐走敬濟財物之後，在臨清碼頭上開了一家酒店，吃好穿好，「把舊朋友都不理」。只這一句話，我們便知道為什麼他會如此積極地為陳敬濟出謀劃策對付楊光彥：陸秉義想必是楊大

郎「不理」的舊朋友之一。又對敬濟說「奪了這酒店，再添上些本錢，等我在碼頭上和謝三哥掌櫃發賣。哥哥你三五日下去走一遭，查算賬目」云云。陸二哥其人，活脫脫跳到紙上矣。《論語》裏面所謂「為朋友謀而不忠」，就是指這等表面上是為朋友謀利，實則藉機為自己謀利者。誰說《論語》所提倡的德行是容易做到的呢！都說中國社會是儒家社會，但是又有誰可以大言儒家的理想曾經有一天成為過社會的現實呢！

敬濟以守備府的名義，向提刑所兩位提刑告狀。如今的提刑，一是西門慶昔日的同僚何千戶，一是張大戶的侄兒張二官，讀罷狀子，立刻「要做分上」，把楊氏兄弟下到獄裏，為敬濟追回數百兩銀子。這其實也是公平的，因為楊氏兄弟的確吞沒了敬濟的貨物。然而，正如這部小說多次向我們展示的，在一個社會，最悲哀的事情，不是邪惡藉助人情與賄賂得以施行，而是就連正義，也必須藉助人情與賄賂才能施行。

二　兩個五姐與兩個六兒

此回後半，開始韓愛姐的故事。這個故事與馮夢龍《古今小說》（《喻世明言》）中的〈新橋市韓五賣春情〉雷同，已經被很多學者討論過，然而，通過仔細的對比，我們會發現兩個文本存在許多的差異，而這些差異對於理解《金瓶梅》這部長篇與馮夢龍的短篇都是很重要的。

敬濟自從奪來謝家酒樓，每隔三五天便來算賬做買賣。三月清明這一天，敬濟在酒樓上，「搭扶著綠欄杆，看那樓下景致，好生熱鬧」（一年前，敬濟被張勝找回守備府也是在三月，當時敬濟正倚著牆根向著太陽捉身上的蝨子）。此書前半特寫元宵與重陽，後半特寫清明與端午：元宵是熱鬧趨於冷淡，重陽是西門慶與瓶兒聚散的契機；清明是冷淡中有盎然春意，端午是愛姐生日也。

　　敬濟眺望景色時，遇到從東京逃難來的韓道國、王六兒夫婦和他們嫁給翟管家做妾的女兒韓愛姐。原來蔡京被劾，家產抄沒，翟管家下落究竟如何書中沒有交待，想必也是樹倒猢猻散，非死即流放。韓道國必寫其「摻白鬢鬢」——與第三十三回中「五短身材，三十年紀，言談滾滾，滿面春風」相對照，寫出世事滄桑。而愛姐已經從一個「意態幽花閒麗，肌膚嫩玉生香」的十五歲天真少女成長為一個「搽脂抹粉，生的白淨標致」，一雙星眼顧盼生情的二十餘歲的少婦了。

　　話本小說中的女子排行第五，故稱韓五姐，本名賽金，又被父母叫作金奴。《金瓶梅》中韓道國與王六兒的女兒，因為出生在五月初五端午節，因此被稱為五姐，又叫愛姐。這裏的問題是，倘使《金瓶梅》借鑒了話本小說，則我們必須假設作者早在第三十三回韓道國第一次出現時，就已經想好將來要使用話本故事，故此特別安排道國姓韓，以便使得韓五姐的姓名與話本小說符合。此外，兩個文本雖然時時有重合處，也時時有分離處，往往幾句重合，下面幾句又分離。那麼，這樣的做法，的確比作者本人憑空虛構還要費力。但是如果話本借鑒《金瓶梅》，一短一長，就不消像《金瓶梅》借鑒話本一樣，提前數十回安排人名，以求後來的符合。而且短本摹長本，剪裁容易得多。那麼我們為什麼不可以假定話本小說借鑒了《金瓶梅》呢？我們從沈德符的《萬曆野獲編》中知道，馮夢龍在1609 年就看過《金瓶梅》的抄本，而且十分喜歡。當然，還有一種可能，就是二者都來自第三源泉。兩個文本的重合，在於敬濟（話本中的吳山）看到一家人搬入自己酒店的空房，因為看中了其中的年小婦人而轉怒為喜（有些像當初西門慶被金蓮放簾子打到頭，本來要發怒，看到金蓮之後轉怒為喜）。韓五姐與母親都是暗娼，五姐以拔下敬濟頭上的金簪而勾引敬濟（吳山），後來敬濟（吳山）在家，五姐寫來情書，送給禮物，敬濟（吳山）回信贈銀，後來藉口酒店算賬，再次相訪。

　　兩個文本在細節與文字上其實存在很多差異，舉不勝舉，只揀幾樣比較重要的。比如話本中的男主角吳山有苦夏之病，在家灸艾火，許久沒有

來看望五姐；但《金瓶梅》只言敬濟被妻子留住不放，而且「一向在家中不快」而已，並以來找愛姐為「避炎暑」。如果話本小說真的來自《金瓶梅》，那麼吳山灸艾火甚至還很有可能是從愛姐的名字以及敬濟身體不快和避炎暑的說法而產生出來的聯想。韓五姐贈送的禮物，《金瓶梅》作鴛鴦香囊一個，青絲一縷，則是話本所無。這個鴛鴦香囊敬濟一直帶在身上，敬濟被殺後，他的妻子便把香囊也殮在棺裏了，成為韓五姐愛情的象徵。話本小說裏，五姐所寫的情書特地點出「茲具豬肚二枚」；但在《金瓶梅》中，五姐沒有送豬肚，而送了「豬蹄、鮮魚、燒雞、酥餅」數樣食品，在五姐的情書中略作「茲具腥味茶盒數事」，措辭比話本的情書典雅了許多。又《金瓶梅》中愛姐的情書有一新鮮比喻，道：「君在家自有嬌妻美愛，又豈肯動念於妾？猶吐去之果核也。」還有「不能頓生兩翼而傍君之左右也」一語，也是話本之情書所無。但是加上這兩句，精彩頓生，比話本中程式化的情書要生動了許多，陳敬濟的答書反而大大不如。陳敬濟的回書則較話本多了一首打油情詩，寫在一隻手帕上面，後來被愛姐拿出當作表記，以取得春梅和翠屏對她的信任。綜上所述，我們可以看出，《金瓶梅》中的韓五姐，實在比話本中的韓五姐要更聰慧、更文雅風流。而且最關鍵的，是對敬濟有真感情：雖然我們讀者現在還不知道這是否又一個馮金寶，但觀照後文，我們知道愛姐的情書與眼淚與相思都是真正從心上流出的。

　　《金瓶梅》中的韓五姐，與潘五姐潘金蓮有很多相似之處：一方面作者明說在陳敬濟看來，韓五姐會彈唱，能讀書寫字，「就同六姐一般，可在心上」（這裏特用六姐稱呼金蓮，是為了和韓五姐區別）；另一方面，金蓮是西門慶的眾多女人裏面唯一會讀書寫字，唯一給他寫過情書的（第八回，第十回），後來又頻頻寫情書給敬濟以傳情。至於送上青絲一縷，鴛鴦香囊一個，則又儼然得自金蓮的鏡像王六兒的傳授：西門慶臨死前，王六兒送給他的正是以青絲纏為同心結的兩根錦帶（映照潘六兒的白綾帶）和一個鴛鴦紫遍地金順袋兒。因此，《金瓶梅》中的韓愛姐，既是兩個六

兒的影像，也是她們的翻案：愛姐與陳敬濟的遇合雖然和金蓮與西門慶的遇合十分相似，也和王六兒依靠色相養家之目的相同，但是動了真情，愛上敬濟。敬濟在時，不肯接別的客人，敬濟死後，一心為之守節，甚至不惜為此刺瞎一目，則不僅與兩個六兒正好相反，也遠遠不同於話本小說裏面的韓五兒了。

愛姐的名字頗有深意，但是首先是一個應節的名字：愛諧音艾，愛姐生在五月五日端午節，舊俗這一天家家戶戶以艾草紮為人形，懸在門上，以除邪氣；或採艾草製成虎形飾物，佩帶在身上除邪；或剪彩為虎，用艾葉貼在上面，這便是第五十一回中李瓶兒為官哥兒做的「解毒艾虎兒」。中醫用艾炷熏灸穴位，稱「艾灸」、「艾焙」，治療疾病。因此，張竹坡認為愛姐的名字富有象徵意義：以「艾火」治病，以比喻改過，而艾（愛）火尤可治療淫佚，因為真正的愛情是之死矢靡他的。

韓道國在第三十三回首次出現時，也正是湖州絲綿客人何官人第一次出現時。當時，正因為何官人發賣給西門慶五百兩絲線，西門慶才在獅子街開起絨線舖，用了韓道國做夥計。韓道國、王六兒、何官人、西門慶的命運，始終緊緊地聯繫在一起。在此回，王六兒認出陳敬濟，依然以「姑夫」稱之；何官人則勾搭上了王六兒。

按照詞話本所說，王六兒已經「約四十五六」（繡像本作「年紀雖半」—將近半百之意），但風韻猶存，依然「描的大大水鬢，涎鄧鄧一雙星眼，眼光如醉，抹的鮮紅嘴唇」，「約五十餘歲」的何官人看在眼裏，便料定「此婦人一定好風情」，真是所謂的會家看門道者。六兒的年齡，在古典小說中所描寫的放蕩女人裏，算是相當驚人（除了〈如意君傳〉中的武則天之外），但是在實際生活中卻根本不算什麼。何官人與王六兒打得火熱，以致下回遭地頭蛇劉二的騷擾：這種中年的買淫與賣淫，又是找的私窠子，韓道國甚至在一邊陪酒，還幫著去外面買果菜，全無少年公子在青樓尋花問柳的豔麗風流，極為暗淡和寫實。作者真是能寫，敢寫。比起這部書來，無數才子佳人傳奇小說都好似哄幼稚園小朋友的童話片。

第九十九回

劉二醉罵王六兒
張勝竊聽陳敬濟

（劉二醉罵王六兒　張勝忿殺陳經濟）

一　敬濟之死

　　那敬濟光赤條身子，沒處躲，只摟著被，吃他拉被過一邊，向他身就扎了一刀子來，扎著軟肋，鮮血就邋出來。這張勝見他掙扎，復又一刀去，攘著胸膛上，動彈不得了。一面採著頭髮，把頭割下來。

　　這是何等驚心慘目的描寫！作者必須有怎樣的堅忍，怎樣的筆力，才能把一個我們如此熟悉的人物，如此結果在張勝的刀下？雖然是一個像敬濟這樣混帳的青年，這樣的癡迷，這樣的不知改悔、不知感恩，但是，這樣的慘狀，我們還是情不自禁要掩了臉，不願意看它，不願意想它，不願意聽它。

　　我不想加入獵求《金瓶梅》作者的行列，但是，在這樣的時候，我情不自禁地想要知道《金瓶梅》的作者是怎樣的一個人：一個有著神一樣的力與慈悲的人。沒有這樣的力，也就不可能有真正的慈悲。一切沒

有「力」的慈悲，都是道學先生的說嘴，都是無用的，繁瑣小器的，市井人的。

二　張勝

殺死敬濟的張勝，本是十九回中因為大鬧了太醫蔣竹山的生藥舖，被西門慶推薦到周守備府的。在十九回中，張勝夥同魯華搗亂蔣竹山，兩人一唱一和，但是明顯看出張勝是要嘴的，魯華是出力的。張勝在守備府和李安一起幹事，又處處顯得比李安機靈有主意，比如為春梅安葬金蓮的屍首，比如為春梅找回陳敬濟，比如善於索討賄賂，比如和為娼的孫雪娥續上舊情，縱容自己的小舅子在外打著守備府的招牌胡作非為。這些都是與李安不同處。但張勝聰明反為聰明誤，殺死敬濟之後，被李安只消一腳一拳便打翻在地——我們並不驚訝，因為張勝向來沒有什麼真本事，是動嘴不動手者。但就是這麼一個小小的角色，金瓶作者也絕不馬虎從事，而且寫一張勝，便有魯華、李安二人陪襯，三人性格摹寫得各各不同。

三　其他

愛姐思念敬濟，題詩抒情，繡像本只錄一首：「倦倚繡床愁懶動，閒垂錦帳鬢鬟低。玉郎一去無消息，一日相思十二時。」無題。詞話本錄四首，分別冠以「春、夏、秋、冬」四個題目，第一首與繡像本基本相同。與後面三首詩不同的是，第一首沒有明顯的季節標誌，只能以「懷春」或「春睏」勉強解釋之。從這首詩裏我們再次看到繡像本和詞話本的不同傾

向：詞話本雖然在物質細節上比繡像本具體而豐富，自有其好處，但是這裏愛姐題詩一首抒發相思，還比較合乎人物所處的情境與心理；題詩四首，又以春夏秋冬為題，則除了落入才子佳人傳奇的惡套之外，並不能達到傳神的目的。

敬濟在愛姐房裏睡覺，被劉二打鬧驚醒，喚了兩個主管來問。詞話本作「兩個都面面相覷不敢說，陸主管嘴快，說」云云，繡像本作「兩個主管隱瞞不住，只得說」云云。不敢說，不敢得沒有道理，因為劉二只不過是守備府虞侯張勝的小舅子，而敬濟倒是守備本人的小舅子也。何況王六兒已經先向敬濟訴過苦，這裏敬濟不過是證實其事而已。作「隱瞞不住」較近實。

守備周秀據說是「老成正氣」的人，後來又在與金兵對敵時陣亡，饒是這樣為國捐軀的忠臣，在濟南做了一年官，「也賺得巨萬金銀」：《金瓶梅》刻畫人物，從不單薄。

春梅、翠屏在給敬濟上墳時遇到愛姐，愛姐執意要跟著春梅、翠屏入守備府守節，妙在「翠屏只顧不言語」，而春梅勸解說，怕你年輕守不住。春梅勸愛姐，而說出自己心事；翠屏不言語，因為見到丈夫有這麼一個外室，一心要給丈夫守節，心裏正如打翻了五味瓶也。

第一百回

韓愛姐路遇二搗鬼
普靜師幻度孝哥兒

（韓愛姐湖州尋父　普靜師薦拔群冤）

　　本回之中，全書一直醞釀的社會政治危機終於發作，靖康之難起，「官吏逃亡，城門晝閉，人民逃竄，父子流亡。但見煙塵四野，日蔽黃沙，男啼女哭，萬戶驚惶。正是得多少宮人紅袖泣，王子白衣行」。韓愛姐懷抱月琴，一路上彈唱小詞曲，向湖州找尋父母。《金瓶梅》到此，把國與家這兩條一直並行的線索入到了一起，寫國如何破，家如何亡，父子母女，不得相顧，使得這部大書有一個極為沉重蒼勁的結局。

　　月琴，是孟玉樓擅長的樂器，第七回中，西門慶正因為聽說玉樓會彈月琴而深受吸引，後來金蓮又向玉樓學習月琴；二十七回中，正是以玉樓的月琴，伴奏眾人合唱那一曲感嘆光陰飛逝、人生幾何的《梁州序》。彈唱，則是本書貫穿始終的娛樂形式。然而無論月琴，還是彈唱，都未有像這樣悲哀凄慘的。愛姐走到徐州地方，投宿在一個老婆婆家，巧遇做挑河夫子的叔叔韓二，當時老婆婆給這些挑河夫所做的飯食是「一大鍋稗稻插豆子乾飯，又切了兩大盤生菜，撮上一包鹽」。

　　在喜歡描寫飲食的《金瓶梅》中，這是最後一次詳寫食物，而全書從未見過有如此粗糙惡劣的：「愛姐呷了一口，見粗飯不能嚥，只呷了半碗

就不吃了。」那幾個挑河漢子,「都蓬頭精腿,褌褲兜襠,腳上黃泥」,全書描寫衣飾,也從未有見過如此暗淡的。

繡像本《金瓶梅》的第一百回與第一回,在種種方面形成對照、接應,結構安排,極盡匠心。在此我要重複強調在前言中提出的觀點:繡像本是一個非常獨特的版本,它與詞話本最大的差異:一是美學的,二是意識形態的。雖然第一百回在兩個版本裏面差距不大,但是繡像本第一回與詞話本第一回的巨大不同,使得它的第一回與第一百回之間產生了完全不同的複雜聯繫,而這種複雜聯繫,又巧妙地成為繡像本《金瓶梅》與詞話本《金瓶梅》不同的哲學思想的表達。

繡像本第一回,以一段敘述者的入話開始,開宗明義提出據說是道號純陽子的呂岩也即呂洞賓寫的一首詩,警告世人不要沉溺女色,隨即縷陳世人對於酒色財氣特別是財與色的沉迷,以及財色給人帶來的傷害。入話最後得出結論是:「只有《金剛經》上兩句說得好,他說道:『如夢幻泡影,如電復如露。』……到不如削去六根清淨,披上一領袈裟,參透了空色世界,打磨穿生滅機關,直超無上乘,不落是非窠,倒得個清閒自在,不向火坑中翻筋斗也。」繼此之後,我們看到西門慶在吳道士主持的玉皇廟進行兄弟結義,去之前,從謝希大口中,我們得知「咱這裏無過只兩個寺院,僧家便是永福寺,道家便是玉皇廟」。西門慶認為「這結拜的事,不是僧家管的,那寺裏和尚,我又不熟」,於是定下玉皇廟。第一回與最後一回在結構上的照應,首先便表現在玉皇廟、永福寺的對峙:月娘逃難,被普靜和尚攔住,帶往永福寺,在那裏,普靜超度亡魂、點化孝哥。其實,詳觀第一回,我們在西門慶結義十兄弟的疏文中,已看到永福寺幢幢的陰影:「伏願自盟以後,相好無尤,更祈人人增有永之年,戶戶慶無疆之福。」所謂有永之年、無疆之福,便是對於西門慶、花子虛等壽命不永、繁華不常的諷刺性預兆,而其中「永」、「福」二字,更是躍躍欲出,伏筆如伏兵,時機一到便衝殺出來。

詞話本《金瓶梅》的第一回,只強調女色對人的戕害,因此以一個

「虎中美女」的鮮明意象開頭。但是在繡像本《金瓶梅》中，因為有敘述者在入話中對於這個如夢幻泡影的世界所做的一番哲學思考，使得孝哥的出家不再僅僅是上天對西門家的懲罰（斷絕其後嗣），也不再是一個方便的敘事工具和結束手段，而成了作者對世界的嚴肅回答。紅樓主人正是受到這種思想的激發，才給賈寶玉安排一個出家的結局，而且必要一僧一道與他並行。正如繡像本《金瓶梅》以呂洞賓的詩與玉皇廟開頭，而以普靜和尚的禪偈與永福寺結束也。

第一回，敘述者提出「酒色財氣」四字的厲害，但是特別強調其中的「財」與「色」：「請看如今世界，你說那坐懷不亂的柳下惠，閉門不納的魯男子，與那秉燭達旦的關雲長，古今能有幾人？……這『財色』二字，從來只沒有看得破的。」然而在最後一回的開頭，作者卻寫出一個李安——在春梅對他財與色的雙重誘惑之下，能夠聽從母親的話（作者特別點出「李安終是個孝順的男子」），拒絕財色誘惑，遠遠離開是非之地。想到第一回中作者的感嘆，李安這個少見的正面人物形象構成了全書結構的第二層照應，而且，李安是一個儒家的典範，他對母親孝，對守備義（離開守備府，正是因為不想屈服於春梅而背叛守備），不為財色所迷。他與前文的王杏庵老人同是作者所心儀的為人處世的楷模。然而，讀者了解李安的正面品質之時，也正是他的消失之日。於是我們想到《水滸傳》一開頭，便寫出一個孝子：八十萬禁軍教頭王進。這個王進受到太尉高俅的迫害，帶著老母，遠走高飛，從此消失於本書之中。《金瓶梅》中的孝子，則出現在全書之末，這個神龍見首不見尾的角色，與《水滸傳》中的王進有異曲同工之妙。

此書的第一回，「西門慶熱結十兄弟，武二郎冷遇親哥嫂」，以兄弟、哥嫂之情開始，而最後一回，仍以兄弟、哥嫂之情結束。在第一回中，西門慶結義的十兄弟，對照武大、武松一對親兄弟。西門慶的妻子月娘，對照武大的妻子金蓮：西門慶和幫閒們對結義極為熱心，月娘——也就是這些結義兄弟們的大嫂——卻對他們的結義頗有微詞；武氏兄弟

相遇，似乎互相沒有什麼話說，但武松的嫂嫂金蓮卻對武松熱情非常。在這最後一回中，十兄弟的傳記終於全部寫完，其他的兄弟都實寫，唯有雲理守是虛寫：月娘攜帶家人，攜帶著從瓶兒處得來的一百顆胡珠去投奔雲理守，但是在月娘那個預言性的夢裏，雲理守卻殺了吳二舅、玳安、孝哥兒，逼迫月娘和他成婚，完全背叛了結義兄弟的誓言。不過，月娘攜帶的珠子，既然是瓶兒的遺物，那麼這一點隱隱提醒我們西門慶當初如何對待自己的結義兄弟花子虛。月娘在夢中受到雲理守的逼迫，其實雲理守也不過是效法結義大哥西門慶而已。

另一方面，第一回的「冷遇」二字在第一百回裏也得到照應，這反映在繡像本與詞話本十分不同的回目裏面：「韓愛姐路遇二搗鬼」（而不是詞話本的「韓愛姐湖州尋父」）。繡像本把讀者的注意，通過回目的大書特書，吸引到兄弟的關係（韓二與韓大）上，也吸引到叔姪的關係上，這是耐人尋味的。前面說過，韓家兄弟是武家兄弟的鏡像，那麼愛姐與二搗鬼的關係，其實也是武松與姪女迎兒關係的反照：武松待迎兒之無情，正襯托出二搗鬼對姪女愛姐的有情。武松當初棄迎兒而去，臨走時迎兒說：「叔叔，我害怕。」武松卻說：「孩兒，我顧不了你了！」又把王婆箱籠裏面的銀子全部拿走，並些釵環首飾之類，也「都包裹了」，完全沒有給迎兒留下一點錢養贍自己，也不考慮哥哥武大唯一一點骨血的未來前途，還要靠鄰居姚二郎將其遣嫁 —— 必稱姚二郎者，是為了刺武二郎之心也。武二只知道殺死金蓮、王婆，發泄自己的仇恨（包括被西門慶流放他鄉的仇恨），卻不能撫養哥哥的遺孤，作者對此是頗有微詞的。因此，為我們設計了韓二與愛姐相逢的場面：「兩個抱頭哭做一處。」相互訴說各自的經歷，韓二又「盛了一碗飯，與愛姐吃」。這樣的話，這樣的手勢，蘊涵著許多的親情與人情，遠遠比武松的殘忍無情更加感人。作者藉韓二與愛姐的路遇，再次向讀者暗示了為什麼與武家如此相似的韓家卻獨獨能生存下來。同時，我們也不要忽略了作者的寓言：兩個「搗鬼」，結於「胡謅」。作者明明在告訴讀者：這是「滿紙荒唐言」而已。於小說之中指出

小說的性質，誰又能說，《金瓶梅》不是中國第一部自覺的「後設小說」（metafiction）？

愛姐割髮毀目，出家做了尼姑，是繡春出家的延續，也是孝哥出家的前奏。

最後必須指出的一點，是一部《金瓶梅》以秋日起，仍以秋日結。蓋人人皆知《金瓶梅》對時間和季節的敘述，十分地經意，十分地用心，因為《金瓶梅》是一部小型的史書。其中歷史年代錯亂顛倒處，與人物年齡的偶爾錯落處，不足視為作者疏忽或者拼湊版本的證據：一方面作者欲造成亦真亦幻的效果，一方面讀者看書，在日期方面也不宜過於呆滯，取其大意可也。繡像本《金瓶梅》一開始，就極其明確地標識出時序，我們要提醒讀者，本書男主角西門慶所說的第一話，就是「如今是九月廿五日了」。九月二十五日，已經是深秋。第一百回則冬天開始。「一日，冬月天氣，李安正在班房內上宿」云云。正月初旬，周統制搬取春梅母子到東昌任所；五月初七，周統制陣亡；六月伏暑天氣，春梅「鼻口皆出涼氣」而死（此書最後的一次炎涼對比）。從此以後，書中就不再明寫時間，然而當我們讀至永福寺中普靜夜間唸經超度屈死冤魂一節，我們看到八個字「金風淒淒，斜月朦朧」。金風，就是秋風，則時序非秋日而何哉！甚至當我們細看繡像本插圖時，我們也會注意到在愛姐路遇韓二的繡像插圖上，樹葉零落，正是深秋景色。秋在五行裏屬金，正宜此時的金戈鐵馬，萬物凋喪，然而普靜超拔冤魂，書中所有的死者一一前來，化解冤孽，各自前去，投胎託生，則世道轉回，轉又生生不息。

《金瓶梅》是一部秋天的書。秋天是萬物凋零的季節，卻也是萬物成熟豐美的季節。《金瓶梅》既描寫秋天所象徵的死亡、腐敗、分離、凋喪，也描寫成年人的欲望、繁難、煩惱、需求；它不迴避紅塵世界令人髮指的醜惡，也毫不隱諱地讚美它令人銷魂的魅力。一切以正面、反面來區分其中人物的努力都是徒勞的，《金瓶梅》寫的，只是「人」而已。

那天晚上，在永福寺裏，佛前燒著一爐香，點著一大盞琉璃海燈。三

更時，便是佛前海燈也昏暗不明：這正是人世苦海的象徵。《金瓶梅》是一部何等喧囂的書，然而此時人煙寂靜，萬籟無聲。《金瓶梅》是一部何等犀利無情的書，然而此時普靜和尚發慈悲心，施廣惠力，薦拔幽怨的魂靈。另一方面，月娘「睡得正熟」，夢見雲理守殺死了吳二舅、玳安與孝哥，逼迫她成親。當她因為孝哥的鮮血而大叫一聲醒來，發現卻是「南柯一夢」。普靜和尚在禪床上高叫：「那吳氏娘子，你如今可醒悟得了麼？」

普靜用禪杖向沉睡的孝哥頭上一點，卻是「西門慶項戴沉枷，腰繫鐵索」。繡像本評點者在此問道：「往沈通家為次子者是誰？」—— 然而一部《金瓶梅》，通是搗鬼、胡謅、小說而已，如果這麼認真起來，是不是都好像那搖扇看電視的男子、婦女們，時而用扇子指點著屏幕，大叫「你怎麼那麼傻」呢。

「良久，孝哥兒醒了」，張竹坡評道：「安得天下為人子者，皆有醒了之日哉。」張竹坡念念不忘他的「苦孝說」，其實這句話，就好像普靜和尚問月娘的話，哪裏局限於人子，而是作者以一部極是聲色紅塵的書，喚醒那沉迷於聲色紅塵的人而已。

月娘雖然不好色，但一生最好的是財物，最關心追求的便是後嗣，但是在最後一回，唯一的兒子被幻化而去，平時吝嗇保守的家業反由玳安承繼，月娘所有的，只是一個長壽和善終，但是夫死子亡，感情沒有寄託，生活終無意趣。作者對那些淫蕩貪婪的和尚姑子深惡痛絕，也並不喜歡月娘平時燒香拜佛而不能理解佛經真諦的愚昧，因此當作者說月娘的結局「皆平日好善看經之報」—— 這個報，應該理解為善報，還是惡報，抑或是「難言也」？實在耐人尋思。

月娘不是一個可愛的人物。但是，作者對這樣一個人物，也還是有深深的慈悲。這種慈悲，並不表現在月娘的結局裏（因為月娘的結局實在是模棱的），而表現在月娘不捨得孝哥出家的哀哀大哭中。我們記得王六兒在離開愛姐時，「哭了一場又一場」的深切悲傷，以及那一句「做父母的，只得依他」，有著身為父母對兒女的怎樣無奈的愛與悲哀。

當我們能夠同情韓道國與王六兒的時候，我們也就能夠同情月娘—— 一個貪心的、小器的女人，在失去她的愛子的時候，是怎樣因為白白「生受養他一場」而慟哭。作者把一個他可以寫得如此不可愛的女人，寫得如此令人哀憐，這正是《金瓶梅》最大的特色，我相信，這也是金瓶作者最希望他的讀者領悟的地方。

最後，且讓我們再一次對比一下繡像本與詞話本。就比較一下第一百回的卷首詩。先看詞話本的：

> 人生切莫將英雄，術業精粗自不同。
> 猛虎尚然遭惡獸，毒蛇猶自怕蜈蚣。
> 七擒孟獲恃諸葛，兩困雲長羨呂蒙。
> 珍重李安真智士，高飛逃出是非門。

再看繡像本的：

> 舊日豪華事已空，銀屏金屋夢魂中。
> 黃蘆晚日空殘壘，碧草寒煙鎖故宮。
> 隧道魚燈油欲盡，妝台鸞鏡匣長封。
> 憑誰話盡興亡事，一衲閒雲兩袖風。

誠然，我們不知道繡像本和詞話本的作者，但是他們的不同，他們對《金瓶梅》這部小說整體結構與思想框架的不同構想，在這兩首詩裏看得再清楚不過了。

詞話本的作者，用的是他一貫的忠厚口氣，諄諄地勸告讀者不要這樣，不要那樣——這裏，把著眼點放在李安身上，以他的離開，勸誡讀者不要逞強，要善於見機行事，及時脫出是非圈子，保得一己的平安。而繡像本的作者——他的口氣卻真個是大，他的境界真個是寬廣，放眼看

到整個一部書的前因後果，來龍去脈。我同情詞話本的作者：他似乎還不能相信，這樣的一部大書，就此完結了。他把李安提出來裝幌子，因為抓住一個李安，似乎可以造成這最後一回和前面九十九回並無不同的假象；似乎只看細節與局部，不看全體，就可以忘記滄海桑田的悲涼。但是繡像本作者未曾有一時一刻是不睜著眼睛看現實的。於是在繡像本第一百回的卷首詩裏，我們再次被提醒這部書是如何從豪華錦繡寫到碧草寒煙。一篇七言律詩裏，兩個「事」字，兩個「盡」字，兩個「空」字，總括了《金瓶梅》的全部：我們中國的百姓，就在這「豪華事已空」的大背景下，一代一代生死，一代一代歌哭。

【參考文獻】

一　原著

戴鴻森校點：《新校點本金瓶梅詞話》，香港，中國圖書刊行社 1986
　　年版。

齊煙、王汝梅校點：《新刻繡像批評金瓶梅》，濟南齊魯書社、香港三聯
　　書店 1990 年聯合出版。

秦修容整理：《金瓶梅會評會校本》，北京，中華書局 1998 年版。

鄭振鐸等校勘標點：《水滸全傳》，北京，人民文學出版社 1954 年版。

馮其庸纂校訂定：《重校八家評批紅樓夢》，南昌，江西教育出版社 2000
　　年版。

二　評論

1. 中文專著

蔡國梁著：《金瓶梅考證與研究》，西安，陝西人民出版社 1984 年版。

丁朗著：《〈金瓶梅〉與北京》，北京，中國社會出版社 1996 年版。

馬徵著：《〈金瓶梅〉中的懸案》，成都，四川人民出版社 1994 年版。

孫述宇著：《金瓶梅的藝術》，台北，時報文化出版事業有限公司 1978

年版。

王汝梅著：《金瓶梅探索》，長春，吉林大學出版社 1990 年版。

姚靈犀著：《瓶外卮言》，天津書局 1940 年版。

朱星著：《金瓶梅考證》，天津，百花文藝出版社 1980 年版。

2. 中文評論文章集（包括翻譯論文集）

蔡國梁選編：《金瓶梅評注》，桂林，灕江出版社 1986 年版。

胡文彬編：《〈金瓶梅〉的世界》，哈爾濱，北方文藝出版社 1987 年版。

黃霖、王國安編譯：《日本研究〈金瓶梅〉論文集》，濟南，齊魯書社
　　　1989 年版。

王利器主編：《國際金瓶梅研究集刊》，成都出版社 1990 年版。

徐朔方、劉輝編：《金瓶梅論集》，北京，人民文學出版社 1986 年版。

徐朔方編選校閱，沈亨壽等翻譯：《金瓶梅西方論文集》，上海古籍出版
　　　社 1987 年版。

樂黛雲、陳珏編選：《北美中國古典文學研究名家十年文選》，南京，江
　　　蘇人民出版社 1996 年版。

朱一玄編：《金瓶梅資料彙編》，天津，南開大學出版社 1985 年版。

3. 英文專著、文章、章節

Andrew Plaks, *The Four Masterworks of the Ming Novel.* Ch. 2. New Jersey:
　　　Princeton University Press, 1987.

Katherine Carlitz, *The Rhetoric of Chin p'ing mei.* Bloomington: Indiana
　　　University Press, 1986.

Martin W. Huang, *Desire and Fictional Narrative in Late Imperial China*, Ch. 4.
　　　Cambridge: Harvard University Press, 2001.

David Roy, trans. *The Plum in the Golden Vase.* Vol. I, "The Gathering". New
　　　Jersey: Princeton Univesity Press, 1993.

三　金學研究專刊

中國金瓶梅學會編：《金瓶梅研究》，南京，江蘇古籍出版社 1990 年版。

四　其他引用書目

陳鼓應注釋：《莊子今注今譯》，香港，中華書局 1995 年版。

董康編：《曲海總目提要》，上海，大東書局 1928 年版。

〔唐〕杜牧著，〔清〕馮集梧注：《樊川詩集注》，上海古籍出版社 1962
　　年版。

〔明〕馮夢龍編：《古今小說》（《喻世明言》），北京，人民文學出版社
　　1984 年版。

〔明〕馮夢龍編：《醒世恆言》，北京，人民文學出版社 1984 年版。

〔明〕馮夢龍編：《情史》，上海古籍出版社 1990 年版。

〔清〕韓子雲著，張愛玲注釋：《海上花列傳》，台北，皇冠出版社 1997
　　年版。

〔南宋〕洪邁著，何卓點校：《夷堅志》，北京，中華書局 1981 年版。

〔明〕洪楩編：《清平山堂話本》，上海古籍出版社 1992 年版。

〔南宋〕皇都風月主人著：《綠窗新話》，台北，世界書局 1975 年版。

〔唐〕皇甫枚著：《三水小牘》，收於丁如明、李宗為、李學穎等校點：《唐
　　五代筆記小說大觀（下）》，上海古籍出版社 2000 年版。

〔明〕金聖嘆評點：《金聖嘆全集》第一、二卷，《貫華堂第五才子書‧水
　　滸傳》，南京，江蘇古籍出版社 1985 年版。

〔南宋〕姜夔著，孫玄常箋注：《姜白石詩集箋注》，太原，山西人民出版
　　社 1986 年版。

〔北宋〕李昉等編:《太平廣記》(全十冊),北京,中華書局 1981 年版。

〔唐〕李復言著:《續玄怪錄》,收於丁如明、李宗為、李學穎等校點:《唐
　　五代筆記小說大觀(上)》,上海古籍出版社 2000 年版。

〔北宋〕李清照著,王仲聞校注:《李清照集校注》,北京,人民文學出版
　　社 1981 年版。

〔明〕凌濛初著,章培恆整理,王古魯注釋:《拍案驚奇》,上海古籍出版
　　社 1986 年版。

〔清〕劉鶚著:《老殘遊記》,北京,人民文學出版社 1979 年版。

〔唐〕劉餗著:《隋唐嘉話》,收於丁如明、李宗為、李學穎等校點:《唐
　　五代筆記小說大觀(上)》,上海古籍出版社 2000 年版。

逯欽立輯校:《先秦漢魏晉南北朝詩》,北京,中華書局 1995 年版。

屈萬里著:《詩經詮釋》,台北,聯經出版事業公司 1983 年版。

〔明〕沈泰輯編:《盛明雜劇》二集,台北,廣文書局 1979 年版。

〔明〕施耐庵著:《古本水滸傳》,石家莊,河北人民出版社 1985 年版。

〔北宋〕蘇軾著,龐石帚校訂:《經進東坡文集事略》,香港,中華書局
　　1979 年版。

譚正璧著:《三言二拍資料》,上海古籍出版社 1980 年版。

〔五代〕王仁裕等著,丁如明輯校:《開元天寶遺事十種》,上海古籍出版
　　社 1985 年版。

〔清〕吳敬梓著:《儒林外史》,濟南,齊魯書社 1996 年版。謝伯陽編:
　　《全明散曲》,濟南,齊魯書社 1994 年版。

〔陳〕徐陵編,〔清〕吳兆宜注:《玉台新詠箋注》,北京,中華書局 1992
　　年版。

張愛玲著:《紅樓夢魘》,合肥,安徽文藝出版社 1994 年版。

張愛玲著:《張愛玲小說集》,台北,皇冠出版社 1991 年版。

張愛玲著,金宏達、于青編:《張愛玲文集》第四卷,合肥,安徽文藝出
　　版社 1995 版。

〔唐〕張鷟著：《朝野僉載》，收於丁如明、李宗為、李學穎等校點：《唐五代筆記小說大觀（上）》，上海古籍出版社 2000 年版。

〔北宋〕周邦彥著，吳則虞校點：《清真集》，北京，中華書局 1981 年版。

〔清〕周亮工著：《書影》，上海古籍出版社 1981 年版。

〔南宋〕朱熹撰：《四書章句集注》，北京，中華書局 1995 年版。

【原版後記】

　　剛剛寫完一部書的感覺，好像失戀：不甘心這麼就完了，怎奈萬般不由人。

　　《金瓶梅》裏面卜龜兒卦的老婆子，對李瓶兒說：奶奶盡好匹紅羅，只可惜尺頭短些。這樣婉轉的比喻，我很是喜歡。但是紅羅無休無盡，也未免惹人嫌，除非家裏是開布店的，像孟玉樓的第一任丈夫那樣。

　　《金瓶梅》裏面的人物，男男女女，林林總總，我個個都愛 —— 因為他們都是文字裏面的人物，是寫得花團錦簇的文字裏面的人物，是生龍活虎的人物。這樣的人物，我知道倘使在現實世界裏面和他們遇見，打起交道來，我是一定要吃虧的。現在，他們被局限在書裏，在我從小便熟悉的文字裏，我可以愛得安心。

　　而且，現實生活誘人歸誘人，卻是混亂無序、萬分無奈的。我並非悲觀主義者，我其實相信只要人誠心地、堅持地祈求，神是會得賜予的；然而，我也知道，那得到的方式、過程與結果，卻往往是「出乎意表之外」的。

　　但是在小說裏就不同。一部好的小說，從開頭第一個字到結尾最後一個字，都猶如一匹紅羅上的花樣，是精心安排的。《金瓶梅》裏面的人物結局再淒厲，也有一種對稱的、均勻的美感，好比觀看一匹翠藍四季團花喜相逢緞子，緞子上的花枝，因為是繡出來的，折枝也罷，纏枝也罷，總之是美麗的，使人傷感，卻不悲痛的。

　　我從來不願意買花插瓶，家裏有鮮花的時候，往往是朋友送的（雖然

看了下面文字的朋友，大概也斷不肯再送我花了吧）。因為，姹紫嫣紅的時候，固然是熱鬧愜意的，但是枯萎凋謝的時候，卻拿它怎麼辦呢？學林黛玉葬花罷，也太肉麻了些，說來慚愧，只有把它扔進垃圾桶了事。我因此不願買它，不願插它，不願想它凋殘之後的命運——古詩不是說「化作春泥更護花」麼，但這也是只限於文字的美，因為現實中的春泥，是令人難堪的。

像金蓮死於武松的刀下，瓶兒死於纏綿的惡疾，兩個美色佳人，死得如此血腥惡穢，就是在文字中看到，也是驚心動魄的，更哪堪在現實中親眼目睹呢。

我常常記得，讀大學的時候，一位教中國文學史的老師，在課堂上，皺著眉頭，待笑不笑，用了十分悲哀無奈的調子，對我們說：《金瓶梅》，是鎮日家鎖在櫃子裏面的，因為，孩子還小啊。話甫出口，全體學生哄堂大笑了。

那時，我早已看過《紅樓夢》不知多少遍，卻沒有好好地看過一遍《金瓶梅》。不是家裏沒有或者父母把它鎖起來（何況我是最善於找到父母藏起來的書櫃鑰匙的），而是根本懶得看：打開一翻，真個滿紙「老婆舌頭」而已，而那些被人們神秘化的記述做愛的段落，沒有一點點羅曼蒂克，在一個追求浪漫、充滿理想的少年人眼中，無異羅剎海市——雖然，不是《金瓶梅》，而是有些人對待它的態度，令我覺得真正的污穢和厭倦。

如今，十年過去了，我也已接近而立之年，也成了大學老師了。兩年前的一個夏天，在備課、做自己的專業研究之餘，我打開一套繡像本《金瓶梅》消遣，卻沒有想到，從此，我愛上金瓶。

金瓶是「成人小說」。三 X 級的，這沒有錯。亦有很多性虐狂描寫。但我說金瓶乃「成人小說」，卻並不是因為它描寫做愛之坦率，而是因為它要求我們慈悲。

這種慈悲，一心追求純潔與完美的少男少女是很難理解，或者幾乎不

可能想像的，因為慈悲的對象，不是浪漫如曼弗雷德（拜倫筆下的悲劇英雄）的人物，而是西門慶、潘金蓮、李瓶兒、陳敬濟，甚至，那委瑣吝嗇的吳月娘。唐璜那樣的浪子，還有其頹廢的魅力，而西門慶，只是一個靠了做生意起家、官商勾結類型的俗人而已。

現下的金瓶版本，多是潔本，想是為了「孩子還小」起見，否則也就是太看不起大眾讀者。然而用禪宗的眼光看來，那心中有潔污之分別者，還是被所謂的污穢所束縛的。其實一部金瓶，不過飲食男女，人類從古到今，日夜所從事著的。這又有什麼污穢可言呢。

如果拋掉自欺，哪一個女人，沒有一點潘金蓮、李瓶兒、吳月娘、孟玉樓或者龐春梅的影子？而今的時代，原也不少西門慶 —— 得了利還想要權與名，被嘲為粗俗，但也不乏實在與（在女人面前與眼裏）憨傻的男人；更不少陳敬濟，那生長在父母寵愛之內、錦繡叢中，混帳而其實天真的青年。

人們往往不喜歡金瓶後半部，覺得西門慶死了，小說變得蒼白，似乎作者忽然失去了興趣，過於匆忙地收尾。其實我想，真正的緣故，大概還是很少人耐得住小說後半撲面而來的灰塵與淒涼。小說有七十回，都是發生在西門慶的宅院之內，一個受到保護的天地；從七十九回之後，我們看到一個廣大而灰暗的世界，有的是乞丐頭、潑皮、道士、役夫、私窠子。小說中寫李瓶兒做愛喜歡「倒插花」，然而倒插在瓶中的花，它豈不是白白地嬌豔芬芳了嗎？瓶兒的先夫名叫花子虛，花既然是「虛」，瓶兒終究還是空空如也。《金瓶梅》的作者，很喜歡弄這些文字的花巧，他寫一部花好月圓的書，最後才給我們看原來無過是些鏡花水月而已。

又有人說：《金瓶梅》沒有情，只有欲；沒有精神，只有肉體。這是很大的誤解。是的，《金瓶梅》中的人物，沒有一個有反省自己的自知自覺，這沒有錯；但是，小說人物缺乏自省，不等於作者缺乏自省，不等於文本沒有傳達自省的信息。《金瓶梅》的肉體與靈魂，不是基督教的，而是佛教的。《金瓶梅》的作者是菩薩，他要求我們讀者，也能夠成為菩薩。

據說，觀音大士曾經化身為一個美妓，凡有來客，無不接納，而一切男子，與她交接之後，欲心頓歇。一日無疾而終，里人為之買棺下葬。有一胡僧路過墳墓，合掌道：「善哉。善哉。」旁人見了笑道：「師父錯了，這裏埋的是一個娼妓呢。」胡僧道：「你們哪裏知道，這是觀音見世人欲心太重，化身度世的。倘若不信，可以開棺驗看。」人們打開墳墓，發現屍骨已節節化為黃金。從此起廟禮拜，稱之為「黃金鎖子骨菩薩」。

這個故事，我一直很喜歡。其實這是一個很悲哀的故事：救度世人，看來沒有別的什麼辦法，只能依靠美色與魔術。取得世人的虔信，也沒有別的什麼辦法，只有把屍骨化作黃金。財與色，是繡像本《金瓶梅》最嘆息於世人的地方，而就連觀音大士，也只好仍然從財與色入手而已。

不過這個故事只提到超度男子，沒有提到超度女人。欲心太重的女人怎麼辦呢，難道只好永遠沉淪，或者祈禱來世化為男身麼？這是我喜愛《金瓶梅》──特別是繡像本《金瓶梅》──的又一重原因：它描寫欲心強烈的男子，也描寫欲心強烈的女人，而且，它對這樣的女人，也是很慈悲的。我請讀者不要被皮相所蒙蔽，以為作者安排金蓮被殺，瓶兒病死，春梅淫亡，是對這些女子做文字的懲罰：我們要看他筆下流露的深深的哀憐。

屢屢提到繡像本（也就是所謂的張竹坡評點本），是因為它與另一版本詞話本，在美學原則和思想框架方面，十分不同。我寫這部書，有很大程度上也是對版本的比較。但是，最初促使我動筆的，只是喜歡：就像戀愛中的人，或者一個母親，喜歡絮絮地談論自己的愛人，或者孩子，多麼的好，多麼的可愛。不過，被迫聆聽的朋友，未免要心煩；寫書就沒有這一層顧忌：讀者看厭了，可以隨時把書放下，不必怕得罪了人。

另一件事，想在此提到的，是《金瓶梅》所寫到的山東臨清，那正是我的原籍。明朝的時候，臨清「三十六條花柳巷，七十二座管弦樓」，是有名繁華的大碼頭。研究者們有人認為《金瓶梅》使用的是齊魯方言，有人認為不是，個個證據鑿鑿，卻也不能一一細辨。我只想說，我的父母，

一魯一豫，家鄉相距不遠，他們雖然因為從小遠離家鄉，都只講得一口南腔北調的普通話，但是時時會說出一些詞語來，我向來以為是無字可書，也只隱約知道大意的，卻往往在讀《金瓶梅》時驟然看到，隔著迢迢時空，好像在茫茫人海中忽然看見一個熟悉的面孔，令我又驚又喜一番。望著牆壁上祖父祖母的遺像，我常常想回臨清，祭掃先人的墳墓，無奈還一直不能如願。愛屋及烏，把追慕故鄉的心意，曲曲折折地表達在對這部以山東清河與臨清為背景的明代巨著的論說裏。這是我想告訴本書讀者的，區區的一點私心。

我祖籍不是天津，也不生在天津，但是，我長在天津。記得小時剛剛搬到天津，我總是稱自己為哈爾濱人。現在，身居異國，真沒有想到一住就是十二年。古人有詩云：「客舍并州已十霜，歸心日夜思咸陽。無端更渡桑乾水，卻望并州是故鄉。」浮屠桑下不肯三宿，唯恐產生眷戀，我雖喜愛釋教，卻不是比丘尼，更何況天津是我從小生長了這麼多年的城市呢。每次回家，我都喜歡感到踏在天津的土地上，喜歡打起鄉談，和出租車司機們攀話，喜歡聽街頭小販們貧嘴和「嚼性」（又是只知有音而不知如何書寫的方言）。感謝王華編輯，使這部關於金瓶的書，能夠在天津出版，使我天津的父老可以先睹為快。人的故鄉，不是只有一個的。

謝謝我親愛的父親與母親，對我的愛與支持。感謝我深愛的丈夫宇文所安：在整個寫作的過程中，他聽我激動地講說，和我熱切地討論，最後，又為這部書寫序。沒有所安，是不可能有這部書的。

【再版後記】

在舊人看新曆之際，這部舊書也喜得新版。想 2001 年 1 月開始動筆寫作此書，距今已經整整十八年了。當年逐日逐回評點金瓶，自娛自樂，百天足成百回之數，原未把它當成一部書來寫。時至今日，因審閱再版校樣而重讀全書，覺得這真是自己寫得最放蕩自恣的文字，留下了許多自我沉湎的痕跡。多年來承編輯謬賞、讀者厚愛，感愧交心。

審閱中，有時欣慰，有時驚訝，有時覺得書中一些觀點，還可以剖析得更深入或全面。但我無法重新來過，也不想重新來過。時過境遷，無論工拙，這都是一本今天的我已經再寫不來的書 —— 對書、對作者來說，這都是好事。

又想到這些年來，凡涉及文章學術，哪怕多麼德高望重的前輩，我都固執己見，從未因其年長位尊而假以詞色。這樣的性情態度，在重視爵齒而且小視女性的東亞文化圈特別是學術圈裏，誠為一弊。曾蒙良朋相勸，無奈本性難移。因此，在這裏，特別想提到芝加哥大學的芮效衛教授（1933 — 2016）。我們素不相識，但 2006 年 3 月 14 日，突然收到他的一封電子郵件：

Dear Tian Xiaofei,

I have just finished reading your book on Jin Ping Mei, and wanted to tell you how much I was impressed by it. Despite the fact that we differ on the relative merits of the two versions of the text, I found your exegesis, chapter by chapter, utterly fascinating. What you have to say about the author's artistry and the sophistication of the rhetorical devices by which he achieves his effects is consistently perceptive and illuminating. I enjoyed it more than any other book I have read on the subject. In conclusion, let me say that I hope you will consider bringing out an English version, since I think it would be an invaluable companion to anyone reading my translation.

Yours admiringly, David T. Roy

「此致　田曉菲：

我剛剛讀了你評《金瓶梅》的書，想告訴你它給我留下了深刻印象。雖然對這部小說兩個版本之優劣你我觀點並不一致，但我覺得你的逐回評析非常動人。你對於作者的寫作藝術以及他藉以達到其效果的精湛修辭技巧的分析，總是富有洞見、燭照幽微。閱讀此書給我帶來的樂趣，勝於我讀過的任何其他相同主題的著作。最後總結為一句話：我希望你考慮出一部英文版，因為我認為它對任何閱讀我的譯著的讀者都會是寶貴的姊妹篇。

心懷讚賞的　芮效衛」

芮教授窮三十餘年時間精力，翻譯並研究《金瓶梅》詞話本，我卻是繡像本的熱烈擁護者，更在此書中幾次明確提到和他意見不同。芮教授不但不以為忤，還給一個比他年輕近四十歲的作者寫來這樣一封信。在此抄錄書信全文，是因為電子郵件遠比竹木紙帛更為脆弱，故希望藉此書一角，保存這一令我感動的文本，也讓讀者看到一位前輩學者的坦蕩胸懷。此書新版，謹獻給對芮效衛教授的記憶，對他誠懇亮直的風範表示敬意和懷念。只是自唯這樣微末而又遲到的手勢，不能燭照幽冥，其於亡者何有？天地悠悠，天寒地凍，良獨愴然。

感謝理想國張旖旎編輯傾心支持、高曉松先生主動作序 *、以及許多年來許多讀者的熱情關愛。我不過是一個撥雲探月人而已。一切的好，都須歸於這部世界小說史上猶如滄海明月一般橫空出世的奇書。

秋水堂主人 2019 年 1 月識於馬省新城

---

* 本書簡體版 2019 年由廣西師範大學出版社理想國再版，高曉松先生作序。

【插圖說明】

本書插圖均出自清代《金瓶梅插畫冊》，館藏納爾遜 — 阿特金斯藝術博物館（The Nelson-Atkins Museum of Art）。

圖一 潘金蓮激打孫雪娥

Pan Jinlian Pummelling Sun Xue'e in Rage, from the album *Illustrations to the Plum in the Golden Vase (Jinpingmei)*

清 潘金蓮激打孫雪娥（金瓶梅插畫冊），18th century, Qing Dynasty (1644-1911). Album leaf, ink and color on silk, 15 1/2 × 12 1/2 inches (39.4 × 31.8 cm).

The Nelson-Atkins Museum of Art, Kansas City, Missouri.

Purchase: William Rockhill Nelson Trust through the George H. and Elizabeth O. Davis Fund, 2006.18.1.

Photo courtesy Nelson-Atkins Media Services / John Lamberton

圖二 西門慶疏攏李桂姐

Master Ximen Accepts the Service of Courtesan Cinnamon Bud, from the album *Illustrations to the Plum in the Golden Vase (Jinpingmei)*

清 西門慶疏籠李桂姐（金瓶梅插畫冊），18th century, Qing Dynasty (1644-1911). Album leaf, ink and full color on silk, 15 1/4 × 12 1/4 inches (38.7 × 31.1 cm).   The Nelson-Atkins Museum of Art, Kansas City, Missouri.

Purchase: the Uhlmann Family Fund, F83-4/3.

Photo courtesy Nelson-Atkins Media Services / Jamison Miller

圖三 潘金蓮私僕受辱

Pan Jinlian Humiliated for Being Intimate with a Servant, from the album *llustrations to the Plum in the Golden Vase (Jingpingmei)*

清 潘金蓮私僕受辱（金瓶梅插畫冊）, 18th century, Qing Dynasty (1644-1911). Album leaf, ink and color on silk, 15 1/2 × 12 1/2 inches (39.4 × 31.8 cm).

The Nelson-Atkins Museum of Art, Kansas City, Missouri.

Purchase: William Rockhill Nelson Trust through the George H. and Elizabeth O. Davis Fund, 2006.18.2.

Photo courtesy Nelson-Atkins Media Services / John Lamberton

圖四 劉理星魘勝求財

Gold Lotus Forces the Astrologer-Magician, Liu Lixing, to Give Her a Potion that will Insure Ximen's Love, from the album *Illustrations to the Plum in the Golden Vase (Jinpingmei)*

清 劉理星魘勝求財（金瓶梅插畫冊）, 18th century, Qing Dynasty (1644-1911). Album leaf, ink and full color on silk, 15 1/4 × 12 1/4 in. (38.7 × 31.1 cm).

The Nelson-Atkins Museum of Art, Kansas City, Missouri.   Purchase: the Uhlmann Family Fund, F83-4/4.

Photo courtesy Nelson-Atkins Media Services / Jamison Miller

圖五 李瓶姐牆頭密約

Li Ping'er's Secret Rendezvous at the Garden Wall, from the album *Illustrations to the Plum in the Golden Vase (Jinpingmei)*

清 李瓶姐牆頭密約（金瓶梅插畫冊），18th century, Qing Dynasty (1644-1911). Album leaf, ink and color on silk, 15 1/2 × 12 1/2 inches (39.4 × 31.8 cm).

The Nelson-Atkins Museum of Art, Kansas City, Missouri.

Purchase: William Rockhill Nelson Trust through the George H. and Elizabeth O. Davis Fund, 2006.18.3.

Photo courtesy Nelson-Atkins Media Services / John Lamberton

圖六 華子虛因氣喪身

Hua Zixu Lies Dying of Mortification and Chagrin, from the album *Illustrations to the Plum in the Golden Vase (Jinpingmei)*

清 華子虛因氣喪身（金瓶梅插畫冊），18th century, Qing Dynasty (1644-1911). Album leaf, ink and color on silk, 15 3/8 × 12 3/8 inches (39.1 × 31.4 cm).

The Nelson-Atkins Museum of Art, Kansas City, Missouri.　Purchase: the Mrs. Kenneth A. Spencer Fund, F80-10/3.　Photo courtesy Nelson-Atkins Media Services / Jamison Miller

圖七 李瓶兒迎奸赴會

Li Ping'er Inviting Adultery and Attending a Banquet, from the album *llustrations to the Plum in the Golden Vase (Jinpingmei)*

清 李瓶兒迎奸赴會（金瓶梅插畫冊）18th century, Qing Dynasty (1644-1911). Album leaf, ink and color on silk, 15 1/2 × 12 1/2 inches (39.4 × 31.8 cm).

The Nelson-Atkins Museum of Art, Kansas City, Missouri.

Purchase: William Rockhill Nelson Trust through the George H. and Elizabeth O. Davis Fund, 2006.18.4.

Photo courtesy Nelson-Atkins Media Services / John Lamberton

圖八 西門慶擇吉佳期

Ximen Selects a Lucky Day to Make Mistress Ping His Sixth Wife, from the album *Illustrations to the Plum in the Golden Vase (Jinpingmei)*

清 西門慶擇吉佳期（金瓶梅插畫冊）, 18th century, Qing Dynasty (1644-1911). Album leaf, ink and color on silk, 15 3/8 × 12 3/8 inches (39.1 × 31.4 cm).

The Nelson-Atkins Museum of Art, Kansas City, Missouri.　Purchase: the Mrs. Kenneth A. Spencer Fund, F80-10/1.　Photo courtesy Nelson-Atkins Media Services / Jamison Miller

圖九 應伯爵追歡喜慶

Ying Bojue in Pursuit of Pleasure and Celebration, from the album *Illustrations to the Plum in the Golden Vase (Jinpingmei)*

清 應伯爵追歡喜慶（金瓶梅插畫冊）, 18th century, Qing Dynasty (1644-1911). Album leaf, ink and color on silk, 15 1/2 × 12 1/2 inches (39.4 × 31.8 cm).

The Nelson-Atkins Museum of Art, Kansas City, Missouri.

Purchase: William Rockhill Nelson Trust through the George H. and Elizabeth O. Davis Fund, 2006.18.5.

Photo courtesy Nelson-Atkins Media Services / John Lamberton

圖十 李瓶兒許嫁蔣竹山

Li Ping'er Agreeing to Marry Jiang Zhushan, from the album *Illustrations to the Plum in the Golden Vase (Jinpingmei)*

清 李瓶兒許嫁蔣竹山（金瓶梅插畫冊）18th century, Qing Dynasty (1644-1911). Album leaf, ink and color on silk, 15 1/2 × 12 1/2 inches (39.4 × 31.8 cm).

The Nelson-Atkins Museum of Art, Kansas City, Missouri.

Purchase: William Rockhill Nelson Trust through the George H. and Elizabeth O. Davis Fund, 2006.18.6.

Photo courtesy Nelson-Atkins Media Services / John Lamberton

圖十一 見嬌娘敬濟消魂

Jingji Losing his Mind upon Seeing a Beautiful Maiden, from the album *Illustrations to the Plum in the Golden Vase (Jinpingmei)*

清 見嬌娘敬濟消魂（金瓶梅插畫冊）, 18th century, Qing Dynasty (1644-1911). Album leaf, ink and color on silk, 15 1/2 × 12 1/2 inches (39.4 × 31.8 cm).

The Nelson-Atkins Museum of Art, Kansas City, Missouri.

Purchase: William Rockhill Nelson Trust through the George H. and Elizabeth O. Davis Fund, 2006.18.7.

Photo courtesy Nelson-Atkins Media Services / John Lamberton

圖十二 傻幫閑趨奉鬧華筵

Ximen Foolishly Presents His New Wife, Mistress Ping, to His Worthless and Bibulous Guests, from the album *Illustrations to the Plum in the Golden Vase (Jinpingmei)*

清 傻幫閑趨奉鬧華筵（金瓶梅插畫冊）, 18th century, Qing Dynasty

(1644-1911). Album leaf, ink and color on silk, 15 3/8 × 12 3/8 in. (39.1 × 31.4 cm).

The Nelson-Atkins Museum of Art, Kansas City, Missouri.　Purchase: the Mrs. Kenneth A. Spencer Fund, F80-10/4.

Photo courtesy Nelson-Atkins Media Services / John Lamberton

圖十三 應伯爵簪花邀酒

Beggar Ying Invites Cinnamon Bud to Drink in the Willow Garden of Mother Li, from the album *Illustrations to the Plum in the Golden Vase (Jinpingmei)* 清 應伯爵簪花邀酒（金瓶梅插畫冊）, 18th century, Qing Dynasty (1644-1911). Album leaf, ink and color on silk, 15 3/8 × 12 3/8 inches (39.1 × 31.4 cm).

The Nelson-Atkins Museum of Art, Kansas City, Missouri.　Purchase: the Mrs. Kenneth A. Spencer Fund, F80-10/2. Photo courtesy Nelson-Atkins Media Services / Jamison Miller

圖十四 敬濟元夜戲嬌姿

Jingji, Ximen's Son-in-Law, Flirts with Gold Lotus During the Lantern Festival, from the album *Illustrations to the Plum in the Golden Vase (Jinpingmei)* 清 敬濟元夜戲嬌姿（金瓶梅插畫冊）, 18th century, Qing Dynasty (1644-1911). Album leaf, ink and color on silk, 15 1/4 × 12 1/4 inches (38.7 × 31.1 cm).

The Nelson-Atkins Museum of Art, Kansas City, Missouri.　Purchase: the Uhlmann Family Fund, F83-4/2.

Photo courtesy Nelson-Atkins Media Services / Tiffany Matson

圖十五 李瓶兒睹物哭官哥

Li Ping'er Crying over Guange on Seeing His Belongings, from the album *Illustrations to the Plum in the Golden Vase (Jinpingmei)*

清 李瓶兒睹物哭官哥（金瓶梅插畫冊）, 18th century, Qing Dynasty (1644-1911). Album leaf, ink and color on silk, 15 1/2 × 12 1/2 inches (39.4 × 31.8 cm).

The Nelson-Atkins Museum of Art, Kansas City, Missouri.

Purchase: William Rockhill Nelson Trust through the George H. and Elizabeth O. Davis Fund, 2006.18.8.

Photo courtesy Nelson-Atkins Media Services / John Lamberton

圖十六 李瓶兒病纏死孽

Li Ping'er in Grave Peril of Sickness, from the album *Illustrations to the Plum in the Golden Vase (Jinpingmei)*

清 李瓶兒病纏死孽（金瓶梅插畫冊）18th century, Qing Dynasty (1644-1911). Album leaf, ink and color on silk, 15 1/2 × 12 1/2 inches (39.4 × 31.8 cm).

The Nelson-Atkins Museum of Art, Kansas City, Missouri.

Purchase: William Rockhill Nelson Trust through the George H. and Elizabeth O. Davis Fund, 2006.18.9.

Photo courtesy Nelson-Atkins Media Services / John Lamberton

圖十七 玉簫跪受三章約

Yuxiao Kneeling to Accept Three Conditions, from the album *Illustrations to the Plum in the Golden Vase (Jinpingmei)*

清 玉簫跪受三章約（金瓶梅插畫冊）18th century, Qing Dynasty (1644-1911). Album leaf, ink and color on silk, 15 1/2 × 12 1/2 inches

(39.4 × 31.8 cm).

The Nelson-Atkins Museum of Art, Kansas City, Missouri.

Purchase: William Rockhill Nelson Trust through the George H. and Elizabeth O. Davis Fund, 2006.18.11.

Photo courtesy Nelson-Atkins Media Services / John Lamberton

圖十八 書童私掛一颿風

The Page Boy Escaping by a Wind of Sail, from the album *Illustrations to the Plum in the Golden Vase (Jinpingmei)*

清 書童私掛一颿風（金瓶梅插畫冊）, 18th century, Qing Dynasty (1644-1911). Album leaf, ink and color on silk, 15 1/2 × 12 1/2 inches (39.4 × 31.8 cm).

The Nelson-Atkins Museum of Art, Kansas City, Missouri.

Purchase: William Rockhill Nelson Trust through the George H. and Elizabeth O. Davis Fund, 2006.18.10.

Photo courtesy Nelson-Atkins Media Services / John Lamberton

圖十九 守孤靈半夜口脂香

Fragrant Mouth at Midnight While Watching over the Spirit, from the album *Illustrations to the Plum in the Golden Vase (Jinpingmei)*

清 守孤靈半夜口脂香（金瓶梅插畫冊）18th century, Qing Dynasty (1644-1911). Album leaf, ink and color on silk, 15 1/2 × 12 1/2 inches (39.4 × 31.8 cm).

The Nelson-Atkins Museum of Art, Kansas City, Missouri.

Purchase: William Rockhill Nelson Trust through the George H. and Elizabeth O. Davis Fund, 2006.18.12.

Photo courtesy Nelson-Atkins Media Services / John Lamberton

圖二十 黃真人發牒薦亡

Ximen Asks the Taoist, Huang, to Hold a Memorial Service for His Sixth Mistress Ping, from the album *Illustrations to the Plum in the Golden Vase (Jinpingmei)* 清 黃真人發牒薦亡（金瓶梅插畫冊），18th century, Qing Dynasty (1644-1911). Album leaf, ink and color on silk, 15 1/4 × 12 1/4 inches (38.7 × 31.1 cm).

The Nelson-Atkins Museum of Art, Kansas City, Missouri.　　Purchase: the Uhlmann Family Fund, F83-4/1.

Photo courtesy Nelson-Atkins Media Services / Tiffany Matson